典藏 许辉散文

随身携带的风景
Suishen Xiedai De Fengjing

时代出版传媒股份有限公司
安徽文艺出版社

许辉，安徽省作家协会主席，中国作家协会全国委员会委员，中国作家协会全国散文委员会委员，安徽大学兼职教授，曾任茅盾文学奖评委。著有中短篇小说集《夏天的公事》《人种》等，长篇小说《尘世》《王》等，散文随笔集《和地球上的小麦单独在一起》《和自己的淮河单独在一起》《又见炊烟》《涡河边的老子》等。短篇小说《碑》曾作为全国高考、高校考研大试题，中短篇小说《碑》《夏天的公事》等被翻译成英、日等多国文字，收入大学教材。作品多次获国内文学大奖。

许辉散文典藏

随身携带的风景

Suishen Xiedai De Fengjing

许 辉 ◎ 著

时代出版传媒股份有限公司
安徽文艺出版社

图书在版编目（CIP）数据

随身携带的风景/许辉著. —合肥：安徽文艺出版社，2018.12
（许辉散文典藏）
ISBN 978-7-5396-6284-8

Ⅰ. ①随… Ⅱ. ①许… Ⅲ. ①散文集－中国－当代
Ⅳ. ①I267

中国版本图书馆CIP数据核字(2017)第312400号

出 版 人：朱寒冬		出版策划：朱寒冬	
责任编辑：韩　露		装帧设计：徐　睿　张诚鑫	

出版发行：时代出版传媒股份有限公司　www.press-mart.com
　　　　　安徽文艺出版社　　www.awpub.com
地　　址：合肥市翡翠路1118号　　邮政编码：230071
营 销 部：(0551)63533889
印　　制：安徽新华印刷股份有限公司　　(0551)65859551

开本：880×1230　1/32　印张：14.25　字数：290千字
版次：2018年12月第1版　2018年12月第1次印刷
定价：46.00元(精装)

（如发现印装质量问题，影响阅读，请与出版社联系调换）

版权所有，侵权必究

目录

2013 年

散漫悠然读省城 / 001

银屏笑泉憾散兵 / 014

湿地悠悠润炯炀 / 027

巢湖涌浪堆中庙 / 034

山青岭翠黄山麓 / 042

牵牛洗耳在巢城 / 047

沿河堤居悠丰乐 / 053

圩堡古意铭传乡 / 067

水润老桥听三河 / 078

分水岭上读官亭 / 091

花木上派望紫蓬 / 102

子孝母慈佑罗河 / 109

三国古意绕庐城 / 119

金城高踞瞰盛桥 / 129

温泉汩汩暖汤池 / 140

白山远望奇金牛 / 150

侨韵悠远长临河 / 157

战旗古寺汇撮镇 / 165

龙泉寺外桥头集 / 174

黑脸包公走石塘 / 182

店埠陈集有八斗 / 191

吴山庙外拜吴王 / 197

滁水两岸遛岗集 / 207

下塘造甲现双墩 / 215

杜集朱巷观水湖 / 224

义井杨庙庄王墓 / 229

2014 年

听雨花园笔记(81 题) / 234

2015 年

敞开心扉 / 285

草毯山 / 288

花香浴 / 299

给未成年人戒毒所某某某学员的一封信 / 308

淘书记忆 / 310

人类命定是亲水生物,我们都是世界上的一滴水 / 317

盛夏读书觅清凉 / 319

友谊、仇恨与包容 / 321

关于读书(访谈) / 325

乡村的集市 / 329

村庄的精英 / 331

《道德经》里的桃花源 / 333

水的状况 / 335

小麦 / 337

大豆 / 339

玉米 / 341

苘与红麻 / 345

山头与黑塔 / 349

小梁乡与枯河头 / 350

项羽与虞姬 / 353

鄢家岗 / 354

通名与专名 / 355

泗洪 / 356

梅花与重岗 / 357

归仁 / 359

郯叔 / 360

官话 / 362

上哪去 / 363

我 / 364

俺 / 365

隐威望 / 366

好面与孬面 / 367

语言的社会性 / 368

社会文化信息 / 369

人携带语言 / 370

大众语言 / 371

固定词组 / 372

语言环境 / 373

词汇 / 374

语音 / 376

一方之言 / 378

称谓 / 379

饮食方言 / 380

河流与平原 / 381

文明不上山？/ 383

道是一种缄默知识 / 385

经历和体验 / 386

老子擅长运用缄默知识 / 387

水与荷花 / 388

超级的理性 / 391

事物的多面性 / 393

读书这件事（访谈）/ 395

许村：山环水绕的徽州古村落 / 399

淮河流域的羊肉汤 / 408

专访作家许辉："桃花源"式的心境 / 410

我家乡的美食 / 414

我的淮河文化写作 / 418

过一种有目标的生活 / 421
我的两位上海老师 / 424
文学创作 31 问(演讲录) / 426
读了两本好书 / 446
作为护花使者的莎士比亚 / 448

2013 年

散漫悠然读省城

我看见一扇一扇的窗都在我前面的楼上亮起来,它们使我想起许久以前的事:一盏红外线灯悬在低矮的小厨房里的圆桌上,圆桌的周围坐着几张熟悉的面孔,很大很胖的一只猫睡在垫子上;雪半夜里下起来了,女主人很晚才回来,她的身上带着寒夜、雪和北风的气息,对她来说,我想,厨房就是一盏在寒夜里、在深深的寒夜里亮着的灯。现在,那一家人在哪里?还在那里吗?那只猫,那位裹挟着寒风和雪的气息深夜才归的女主人,那盏很大的红外线灯灯光照射的圆桌以及圆桌边的面孔都还在吗?好几个年头了,都发生了一些什么事呢?

我的思维差不多停滞了,停滞、搁浅在许多年以前的那个记忆里,任什么响动,都暂时无法使我摆脱自己在遥远记忆里的沉陷,越陷越深……

这就是我生活了几十年的合肥。

9月21日,是2013年中秋假期的最后一天,我们打算在合肥市区好好地转一转,所以今天不需要像往日一样披星戴月了。

我们从容地吃好早饭,从包公墓、包公祠开始。

好事成双,连着陪客人游了两次包公墓、祠。第一次是在6月份,天也很热了,一行十几人来到包公墓园外,我说:我这还是第一次来呢。客人都做惊讶状,表示不可理解。进得园来,扪心自问,自己对古人真是大不敬了,包公故里,"易得真传",就是从文化、文明的角度说,也该傍傍这位古今少有的大清官。耳濡目染,近墨近朱,怎么能敬而远之呢?

第二次游包公墓、祠,是1个月以后,陪津门远客,一行四人,闻君、季君、鲁君、我,先游了香花墩上的包公祠。合肥景点不少,倒是包河附近这几粒玩处,似得了上天的点化,小巧、玲珑、朴质,再佐以典故芳名,再加上游客迹疏,真称得上点石成金、以少胜多了。

天气奇热,汗湿衣衫,绿丛中少女若花。先谒了包大人像,后议了我等只有中高级职称者配入哪等铡口(龙头不议,虎头、狗头似可选入)。再赏了廉泉(据说:再贪的官,饮了此水立时就廉了)。转而出香花墩,沿包河羁行,左手绿水漫漶,右岸浓荫匝地,一路行去,偶有两感:一感职官如米,与贪廉皆无缘,直若被排斥于社会生活之外了,让人耿耿于怀;二感天象酷热,再加上直面包公,有如谒阳,虽襟胸坦荡,亦觉汗颜,不知旁人可都像我。进得包公墓园,园内人不算多,也不觉少,抬眼望去,大都男如关、张,女若飞燕。一路咬文嚼字、旁征博引地看了。从墓道里上来,又去看包氏家属的墓园,进去才站稳,外头栏畔一天真无邪的女音失声叫道:"包公还有老婆啊?!"

一园人都大跌眼镜。待站稳了回头细寻那女孩儿,只见她:运动鞋、西短裤,寸发齐耳,眉清目秀。一一都览过了,转来在石凳上啜皖地佳茗"清水黄芽"。黄芽如雀舌,又如峰峦,沉下浮上,了无萍踪。静下来了,便觉天意略有和缓。也真是的,再过五七天,就该立秋了;说穿了,那是另一番立意,自然马虎不得。

包公祠名扬海内外,这不,2013年10月23日,俄罗斯总理梅德韦杰夫来到安徽,在合肥的7个小时中,他光参观包公祠就用去了92分钟,比原计划多了42分钟。包公是我国历史上著名的清官,在俄罗斯,清廉的官员同样会受到人民的爱戴和拥护。梅总理说:"我已经通过俄方电视台的前方报道,把包公传到俄国去了,包公这个人物和他的形象都宣传出去了。"梅德韦杰夫对园中的那口廉泉井很感兴趣,他让翻译为他念了关于这口井的文章:这口井为包公生前所挖,相传贪官污吏或心术不正者,若饮用廉泉井水,将上吐下泻,直到认错为止。梅德韦杰夫在园中闻花香、品徽茶、听古筝、学茶艺,心情颇好。

安徽省图书馆就在风景秀丽的包河公园近旁,位于绿树成荫的芜湖路76号,是安徽省建立较早的公共图书馆之一,目前有藏书240万册,古籍40万册,善本3121种、30707册,其中元刻《增广注释音辨唐柳先生集》、清著名书法家梁同书手稿本《频螺暂存稿》等较为珍贵。主要服务方式有文献借阅、信息咨询、专题服务、教育培训、学术讲座及展览等。新馆设有17个对外服务窗口,实施开放型管理模式——文献开架、借阅一体化,并启用电子文献检索、视听服务、网上借阅、网上引擎导航等全新的服务内容和手段。多功能报告厅配备了同声传译系统,此外,还设立了可以举办各类文化教育活动的展览厅、视听室及适合各类读者需求的学习室、研究室。现代化多功能的图书馆能满足社会成员读书、求知及休闲等多方面的精神文化需求。我很早就办理了一张省图书馆的借书证,经常在此借阅图书,或在图书馆里查阅一些资料,这里安静的环境,能唤起人们对知识的渴望。这里也经常举办一些读书讲座活动,有时间我都会早早地前往,去听一听这样的讲座,年轻的爱读书的学生志愿者们,这时也会不停地跑前跑后为大家服务。节假日这里更是人们充电读书的好去处。放暑假时孩子们在此学习、读书、纳凉,家长把孩子带到这里,也是最放心了。

合肥市图书馆位于环境优美的琥珀潭畔,是合肥地区的书目文献中心、信息中心和网络资源中心,为国家一级图书馆,同时建有省内第一家数字图书馆,是全国信息共享工程合肥中心馆,是合肥市精神文明的重要窗口。全年365天,天天对外开放,日日接待读者,无论是节假日还是工作日,读者都可以来合肥市图书馆借阅书、报、刊或在电子阅览室上网,每天到这里看书学习的人络绎不绝。放假时,这里更是学生们学习的乐园。记得2005年前后的那几年,正在上大学的女儿一放假,合肥市图书馆就成了她的第二课堂。每天一大早图书馆还没开门,她就在门口排队"抢位子"了,从早到晚都在这里看书,学习大学需要考的各种证书和准备研究生考试内容。中午这里可以叫外卖,吃饭便捷。安静读书的氛围,使学习事半功倍。事后女儿曾自豪地说,她的进步和市图书馆是分不开的。

清晨的李府门前很安静,周边的商铺有的还没有开门迎客。李鸿章故居——李府,以其古老的面貌矗立在繁华热闹的步行街中段,气势宏伟,青砖黛瓦,雕梁画栋,高大的影壁,街上络绎不绝的行人经过时,都会多看几眼,游客也会情不自禁地在门前留影纪念。李鸿章故居是合肥现存规模最大、保存最完整的名人故居,现为省重点文物保护单位。故居陈列着大量珍贵的历史图片与实物,展示了李鸿章风云变幻的一生,从这位极具争议性的人物身上,我们能看到中国近代史,一段曲折而又悲壮的历程。以前每次我们带着孩子路过此地时,都会不失时机地给孩子讲述那段历史。

合肥的母亲河南淝河从明教寺、九狮桥附近流过。
早晨起来,窗外全白了,原来夜间落了雪了。
但雪不够大,薄薄地落了一层,盖在屋和楼的顶部;树上挂着的呢,只是零零星星的片断,半冰半雪的状态,风一吹过,它们就跌落在地上,复化为水,在街头人们的脚隙间流过,流到不为人知的地方去了。

九狮桥附近的桥头有人在看雪景,雪在这里落得似乎繁密些,塔松都白了,凝乳般的,如西画的风景。河滩上无事的老人开垦的荒地,菜们半青半白,都呈现一种鲜亮的颜色,一片一片地延伸开了去。

观景的女孩子们也都是红唇皓齿的,她们着了瘦身的小羊皮靴,身上裹着流行的宽线条的服装,楚楚动人地站着,或淑女般慢慢从风景前飘过。她们的或者来,或者去,都像是雪天里的一个梦,梦给这个雪天的城市增添了一些温馨的幻觉,人都沉迷在雪的梦里。

暮晚从朋友家归来,没有坐车,打着一柄5年前买的黑折伞,把自己裹在驯养的动物的皮里,一步一步地从雪的迷蒙中漫归,城市的灯都亮了,一团团昏黄蒙蒙的光,牵着我的手,带我回家。偶尔的一个曲子还在吟唱;一个男孩,站在街头默默无语;前方的十字路口,正亮起淡淡的红灯。

明教寺坐落在逍遥津公园以南,原名叫铁佛寺,又称明教台,是曹操的点将台。它历史悠久,建筑雄伟,面积近4000平方米,是当年曹操所建的一个军事堡垒。台基壁峭,俨如城堡。东汉末年筑此高台,曹操曾四次到合肥在此临阵指挥,"教强弩五百",以狙击东吴水师,故称"教弩台",距今已有1800年历史。明教寺台阶前面立着两只高达数米的石狮。石狮线条粗犷,面目狰狞,令人望而生畏。1983年,该寺被定为全国重点寺院,现为合肥市文物旅游的主要景点。

合肥东门有一段正在被完全废弃的老铁路。

我再一次走到了城市里这一段几乎废弃的铁路上,我对它的感觉还是那么好。这是雨后。这里环境杂乱,也显得不干净,但它活力四溢。我一直往前走,走到我以前从未走到过的地方。一些年轻的妇女抱着孩子坐在铁轨上或者路边,铁轨边的树后面有一些低矮、临时的小房子,那肯定是她们的家,那也肯定不是按照什么规则、不是经过批准建筑的。她们在那些低矮的小房子里,在风雨交加的疯狂夜晚,交媾并且繁殖,白天她们就在铁轨上闲坐着,在并不太干净的空气中沐浴着,做些简单的饭食胃口大开地吞吃着,度过白昼的日子。在另一个地方,一排陈旧的竹栅后面隐约能看见一排老平房,那里有孩子玩耍的声音。我想起了我的童年。真的,童年的感觉又回到了我的身上,不论家或者与家有关的环境是什么样的,我们都可能开心,都有安全感,都有熟知的感觉,都会给我们留下永难灭除的印象。这么说来,出生在哪里,真是太不重要了,重要的是我们能有幸出生,能很好地活着,能感受到发生在我们身上和身边的事情,这就谁也不比谁差了。

许多鸟——主要是麻雀,在一株榆树和几株槐树上叫着,并且玩耍。我能真切地感觉到:它们认为这里是它们的家园。我说不出来我为什么有这种感觉,但我确实感觉到其中有些不同。这种感觉真是奇异,也是精妙的。——人的感觉经常很奇特。

莲花庵位于合肥市南一环环城公园北侧,这里闹中取静,大树掩映,绿草如茵。莲花庵门前不远处有洁白的城市雕塑,一个个形象逼真、造型生动,在树荫下若隐若现,和大自然是那么协调。一般人从门口走过,不在意这里是莲花庵。所以来这儿的人并不多,知道这个地方的人也不是很多,这里显得十分幽静。莲花庵内一对香炉,袅袅香雾在上空飘过,讲述着它的历史。

莲花庵对面是雨花塘,雨花塘是炎炎夏日人们纳凉、休闲的好地方。雨花塘的南侧和西侧是稻香楼宾馆,这是毛主席曾两次入住过的地方。"安徽大学"四个大字就是毛主席当年在稻香楼里挥毫写就的。

合肥中菜市在市中心含山路两边,是合肥人民最熟悉的"大菜篮"。

季节对中菜市来说确实无关紧要,每一个时日它都是万头攒动、人声鼎沸的。较早的时候有一些小船从巢水上来,银鱼在阳光下闪耀着光斑,那时物价还没有涨上来,主妇们也并不十分在意那些水中精品族的存在,她们偶尔抛出几张不动感情的钞票,便可携回数顿丰盛的晚餐。但昔日不再,鱼群已经迁徙,瓦虾和淝水红尾鲤也已难觅其踪,剩下的倒也还有肥西陆路来的黄鳝、长丰的野鲫和肥东人工育殖的青鲩,它们以批发般的大姿态一字儿排开;冻带鱼、巢湖草虾、古巴牛蛙、杂交鲶鱼、土著龟鳖、成盆的泥鳅以及别样时鲜水货,"只要你能掏出老人像来……"购买是一种欲望。但即便只在那些腥味摊前徘徊,顺理成章地也就有了冲浪的良好感觉。(冲浪是什么感觉?)

猪肉以里脊为好,牛肉自然还是腱子和肚腰;若夫妻两人,便需特大方便袋三五个,妇唱夫随;正在烟花三月里,或当秋高气爽,一路溜将过去,便有卖整羊的,卖驴肉、熟牛肉、猪肚心腰肝肺头蹄的,卖良种鸡、土鸡、火鸡、老母鸡的,卖活蛇、水鸭子、野兔、肉鸽、刺猬、螺蛳、白鳝、螃蟹、红壳虾的,卖绿豆、黄豆、红小豆、豌豆、花生米、黑米、血糯米、粳米、籼米、泰国圆头米(其他粮杂一应俱全)、电磨麻油、丸子、大馍、切片面包、饺子皮儿的,卖笋干、笋皮、黄花菜、木耳、海蜇、鱿鱼、鲍鱼、章鱼、墨鱼、海参、蹄筋、鸡爪、鸭蹼以及其他所有两栖类的,卖萧县葡萄、砀山酥梨、海南香蕉、美国蛇果、广东荔枝、北京柿子、新疆哈密瓜、长丰草莓、黄岩蜜橘、怀远青萝卜、符离集烧鸡、无为板鸭、庐州咸鸭、温州酱鸭、六安咸鹅、宿县大白菜、灵璧大葱、杏花村香菜、桥头集假山、舒城板栗、霍山香菇、三河甜米酒、固镇烧饼、泗县布鞋、滨湖酒酿、李记杂碎汤、秦姓芝麻辣椒面的,卖千张、素鸡、鹌鹑蛋、粉丝、凉粉、凉粉皮、塘藕、佛手、烤山芋、白豆干、臭豆干、油炸干、胡萝卜、青萝卜、白萝卜、红萝卜的,卖桂皮、胡椒、榨菜、花椒、八角、酱黄瓜、豇豆、玫瑰菜、蛇皮丝瓜、糖炒栗子、香豆腐乳、臭豆腐乳、卤猪头肉耳肚爪心肝尾、瓷器碗碟、酒盅汤盆、铁丝铁钉、纽扣针线、砧板煤球、地砖墙纸、冰糖葫芦、大小脚盆的,卖西装短裤、夹克衫、丝袜、皮鞋、太阳帽、胸罩、草纸、红头绳、瓦刀钢精锅、马桶刷子、笔竹筒、朝鲜菜、麻绳、苘绳、尼龙绳、木梳、木炭、罗汉竹、文竹、棕竹、橡皮树、字画、笔砚、蚯蚓、小米、油、盐、酱、醋、脑黄金的……

日将正午,夫妻俩还是转回到了爱调包的白肉案前。到底兜里羞涩,还是买两斤猪肉实在。猪肉是百搭,既沾了荤气,又得了基本的营养。瞅准秤星,重申较秤,再翻查了肉的里里外外。菜事已毕,一袋儿半袋儿菜地拎回家。——这时候,对那什么中菜市、西菜市的,再也没有了兴趣。——那是张兄、李嫂、刘阿姨和别家夫妻的中菜市了。

现在,合肥中菜市已搬迁至北城,原址要建成合肥的第二个步行街了。

城隍庙在三孝口繁华的商业区内,20世纪80年代,以古城隍庙为中心进行综合开发,整体为徽派仿古建筑。市群众艺术馆也在这里。每年的节日,尤其是春节里,这里每天都举办各种文艺演出,极大地丰富了人民群众的业余文化生活。20世纪80、90年代,城隍庙曾是合肥地区最繁华的商业圈,这里的"小商品世界"价廉物美,是我们逛街购物的最好去处。还记得2000年初的一天,清晨的一场庐阳宫大火,黑色的浓烟飘过半个庐州城,后又重新维修。如今,听说城隍庙要告别当年的批发零售市场,主打历史牌和文化牌,变身古色古香、具备现代休闲娱乐功能的合肥城隍庙特色街区。我们期待着华丽转身的城隍庙的诞生。

大蜀山是合肥近郊唯一的一座大山,周边无岗阜相连,只是孤单单的一座山,别有情趣。由于它海拔不高,只有200多米,最适宜人们到此爬山游乐了。大蜀山山水相连,人文、自然景观汇聚一体,是合肥著名的休闲、观光胜地。

今年5月的一个周末的下午,朋友们相约来到大蜀山下,车子停在山脚下用碎石和沙子铺成的一个很大的免费停车场内。山道上人来人往,游人和锻炼的人们川流不息,这让我完全没有想到。在山路上竟然碰到了一些熟悉的面孔,这更让我吃惊。"走,去大蜀山爬山去。"现已成合肥人最时髦的假日聚会的一种方式。爬山是有氧运动。充分享受大自然赠予我们的这一恩惠,在这里呼吸新鲜的空气,放飞快乐的心情,这也是再好不过的休闲方式了。

不过,大家一路沿着山道走上去,十分平坦舒适,在我看来却总觉少了些爬山的野趣。于是我改变路线,从没有正规道路的山坡攀爬上去,这样虽然增加了上山的难度,却也减少了绕道的距离,最重要的,是找回了从前爬山的感觉,真好。

我爬到山顶好一会,大家才陆续赶到。

以后,要多来大蜀山爬爬才好哦!

连续雾了几天,每天早上起来都看到视界里湿漉漉的,在合肥,在合肥的冬季,这是一种不太经常见到的情景。昨天在朋友家里吃饭,谈到冬雾的现象,朋友念出了一段气象谚语,前面的几句我都没能记住,只记住了最后的一句是:冬雾雨。但昨天是雾后的一天,却并没有下雨,只是一个不很明朗的凉淆淆的晴日,我们对此感到奇怪。不过,合肥的冬季推迟了,推迟到每一年的春季里,成了倒春寒,这是没有疑问的。比如1996年的春节,是公历的2月中旬(大概是17号),春节前后的那几天竟下起了雪,使人对春节的印象更为深刻。

在小城市里,雾的天气有其独到的特色:大街小巷里对面的来人来车(自行车),肯定都是看不见的,只能听到一声声自行车的铃铛响,突然撞个满怀也属正常,因为小城里的人有时候很倔,不去做提前的提醒或警告,撞倒之后,如果力量悬殊,弱者落几句骂就散去,如果力量均衡,那事态也许会有难以预料的发展。

在小城的雾天里,你云里雾里地正正常常地走着,面前可能会突然出现一片热闹的集市(菜市),犹如海市蜃楼,这都是小城的特点。

在乡村里,雾天给人的印象更深。那是另一种景观:天、地、人、村庄、土路、庄稼、河流、鸟、田野里一间孤零零的房子、湿乎乎的电线杆、日趋减少的狗吠声、静止的荷叶、潮湿但一滴水都没有的横沟、古老的石桥、慢慢上升又缓缓下降的土坡、一眼井等等,都会不断显现在眼前,又不断隐去。

我想起很多关于雾的事情,在这种时候,我还想起在另一个城市,比如淮北平原上的一个城市,此时此刻是不是也有雾?或者此时此刻的天气情况跟我现在所处的城市是不是一样?我放下笔,拿起电话,接通了母亲和父亲的电话。——那里是很好的晴天——两地的天气情况很不相同。我放下电话,心里充满了另一样感觉:又听到母亲的声音了。在较远的地方,她的这一部分心血正在思念着她,也思念着父亲。这种情感有时会像连续几天的雾一样浓。

新世纪的这十几年,合肥这样的自然雾天,感觉不如以前多了。

合肥郊区以前有雾的郊区田园都已经梦幻般转化成了美丽的城市。

例如天鹅湖。合肥的天鹅湖是一座人工湖,位于合肥市政务文化新区内,湖面约1000亩,湖边有各种雕塑、园林树木、人工沙滩、喷泉等景观,目前是合肥市内最大的开放式公园。合肥大剧院、市委市政府、五星级的天鹅湖大酒店、省广播电视中心、出版集团遍布周边。夜晚的天鹅湖广场最绚丽多姿,广场璀璨的灯光和翩翩起舞的人们,成为一道亮丽的风景,它是合肥市民休闲娱乐的极好场所。每次到合肥大剧院看演出或到天鹅湖大酒店吃饭,我们都会早早地到达,先在天鹅湖畔溜达一圈,有时再到广场的健身器材上锻炼一会,还可以脱掉鞋子,在人造沙滩上悠然地散步,十分惬意。

政务文化新区南部的经开区,现在是高校新校区最为集中的区域,有合工大、安大、建工、合肥师范、合肥学院、三联学院、水利水电学院、安农涉外学院、绿海商务学院、城管学院、安徽审计学院、安徽财贸职业学院、合肥财经学院等等。这里还有大学城商业城和美食一条街。经开区翡翠湖风景区环境优美、交通便利,周边有银行、邮局、加油站、小学、中学、餐馆、宾馆和超市,生活已经十分方便了。

安徽省新的博物馆,更名为安徽省博物院,在合肥市政务文化新区,怀宁路268号,相邻安徽新广电中心,周边环境优美,建筑面积41380平方米,地上6层,地下局部1层,建筑高度37.7米,展厅15个,建筑造型沧桑厚重,体现了"四水归堂、五方相连"的徽派建筑风格。外形酷似古代青铜宝鼎的安徽省博物院,有介绍从远古文明一直到明清时期江淮大地的"安徽文明史陈列",有一些安徽特色文物展,例如徽州古建筑陈列、安徽文房四宝陈列、新安画派陈列等。新博经常举办一些专题讲座,去年盛夏的一个上午,我从报上得知消息,还慕名专门到此聆听了一堂有关考古的讲座,新馆虽然位置较远,但是那天讲座的大礼堂里还是坐满了赶来听课的社会各界人士。

安徽省老博物馆位于繁华的安庆路中段,1956年竣工,占地70亩,主楼高4层,它的建筑很有时代特色,庄重典雅,古色古香。馆藏文物21.8万余件,曾经是20世纪50年代全国四大样板馆之一。毛泽东、邓小平、江泽民等党和国家领导人先后来该馆视察,毛泽东同志在此发表了对博物馆事业的重要指示。1961年11月,陈毅同志在视察该馆时亲笔题写了馆名,它使安徽省博物馆倍添光彩。该馆是集自然、历史、社教为一体的省级综合类博物馆,从1956年至今,半个多世纪春华秋实,弘扬民族精神,传承历史文化。2007年8月,省博物馆展览陈列大楼被省政府批准公布为省级文物保护单位。2008年5月,省博物馆被国家文物局评定为首批国家一级博物馆。它是合肥人乃至安徽人的骄傲。我曾不止一次地来过此地,这里也不定期地举行一些书法和绘画展览,吸引着人们浏览、观赏。

这个傍晚,我完成了一桩久已等待的事情后,慢慢地走回家去。

一路走着,心情突然平静下来了。我想起有一年的一段时期,我老是打算到南郊巢湖附近秋枯的稻田和草地去。我真就去了,我呼吸着草根的气息,我想我是和草根共同呼吸着,我倚在她们的怀抱里,我听到乡仔从远地还乡时匆忙走过的声音,他们怀揣着在另一个城市挣到的货币,他们左手的手指上戴着大大的假钻戒。

我想起很多年前我在合肥的街道上骑自行车时,自行车后胎突然瘪了下去的情形。我把自行车推到路边的修车点交给修车的师傅,然后我就站在人行道上看街头的景物。这时一个丰腴、健美、大小腿结实有力的女孩子从我的身边一擦而过,她的头发几乎扫在我的脸上。当我的眼光低垂下来的一瞬间,我看见她白皙的脖颈上有几道新鲜的指甲的抓痕,我觉得这一瞬间事态的发展,就推进了我生命的历程。

我想起夏季洪水泛滥后暴露在视线里的河滩,洪水后的河滩总给人异常肥沃的印象。我还想起去年秋天在乡下看到的场景:一辆满载着刚收割下来的黄豆秧的手扶拖拉机停在农户门前的平地上,雨把别的地方都淋湿了,唯有拖拉机下的地面是干的,一头大猪从拖拉机上扯下来许多黄豆秧,它躺在豆秧上,很舒服地吃豆荚,嘴角都吃出白沫来了。我想我真的平静下来了。我生命的钟摆正在开始一个均衡的时刻。我想这也许就是我推脱不掉的此刻的运数。

巢湖北岸的地区也开始了城市化的进程。巢湖岸边的滨湖新区,2006年11月正式启动建设,按照世界眼光、国内一流、合肥特色、高起点、高标准的要求,滨湖新区启动区确定在紫云路以南、沪蓉高速以东的区域。启动区与国家级经济技术开发区仅一路之隔,水、电、气、热等公共资源接入便捷,已建成的高速公路网和城市骨干路网,四通八达。按照坚持基础设施优先、坚持社会事业优先的原则,合肥一中、师范附小、四十八中、合肥第一人民医院滨湖医院在此落户。全国人大原委员长吴邦国曾亲临合肥视察,欣然题词勉励:"生态滨湖,造福于民",八个苍劲有力的大字,浓缩着吴邦国对合肥、对滨湖、对家乡的厚望。站在湖边眺望浩渺巢湖,视界大开,水天一色,这正像合肥的未来,前程不可限量。

2013年9月25日

银屏笑泉憾散兵

散兵在巢湖南岸。

第一次到散兵来,是二十五年前、1980年的冬天。那时学校放寒假,我跟我的室友王祥一起,先到他巢湖市卧牛山的家中住了一夜,第二天早晨,顶着呼啸的北风,王祥送我到巢湖市的客运码头,上了客船,我独自一人,开始了巢湖之旅。由巢湖市至中庙,再至姥山岛,冒充大学生记者住在大队书记家,翌日风狂浪高,书记派一位社员,用一只小划子搏风斗浪送我回中庙;再乘船至巢湖南岸槐林,上岸步行进入银屏山区,夜宿一位做花炮的农家,清晨在农家门前的小池塘畔破冰洗漱,当天一个人探险般地攀登一座峭岭,孤立无援,还差点在那里送掉了身家性命;从银屏山区步行到散兵镇,在镇(乡)政府招待所住了一夜,又步行到巢湖市,这才返家。

时光荏苒,回忆起过往的岁月,那种感觉、视觉、听觉、触觉、味觉,总觉得原汁原味,不可复现,亦不可复制。2005年,我再一次前往散兵。二十五年前的许多事物,二十五年以后也难以寻觅了,比如内湖的客船,客船上出售的令人狼吞虎咽的粗糙的红米饭、口味较重的豆角烧肉,现在一概都退出历史的舞台了,想在巢湖某码头搭乘一只班船,斜倚在阳光可以照晒到的船舷上,看湖光山色、鱼翔鸥飞,或在机声隆隆、鱼腥味浓重的客舱里看卖鱼回来的渔民甩扑克,都已经不再可能了。甚有历史特色和生活风貌的内湖小客轮,差不多完全从巢湖的湖面上消失了。

现在,二十五年后,我在某种特定的心境之中,再一次前往巢湖南岸的小镇散兵镇。巢湖南岸公路起起伏伏,左手是山,右手是常见的巢湖略显浑的湖面。对巢湖周围的地物人文,我大致上还是熟悉的,从散兵开始,巢(湖)庐(江)公路串起了几个极具特色的乡镇:散兵镇号称"建材原材料之乡",她的地名的起始,缘于楚汉相争的项羽,项羽败战,众叛亲离,军队于此地作鸟兽散,因之唤为"散兵"。另有一种传说,说项羽兵败,将士们依然斗志不减,刘备军中一位谋士出一高招,安排人员趁夜在山岩平整空旷处,用蜂蜜写上大大的"散兵"两字,吸引来各种昆虫;天明后项羽将士见此场面,个个惊恐,大部分散去。唉,这位盖世的英雄、罕见的帅哥,事已至此,也真够他伤心的!

连绵阴雨后初现的阳光显得温暖,公路上有一队骑自行车的老年人,有男有女,正奋力向合肥的方向骑行,从他们车头上插的旗帜和身上斜挎的红绸带可以知道,他们是从浙江出发,前往河南登封的。我心里颇有些触动。车子很快就到了散兵镇,我下了车,先到路口的散兵邮局,为我自己制作的巢湖专题邮品盖销邮戳,访邮求知,收集邮戳,这是我行走或路途上的一个持久的爱好。散兵邮局里坐着一位皮肤白皙、浓眉秀目的同志,也正是一位帅哥级的男人,看样子他还像是分局里的一位领导,正埋头写一份材料,看见我的专题,他立刻推开手头的东西,二话未说,啪啪啪一口气帮我盖了一二十个邮戳,他的邮戳盖得极好,清清楚楚,一点都不拖泥带水,我心里颇受感动。这时,他的盖戳声引来了邮政储蓄的两个男孩和几位女孩,他们欣赏着我自制的独特而漂亮的邮票,我们讨论着关于散兵和巢湖的简单的问题,在一刹那间,这是一种富有人情味的节日的气氛。

离开散兵邮局,我向散兵镇的老码头走去,在我的印记里,散兵老码头是我脑海中第一种水乡的名片。二十五年前,当我在那个客居散兵的傍晚,走到码头上的时候,我看见有许多女人在码头的石板上洗菜、搓衣服、捶衣服，男人们则驾着小渔船出入，在那个夜晚，一种古已有之的亲水的感情在我的心中被唤醒。但现在散兵的老街似乎有些衰落，不过老街的西边又好像正在兴起一条新的街道。我很快走到了散兵的老码头上，我很失望，石条铺就的老码头已经荡然无存，也许是因为水太大了，混浊的湖水直逼土岸，台风"泰利"的影响还没有完全消失，巢湖水天相连，风起浪涌，大浪啪啪地打在湖岸的硬土和碎石上，有点寒凉。

我站在湖岸一棵大树下往湖里看，这时我注意到离湖岸不远的浪尖上有一只小小的舢板，舢板上有两个老年人，男的划船，女的在起渔线。起初他们离岸比较近，所以我都能看清他们花白的头发，湖上一只漂动的船都没有，风浪很大，他们忙忙碌碌的，一刻都不能歇息，男的顶风顶浪划船，半秒钟都不能偷懒或懈怠，女的则两手并用伏在船帮上抓紧收网起线，但是一直没有什么收获。我旁边有一个人来挑粪桶，我抓住机会问他：他们能不能捉到鱼？他抬头看了看湖里风口浪尖上的他们，干脆地说：捉不到。我问：为什么捉不到？那他们为什么还捉？他好像不太理解我的话，也可能是不想跟这个城里的闲人多啰唆，他不置可否地摇摇头，就挑着空粪桶走了。

真的，这两位头发花白的老年人为什么在大风大浪的时刻到巢湖里来捕鱼？是因为生活所迫，还是因为一种割舍不去的生活的方式？或者是另外一种形式的恋旧？像我这样？但是在那一刻，我非常羡慕他们，我起头说了，我是在一种特定的心境之中，到散兵来的。我非常羡慕他们能享有此刻共同奋斗的生活，非常羡慕他们能在这么大年纪的时候，还能够共同享有他们完全习惯了的独到的生活方式。我站在湖岸边，一边胡思乱想，一边迎着大风大浪，观察着他们，直到他们顶着风浪，把小舢板划到另外一个湖湾子里，我才意犹未尽地转身离开。

散兵镇除悠久的历史和传说外,抗日战争时期也成为对敌斗争的区域中心。据当地政府资料介绍,当时新四军七师凭借崇山峻岭的天然屏障,在此发动群众,建立民主政权,建立抗日根据地,对日伪军开展斗争。八年抗战中,新四军七师和老区人民在党的领导下,历经艰难曲折,牺牲烈士近万人,从巢湖、铜陵几个镇,人口不到百万的狭小的游击区开始,最后发展到地跨大江南北,活动范围达31个镇的皖江抗日根据地。今日的散兵镇,历经两千余年的沧桑,也由一个小渔村演变成了一个建制镇。1992年撤区并乡,将原银屏乡整体划入散兵,辖8个村委会、1个居委会。2004年区划调整将原高林镇整体划入散兵,辖2个居委会、15个村民组,243个村民组,乡村户数10750个,总人口39860万人。现全镇辖2个居委会,7个村委会,242个村民组,10750户,40260人。沿湖2个居委会,3个村委会,47个村民组,沿湖人口12610人。

由散兵西行12公里,可至高林。高林又称高林桥,是省内有名的花炮之乡,镇内家家户户的门前屋后,都堆垒着一捆一捆的炮卷儿,花炮已经成为高林的支柱产业。这里是散兵花炮之乡的重要标志。据散兵镇政府网介绍,相传明清时期,当地人即师从李畋弟子,坊间制作烟花爆竹,自20世纪90年代由家庭作坊过渡到生产小区,近几年,又掀起花炮"二次革命",全面进行了工厂化改造,建成了55个生产厂、252个配套关联企业,从业人员近2万人,年产值5亿元,生产的响炮、礼花、大地红、引芯、响子亮子五大类270多个品种,产品销往全国各地。

从高林桥沿070或011县道南行,路碑标示为070县道,而导航则显示为011县道。约2公里至大江村,从村中左转进入村村通,往东略偏南行,前往汪郎中村。前方出现一道低山山脉,那是龙骨山。龙骨山为一条大致南北向的低山山脉,汪郎中村就在龙骨山西侧的山脚下。从大江村行进约1500米可到汪郎中村。进村前先经过大片稻田,再过一座不大的桥,一道溪流由南而北,从桥下流过,流向巢湖。由于多日高温干旱,溪流已近干涸。过了溪,就进汪郎中村了。

在村西口问几个成年人,请问,这是不是汪郎中村？成年人说,这就是郎中村。一路上问路,都称汪郎中村为郎中村。又请教丁汝昌故居在哪里,成年人们都说看不见了,什么都没有了。倒是有两个骑山地车玩儿的少年,其中一个十三四岁,说丁汝昌故居就在他们家后面,被人家盖上新房了。哈,我请他们骑车带路前往,他俩二话不说,就骑车带我去了。

顺村道往龙骨山脚走,走到村里,两位少年停住车,说这就是了。

据相关资料介绍,丁汝昌,字禹廷,1836年出生于安徽庐江北乡石嘴头村,原籍安徽凤阳,祖先在明初投军入了卫所,后人成了卫籍,落户在庐江县北乡石嘴头,子孙繁衍,人口增多,后来该地改名为丁家坎村。丁汝昌的父亲丁灿勋,以务农为生,生活贫苦。丁汝昌幼年曾入私塾读了三年书,因家境贫穷,自10岁起失学,出外帮人放牛、放鸭、摆渡船等,以补贴家用。14岁时,父母在荒旱中双双饿病而死。1853年,走投无路的丁汝昌参加了太平军,驻安庆。当太平军大势已去的时候,被迫随队改投湘军,不久改隶淮军,参与对太平军和捻军作战,官至记名提督。

丁汝昌做官后,为避讳出生地庐江"丁坎村"地名,又因与刘铭传不和,罢职归里,于1864年全家搬到高林乡郎中村(今安徽省巢湖市高林镇汪郎中村)。1879年,丁汝昌被李鸿章调北洋海防差用。1881年1月,率北洋水师官兵200余人赴英国,接"超勇"和"扬威"巡洋舰回国。1888年出任北洋海军提督。在威海卫之战中,指挥北洋舰队抗击日军围攻,但未得到上级命令,无奈港内待援,致北洋海军陷入绝境。弹尽粮绝后又无援军来援的希望,拒绝了伊东祐亨的劝降和瑞乃尔等的逼降,服毒自尽以谢国人。

少年姓班,"班级"的"班"。我下车随少年走过去看。

丁汝昌故居南有数家住房,左侧除人家外,还有小超市;右侧就是少年的家,也是新的二层楼房,一片长势十分茂盛的金银花从墙角一直铺到二楼平台,一条小白狗蹲在门外的高台上看我;通过这两家之间的一条通道,就可看见后面有一个水泥小院,有一或两间紫瓦的新平房,住着姓汪的一户人。我走进去,到那家小院外观看,其实没有一点旧居的痕迹,什么都看不出来。

据巢湖当地文史专家介绍,丁汝昌在巢湖的故居,位于隆泉村汪郎中组,占地面积14600平方米,三栋三进三出的青砖小瓦,总建筑面积1170平方米。花园有竹、桃、梅及假山、石、桌、凳、椅,现有部分老宅和进村的石板道路。由于年久失修和缺乏保护,现该处古迹即将消失。现在来看,丁汝昌的故居已经不存在,我请两位少年替我拍照留念,又给他们拍了一张合影。我问,这村到底叫汪郎中村,还是叫郎中村?少年回答说,就叫郎中村。呵呵,我知道了,谢谢了。

离开郎中村回到070(或011)县道上,回头看去,郎中村东侧青山,西侧流水、平畴,形态真是极佳的。沿县道南行,约5公里可到笑泉口村。过隆泉村、栗立、小叶,这才把当地的地理看得清楚。原来这里东、南、西三面环山,一面开口朝湖(巢湖),郎中、隆泉、栗立、小叶等等许多的村庄,都在这三面山围成的微丘平畴里,真是一块佳绝的地理位置。

过小叶后不久,没070(或011)县道转东行,很快就到了笑泉口村。笑泉口村在龙骨山西侧山坡上,011县道从村中穿过。路南靠路一面旧的灰砖墙上,钉着一块不大的蓝底白字的牌子:"笑泉口村"。牌子被一丛石榴树枝半挡住,要仔细观察才看得到。

村里县道北有一排平房,五六间宽,是一个宗教场所,正中的大门上铸着"大佛寺"几个大字,据说此寺已有数百年的历史。寺庙后面还有棵桂花树,也有三百多年了。但现在我看到的大佛寺建筑,似乎没有太久的年代。中国多地有大佛寺,关于大佛寺的那两句回文诗也流传甚广——人过大佛寺 寺佛大过人,意味无穷。

笑泉在村西路南。从村西下070(011)县道右转南行,从两户人家中间的通道走过去,路西有一棵很大的柿子树,再往前10余米,路东有一棵很大的树,看上去像榆树,但不能确定。笑泉就在树南的下方。

笑泉又称孝泉。原来笑泉是一个大约五十平方米的小潭。潭南数百米是低山,有一道为丛草掩盖的很小的溪沟从小潭方向流向南方山的方向。潭水泛蓝,四周都是高高的水生植物,郁郁葱葱,有几块长条青石搭在潭边。据说笑泉的水温长年保持在15摄氏度左右,十分神奇。

关于笑泉,有多个版本的介绍和传说。一个版本说,笑泉位于散兵镇隆泉村笑泉口,龙骨山下,大风山之间,泉池面积250平方米,呈圆状,四周树木茂密,泉池清澈透底,观者至泉池边大声说话或鼓掌,泉水上涌,故称"笑泉"。传说笑泉为吕洞宾宝剑所掘,一日吕仙巡游至此,因口渴随手拔剑一掷,泉涌,吕仙大笑,泉更涌。

另一个版本说,很久以前,笑泉村有家年轻的媳妇,因年迈的婆婆生病,需要用"焦湖",也就是巢湖的水熬药。这媳妇每天半夜起来,赶三四十里的路去焦湖挑水,一年又一年,媳妇用脚在焦湖和笑泉村之间踩出了一条道路。这天早晨,媳妇挑水正往村里走,一位弯着腰、拄着拐杖、须发皆白、走路都不稳的老人,拦在路上,向媳妇讨水喝。媳妇说,你就喝后面那桶吧。老人说,这是为什么?媳妇说,我走路快,多少要带起一点尘土在后面的桶里,后面这桶水是留着我们喝的,前面那桶水是给我婆婆熬药用的。老人听后点点头,把拐杖深深地插进地里,坐在桶边喝起水来,不一会就把后面那桶水喝干了。天干物燥,老人似乎渴极了,喝完后桶的水,他又要喝前面那桶水。媳妇不忍心看着他忍受干渴,就把前面那水桶水匀出一半给他喝。老人把半桶水一饮而尽后,又要喝剩下的半桶水。媳妇流着眼泪,把剩下的半桶水给老人喝掉,然后擦干泪花,挑起担子又朝焦湖方向走去,打算重新挑一担水回来。老人在她身后喊道,你上哪儿去?这里不是有一眼清泉吗?赶快挑一担回家给你婆婆熬药吧!媳妇吃惊地回头一看,老人的拐杖已经变成了一棵大榆树,榆树旁边有一眼泉正涌出清泉水。老人说,你的孝心感动了上天,从此你就可以在家门口挑水给婆婆熬药啦,说完哈哈大笑起来,清泉涌得更欢了。从此,人们就把这眼泉称作"孝泉"。泉水边的人们生活得十分开心,人们在泉水旁有说有笑,泉水就涌得更加欢畅。这眼泉遇旱不涸,逢涝不溢,人们又叫它作"笑泉",至今如此。

还有一个版本,传说在很久以前,笑泉口村住着一户人家。这户人家的婆婆得了一种很少见的病,每天熬药需要用几十里外的焦湖水,一天不熬都不行。这户人家的媳妇十分孝顺,每天早早起床,颠着小脚,挑着两只大水桶,穿过高低不平的小道,走三四十里路,中午才能赶回家中。一路上磕磕绊绊,两桶水到家只剩半桶了,只够婆婆熬药饮用。一年又一年,媳妇坚持不懈。这一年盛夏,媳妇挑着两只桶,磕磕绊绊快到家的时候,突然迎面驶来一匹枣红色的战马,战马上跳下来一位将军,二话不说,捧起水桶就把剩下的水喝光了。媳妇见此情景,急得大哭起来,哭过了,擦干眼泪,又转身向焦湖的方向走去。将军追上去问清原因,才知道如果当天没有焦湖水给婆婆熬药,婆婆就没治了。将军听后,哈哈大笑,拔出宝剑,发力插向干旱的土地,地上霎时涌出一股泉水来。

婆婆喝了这眼泉的泉水,病奇迹般地好了。人们为了纪念这位孝顺的媳妇,便把这口泉取名为孝泉,把这个村子称作孝媳村。人们笑口常开地生活在这里,于是这眼泉又被叫作笑泉,这个村被称为笑泉口村。

笑泉之所以能够闻笑涌泉,据网文考证,是因为当人鼓掌或大笑时,声浪与泉底产生共振,从而引发泉水翻滚。但不知这样的解释能否得到专家的认同。

我到笑泉边时,村西头一位开小面包车的中年男人,正赤裸着上身,下身穿一条花短裤,提两只塑料桶,一白一蓝,站在笑泉里,先用水洗上身,又用桶提水。我四面看了一转,拍了点照片,然后向他请教说,南面是什么山?他头也不抬,哗哗地用水洗上身,口气不爽地说,山就是山,有什么名不名的?我又说,这泉为什么叫笑泉?他口气更硬地说,就叫笑泉,哪有什么来历?

我有点莫名其妙,我和我的小伙伴们,即周围的花花草草都惊呆了。但附近没有他人可以请教,不问又不甘心,于是硬着头皮又问,这个泉里的水是从哪里来的?我的意思是从地下冒出来的,还是如我所猜,也有从山上流下来的小溪水。他口气仍硬邦邦地说,你问这有什么用?我无语。我想使劲拍拍手,或大笑几声,看可能把泉水引出来,但在这人跟前,那也太怪了。我只好叹口气,四面再看看,拍几张照片,离开笑泉,回到070(或011)县道上去。

从高林镇上 S316 东行,20 公里后,右转进入 S208,南行约 1 公里,进入 007 县道。007 县道就是直通银屏山景区的专用道,道路由两山之间的谷地进入山区,道路两边都是假山奇石。这一天是 2013 年 8 月 17 日,此时已经是傍晚 6 时 57 分,天色正在逐渐黯淡下去,前方山影朦胧,林鸟喳喳,一轮半圆的月亮悬挂在南偏东的天上,愈加显得山影憧憧。

山道上杳无一人,过项山村,约10公里后,到银屏山景区大门。此时是7时09分,景区大门坐南面北,上锁紧闭,大门外所有的建筑物都大门紧锁,既无人声,也无灯光,想必山上夜晚是不留人的。山上这时仅28摄氏度。只听得山虫清叫,山下有狗吠声远远传来。

我把车停在空旷地,熄火,止语,下了车,静心地听树,听水,听山,听月,听虫,听天地,听人世,听前生未来……

银屏山是巢湖南岸的一片低山区。当地政府网站称,银屏山景区是巢湖国家级风景名胜区,国家AAAA级旅游景区。最高海拔496.1米,面积4650亩,这里风景优美,环境怡人,山中谷幽、林密。银屏牡丹,人称"天下第一奇花",生长在悬崖峭壁之上,其风姿绰约,历经千年而永葆青春。自古以来,每当谷雨花开时节,各地百姓纷纷自发前来,规模逐渐扩大,进而形成"看花节"。景区内有藏佛洞天、落星盆地、鸡毛燕峰、八十八杳,另有吕洞宾仙人洞炼丹、剑插笑泉(孝媳泉)、霸王石、牡丹仙子等传说,美丽动人,脍炙人口。

银屏山区既有仙境传奇,人文荟萃,又是生态绿色传统食品的产地:绿茶、香椿、蕨菜、珍珠菜、水晶石榴等山珍闻名遐迩。"巢湖银尖"绿茶曾获中国茶叶博览会金奖。银屏山还是爱国主义传统教育的基地:兵工厂、战地医院等新四军在此建立革命根据地的遗迹,都是爱国主义教育的活教材。

前面说到,1980年大学寒假,我在银屏山区步行,夜宿一位做花炮的农家,第二天清晨在农家门前的小池塘畔破冰洗漱,当天一个人探险般地攀登银屏山区的一座峭岭,孤立无援,差点在那里送掉了身家性命,想起那次攀登,仍思绪如飞,若在目前。

无形的"攀登",自然令人心动;有形的攀登,也使人神驰往之。

巢湖南岸银屏山区的一片山,看上去山都不很高,也不甚深。听了一夜山风后,翌晨天刚放亮,我即缘山脉而上,往目之所及的最高的山峰攀去。

天是一种钢蓝。暖意熏心,晴阳普照。山间鸡鸣狗远,山脊却是愈走愈狭,终至走成一刃。这时回首后望,山也还并不高峭,清涧历历在目,人形若有若无。我返身仰行,山脊愈细,斜坡迎面,越升越高;再走,不足三五十步,坡即陡立起来。俯身犬爬,鼻口贴地,渐嗅得一片异香;那时正在大学读《楚辞》《离骚》,忙止了攀爬,低头拨弄陡坡上的枯草,暗想:这哪是江离?这哪是薜荔?这哪是杜衡?这哪是茹蕙?自己被自己激动起来——那也是一种真诚的激动,是很少掺杂、初尝生命这一隅的激动。回身痴望来路,河汉遥广,天地静宁,皆朗远无际涯。虽然从山下看,一个来路欠明的人,形迹非正地攀附于一座不很高险的山股上……有些奇怪,但我却有收获:是亲历了一种自下而上、中坡极目的境界——在往后生命的运作中,都可以类比。

后来,我又去攀了大别山,攀了黄山、泰山、庐山、祁连山、九华山、阿尔金山……攀了一些有名的和无名的山……那些有名的山,不少让我失望,而那些无名的、野的和更野的山,却都让我大喜过望——也许,景观,观景,我天生并非观景之人,青菜萝卜,丝毫也勉强不得。

我是在平原长大的,对山,有一种天生的向往;这对我,是一个梦;也许并不特别在意那山的确形,是借了山的确形:山的深,山的险,山的怪异,山的迷踪,山的丰厚,山的飘忽,山的真真假假,错错落落,上天下地,飞动亘止……来填塞我听潮观瀑、焦掷喝击、雷轰钟鸣、仰笑低敛……的一种止不住的、永远的渴望。

——说来说去,又回到无形的"攀登"境地里了;原来有形与无形、有迹与无踪、有思与无意,也是扯不烂、砸不断、喝不止的一团纠葛:都掺和成一片了!

2012年国庆,我和妻子结伴,又一次前往巢湖银屏山区。

妻子喜欢自制小菜,她一直想得到几块又大又漂亮的天然鹅卵石,放在腌菜的坛子里压菜,这次中秋、国庆双节放假,我们决定到山里转一转,寻石去。

为了错开长假带来的道路拥挤,我们避开了那些风景名胜,沿着环湖大道往东,再往南、往西,驶向巢湖南岸的银屏山区。我猜想,银屏山山涧溪流里的石头,常年被奔流不息、逝者如斯夫的溪水冲刷得圆滑、干净,是腌菜石的上选。我们进入了银屏山道,弯弯曲曲的山路很幽静,没有喧闹声,车辆也很少,只是偶尔看到山民挑着盛满蔬菜、粮食的担子在急匆匆地赶路,或偶遇一对小情侣手拉手在山路上悠然地散步;山坡上白花花的棉花、金黄色的稻田、直立成熟的芝麻,一派丰收的山野景象。在这里行车,我们一声车笛也不鸣,怕惊扰了山里的幽静、悠闲。

虽然没有找到大的山溪,多少有点遗憾,但沿途还是捡到了很多妻子理想中的石头,足足带了两袋子回家。妻子在山坡的一片草地里,为了拣一块喜欢的石头,差点摔倒了。脱离"险境"回到公路上后,发现衣服上沾着许多小小的带刺的草屑。我看了说,植物可真是聪明,这是些草的种子,这些种子利用风、鸟、动物和人不经意地传播,就把它们的扩张带向了遥远的地方,来年春天它们会在异地生根、发芽、安家。大自然真的很神奇、很神奇。

到家后妻子顾不上休息,挑了几个实在的鹅卵石准备腌菜用,其余的则在两个阳台分别摆了一个假山。哈,她对这次寻石的战果很得意,也很兴奋。以后有机会,她一定还会继续寻找各色各样的山石,充实她的小假山。在家里,也能听得到银屏山的风吹声、鸟鸣、水声、林声。

突然一阵摩托声响起,打断了我的思绪。我转身向山下的来路看去,只见一位赤裸上身的小伙子,骑着摩托车快速地冲上山来,又急速地从我不远处飞过,由景区大门外左转上山而去。

我收拾收拾思绪,下山离去。此时是晚上 7 时 18 分,天已全黑,过弯道时的鸣笛声在幽深的山里显得特别悠长。过项山村,路上既无行人,也无车辆。我在出山的路上默默地前行。

猛然看见前方路边出现了一些房屋,路的右边,一阵音乐声传过来,原来路边的平地上,竟有 20 多个女子在跳广场舞,另有数个男子在路边拉了条凳,摇着扇子,充看客凑热闹。哦,这真让我惊呆了。在这看似无人的夜晚和山里,竟有这等场面。

出山时气温已经升到了 31 摄氏度。走 S208 线、S316 线到巢湖市。巢湖市的温度继续上升至 33 摄氏度。由巢湖市上合巢芜高速,夜晚 8 时半到合肥。合肥的气温已经上升到 35 摄氏度。

2013 年 7 月 10 日

湿地悠悠润坰炀

从合肥九狮苑广场出发,沿环巢湖旅游观光大道约42公里可至巢湖市坰炀镇。过长临河镇、六家畈集、中庙街道,一路向东,过芦溪湿地,即进入巢湖市黄麓镇与巢湖市坰炀镇交界地带。

此地的环巢湖旅游观光大道与湖岸稍有距离,但通过便道可至湖堤大道。登上湖堤,堤下浅水里芦草聚生,湖水半淹。倚湖南眺,只见湖天交融,湖鸥竞翔。离湖岸百米之遥,一只机动渔船正乘风破浪,驶往湖心;另有一只小渔船则泊在百米之外的湖水里,船尾立着一柄白绿红相间图案的大伞,伞下至少有一位穿淡红衣服的妇女,另有一位穿淡蓝衣服的男人,正当午时,他们在往船帮外放渔网。

继续前行,数公里后可至小小的渔人码头。码头很简陋,湖堤边有几间临时房,房里总有人在分拣刚从泊岸渔船上抬下来的鱼鲜;一条土石路从湖堤斜入湖堤里,并一直通往伸向湖水中的土石小码头。码头旁停靠着不大的渔船,渔船上还有五星红旗在猎猎地飘扬,更小一些的渔盆停在渔船之间。

我们到湖浪几乎拍得到脚的小码头上散步、望湖、听涛;突然湖水平静了下来,仅泛着细微的小小的波浪,有几只小渔盆又划向了阳光晃眼的水天处。我们回到湖堤旁的小房子里,看渔人分拣刚打捞上来的鱼鲜,再买一些蹦蹦跳跳的新鲜鱼和虾带走。在别有风味的小小渔人码头上,我们的收获不仅是小鱼小虾,更是一种情趣的浸润和陶冶。

沿环巢湖旅游观光大道继续东、北或东偏北行,10多公里后,到坰炀河湿地。这是坰炀河由坰炀镇至坰炀河入巢口这一段河道两侧的湿地。烔炀河大致东西向入巢,环巢湖旅游观光大道南北向跨越河道。站在桥上看烔炀河、河口和湿地。河口处芦草茫茫,水道里则泊着十多艘大小不等的船只,一头大黄牛带着一头小黄牛在河岸高深的草地里吃草。

一时间,我有点恍惚。当我面临城市的懊恼时,我总会一而再,再而三地想念乡村,想念湖岸、河口,想念我十几年以前到过的一个地方。那是一条由河入湖的河口,河开始呈喇叭形,浩荡入巢,水虽略显混浊,但仍令人遐想。码头上方的石台阶陡然地通往河堤上的一条小街,小街就是那么窄仄地把道路逼成了一人巷,我想,几十年前码头上方的老街恐怕都是这样子的,南方的人们背着竹篓上下,小街两边的商店黝黑、曲折,赶街的人们坐在茶馆里喝茶,当雨下起来的时候,人们则从背后拉起竹篾斗笠戴在头上,于雨雾之中登船而去,返回自己在对岸河堤上简洁的家屋。中午时分,炊烟在河堤上升起来了,蒸咸肉和咸鸭子的特殊的香味在河堤和河面上弥漫,包括河流拐弯的槐树林。一条小渔船正划开波浪赶来。雨很快就停了,一位赤脚的渔人蹲在小街临近码头的地方摆开他的鱼篓,展示几条尚能摆尾的大白条子,但这种时候他绝不会卖出什么好价钱的,不过他看上去颇有耐心,他吸着烟,一点都不急躁,或者烦恼,或者沮丧。此刻我想如果是我正巧在小街上行走,我会蹲下身去,问那渔人鱼的价钱。绝不会贵的,在那样偏远的地方,在那样偏远的时刻。我会买下它们,会请渔人用稻草绳把鱼嘴串起来,我拎着一串鱼回家,在家中的厨房里烧出一锅香喷喷的鲜鱼汤来。也许恰巧有几位朋友上门,我请他们喝鱼汤、吃鱼肉,同时告诉他们码头小街上的情况,哪怕他们并不在意,也没有多少兴趣,但我要把这些话说出来,这是我的愿望。

离开巢湖西北行,进入微丘旱地。旱粮和旱地作物们都长得旺盛,花生、山芋、玉米、棉花、黄豆,在水热充足的环境里都十分肯长。种山芋的土地带些沙,这更利于块茎植物的生长。

数公里后进入烔炀镇。当地文化学者介绍说,烔炀镇原称烔炀河镇,地名的来源,是由于烔水和炀水在附近汇合入巢湖而得,是一块"二龙戏珠"的风水宝地。烔河原名桐河,发源于肥东县桐山南麓,炀河原名杨河,发源于镇西的杨子山,两河交汇于镇南,形成桐杨河。古时因为镇区经常遭遇水灾,当地老百姓为避水患,欲以火来克水,故将"桐""杨"二字的"木"字旁,改为"火"字旁,形成了今天的"烔炀河"。《新华字典》中的"烔"字,注释为安徽巢县烔炀河镇专用字。

第11版《新华字典》中的"烔"字下有词语为"烔炀",这一词语的注释是,"地名,在安徽省巢湖市",由于"烔"字下仅有"烔炀"一条词语,因此可以将"烔"理解为烔炀河或烔炀镇的专用字。但也有不同的看法。一位网友认为,"唐末五代诗人韦庄创作的长篇叙事诗《秦妇吟》就有一句'火迸金星上九天,十二官街烟烘烔','烔'在这里可理解为火势很大"。《辞海》解释"烔"为"热貌。见《玉篇·火部》。如热气烔烔"。据烔炀文史学者介绍,烔炀地区群众的聚居,可追溯到汉唐时期。据史书记载,烔炀镇建于南宋淳熙年间(1174—1189年),有近千年的历史。如果烔炀地名出现于汉代,那么"烔"字的出现有可能如当地民间传说那样是烔炀此地的首创,后为文人所活用。这是需要从地名学、语言学、河流地理等方面细细梳理的活计。当然,"烔"也可能并非专为烔炀而发明,但逐渐为烔炀而专用,也是个趋势。

烔炀镇形成较早,但发展繁荣并形成一定规模,则在明清时期,至清同治年间建制设镇,是烔炀镇的兴旺时期,常住人口已近5000人。当地领导向我们介绍说,那时的烔炀镇,舟楫如梭,商贾如云,街景繁荣,为当时巢县西乡重镇,重要的商贸流通集散地。

镇上有四街六巷,即南北主街、东街、桥东小街、南头小街和查家巷、李家巷、刘家巷、金家巷、巴家巷、罗家巷、徐家巷等,街道皆为青石板铺成,老街房屋皆为砖木结构,青砖青瓦槽门,前店后坊,大部分建筑为二层楼阁。到晚清和民国时期,镇上有京、广、杂、山等各色商店,织、奢、磨、糖、糟等多种作坊,竹木商行、茶馆酒楼、旅栈戏园、宗祠当铺、工厂匠铺等300多家,有"祖一元""亿泰和""长春园""清河园"等一批知名老字号店,旗幡猎猎,人头攒动,盛极一时。民国二十九年(1940年),张治中先生第一次回乡探亲,还在峒炀镇乐陶轩酒楼办了五桌酒席宴请乡亲。

现在的峒炀老街街口,有"老街"字样的路牌。由南而北进入老街,这一段已经扩展、新建,两边都是两三层的楼房,一层门面,二、三层住宿。进入老街数十米后,路西门牌号为"中街29号""中街31号""中街33号"的几家店面,据当地人说,这里就是当年中国第一家农民实验文化馆旧址。

据相关资料介绍,1950年2月,皖北行政公署根据中央文化部的意见,在皖北地区建立一所农民实验文化馆——皖北黄麓师范峒炀农民实验文化馆,该馆砖木结构,面积800多平方米。其目的:一是作为学校学生深入农村办文化教育的实习场所,二是为学校设置工农教育课吸取经验,三是给国家培养文教干部。解放初期,安徽省的大专院校基本停办,唯有黄麓师范没有停办。黄麓师范在当时不仅设有普师班,还有高师班和研究生班。皖北行署确定以黄麓师范为基地,选择交通便利和文化基础较好的峒炀镇,建起了这所农民实验文化馆。1953年该馆由安徽省文化局领导,并改为"安徽省峒炀人民文化馆"。

文化馆内设有图书室和报刊阅览室、街头黑板报、漫画专栏、青年文化补习班,后又开办幻灯、代笔问事处、儿童游戏室等。室外设单杠、羽毛球场和篮球场等。从1950年6月到1951年2月,先后有近百人通过在这里学习走上工作岗位或进入华东革命大学、皖北干校以及师范院校继续学习。1964年,在团中央宣传部副部长陆进的带领下,中央农村文化工作队来烔炀开展农村文化工作,其间,著名音乐家李焕之在巢湖烔炀,与农民同吃同住同劳动。他吸收烔炀一带山歌、秧歌、渔歌的音乐元素,精心创作了民歌《巢湖好》,在省内外广为传唱,轰动大江南北,经久不衰。烔炀农民实验文化馆,是新中国成立后全国第一个农民实验文化馆,为新中国农村群众文化事业的繁荣发展做出了不可磨灭的贡献。

从"中街33号"南侧的一人巷右转,可到农民文化馆旧址的后面,这里都已经建成了新房,门楼上爬满了丝瓜、豆角,门外、墙根的隙地上,种着茄子、辣椒等蔬菜。附近摇扇子午休的老年人和穿汗背心的中年人都知道这里是老文化馆旧址,他们还热心地带领我们前往,并指点着旧址的所在,作一点简单的介绍。

沿中街南行数百米后突然变窄,车辆已经无法通行,只能步行前往。数十米后到一条三岔街口,这里是中街和东街的交汇处。据当地领导介绍,烔炀老街现存南北长200多米,东西长近150米,现在还保存着500余间明清时期的古民居。但这里的老房大都陈旧、破败了,令人担忧。

两街交口处的东街口有一处大宅,门牌号为"中街34号",大宅上层都已经倾倒,但墙体上还保留着一块清朝同治七年的"政府公告",即"正堂陈示"石碑,石碑上面刻有禁烟、禁赌、禁宰杀耕牛、禁唱庐剧等社会治安内容的公告。

顺东街东行数十米,至"中街3号",街对面即街北,即为坐北朝南的李鸿章当铺。大门西侧为一家关门的幼儿园。据当地政府网站介绍,清光绪年间,身居中堂的李鸿章,权势显赫,在许多城镇开设当铺,李鸿章家族在烔炀河镇东街开设的当铺,由其侄子李大海经营。当铺占地1000多平方米,建筑面积850平方米,石条墙基,砖木结构,房屋高大宽敞。大门为青石条包镶,木门厚达20厘米,用铁皮、泡钉加固,铜制虎头门钹、门环显示出富贵威严。

当铺共两进两厢,第一进为门厅和偏房(管理用房);第二进为交易大厅,分上下两层,底层为交易营业场所,楼上是仓库保管用房。大厅前沿屏门隔扇美观大方,通风、采光好。房屋用材考究,建筑工艺精美,集木雕、砖雕、石雕为一体,十分精美,堪称古代建筑的艺术精品。前后两进房屋中间有厢房,天井。天井呈长方形,按"四水归明堂"风水设计建成。天井用青石铺装,古朴典雅,排水系统科学独特适用,雨霁水干。该建筑物建筑风格,考古专家称为典型的江淮建筑庐州风格。

中华人民共和国成立后,烔炀李鸿章当铺曾改为印刷厂,大门两边现在还有"印刷厂"字样。盛暑时节,天气酷热,午时1时39分,我来到大门外,拍了两张照片,向敞开的大门里张望,只见大门里的地面上,正有三位中年农民工模样的男人,各铺了一领凉席,睡或坐在席上休息。他们看见我在门外张望,都主动说:"你进来拍,进来看。"

我走进去,这些精美的建筑都正在毁掉,房顶倒的倒、塌的塌。他们指给我看大门,说:"你看看这个门闩,铁的,讲究得很。"我说:"这里可有人来看?"他们说:"每天都有人来看,逢年过节时人还来得多!"原交易大厅的下层,摆放着许多废弃的印刷机,上层木架部分已经垮塌下来,侧门外长满绿植。后排屋子大厅后门外,是一个长形院落,也长满了各种攀缘植物和杂木,几乎不见天日,一股湿凉气;门外左侧紧邻门处,是一口老井,井里还看得清水面。

烔炀镇老火车站有个碉堡群。抗日战争时期,烔炀镇被日本侵略军占领,他们在镇北修筑碉堡群,目前在老火车站还有两个下部保存较好的碉堡。烔炀老火车站现在已经废弃不用,生锈的铁轨被野草遮盖着,铁轨附近的零碎土地上都被人种上了红苋菜、空心菜、豆角、山芋、白茄子等蔬菜。旧站房门外晒着衣服,说明这里还有人居住。旧碉堡在老火车站站台两端,仅剩一人多高保存较好,射击孔还完整结实,碉堡的上端堆满了土,长着杂草灌木。这是日寇侵华的罪证,也是当地爱国主义教育的活教材。

从烔炀镇沿 X001 南偏西行,4 公里到中李村,修葺一新的李克农故居就在县道边。上一年的秋天,我们由巢湖南岸的银屏山返回,路过烔炀镇中李村,那是一个双休日,来李克农故居参观的人络绎不绝,不时有私家车在故居外县道边停下来,有不少是带着孩子来感受"红色"气氛的。

李克农是久经考验的无产阶级革命家,杰出的社会活动家、外交家,隐蔽战线的卓越领导者和组织者。在长期的革命生涯中,他以对党无限忠诚和高度负责的精神,在紧急关头保卫了党中央的安全,在关键时刻向党中央提供了决策性情报,为中国人民的解放事业做出了重大贡献。中华人民共和国成立后,李克农先后任中共中央社会部部长、外交部副部长、中央军委总情报部部长、中国人民解放军副总参谋长、全国政协常委等职,1955 年被授予上将军衔,他也是我军唯一没有指挥过炮火硝烟战斗的开国上将,他的一生充满传奇色彩,被誉为"传奇将军"。

李克农故居现占地面积 1521 平方米,建筑面积 550 平方米。进院后左为李克农将军生平事迹展览馆,右为李克农将军故居。故居多次被授予安徽省爱国主义教育基地、国家安全教育基地、国防教育基地、革命精神代代传教育基地、安徽省十大红色旅游景点等称号。2004 年 10 月,李克农故居被安徽省政府定为第五批省级文物保护单位 2007 年 5 月,国家安全部授予李克农故居为"国家安全教育基地"。

2013 年 7 月 20 日星期六于合肥五闲阁

巢湖涌浪堆中庙

中庙现在不称镇,改称街道了,叫"中庙街道",是一个相当于镇级的行政单位的驻地。

从巢湖市出发,近40公里可到中庙,从合肥南一环出发,走巢湖旅游观光大道,也是差不多的距离,约40公里。据说中庙地名的来历,正是因为此地是距古庐州和古巢州水路的中点,因此名中庙。从地图上看中庙,我们可以看得更直观些。巢湖略显心形,合肥市、中庙和巢湖市则在巢湖东、北部构成一个等腰倒三角。

中庙还曾经名为忠庙。"文革"时期,时兴改地名,许多小乡镇的地名都改得"革命"了,例如皖北泗县的黑塔镇被改为"红塔",山头镇被改为"赤山"。环巢湖地区的乡镇,也有些改了名一直沿用着的,虽然不一定是"文革"时期改的名,但失去了地域或文化特色。譬如肥东的湖滨和肥西的滨湖,这两处地名就像绕口令,外地人很难分得清是肥东的湖滨还是肥西的滨湖。倒是这两地以前的老名有文化含量,肥东的湖滨以前叫六家畈,现在也改过来了;肥西的滨湖以前叫仓九田,都可以顺着地名,研究出许多东西来。

1949年以前中庙的名称到底怎样,我没有研究,但我知道,"文革"时期和"文革"结束后一段时间,中庙都被称为忠庙。当然,这一方面是因为"文革"时期改名成风,忠字当头;另一方面为淮军树碑立传的昭忠祠在中庙,中庙会不会在20世纪也曾经被称为"忠庙",若果如此,那中庙被称为"忠庙",也还是有缘由的,不仅仅是为"红"而名。

中庙是倚山傍水的千年古镇,又是省市重点开发的旅游景区,20世纪70年代末,就有很大的名气。1980年大学放寒假时我去过一次,还冒充报社记者在姥山岛上的生产队长家白吃白住了一晚,第二天又麻烦队长安排渔民冒着大风狂浪,划着小渔盆送我回到中庙,想想那时真是不懂世事,也感叹渔家的厚道和朴实。

时间转眼逝去了十年。十年后,即1990年,我再次前往巢湖中庙,那次正值秋末,中庙距合肥是两个小时的路程,下了合裕路,路就不好走了,是那种碎石铺成的路面——这倒成了一种规律,离大的城市较远,且又不在交通线上的,修路的钱就难有人出。到中庙住了一夜。第二天早上起了雾,天略有阴晦。我晚上睡得晚,早上就起得迟,起来后啃了个大苹果,出门往巢湖边上去。

中庙的集市,还是以简单的几条老街为主;港湾里的船,倒像是多了不少。中庙这地方,是陆地伸进巢湖里的一个小小的半岛,地势较高,风景优美,很有些滨水旅游区的条件。

在老街闲转一会,不由得便起步往白衣寺去了。白衣寺建在湖边的一处高地上,也是三面环水,那三面环水的高地,是很高的突入湖里的一个岬角。我缓步而上,渐渐地,自个儿也高了起来,能望见来路的许多事物,都在俯视之下了。

白衣寺已经破败了,只一个看寺的人,四五十岁,瘦精精的,开了寺门,跟我讲寺的旧事,又搬来些清朝的灰砖,叫我看砖上的那些文字。那些文字也很模糊了,都显出了朝代更迭的痕迹;还有些图案,其中有三环连套的一种,我很有兴趣,翻来覆去地问,那看寺的人却答不上来了。我谢过他,径直往岬角的尖头去了。

岬角的尖头,是深插入湖里的一角陆地,又是全石的一块,东边半个湖的风浪,都涌拍在这巨石上,发出轰隆隆的震响。

我立在最后的陆地的边缘上,眺望浩渺的大湖。这时的大湖,风催浪涌,却有一只大盆,在风浪里浮游,盆中那两条腿,岔得开开的,看上去并不好看,似有点罗圈,却顶用,能稳稳地立着;那两只胳膊和两只手,也不好看,却都有力,能摇动桨,把大盆在水里划成一条湖鱼,窜动并且骄傲。一个年轻些的,蹲坐在盆的另一头,从那两条岔开的腿间,去望湖天风浪的世界——那正是我,那就是1980年寒冬我从姥山岛回中庙时的一幕。

从岬角上下来,我又回到旅馆的房间,在摊开了稿纸的桌子前坐下。我的笔又开始工作了……我想起我刚才走过时看见的那一大片杨树苗和厚厚的草地——我下次来,还会见到它们的吧?!

过了几年,大概是1993年,我又一次前往中庙。那次旅行真有些怪怪的,起因是偶尔在南淝河合肥港的售票厅,看到从合肥至中庙的船票只有三元钱,惊叹于它的便宜(也是涨了好几次以后的价钱了),也憧憬久违了的小客轮上的生活,遂萌动了乘船到中庙的念头。

其实更实质的原因并不在这里,更实质的原因是我在城市生活中的憋闷。季节已快入仲秋了,但天气还是热闷闷的。我一直在做说不清道不明的等待。等待凉爽的秋风的到来?等待一封载着好消息的快信?等待一笔属于我但迟迟未到的酬金?等待生活能有一个毫不暧昧的明朗?等待思绪能进入一个久久期待的状态?其实谁不是在等待呢?9月将是一个多事和明确的月份。人们在等待9月23号奥委会的"跨世纪"的洛桑投票;等待中国"入关"的最后消息,俄国的叶利钦说他将在9月份与议会进行"决战";七运会则到7月4日就将拉开它负有沉重使命的帷幕。所有这一切,都将使我们陷入一种"被套牢"的进退两难的境地,但我的等待又会是怎样的呢?

第二天,我真买票上了船。小小客轮顺南淝河漂流而下,向巢湖的碧波里驶去。这是星期六的下午,这也是我第三次去中庙了。第一次是1980年我大学二年级的寒假,第二次是十年后的那个仲秋。我站在船的栏杆旁,看岸、看水、看擦肩而过的别的船。内河小客轮的世界,大约是社会最底层的世界了:飞机和火车不说,即使在公路较发达的地区,又有多少人要去坐小轮呢?但我置身于相貌灰、黑、衣衫不整的农民和乡村小贩们之中,却感觉到一种自由自在和彻底的放松。也许,我是想逃避什么吧?责任?竞争?或某种预感?不过我知道,我还并不是能够逃避的那一类人。

　　这也许就是我怪怪地出门,又不知为何怪怪地出门的矛盾心情。和以前每一次我到乡村小镇都不一样,到了中庙,我找了个旅社的单间(是自费而非公费)后,就去公路边的小书铺租了一本书来看。我真不知道我为什么会这样。大老远地乘了船跑来,又要付每晚六七元房钱,又要付每顿四五块的饭钱,就为了来租借一本在合肥随便怎么都能搞到手的书看?但偏偏生活就是这么演绎和发展的。我租了一本眼下正流行的书拿到旅馆里看。我从一住下就开始看这本关于一个"疯狂歌女"的书,晚饭后我继续看。书是中国的几位作者编译的,从许多方面讲,编译的水平都还可以再提高。但我看重的是这本书的内容,我要看一个人是怎样反抗命运或者说最终又融合于社会的。

　　我没有干一个字的"活",我也没有去观赏风景或者在零乱的渔港和蹲在码头上的人瞎聊。夜间我看到凌晨一两点才关灯睡觉,早晨五点半起来我又接着看。八点半看完了,我去书铺还了书,拿回了我的押金,然后到旅馆里结了账,离开中庙返回合肥。这一天是星期天,返肥时我坐的是汽车,路真不好,颠死人了,但我的心境却平静如水。我确实不知道我这趟旅行所来为何,但或许这就是一个人的生性乃至特点,也就是通常所说的命根子。我想,社会在我的心里确实又变得简洁和容易多了。中庙是我的水润之地。我以后总还会再来的吧。

从那时起到现在,我已经无数次去过中庙。以往印象里深刻的事物,都有改变或竟消失了。现在,我再一次前往中庙。以往破旧的老街都重新规划整修,或新建了,整个中庙是一个全新的镇子了。但生活气息浓郁的渔港也跟着有些衰败了,客轮早已不存在了,那一大片杨树苗和厚厚的草地,现在已经变成碧桂园高低错落的建筑了。

由中庙牌楼处缘路南行,约1500米即到三面临湖的中庙寺。中庙寺由于历代香火旺盛,素有"南九华,北中庙"之说。中庙寺矗立在凤凰台赤砂礁岩上,三面临水。据巢湖政府网介绍,石矶呈朱砂色,突入湖中,形似飞凤,通称凤凰台。古庙建于东吴赤乌二年(239年),以后迭遭兵燹,几次修葺,坐北朝南,横峙湖岸,凌空映波,殿高压云。庙门上有"巢湖中庙"书刻。整个庙宇楼阁重檐飞出,似丹凤之冠,在晚霞的照射下,熠熠生辉。现存殿阁为晚清建筑,有3进70余间。庙内梁横匾额,殿供神龛,壁描神鬼,廊画天兵。游客誉之为"人间蓬岛""别有湖天""云护仙坛"之胜境。庙内供奉的女神是碧霞元君。据古籍记载:"全盛时,春日晴和,烟火相望,河以南、江以北,老稚男女,各持瓣香,诵佛号祈于庙者,肩背踵趾接也。"现在,人们游览中庙,不再是去祈求那虚无缥缈的神的恩赐,而是在劳作之余,去领略那百里巢湖的壮丽景色。

当下,中庙寺寺门处正在进行整修。进中庙寺寺门后,沿湖面的上坡路进寺。中庙寺面积并不大,但位置独特、结构紧凑,使人遐思。

从中庙寺看巢湖中的姥山岛,更增离情别绪。姥山岛是巢湖中最大的岛屿,距北岸的中庙寺约3.5公里,周长约4公里,面积只有0.86平方公里,海拔115米。相传陷巢州时,焦姥为救乡邻,自己被洪水吞没,化成了一座山,后人遂称之为姥山。姥山岛上三山九峰,林木葱郁,四季常青。山巅的文峰塔建于崇祯四年,塔身为条石垒砌而成,高51米,七层八角,共135级,塔内有砖雕佛像802尊、石匾25幅。登塔凭栏远眺,只见水天一色,湖鸥翻飞,视野远极,心胸自是万分开阔了。

出中庙寺沿湖东行,湖里风大浪高,不时有大浪的浪头越过数米高的防浪栏,冲进栏里来,摔碎在地面上。数百米后就是昭忠祠。昭忠祠坐北朝南,面对巢湖。路边很大的竹架上晒着巢湖特产的白米虾。

所谓昭忠祠,"昭"是彰显的意思,"忠"是一种道德的标准,"祠"是承载这种道德提倡的平台。这是清朝才出现的一种纪念形式,是为纪念战争中阵亡的将士而修建的庙宇或祠堂。中庙的昭忠祠,是李鸿章为纪念淮军将士而奏请清廷敕建的,又称淮军祠。祠由门厅、正殿、两厢组成,共30间,全部占地面积1800平方米,房屋占地面积700平方米。正殿为7间宫殿式建筑,梁、柱粗大,殿宽敞,是巢湖境内最大的古建筑。

出昭忠祠东行再北转,即到中庙的老港湾。港湾南边平地上,有一眼古井,井沿被井绳勒出十数个深深的印痕,从井口望下去,能看得见井水清凌清凌的;井口处则有一面蜘蛛网,虽然没封全井口,但也封了个大部,井沿上搭着一根塑料管,看样子是从井里抽水用的。港湾里挤满了渔船、旅游船和小游艇,还有一艘白色的中国海事船,停在港湾进口处。一只渔船上有一对中年男女,坐在阳光下的船里织渔网。

顺港湾路东行,天热气盛,阳光灼人,不过湖风是狂的,会带走一些热度。一路可常见湖堤大杨树荫下的石凳上,有中年的男人摇着草帽,半醒半睡着,他们这不是无事,而是劳作之中的歇晌。一只渔船在港湾泊住后,会有鱼鲜抬上岸来,即刻就有一些妇女和男人,围上前去,头凑在一起,说着话,分拣起来。

数百米后可到白衣庵。白衣庵的里里外外,现在都修葺一新了,只有岬石和日夜拍岸的湖水如旧,时时刻刻激荡不已。白衣庵后的空地里,种着黄豆、木槿和一大丛竹子。白衣庵东侧的湖里,生长着一大丛一大丛芦苇,一位老年男人,戴着草帽,上身穿白套头衫,下身穿一条水青色的短裤,站在一大丛芦苇后面的小划子里,整理另两只小划子里的东西。很是奇怪,巨大的湖浪不时涌来,但涌到他面前的芦苇丛跟前时,就基本被芦苇丛吸收了,老年男人只随着较平缓的大波浪起伏就可以了。

是日投宿于中庙。

我站在楼上看湖水,湖水在湖里望天,天在天上看大地、看我。傍晚和清晨,湖天都浑若一体,不见边界。阳光普照以后,湖、天之间,依然不见边界,只是那浑若一体的地方,推得远了,推得更远了,推得很远了,却仍然浑若一体,不见边界。

当下,湖面的渔舟愈划愈小,白翅膀的湖鸟却越飞越近,并终于降落在阳台沐阳的地方,悠然而机灵地俯瞰着湖天的边界、湖岸的菜地、错落有致的村庄和人类的活动。多么容易诱发人的游玩欲望的情境啊!可人们又偏偏喜欢在这样的氛围里不知不觉地酣眠而去。诸葛孔明就这样在草棚子里大睡不起;庄周也把钓竿扔在涡水或濮水里,就晒着太阳像老龟般酣梦到底,他才不愿意定什么手机响铃按点叫醒自己去上班或参加什么活动呢!老子也愈加向往水边的气氛和畅眠了,他总是唠叨不止,说什么最好的美德一定像水那样,甘愿居住在别人不愿意住的低洼的地方,正因为水啥都不争,所以才能够顺其自然、利人利己,使别人不再有资格与己相争,所以人一定要在水边沐阳而眠,这才是上善之举啊!

哈哈,我听见了自己不雅的鼾声。我在梦里看见成簇的眉豆、成片的大豆、亮黄的水稻、成垄的红芋、蔓延的南瓜,纷纷后退而去;我看见我们在山坡台地的涧溪边捡拾干爽的牛粪;我看见一只丁点儿小的渔盆靠港并卸下新鲜的渔货;我看见那只白翅膀的大的湖鸟停在阳光普照的阳台上,机灵地东张西望,然后纵身飞入湖天。水面、山岛、渔船,一一在她的视野下退去。瞬时间,像两千多年前的庄周那样,我不再知道或想知道我是鸟,还是鸟是我,我是湖,还是湖是我,我是水,还是水是我,我是鱼虾,还是鱼虾是我。我只听见我放肆的鼾声,随风而起。

2013年7月8日

山青岭翠黄山麓

从合肥出发去黄麓镇，有三条路线好走。一条是从环巢湖旅游观光大道至六家畈，再从六家畈经黄麓师范到黄麓镇；另一条是从环巢湖旅游观光大道至长临河，再从长临河经白马山到黄麓镇，这条路经过白马山风景区，低山浅丘，冲田池塘，清幽而雅致；还有一条路沿环巢湖旅游观光大道过中庙，一路向东，即可到黄麓镇。

过中庙后的环巢湖旅游观光大道，并不在巢湖堤上，而是在湖北数十到一二百米外的平地上，但也可随时寻路上堤，一望无际的湖水。

黄麓镇中心镇区到省会合肥约55公里，到巢湖市约35公里，到烔炀镇约12公里，到中庙约13公里。镇南部为微丘区或圩区，镇北和西北部为低山区。在黄麓镇境内，不同的地形地貌依次展开，呈现出鲜明的多样性特征。

暮春来到湖边和黄麓河口看湿地和田地。据说，黄麓河口具有良好的亲水植物资源，有大量的自然淤积土壤，并有宽阔的河滩，水位提高淹没了部分杨柳，形成独特的湿地景观。另外，黄麓河口区域有大量的养殖池、莲藕池、稻田等景观，农耕文化特征鲜明。

此刻，湖边一块比一块高的田块生长着不同的农作物，棉花刚长出两三片叶子，田地中央的假人是拿城市商场的外国模特儿做成的，模特的黄发在湖边的风里飘动，它在乡野里也还是显得那么标致；一只大公鸡非常称职地带着近百只叽叽喳喳的小鸡在已经成熟的油菜棵子里钻来钻去；稻秧长得绿油油的，一个妇女穿着红胶靴,正弯着腰在稻秧地里拔秧;两条狗并不太注意生人的,它们只顾在稻秧地旁割过的油菜地里玩;豆角地边一棵大桑树结了无数的桑葚,有青的,有红的,有紫的,树下落了一地,树上还有不可计数的桑果,我站在树下摘了几个桑葚吃了,与当下人工的东西比起来,它远不是那么色香味俱佳了,但这种野树上结的果实,肯定是最适于食用的了;湖里的小渔棚随风晃荡,离得有点远,看不见棚下面可有人,或者有什么;一条大鱼在湖水里泼剌一响,除了我之外,它的这一动作不会引起任何人的关注,因为此刻的湖边只有我一个偶尔路过的人。雨开始下起来了,雨点打在湖水里啪啪作响,我仍然两手插在裤兜里在湖边闲逛。雨越下越大了,我仍然在湖边闲逛,我谛听着雨点打在湖水里、豆叶上、草枝上的啪啪声,我的裤脚很快就湿了。狗都跑回村了,但我仍然在湖边的田地里,没有去意。

秋季再来湿地,一群大鸟从荫翳的天空和荫翳的空气中飞了过去。我目送它们远去。它们有力的身体的律动渐次消失在荫翳的气氛里,翅膀振动的声音也消失了。

风还在地面上滑行。稻田都是一片鲜黄。一簇树叶在明媚的阳光里和明媚的大风里乱飘——那是一群雀子!调子真明丽。

而在微丘地带,小路一直在没膝的荒草中延伸,你无法想象在这个村庄并不稀疏的地方会有这样的地方。微丘地带就是有这样的特点:地形起伏无定,视线总是不能一览无余,心绪也是难以平静的。一些白鹭总是在你走到它们近前时才突然滞重地飞起,你似乎觉得一伸手就能捉它们下来,当然你不会这样做。它们慢速地飞向不远处的丘阜上,那里也有许多野草。小路还在及膝的荒草中伸展。也许会有蛇——人肯定要这样想——其实不会有,因为蛇已经很少了,而且它们对人已经极其畏惧。鸟却越来越多,聚成一阵从头顶飞过,是哪一类鸟?反正不是叽叽喳喳的麻雀。是那种绿缨的鸟,以往并不常见,现在倒时常出现在城市的窗口上。我站在野草纷纷的小路上看着原野里的一切——也许不应该再称为原野,但只有如此才感觉得到那种原野般的意味。风正从丘阜的一端扬起,我的视线和衣襟都开始抖动了。

出黄麓镇沿012县道西北行,约4公里后即进入低山区,来到相隐寺。这里山幽林密,环境上佳。

黄麓镇西北的这一片山区,名为西黄山风景区,但在前往相隐寺的路上,有指示牌告知,西行可至"大黄山",到黄麓师范门外,又有展示牌说明"小黄山风景区路线图"。这有点混乱,也说明当地对此片山区的称谓尚未统一。

进相隐寺山门后一路北行,两侧浓荫匝道,蝉鸣嘶嘶,山风劲吹,山鸟悠啼,山林里的温度也降了许多。路右为山、林,路左为树木和水面。行约1公里后,到相隐寺。相隐寺坐北朝南,东、北、西为山,寺门数十米外有水,是一口池塘,水塘边有竹阵;池塘南又有水,是山谷水道;水道南又有水,是一座不是很大的水库;水均清凌,纯洁无染。

相隐寺位于安徽省巢湖之滨的西黄山腹地,曾经是一座高僧辈出的古刹,原名"白衣庵",始建于唐朝贞观年间。

据当地文史专家介绍,明朝末年,遗臣吴相(祖籍合肥)目睹世事沧桑,以及明朝没落衰亡景象,回到故乡愤世出家,隐居于白衣庵。后清廷请其出山,帮助治理朝政,未得应允,并说:"吾出家之志坚,指南即不向北矣!"由此则将白衣庵更名为"指南庵"。吴相即更法名万如。因其住于该寺,1991年妙安大和尚重修时遂改寺名为"相隐寺"。万如大师于此设书院执教,学生有48人,此后大师创丛林,兴道场,香火日盛。清咸丰三年(1853年),相隐寺毁于战火。光绪十五年(1889年),由在金陵宝华山隆昌律寺任住持的浩净老和尚及行宽和尚共同修复。1949年后,相隐寺被彻底拆除。

相隐寺重建工程于1991年破土,现已建成完工。凝目望去,只见紫墙红瓦,庄重厚实,气度颇不一般。

此刻已是仲夏某日西时,虽已向晚,但夏阳豪照,热度不减。突然一阵狂风哨至,吹得树木侧身弓腰;稍缓,又一阵狂风哨至。如是者三,山木古寺复归于平静。

出相隐寺山门,缘012县道继续西行,2公里后来到黄麓师范。黄麓师范学校坐落在洪家疃村东的一块岗地上,北倚青山,南面岗冲。黄麓师范现为巢湖学院黄麓教学点,是由著名爱国将领张治中先生于1933年创办的。

张治中出身于一个贫穷的农民兼手工业者家庭。据相关资料介绍,他的青少年时代,始终拼搏在一条坎坷崎岖的求学道路上。他在回忆录中用"艰苦的历程"来概述他这段生涯,是十分贴切的。他从自己的切身经历中,深知穷乡僻壤的农家子弟,要想获取一个求学的机会是十分难得的。同时作为过来人,他痛恨这种不公正的现象。他曾严厉斥责:用教育经费的70%,在大中城市建学校、办教育,而对边远农村则不闻不问,造成一种"畸形状态","一个不太合理的现象"。他的更可贵之处,还在于他在痛恨之外,立志要改变这种状态。他要在他的家乡兴教办学。他在回忆录中写了这样一段让家乡父老永远难忘的话:"我很想把我的故乡建设成一个理想中的乐园。我有一个实验乡的计划:北自淮南铁路,南抵巢湖,东起炯炀,西至长临,筑起环乡的乡道……同时,办一百所民众学校,其他均按地方自治原则办理。我曾和黄麓乡师的杨效春校长多次商量,想把乡师逐渐扩大,成为大学,附设一所中学,若干小学。此外如科学馆、天文台、图书馆、医院等,应有尽有。"安徽黄麓师范的创建就是这幅美丽的图画中的一大景观。

黄麓师范正门面东。由正门右转南行再西，就是洪家疃村，洪家疃村北高、西高，南低、东低，建在山脚下。张治中故居在村路旁，坐西朝东略偏南，门对面是一口大池塘，池塘东就是黄麓师范学校。

　　张治中生于1890年，卒于1969年，原名本尧，字文白，为国民党二级陆军上将。他始终不渝地坚持孙中山先生的"联俄、联共、扶助农工"三大政策，从黄埔建军到中华人民共和国成立以后，真诚维护国共两党的团结。在第二次国内革命战争时期，他是一位没有同共产党打过仗的国民党将领；抗日战争和解放战争时期，曾三次到延安，代表国民党同共产党商议和谈，并陪同毛主席往返重庆与蒋介石谈判。1949年4月，作为首席代表率国民党政府代表团同共产党和谈，后留在北平，被人们称为"和平将军"。中华人民共和国中华人民共和国成立后，他为建设社会主义祖国、实现祖国统一做出了重要贡献，是与我党有长期历史关系的亲密朋友，是国民党方面始终坚持国共合作的代表人物。

　　张治中故居建于1927年，由故居和桂翁堂组成，故居位于巢湖市居巢区黄麓镇洪家疃村，桂翁堂坐落在洪家疃村旁黄麓师范校园内。这两处房屋系20世纪20年代末30年代初的建筑物，砖木结构、小瓦屋面，原有5间4进6厢共26间房屋，门首悬有赵朴初先生题写的"张治中故居"花岗岩匾额，室内按当年的原样陈列着张治中将军的生活用品。

　　洪家疃村村路边，有多处施工点，张治中故居门口，也堆满了砂石，大约是要做修缮工作的。缘故居右侧石块路而上，至高处可看得到张治中故居后院的屋顶。后院里有一棵很大的柿子树，枝繁叶茂，伸出院墙外。

2013年7月11日

牵牛洗耳在巢城

巢湖鱼米之乡,浩荡八百里水面。很多次路过巢湖市区与郊区都是匆匆而过。这一日,难得的清闲,秋高气爽,我们决定去巢湖市区里与郊区走一走、看一看,好好体味这里的山水和人文。

都说巢湖美,山美、水美、城市美,一大早,我们出发向巢湖市进军。导航上显示距巢湖市79.6公里,我们从龙塘上了高速,今天高速上的车子来来往往的可真不少。车子开了一段路程,发现车子里的声音很大,检查了车子前后窗子都是关闭的,再一查看,原来是右后门没有拉紧关好,赶紧打双闪灯靠边停车,关闭好车门。好悬呀,肯定是早上启动车子通风换气时没有关好门,下次可不能犯这么弱的错误了,这样车子在高速上跑很危险的。

出了高速口,我拿出记着这次计划要去的几个地方的纸条,向当地人问路,请他们看看先去哪里比较近。一对中年夫妇看了一下纸条说,紫薇洞风景区就在前面,先去那里吧。谢过他们,我们驱车前往紫薇洞风景区。不一会,车子开到风景区的入口,经过一条较为陡峭的小路,车子转了几个弯道,来到了紫薇洞风景区。

紫薇洞景区位于巢城北郊,洞总长3000米,主洞长1500多米,是典型的地下河型洞穴,洞穴呈廊道状,以雄、奇、险、幽见长,融自然、人文景观于一体,为"江北第一洞"。据介绍,紫薇洞景区内另有王乔石窟,近邻紫薇洞,是安徽省内唯一一处摩崖石窟造像景观,侧洞壁有南北朝时期的石刻佛像620余尊,仅有1座观音佛像完好无损,余皆无头,成千古之谜。

这时,一股刺鼻的气味飘来,原来离风景区不远处厂房的烟囱上冒着白烟。那是化肥厂还是农药厂？它们和风景区相邻,显得那么不协调。我们拍了几张照片后,匆匆离开了。

接着我们去洗耳池公园,但在导航上只能找到洗耳池路。

先到洗耳池路,这里离洗耳池公园应该不会太远了,我们向路边的行人打听,这里正是洗耳池公园所在,原来洗耳池公园是开放式的。赶紧找地方停车,周边看不到有停车位线,看到一些车子都停在路边,我们不敢贸然行事,又咨询路人。路人告诉我们,车子停在人行道上是可以的。我们半信半疑也和大家一样停在了人行道上。在合肥如果这样随意停车是肯定要吃罚单的,不是城管就是交警。还是这里好啊。

锁好车门,我们进入公园。

公园不是很大,但很讲究、精致,一个个木质长廊和石凳摆放在浓密的树荫下,凳子上坐着一些老人和带着孩子的家长,他们在这里快乐地享受着休闲和清凉。一个年轻的母亲,怀抱着小小的婴儿,母亲这时打了一个哈欠,有趣的是怀中的婴儿也同时打了一个哈欠,很可爱、很温馨的一幕,我们不由自主地开心笑了起来。旁边一对爷爷奶奶带着一个3岁左右的小男孩,爷爷扶着孩子在秋千上前后摆动,奶奶坐在树下的石凳上微笑地看着他们,天伦之乐在这一幕中得到了充分体现。

据《巢县志》记载,古巢城东城门有一方池叫"洗耳池",池边有一条巷叫牵牛巷,相传5000年前,巢父在池边牵牛饮水时,批评一代圣贤许由"浮游于世,贪求圣名",许由自惭不已,立即用池中清水洗耳、拭双目,表示愿听从巢父忠告。后人为颂扬许由知错就改的美德,遂将该方池取名为"洗耳池",成语"洗耳恭听"的典故也由此产生。

公园里的假山造型优美,垂柳犹如少女飘逸的丝丝长发,小桥流水潺潺,水中精心打造的两个莲花池独立在水中央,别致新颖,这一切远远望去都是那么的和谐,让人流连忘返。我以小桥、垂柳和莲花池为背景拍了一张照片,我要留住这迷人的景色。长廊上躺着一位年轻人,他睡的是那么香甜,一定是劳作之后在这里歇一歇脚的,我们悄悄地从他身边走过,生怕惊动了他的睡梦。

公园里有不少讲文明树新风的公益广告,一幅幅漫画和一首首配诗吸引了我,摘录几个和大家分享。中国好山河:画座山,画条河,画个飞船载我游,画了长江画长城,画了南海画漠河,锦绣河山画不尽,你我都在画里头!手中有粮心不慌:惜福积福,当思五谷,春种秋收,一路辛苦,良心叩问,可有愧无?中国日子呱呱叫:春江暖日稻花,开心唢呐鸣鸭,日子红火呱呱,锦绣如画,和美幸福人家。一个城市一个家,这些讲文明树新风的公益广告,通俗易懂,读起来朗朗上口,给人耳目一新的感觉,很能吸引路人的眼球,有特点。

我们围绕着洗耳池公园浏览了一圈,意犹未尽,收获颇丰。公园东的路对面的塔影庵大门紧闭,塔影庵从外面看起来不大,我们拍了两张照片离开。

下一站是鼓山公园。

在去往鼓山公园的路上,看着范增祠好像就在对面的不远处,我们没有按照路人指引的路线,自认为可以抄近道到达,提前左转驶入了一条小路,路的尽头是一所学校,只好掉头返回。半路上看到通往村子的小路,范增祠好像就坐落在村子上方的山腰中,我们想也许从村中的小路可以直接上山。错,我们又走错了。村民告诉说,这里没有上山的路,郁闷,原路返回吧。

走错路在旅途中是常有的事,反反复复地来回寻找,我们终于来到了鼓山公园大门外。

鼓山公园在巢湖市郊,园内古柏参天,清泉潺潺,是霸王项羽大幕僚范增故里,现为巢湖风景胜地之一。这里林禅并重,被誉为"江北九华"。景区内有景观景点数百处,有范增亭、乌龙泉、莲花池、姑嫂塘、灯笼石等等。

在鼓山之巅,鼓山塔直立苍穹,塔高46.8米,八角飞檐翘角,盘旋楼梯雄伟壮观,气势恢宏。塔刹由4吨重的黄铜铸造而成,上卧八条飞龙。"鼓山塔"为赵朴初先生亲笔题书,塔内有直径2米大鼓和重1.5吨大钟,晨钟暮鼓响彻云霄。攀山登塔,击鼓敲钟,观光览胜,骋目情怀,八百里巢湖尽收眼底,实为假日休闲的好去处。

鼓山公园对面是巢湖儿童福利院,一座座漂亮的红砖青瓦的三层小楼,这一处具有欧式风格的建筑格外引人注目,福利院里收养着社会遗弃的婴幼儿。这样一个非盈利项目设在风景如画的公园附近,可见政府对此的重视。这些婴幼儿刚来到这个世界,不知什么原因被家人抛弃,虽是不幸,但又是幸运的,他们现在生活在这样一个如诗如画的环境里,享受着来自社会各界对他们的关爱,希望他们无忧无虑地快乐成长。

我们沿着巢湖外环向西,一路去寻东庵森林公园和圆通寺。

路过南山烈士陵园,看到里面青山翠绿,我们以为是森林公园呢。上前打听才知不是的,具体在哪里,管理员也不清楚。车子继续西行,经过数次问询,找到了上山的道路,这是一条新修的柏油马路,车子一直开到了东庵公园里面。

抗日烈士张本禹墓地在此,我们来到烈士的墓前祭奠。张本禹是爱国将领张治中的胞弟,九一八事变后,他报国心切,视死如归,以身殉国,为抗战流尽了最后一滴血,人民是永远不会忘记他的。

祭奠了烈士,我们沿着台阶上去,圆通寺就在眼前。

资料上记载,圆通寺门前的桂花树和银杏树都有500多年的历史,果然两棵古树依然生机盎然地屹立在寺院的门前,枝繁叶茂地生长着。我们仰头观望桂花树,这是一棵金桂,树形高大,树冠呈圆形。据寺外的妇女说,桂花树每年9月下旬开花,它香气浓,产量高。我们来得早了些,看不到也闻不到桂花香,但可以想象待到桂花开放时,满树皆是黄桂花,那一定是香气扑鼻,沁人心脾的。

桂花树旁边的银杏树,形容它为参天大树一点也不夸张。它20多米高,几米宽的胸径,树皮呈灰褐色,大枝斜展,叶如扇状,树形挺直,秋叶金黄,是园林、寺庙的首选树木。银杏果实可入药,有润肺、止咳功效。去年我们在江苏泰州时,友人送了几盒银杏,做粥或打豆浆时,放入几粒养颜保健再好不过了。

圆通寺关闭了7年,近日粉刷一新,请来了大师,点燃了中断多年的香火。

圆通寺建于清朝康熙年间,据传,佛教禅宗第六代祖师惠能大师云游四方途经此地,见此地有佛光闪耀,并伴有灵气,称之为佛家修行之胜地。为纪念大师途经山中,僧人们在此修建寺庙,取名圆通寺。寺居山谷,四面环山,前有龙虎泉淙淙有声,后有木竹郁郁葱葱。周围古朴葱郁,更显得清静优雅。

站在森林公园的北面,巢湖南岸尽收眼底。

森林公园的深处,幽静的山道边,我发现一个有趣的现象,就是一种植物集中在一片生长着。这一片是毛竹,那一片是金钱松、檫树,远远地望去很有特色,很大气。自然,这是林场工人的杰作。

我最喜欢青翠的毛竹,高大挺拔、美观可爱。竹子是单子叶植物,竹叶散生,圆筒状,每年春、冬季节,竹笋都是餐桌的上等佳肴,我最爱吃笋子烧制的各种菜肴,百吃不厌。它味道清淡鲜嫩,营养丰富,特别是纤维素含量很高。中医认为笋有"利九窍、通血脉、化痰涎、消食胀"的功效。在中国,竹子与梅、兰、菊并称为花中"四君子",它以其中空、有节、挺拔的特性历来为中国人所称道,成为中国人推崇的谦虚、有气节、刚直不阿等美德的生动写照。

接近傍晚,我们结束了这次寻访之旅。
"看起来是画,听起来是诗",是人们对巢湖景色最好的诠释。巢湖周边山清水秀、地杰人灵,是江北的"鱼米之乡"。巢城山水立体的城市画卷正在紧锣密鼓建设中,如今的巢湖正在腾飞。

2013 年 9 月 3 日

沿河堤居悠丰乐

大暑前两天大雨不断,把江淮大地浇了个透。这是大雨,而不是狂风暴雨,既不打闪,也不打雷,但雨下起来,很实在,城市的路面很快就积了水。

清晨从高速严店出口右转,进入X043,前往肥西县丰乐镇。大雨刚停,水汽浓密,湿度极大,但也还凉快。除道路外,视野里的一切都为繁茂的植物所覆盖,几乎看不到各种绿色以外的其他颜色,更鲜见裸露的土色。道路两侧大树夹道,这些大树都是杨树,现在,杨树已经成为中国大地从江南到华北的主力树种,肥西丰乐这里也不例外。

道路边还生长着一片一片的高粱,这有些奇怪,因为自然界中的高粱,或具商品性的高粱,淮河以北才适合生长,到了江淮或江淮以南,品质和产量都会下降,商品性就会差很多,不值得大面积种植;不过现在也很难说,因为园艺品种会改变植物的属性,另外,这些高粱似乎又不像是正式种植的,只像当地农民利用道路边的闲地,随便撒一些,收获后家用的。

043线两旁,野鸟在村外树林浓厚的深处啼叫。目之所见,杨树、杨树苗、骑电动车或摩托车穿红色或黑色雨衣的行路人、大面积几乎一望无边的嫩绿色的稻田,全都湿漉漉、水淋淋的,这更突出了江淮鱼米之乡的神韵。如此之大、之平的田野,在江淮丘陵地区,也只有在河湖附近才可以看得到。

过双枣集,渐近丰乐镇,房屋门外丰乐酱干的招牌一下子多起来,丰乐酱干是丰乐地区独有的特色食品。当地干部怀着自豪的心情告诉我,丰乐酱干是丰乐古镇传统名特产,选料精良,传统工艺制造。远远地就能闻到浓浓的豆干香味,用开水一烫,即可食用,咬一口,味道甘美,淡咸相宜,质感十足,富有弹性,吃过齿颊留香。若是和咸肉一起蒸食,味道更佳,清炒、红烧,无论做什么菜、怎么做,都不是其他酱干可比的。

丰乐镇上人头攒动,不时可以看到妇女在自家门前拾弄刚出水的小鱼、小汪丫,还有伢子缠着问东问西,一些极其幼稚的问题,母亲则耐心地一一给予应答。河鲜对丰乐人而言,是日常饮食中十分易得和寻常的一部分。

丰乐的早点多是米饺、米粉、油炸狮子头、油炸粑子,这些都是肥西丰乐、三河地区的标志性早餐饮食。丰乐镇住户人家,也不时得见捧着一碗米饺或米粉,坐在门口,或门外的树下早餐的。

早晨7时以后,空气开始温热起来,这是北方人说的桑拿天,在江淮地区也属常见。丰乐镇历史悠久,历来就是著名的鱼米之乡。镇南丰乐河水缓缓流淌,镇内塘圩星罗棋布,勤劳的丰乐民众自古就临川而渔、莳田而稻、临旱则卉。凤凰不落无宝之地,相传这里是凤凰落下的地方,因此得名"凤落",后取"物丰民乐"之意,遂定名"丰乐"。

20世纪90年代来丰乐,是一次精神疲惫时"出走"的结果。当时到丰乐后,在临河的小旅店住下,先去街里转了一圈,原来真是个老镇,颇有一些陡墙窄巷。街两旁的店、家门前,各都悬着一挂灯笼,上书张、王、李、赵,想必是主家的姓氏。这真是一种古习了,在别处我从未见过,心里想,丰乐竟是如此的古老而且丰厚吗?转眼来到河边,是丰乐河,还有个槎样的渡轮。河面宽泛,水流舒慢,鸥鸟乱飞,细沙歪柳。天却已暮了,一副深沉老到的憨模样。我问轮上的水手:河那边又是哪样风景?渡上一位端碗吃饭的妇女抢着讲:那边就是舒城的地面了。我上了渡,船缓缓离岸。我傻坐在船帮上望,水天平阔,正是一河两界的风物,只觉神情互转,油腻渐淡。这可能正是我这种独旅的妙处:色香味状,形似神非,难传他人,一概都囫囵儿自吞了……

现在的丰乐镇,由北而南,由三道房屋组成老镇东西向的镇街,靠北和靠中的房屋组成主街,靠中和靠南的房屋夹堤而成,再南就是河岸深陡的丰乐河了。主街长约1公里,不时有极窄的小巷通往河堤,这是老河码头小镇的特色。由小巷走到河堤,房屋间又有更窄的石板小巷往下通往码头。不过现在的丰乐镇,码头已经基本废了,因为镇西有新大桥过丰乐河,渡轮也就没有存在的必要了。

老街中心处是20世纪五六十年代建的老公社大楼,现在的门牌号是"丰乐镇街道087号"。老公社坐北面南,进老公社大门,一直往里走,过数层院落后,来到后院,左手即西侧,有一长条形的老建筑,这就是清末民初爱国将领唐启尧的旧居。

据相关资料介绍,唐启尧谱名远华,字朝荣,号庭,生于1865年2月18日(清同治四年正月二十三日),现肥西县丰乐镇人。唐启尧父、兄皆务农。唐少时读书兼习武术,族祖唐定奎常资助学费,加以勉励。1885年(清光绪十一年)唐启尧去台湾,在刘铭传巡抚衙门办文案。族兄唐远友管带台湾"飞捷号"兵轮,调唐启尧任掌书记。1891年(清光绪十七年),刘铭传辞官回乡,唐启尧亦回乡读书,参加乡试。1894年(清光绪二十年)中日甲午战争中,唐启尧投笔从戎。后曾任依兰兵备分巡道兼交涉员,该地位于中、朝、俄三国交界处,经济落后,治安混乱,唐启尧兴学垦荒,安民捕盗,澄清吏治,修好邻邦,在任3年,边防得到巩固。

1915年袁世凯调唐启尧赴北京任侍从武官。秋,调直隶统领左翼巡防步兵4团,马、炮兵2营,分驻河北、山东30余县,晋升中将。1916年段祺瑞任国务总理,特委派唐启尧为安徽宣慰使,督办安徽裁兵屯垦事宜。他派员勘查沿淮沿江和沿洪泽湖荒芜地区，规划兴垦，却因时局混乱无法实施。他解甲还乡，回到丰乐镇。日军侵占合肥后，唐启尧举家入川避乱。抗战胜利后回归家乡，倡修家谱，李宗仁为其作序，张治中为其作传。1949年初，合肥解放，唐启尧把地契主动交给人民政府，到南京居住。不久知张治中在北京工作，便到北京居住。1958年逝于北京。

著名爱国将领张治中的祖籍，在巢湖市黄麓镇洪家疃村，但他1891年出生于丰乐镇，并在这里度过了童年和少年时光。据说张治中还曾在丰乐的一杂货店当过学徒，1932年后，张治中也曾偕亲属回丰乐探望过。但现在丰乐镇已经找不到张将军生活的遗迹了。据当地领导介绍，1908年（清光绪三十四年），唐启尧被调回安徽任兵备处总办，在安庆整顿陆、防各军，开办测绘学堂、陆军小学和军官讲武堂，少年时在丰乐镇长大、后为国民党上将的著名爱国人士张治中即于此时投奔唐启尧，在兵备处任收发，从此开始了军政生涯。

当地人都称唐启尧为"唐老将军"。从唐启尧旧居北面观察，可知这是一座两层的建筑，青砖墩厚，一层一窗，不大像中式建筑。窗外的地面上，插着一根竹竿，竹竿上绑着电视天线。与唐启尧旧居相近的邻居告诉我，这座旧居的主人不在当地生活，生活在旧居里的，是租房的客户。窗下的墙上，镶着一块铭牌，上有如下字样：

肥西县不可移动文物保护点

唐启尧旧居

肥西县丰乐镇人民政府

二〇一〇年一月

据说唐启尧旧居的老宅子多已拆掉，剩下的这一部分，是护院的炮楼，建炮楼的意思，是既能保护家院，又能保护唐家在附近的粮仓和其他资产。该炮楼原有五层，登楼远望，西来东去的丰乐河以及东、西、北三面的田野、池塘、树林、道路尽收眼底,可惜现在只剩两层了。但说这是炮楼,也有令人疑惑处,因为现在看到的一层一窗,各约1平方米见方,一层的窗户距地面仅一人高不到,窗户的垒砌装饰,也不大像后开的,这如何防得了匪盗?当然这只是我的猜测,要知道详情,还需要获取更多的准确信息才能断定。

雨已停下。沿038县道西北行,肖小河在镇西与X038交汇后流入丰乐河。过肖小河后,道路两侧长了不少槐树,这对杨树一统天下的大势是个颠覆。水牛妈妈带着小水牛,卧在湿漉漉的草地里反刍、休息。丰乐地区一直流传有金波浴日、圣境钟声、柳林晓雾、虎嘴塘荷、大柏竹林、梨园春色、长塘凉亭、长屋粮行、萧桥夜月、古张舟火等十景说法,这十景多为农耕文化的反映,也是丰乐地区江淮鱼米乡的写照。

约4公里,到刘城埂村。县道北侧,有刘城埂村卫生室,县道南侧,是高出地面的城埂子。刘城埂卫生室的两位医生正在换班,他们告诉我,这刘家城埂现在只有高出地面的土埂,能看出当年的气势和规模了,这里的人都姓刘,是刘家的后代。据传,宋末元初有一位商人叫刘十万,他经营发迹后,在这里筑城垒墙,操练乡丁,遗址即称"刘家城埂"。站在县道南望,离乡村公路数十米到数百米外,就有高出地面数米不等的土埂。土埂被树木和茂盛的野草覆盖,埂后也有村庄,想来在那里的岁月后面,定有许多已经湮灭的人生秘密。

丰乐镇最有特色、最值得总结和最值得挖掘、放大的人文素材,是我称之为"堤居文化"的居住方式。20世纪90年代和21世纪初,我曾两次从丰乐镇沿丰乐河步行到三河镇,一次从新仓镇沿丰乐河步行到丰乐镇,还有一次从丰乐镇乘小客轮沿丰乐河东下到三河镇。当时就对拥堤而居的文化现象多有思考,并在重点表现南北文化比较的小说《吃米饭的人》中有所表述。

人人都说文化傻,但文化知道自己并不傻。2年前庙文化跟着本村的小三叔到散花坞来看花棚,小三叔跟邢老板闹翻回了北乡老家西小庙,文化却留了下来。散花坞是散花河畔的一个半天市,也是个半年市。半天市指的是上午的半天,半年市指的是春、秋两季。春天和秋天的两季,早上天不亮,四面八方的花农们就肩挑车载地从各村赶来了。散花河畔的半边堤,花香四溢,都是人,买花的人和卖花的人。文化坐在棕榈捆子旁等买主。初来时散花本地的蛮蛮腔他只能听懂个大概。听得费劲时,他捂住耳朵不听,拿一根粗劣的手指在棕榈毛茸茸的秆子上,自娱自乐地敲北乡花鼓的大节奏,咚咚隆咚锵,咚咚隆咚锵。敲到晌午,散花湾的半天市也渐就稀散了。

下午以及冬、夏两季,文化都在花地里看花棚,一个人买了做,做了吃。瓠子笋瓜、笋瓜瓠子,过两天就吃得大厌了。吃过瓠子蹲在月季畦边铲土薅草,文化想起他单恋着的本乡东小庙村丰满肥腴的平兰,就扔了花铲跑进花地的小屋里生闷气,吭吭哧哧的,净跟自个过不去,把自己的野草地弄得黏叽叽的。老板娘带着客户来起花,拍了半天竹栅门,文化才光着身子单穿一条长裤来开门。"文化你搞甚个?半天都不来开门!"文化低着头说:"俺搁屋里换裤头,换得专心,俺啥都没听见。"老板娘钻进小屋看看文化蔫耷耷的湿裤头,睖了他一眼就走了。

老板娘坏了文化的好事,文化心里烦闷,就在傍晚的时分,锁了花地的竹栅门,上散花河的河堤上闲逛。散花河大堤东2里是散花城,西半里就是农乡了。上了散花堤,不知怎么的,文化的心情就好了起来,他还时断时续地哼起了《义勇军进行曲》。这是他上学时在学校天天听听会的,一到心里快活的时候,就不由自主哼出来了。河滩里长着一垄一垄的大青豆。文化蹚过青豆垄,先盯在河边,看一个骑摩托披蓑衣的中年男人在河边一起一落地钓鱼。太阳落下去时,钓鱼的人嘟哝两声,对着河啐骂一句,把几条小刀鱼丢给文化,骑上摩托走了。文化一个人蹲在河边发闷,抠抠鼻子、挖挖耳朵、挠挠头皮,拎起小刀鱼回花地,煮了一锅鱼腥汤喝。

第二日,文化又到散花河边看钓鱼。太阳落下去时,钓鱼的老头连那几条小刀鱼都拾掇拾掇带走了。文化心里郁闷,不由得起了身,沿散花河堤往西走了去。河堤一旁是河,一旁就是住户。住户房屋窄小,都有门廊,门廊下挂着大大的灯笼,灯笼上贴居家姓氏。住户都顺堤而居,门前为堤,堤前为树,树外流水。文化心里坎坷,心想在北乡哪有这种住法,南蛮子这里就是稀奇百怪的。踽踽地往前走了一段。沿河住着的人从屋里出来,都端了饭碗,饭碗里垒了岗尖的一碗米饭,米饭上顶着一撮腌小菜、两块蒸咸鹅、三块酱咸肉,坐在门口的石台阶上呱嗒呱嗒地吃。文化看他们吃得香,心里更加烦闷,转身走回花地的小屋里,扯被捂头,昏天黑地地睡去了。

三五天后,邢老板押了花车从广州回来。事事忙清,他来花地小屋找文化,站在门口对着门里喊:"文化你出来,你出来。"文化慢慢地出来了。两个人蹲在花棚外,吸着低价香烟,气氛像雨后的天气一样湿润、平和。邢老板说:"文化,你别在我这里急骚了犯事,干脆我替你找一个算了,你还回什么北乡!"文化望一眼花地里的金针花,皮笑肉不笑地说:"邢老板,俺哪能麻烦你?"邢老板说:"我×,麻烦什么麻烦?我也想留你。你这人厚道、能干,心眼又实,我找你一个比人家找两个都强。"文化低着头说:"啥强不强的?邢老板,俺还不就是个干活的命。"邢老板说:"那不就好了?文化,你想找个什么样的?"文化说:"俺想找个吃大馍的。"邢老板笑说:"文化你真是个死××心眼,这回我偏想替你找个吃米饭的。"文化说:"她是哪里的?"邢老板说:"就是沿河数第两百八十三家的,从小就吃散花河水长大的。"文化说:"那她不是散花县的,她是云溪县的。"邢老板说:"文化,你说得不错,她就是云溪县的。"文化说:"她是叫啥子的?"邢老板说:"她就是叫散花的。"文化说:"云溪县第两百八十三家,她又叫散花,那还不是邢老板您的小姨子吗?"邢老板大笑着说:"我×你的文化,散花坞这里人人都说你笨,说你傻、不开窍,天天就知道和面贴死面饼子吃,除了瓠子就是笋瓜,天天奄拉个卵子干活,连散花县城大桥头的小撅腚鸡都不找一个。原来文化你并不笨,也不傻,你北乡人心里有的是数。"文化咧嘴笑笑,心里想,但嘴里却说不出来话。邢老板说:"行了行了,笑笑那还不就定了?"文化说:"俺不能沾邢老板您这样大的光。"邢老板说:"都是家里兄弟,有什么沾光不沾光的?你这一辈子还不是跟我干活吃饭,讲这种屁话管蛋用。"文化哧哧地挠着头皮说:"俺见不惯吃米饭就咸鸭子的,俺也听不惯老母鸡说成老猛滋的。"邢老板说:"多见见就见得惯了,多听听就听得顺了。吃大馍的有哪样好?口气硬、脸皮粗、少洗澡、不拐弯。哪有吃米饭的好?口气软、脸皮细、讲卫生、心灵巧。你要是找了散花,她天天都洗了澡才上床等你。"文化一时拿不出话来抵挡邢老板。邢老板趁机把话顶上,站起来说:"那就这样定了,文化,我×你的,文化你这下子占了我大便宜了,两条腿的龙虾不好找,两条腿的人还不随手拎、到处都是?文化我告诉你,你可别走了你三叔的老路!"

文化找了个吃米饭的女人。她小小的个子,细细的脸皮,青豆秧一样的身条,皮肉里透露出一股笋干的清香和蒸咸鸭子的荤腥气。河堤上第两百八十三家那窄小的房子每天都被她打扫得干干净净,河滩紫妃竹林边条石垒砌的小厕所也一定会洒上淡灰色的杀虫净。三月莳秧、四月灌地、五月植稻、八月收割,文化身体里的生物钟日渐对南方的季节调得准了。农闲时他去邢老板的花地看花棚,他大姨子心疼这个结实、蛮干的小妹夫,不叫他一个人在花地小屋里起火贴饼吃瓠子,叫他到家里大饭桌上吃米饭、蒸咸鸭子、酱肉烧笋片和腌小菜。农忙时文化沿着散花河堤,数着门号回到第两二八十三户。白天散花在当家塘里划着小船采菱角,文化则插秧割稻、去圈鸭地拾了鸭蛋来家里拿咸盐红泥渍腌;晚上两人就关门锁户、他人不知地睡作一处。

"散花死伢们,你可想俺了?""我才不想你呢!你有什么让我好想的?"现在,文化的语气里已经带有一定的大米饭的味道了,他听散花说话也像从前听平兰说话一样容易听懂了。一年以后,散花生了个壮伢子。五千头的炮仗响过,邢老板在文化家的门廊下挂了个大竹灯笼,灯笼上贴着大而方整的"庙氏"俩字。刚过周,那伢子已经能跟文化平端着岗岗尖一碗米饭、夹着咸肉咸鸭子,蹲在大门口,望着河堤下的水滩往嘴里扒饭了。第三年,由文化出钱交罚金,邢老板摆平了乡计生站,散花又生了个女孩。女孩大额头、小圆嘴、细皮肉、竹节肢。所有来吃喜宴的人都说:"这孩子南北夹击,是俊绝了,往后一定是个跟大老板的料。"散花笑呵呵地说:"那她又得上更蛮的蛮地去,那里的话她哪能听得懂?饭她哪能吃得来?"文化说:"那也不一定,现在北边就没有钱?北边的钱也不比南边的少,国家的印钱机不都是装在北边的?"邢老板说:"跟个大官也不错,北边的官大。我×他的,官大了,要什么有什么,还怕没有钱?!"

屋里那些正在往嘴里扒米饭的人听了,都大声地赞同,没有半个反对的。

丰乐古镇本就是以港口为中心、拥河而居形成的,现在还看得到古俗的延续。

从X038东行至肖小河,右转,沿肖小河南岸河堤进入肖家桥村。肖小河并不宽大,相反倒只是丰乐河一个较窄小的支流。肖小河西北—东南向于丰乐镇西汇入丰乐河。肖家桥村居于肖小河两岸,北岸的民居都在堤北,南岸的民居都在堤南。但南岸民居的后门,不远处就是丰乐河,南岸民居实际上处于三河口的位置,有一座老桥与北岸的丰乐镇相连接。在 20 世纪 80 年代之前水路发达的时代,这样的地方很容易是一个舟楫拥簇、商贾繁荣的所在。

从肖家桥村沿河堤东行,依次过丰乐镇街道、河湾社区、五三村、五四村,到董氏祠堂,约 4 公里堤路,河堤北岸都有民居。其中在靠近丰乐镇区的河湾社区附近,乡居都已整修一新,改成白墙青瓦马头墙的徽式建筑,既整齐也较洁净。而肖家桥村和五三村、五四村,都还是原状的自然民居。

这些缘堤而建的民居,可能主要是为了避水。由于此地河道纵横,池塘星罗,地面平洼,夏季水大时,无高地可去,因此居于高堤,是很好的选择。

堤居由于空间所限,会限制出诸多只有堤居才可能产生的特点。这些河堤上的民居,大都没有前院,许多人家的大门直接开在路旁。有后院的也很少,因为这是在河堤上,除了门前的道路以外,堤有多宽,屋才能有多宽。河堤上的民居一般都有前后门,前后门直通,这是利用公共空间的好办法,因为屋内空间有限,开了后门就可利用后门外宽阔的农田、池塘和荒地,开了前门就可利用道路前面的河流、河滩。

紧密的居住环境会影响居民的心理,细密的接触虽然易于产生摩擦,但也会拉近人与人之间的关系,形成群居的团队精神,堤居者对人与人之间的物理距离要求不会太高,宽松的环境倒有可能给他们带来心理上的不安。堤居的交通相对而言是单一的,出门后非左即右,河流也是条形的,非左即右,堤居者容易形成简单的线性思维习惯。

河堤上的民居一般都简单,屋后会有不太占地方的小厨房,厕所则在堤中或堤坡下的树林或半高坡处修建,新建的较宽大的楼房里则会有室内厨卫。两层以上的堤居会对居住者产生不一样的心理影响,由于两层以上的建筑一般而言是当地最高点之一,这不仅仅是河景房的概念,更主要的是独占着一览众"物"小的开阔视野。

现在,由于河流中水产品的减少,因此堤居者的生计,一般不在前门外的河里,而是在后门外的田里或塘里,在荷、稻、豆、果之中,更可能在遥远的大城市里。堤居的后门外有条件形成延伸区,譬如河湾社区居民委员会,就是在河堤后的平地上建设的,开阔、漂亮、很有气势,但那已经不是堤居的形式,而只是堤居与田野之间的连接过渡。

堤居是由地理决定的,当然如果经济发展许可,人们有可能采取移民的方式,一劳永逸地解决堤居带来的诸多问题,但那也会将居住文化的多样性一同毁掉。所以在一些有条件的地方,保留样板性的堤居文化,十分必要。丰乐镇附近正是可以保留堤居文化的地方。

如果能将从肖家桥村至五四村董氏祠堂,随堤蜿蜒数公里的民居,依大致的原状修整一新,配以碑记、堤居文化石雕,再复原青石板上下的渔人码头、鱼鲜市场、水巷老井,极易打造成为响亮的堤居文化标本,不但会成为皖中丰乐河上的旅游旺地,更是独特的堤居文化的集大成,还有深刻的人类学价值。只是这里面有许多许多的工作要做。

丰乐镇与三河镇交界处在神灵站进水闸。丰乐河堤居大致到五四村董氏祠堂就结束了。董氏祠堂在丰乐河河堤下数十米处,坐北面南。据安徽省文物局2010年12月28日资料介绍:

位于肥西县丰乐镇董家湾的县级文物保护单位——董氏宗祠日前维修竣工,该建筑始建于清康熙二十八年(1689),1986年11

月被肥西县人民政府列为县级文物保护单位。当初因资金所限，尚未广修，后陆续扩建至清乾隆十三年（1748）。清光绪年间董氏后人，淮军将领董大义、董履高叔侄才将宗祠全部竣工至现存的规模。董氏宗祠，现为丰乐镇五四小学使用，面南临河，占地约2500平方米，共3进，依次为门厅、正大厅和后堂，进与进之间有回廊包厢，现有原建旧房27间，前栋新改建成教室15间。董氏宗祠是目前合肥地区保存最早的砖木结构建筑之一，在江淮地区很具有代表性。建筑风格古朴典雅，造型独特，是清代时期皖中地区宗族祠堂建筑的缩影，特别是在沿河流两岸而建的古代宗族建筑，有着明显的水乡特色，其房架木结构样式和木雕装饰多与水和水族有关，这不仅代表了宗族的兴旺，同时也反映了其宗族依水而发达的渊源。1998年大水毁了中栋东侧3间，最近又因年久失修、雨雪侵蚀，后栋沿墙、围墙、后两侧厢房均已倒塌，中大殿屋顶和后堂屋墙面已多处漏雨，部分已坍塌，木结构已严重受损，危机四伏。根据初步推测，董氏宗祠如不加强保护，未来3至5年内即将坍塌。根据《中华人民共和国文物保护法》和《文物保护工程管理办法》的有关规定，肥西县人民政府将董氏宗祠的保护纳入重要的议事日程，制定出保护规划和维修方案，保护规划一步到位，维修步骤分阶段进行，确保文物得到充分保护，并划拨前期维修专项经费进行保护维修。

目前董氏宗祠的前期维修工程已经结束，根据文物保护方针"保护为主，抢救第一，合理利用，加强管理"的精神，这一珍贵的历史文化遗产，必将充分发挥其应有的历史价值、科学研究价值和保护利用价值，为肥西县旅游资源的开发和文物保护发挥应有的作用。

2013年7月21日下午1点多钟，我来到五四村董氏祠堂外。祠堂外西墙上镶有石碑，全文为：

全县重点文物保护单位

董氏祠堂

肥西县人民政府

一九八六年十一月二十日公布

通往祠堂大门的只有一条被茂密的野草掩盖的小道。祠堂大门外立有石碑：

肥西县不可移动文物保护点

董氏祠堂

肥西县丰乐镇人民政府

二〇一〇年一月

石碑东边，有位瘦精精的老人在一个有篱笆的菜园子里专心地忙活着，看他扎竿子什么的干得那么专心，我想还是先不打扰他为好。我擅自走进祠堂，因为做过小学，所以一进门就能看见墙上的黑板，黑板上还写了白粉笔字。祠堂虽然有些荒败，但感觉还不到岌岌可危的地步，但差不多也到临界点上了，需要进一步维护。

转了一圈出来，脚步不由得还是往园子里的那位老先生移动，到了园子门口，大着声和老人家打一声招呼。他大约60岁，光着上身，精瘦瘦的，闻声立刻走出了园子，来和我说话。

他说，他就是五四村的，这个村都姓董；这个祠堂原来是五四村的小学校，他女儿在这里当老师，他女婿在这里当校长，不过小学校现在已经停办了，女儿和女婿都走了，他一个人独住这里，看着祠堂和学校；祠堂以前排场，现在破了，他住的房子，昨天还漏雨，还找人来修过。我说，这个村为什么叫五四村？西边还有个五三村？他说，这些名字都是后来移民时起的，有五一村、五二村、五三村、五四村，还有五五村和五六村呢。至于为什么起这样的村名，他并未回答我，一则他听我的普通话有点吃力；另外，他的听力也不是太好；再说，他小民百姓的，对政府的事哪知道底细？

告辞老者，我踏着没了脚踝的野草回到村路上。这时，我看见从村子里走出来一位披着短袖衫、身体较结实的老年人，年龄也不小了，慢慢地，但头也不回、一股劲地走上野草覆盖的小路，往祠堂大门菜园子走去。我想，这是他（那位精瘦的老者）的老伙计来看他了；不会有什么年轻人、小姑娘、小孩子对这个老祠堂、老人还有兴趣的。的确如此。

2013 年 7 月 23 日

圩堡古意铭传乡

2013年8月2日，从合肥出发，沿G312线西行，42公里到肥西县官亭镇。从官亭镇左转南行，进入050县道，约12公里即可到原聚星乡乡政府所在地。

晴空少云，灼阳烧烤。时辰已近未时，出官亭镇后，地面开始较大幅度地起伏。过陈小庙、童大井，路两边的树逐渐稠密起来，有些深厚的味道了。南方和西方的地面上，渐渐出现一道深色的山影，绵延不断。

过新光村后，县道跃上一个小山村，虽然与平缓处比较，小山村的相对海拔只高几十米，但人家的屋墙、院落，有不少已经是石材所建。从一个凹陷处，可知地面以下的部分，都是石层。小山村南面的景致，即矮山、林木茂盛的丘岗、不规则的冲田所构成的景象，很有世外桃花源的面目，颇耐人寻味，也诱人流连。

浅山间的路拐来拐去。道路右（西）前侧可见近处是嫩叶桑园、碧绿稻田，远处似乎有一抹岗脊隐含于深厚的绿色间，右前方则林荫幽然，如深含不露之境，第一眼见到，就很有感觉。转两个陡弯来到路边的几间民房前，民房中间留一条宽道，二三十米的宽道后，是一座平桥，平桥两侧有水，水边有树。过平桥后，是20世纪五六十年代或七八十年代建筑的大门和围墙，大门两侧还有传达室，像个正儿八经的国有单位。

站在平桥上仔细端详，大门、铁门、传达室都已经破败，大门里外也是一片荒败的面目。传达室的外墙上挂着一个方形的牌子，上写"国有安徽省肥西林场"。大门的方形门柱上另有一个牌子，上写"聚星乡蚕茧收烘站"。果然是或曾经是个热闹非凡、人气旺盛、生活火热、走后门才能进去的国有单位。大门外左侧的地上，又有一块新碑，上书：

肥西县文物保护单位
张新圩
肥西县人民政府
二〇一〇年八月二日公布
二〇一〇年十二月二十日立

哦，原来这就是张新圩。脚下的平桥，想必就是当年张新圩的东圩沟。如果这里就是当年张新圩进出的正门的话，那么就可以认为，张新圩大致上是坐西面东的，这里其实是个朝路的东门。

进入大门，向深里行走。数百米后，过一座砖石桥。这又是一条深水沟，水面平铺着一层浮萍，两岸林木蓊郁，似乎幽深不知所终。根据周边的态势判断，这里应该是张新圩的西圩沟。

张新圩的主人是淮军将领张树屏。清咸丰三年，即1853年，太平军打到了合肥地区，当地大户张荫谷在周公山下率子张树声兄弟，构筑堡寨，大办团练，并与附近的团练首领刘铭传、周盛传、董凤高、丁寿昌等人联络，以抗太平军。

张树声共有兄弟九人，他排行老大，他与二弟张树珊、三弟张树槐、五弟张树屏，都是淮军将领。张树声是淮军内地位仅次于李鸿章的二号人物，张树声死后，众兄弟分家单过，五弟张树屏在离张老圩北约5里远的地方造了新圩，这就是张新圩。

张树屏，字建侯，官至记名提督，任太原、包头、大同镇总兵。1887年请求卸任回家休养。勇号额腾额巴图鲁，一品顶戴，卒于1891年。

据专家介绍，张新圩的建造，不仅华丽坚实，而且结构也非常新颖，横竖成方，整齐划一，不似张老圩随地势迂回曲折。全圩占地百余亩,砖瓦屋数百间,呈方形。有内外护圩沟两道,均为石块砌埂,两沟之间一道丈余高的石头围墙。外壕沟养鱼,更为宽阔,东、西、南、北各有一道木质铁皮大闸门,这是其他圩子所没有的。圩又有一道笔直的内壕,内壕沟栽荷花,将圩子分隔成整齐的两部分,中间以一座精巧华美的石桥沟通。门枕由石狮、石鼓组成,上有门楼(又称更楼),住人看守,可俯瞰全圩四方、内外,防护甚为森严。

专家说,圩内建造,更是集众多能工巧匠之智慧和近代建筑之精华。有九路正房,坐北朝南。幢与幢之间,由厢房隔成三五个天井院。房架结构均是八脚落地(每间支柱八根),雕梁画栋,屏门阁扇,珠光琉璃,华丽辉煌。一应家具,都为紫檀木、大理石所制。前厅后堂为螺蛳砖地面,卧室、厢房用地板铺成。天井院皆是鹅卵石铺成,走廊通道则是青石板铺成。少爷书房、小姐绣楼皆有专门建筑。在建筑形式、房屋结构、华丽美观等方面,都大大超过了张老圩子。后改为前后圩子,即前圩五路、后圩四路。前圩从南闸门出入,后圩从北闸门出入(东西闸门平时不开)。其实圩子里面仍前后皆通。后来为了避"九",又将中间一幢正中数间拆去。

有关网文说,张新圩子解放时还完好无损,土改时被没收,其建筑亦未受损。土改后,华东康复医院进驻,后改为麻风病院。因房子不适合医院用,被逐步拆除,改造为现代建筑,但圩子环境风景依旧,后为肥西县国有林场场部驻地。

张新圩果然是树大、沟深,但新中国成立后里面的建筑也都坏了。一排排带走廊的房子,大都漏的漏、塌的塌,野草丛生,荒败满目,阒无一人,倒是有几棵大树仍长得茂盛,显露出向上的生机。园子的中央,有一道南北向的葡萄架,葡萄架下的甬道,向南通往排房。低头仔细看道上的草,和别处不一样,这里的路,是有人常走的,因此草磨得较平。

顺着甬道向南走,从排房中间的走道过去,看见左侧两排房子中间开辟了一块菜地,菜地北边荒破的走廊上,晾了几件衣物,显然这里是住人的。正想着,一位穿白布短袖衫、弯腰弓背的老太太,慢慢地从菜地南边那排破房子的某处走进菜地。这就更增了张新圩的荒凉,让人觉得凄凉。

离开张新圩前行至大畈。这里缓山起伏,山外有山。过大畈村时,觉得就下"山"了,前方却突然又现了一道岗脊。此后地形起起伏伏,直到张老圩村三岔路口。三岔路左边向东南的一条,是去往农兴乡(现紫蓬镇)的,到农兴乡14公里;右边向西南的一条,是去往聚星集的,约4公里。

右转去往聚星,数十米,路左有"肥西聚星中学"大门,这里就是张老圩原址,坐东面西,由西边进出。

聚星中学大门由两个门组成,左边一个大门,车辆可以进出,右边一个小门,人员可以进出;从大门外看,院内有两棵大梧桐树高出墙外。大门也有些破落了,大门和院墙上都贴着早期的那种白瓷砖。走进大门,左手一棵大梧桐树上挂着一个标牌,上头说明这是一棵悬铃木。车沿着学校中央的一条道路开进去,两边荒草杂树,几乎容不得一车。

当地文史专家介绍,张老圩建于肥西聚星周公山下,为清代淮军将领张树声故居,建于清同治年间,除大门外,周围圩堡壕沟环绕,另有内壕沟将圩内分为三个岛。相传有九路水脉直来圩子。圩子坐北朝南,像三个盘子拼在一起,吊桥向西开,过牌楼是五进正厅,每进十五间,分东、中、西三个大门,内分正大门、客厅、书房及张树珊灵堂。张氏兄弟八人,在大厅北面建造内室,各房单成一个小院落。北壕外是花园和小姐们的住房,一石桥通连圩内。

张氏兄弟众多,原圩狭窄,又在东壕沟外翻扩一倍,壕上架座石拱桥。东边扩建时,原设计为九进大厅,因张树声光绪十一年

(1885)病逝于广州而停建。东边只建有仓房及兵勇住房等。圩内各式建筑300多间。新中国成立后,圩内建筑屡经改造,与原貌已大不相同。

数百米后过圩沟桥,圩沟上百米内有三座连通东西的桥梁,圩沟挺宽,沟水倒也幽然。民国时期名盛一时的张氏四姐妹,就是张树声的后代。大姐张元和即出生于这座张老圩里,6岁后才和家人一起举家搬去了上海、苏州,后与小生名角顾传玠结为伉俪,再旅居美国;二姐张允和是著名语言文字学家周有光的夫人;三姐张兆和是著名作家沈从文的夫人;四姐张充和,是美国耶鲁大学著名汉学家傅汉思教授的夫人。据说四姐妹的父亲张武龄受当时新思想的影响很深,希望自己的四个女儿能四海为家,因此给她们起名时,中间那个字都带着腿。

在桥头正边张望边胡思乱想着,从西边一排较旧的房子处,有一位50多岁的瘦黑妇女,端着饭碗走过来和我说话。只见饭碗里是白米饭,白米饭上盖了一层青白的辣椒之类的菜品。我说,这就是张老圩呗?她说,就是的。我说,现在是聚星中学了。她的兴趣显然不在张老圩身上,而在聚星中学身上。她说,这里没有老房子了,现在聚星中学也不办了,学生都搬到南分路去了,你看这里破的,哪有钱来修一修?以后这里不知道怎么办了,等等。我明白她的心情。和她说了一会话,我告辞离去。

数公里后到聚星。聚星原来是聚星乡政府所在地,现在和南分路乡合并,成立铭传乡,聚星不再是政府驻地,而只是个较大的集市了。一进聚星即看见肥西县聚星学区中心学校的大门。肥西书院就在聚星集东北郊"肥西县聚星学区中心学校"内。

据说张树声兄弟于光绪年间与刘铭传、周盛传、丁寿昌等共同捐资创办"肥西书院",位于张老圩西数华里的马跑寺,供几个家族的子弟入学。为了提高声望、扩大影响,他们还请了当朝重臣左宗棠题书"肥西书院"牌匾,请同乡名臣李鸿章题书"聚星堂"匾额,所以当地人多称为"聚星堂书院"。后来肥西书院旁兴起了集市,遂名"聚星集"。新中国成立后,"肥西聚星中学"先设于肥西书院,以后才迁到张老圩内。

进中心学校大门后,是一个大操场,操场左右都是草地或闲地。操场右手有一条树木相夹的水泥道,向北通往"肥西书院"。至肥西书院前要先过一个不算太小的池塘,池塘上有桥相通。池塘边有个牌子写道:

小鱼塘

位于肥西书院正门前月牙池,原面积约1500平方米,后经几次改造,保留面积约300平方米,池水清净,放养各种金鱼数百条,莲花绽放时节,成群结队的鱼儿自由自在地畅游,使人驻足池边,流连忘返。教师以此向学生传授鱼知识,介绍鱼种类和生活习性,并使学生受到美的熏陶。

过"小鱼塘",接近肥西书院大门。门额上有"肥西书院"四个大字,大门上有对联:林壑西南美,风云天下交。校园内则多为现代建筑。

刘铭传墓园在聚星集西略偏北约9公里的大潜山北麓。

由聚星集西郊出,一路进山。路边,嫩叶矮桑在丘坡上、在冲田里,一片又一片。青绿色的稻田,也一层又一层、一片又一片。路边的池塘幽深、弯曲。一片山竹过后,稻田、玉米地、桑田突然直逼路边,好一个桑农之乡!

过黄老家、农林、韩小店。竹林在村外、山坡,蔚然成片。嫩桑依然蜿蜒如云。过殷大郢后,地势渐下。快到鸽子笼村时,右手山坡上已可见拾级而上的刘铭传墓园。沿沥青岔道左转,很快即到大潜山北麓。

山坡上林木茂盛。刘铭传墓园从山脚起,坐南朝北。据当地政府部门介绍,刘铭传墓园建于肥西县铭传乡境内大潜山北麓,占地面积逾50亩,其中建设面积18.9亩、绿化面积33.15亩,总投资近1500万元,于2008年10月起开始建设,既是当地的爱国主义教育基地,也是联系海峡两岸人民的纽带和肥西县的重要人文旅游景点。

刘铭传墓园工作人员告诉我们,刘铭传墓园总体高度为146米,形状看上去有点像南京中山陵。墓园外是一个大型停车场,占地面积约1500平方米。自停车场沿台阶而上,可见照壁和照壁广场,照壁两侧对称配建东西两服务楼。自照壁广场再沿台阶而上可见三省桥和照池,三省桥后是一道门。一道门建筑面积50平方米,建筑高度达6米,结构类型为砖石结构,坡屋面。自一道门后,进入神道,神道均为青石台阶,沿神道拾级而上,抬头可见牌楼,牌楼后是两座碑亭,碑亭后有一对标志性的华表,经过石羊、石虎、石马和文武将四对石像生,进入享堂。享堂建筑面积72.6平方米,建筑高度7.83米,结构类型为砖石结构,也是坡屋面。享堂后是宽阔的祭祀广场,刘铭传墓室就坐落于该广场中间。

据相关消息说,墓园整体完工后,2011年4月12日,下葬了刘铭传骨灰,使一代著名淮军将领叶落归根。刘铭传遗骨被安放在水晶棺内。棺长86厘米,高36厘米,宽33厘米,其整体制作在国内还是首创。水晶棺是江苏东海县华晟水晶制品厂无偿捐赠的,价值数百万元,由一整块天然巨型水晶手工打磨,历时1年半完成。水晶棺整体制作工艺在国内属于首创,也是迄今为止国内最大的遗骨水晶棺。而高1.6米的水晶碑上镌刻有"功在民族,德被台湾,文韬武略,青史流芳"碑文。

站在大潜山北麓俯瞰山下,只见潜山湖波光粼粼,山衔水接,青幽连绵,是一片十二分好的湖山。

当地干部介绍说,大潜山位于肥西县铭传乡南部,山地面积3.1平方千米,山势北高南低,主峰高耸,海拔为289米,系肥西县境内最高的山峰,也是紫蓬山最高山峰,大潜山森林茂密,有野羚羊、野猪、野鸡、灰喜鹊、白鹭等野生动物,山下有潜山湖、红旗水库,湖光山色连成一片,山南有老牛坟、老虎岩、龙凤井等景点,山上有文昌阁、真武庙。大潜山已从近于荒山秃岭变成绿树成荫,山上的松栎混交林覆被率达96.3%。大潜山、二潜山、三潜山、罗大山、莲花山、马头山等山环列。大潜山与森林公园中段的圆通山景区的圆通山,相距10.5千米,与紫蓬山相距18.5千米,大潜山景区与紫蓬山景区互为头尾。

关于大潜山的传说,颇有一些吸引人的地方。肥西论坛有文章说,大潜山有老牛坟传说,说在一个雨天,一个小牧童骑牛躲雨,不幸被雷劈中,死在山上,后来有人过路看见,可怜牧童,就捡了石块将牧童埋了。上苍感牧童为人友善,遂将牧童升为仙童,将牛升为仙牛。据说现在的坟里只有仙牛的尸体。为了求得仙童和仙牛的保佑,人们去那里拜祭时都要带一块石块。现在已经成一条长长的石坟了,每年的农历二月十九是那里的庙会,颇具规模。

下山回到原路,拦住一位骑摩托车的中年农人,向他打听大潜山上老牛坟、文昌阁、真武庙等事,他告诉我,车上不去,没有开车的路。我说,那步行可上得去?他说,人也不好上去,现在夏天,都是树和草。我说,山上还有没有文昌阁、真武庙?他说,都没有了,早就没有了。

辞别农人,继续往前行驶。此地已是山下,冲田交错,地势见平,玉米、黄豆等旱粮渐多。从鸽子笼村三岔路口向左转,西南行,约6公里,便到大潜山西麓的刘铭传故居。

刘铭传(1836—1896年),字省三,号大潜山人,出生于安徽省肥西县刘老圩一个世代耕织务农的农家。自幼托身陇亩,生活非常窘困,但为人刚毅任侠,耿介勇敢,平时喜欢耍枪弄棒,练就一身武艺。曾杀土豪、劫富户、捍法网,闯荡江湖,成为官府追捕的要犯。清咸丰四年(1854),接受官府招安,在乡兴办团练。时太平天国运动正如火如荼地展开,刘铭传率团练与太平军对抗。1859年率团勇攻陷六安、驰援寿州,因功升千总。1862年,率练勇编入李鸿章的淮军,号称"铭字营"。在追随李鸿章、曾国藩镇压太平天国运动和捻军起义的过程中,刘铭传因凶悍善战,战功显赫,很快由千总、都司、参将、副将提升为记名总兵,成为李鸿章麾下的一员大将。1865年因在山东镇压捻军而提升为直隶总督,并获得清廷三等轻车都尉世职及一等男爵的封赏。1868年,奉旨督办陕西军务,旋因积劳成疾,辞官回乡。曾任台湾首任巡抚。

刘铭传旧居即设于刘老圩原址上。路东是崭新的启明新邨,路西是刘铭传旧居。由于刘老圩内的建筑正在修葺或再建,靠路的正门无法进入,只能从靠北的"肥西县刘铭传旧居纪念馆"门前道路进去。

过圩沟桥,可见路左一排老树,树上都有铭牌,标示出树的名称,有朴树、枫杨树、乌桕、侧柏。进到圩子里,电锯声声,施工场地人来人往。正张望着,一位穿白短袖衫、但敞着怀的男子走过来,原来是工地上的一位负责人,便走过去,和他攀谈一番。

他介绍说,1868年,刘铭传回乡择址(在原址东南约3000米)兴建新宅"刘老圩"。圩基包括水面,占地约6公顷。建圩时四周挖壕沟垫圩基地,西面挖大堰烧砖瓦,就近从山上取石料。为了面对大潜山,刘老圩建筑坐西朝东。圩内四周是深壕和石围墙,大潜山汇流的金河水绕圩而过。围墙上配有5座碉堡、炮台。壕沟分内、壕沟外。外壕有东南、东北角两大吊桥,各桥分别有两层门楼

7间,住有兵勇护圩。过外吊桥进圩内即是内壕沟,每座吊桥处均有门楼。

刘铭传旧居刘老圩正大厅为三进,每进3间。头进与二进之间的天井院内是回廊包厢,第三进为两层堂楼。正大厅大门面对外壕沟月牙塘,月牙塘两尖角内弦是矩形荷花池,池中有花圃。正厅西南角是西洋楼,两层三间,楼上藏书,楼下住人。正厅北面是钢叉楼,两层五间,因大潜山侧有老虎洞,建此楼"压邪镇圩"。楼后的盘亭,四面环水,唯石桥相连,存放国宝"虢季子白盘"。盘亭北面的九间厅,是刘铭传迎客会友之处。厅后的小岛曾经是弹药库。刘老圩西水面上有一大岛,是读书的好所在。当年刘铭传常在此读书,后有栈桥通往岛上。据说刘铭传晚年时曾拆了栈桥,每天摇船送孙辈到岛上读书,中午送饭吃,傍晚才准回家。刘铭传的后代多在圩内居住。这一片建筑群19世纪末曾遭火灾,新中国成立初因军工建设需要改建为仓库。2005年被国务院授予"全国历史文物保护单位",2012年6月被国台办批准为"全国海峡两岸交流基地",2013年4月正式授牌并启动保护性恢复。

离开刘铭传故居,返程时再过大潜山北麓,过潜山湖,过刘铭传墓园。水稻嫩,山林老。大潜山大致是东西向的。此时好端端的天,仅有少量的云,天上却突然下起了雨。雨并不大,甚至可称零星,但不过数秒钟内,车前窗已经模糊一片,要使用雨刮器了。沿着山外起伏道路南行。一分钟后,零星的雨也不见了,周围还是暑天、蒸热和山水。

数日后,再次前往铭传乡寻访。

铭传乡东南还有圆通山和周公山。由张老圩岔路口,沿004县道,往农兴方向行驶。方向或南,或东,或东南。这一日是2013年8月7日,天巨热,暑气蒸人,大汗淋漓。但县道两边低山绵延,林木浓密,满眼都是舒服。

过张老圩村部,过龙潭寺村。道路已经接近山岗,左边是周公山,山脚下出现观音寺的大门。顺水泥坡路而上,约200米,可至观音寺。这是观音寺的旧殿,已经老旧了,门廊柱上的红漆已多脱落,刷至半墙的红漆也褪得很淡。门左墙上贴着一张蓝底色的"安徽肥西周公山观音寺"图,这可能是个效果图,因为旧殿后面的山上,一个颇壮观的大殿正在施工,框架已经搭起来了,具体的模样,一时也还看不太明白。

周公山海拔183米,满山苍绿,林木幽深。据肥西旅游资料介绍,相传三国东吴名将周瑜幼年在这里读书,后人为纪念周瑜,故以"周公"命名此山。周公山山顶原建有周瑜庙,庙内塑周瑜像及其坐骑白马。清嘉庆《合肥县志》说:"周公山有周瑜庙,周瑜读书处。"周公山东南部又有周瑜洗砚池,池阔丈余。现周瑜庙已废,洗砚池尚在,池水清澈可鉴。周公山坡上有一个村庄,叫蒋家湾,为周瑜幼年同窗好友蒋干故里。汉献帝建安十三年(208年)赤壁之战前夕,蒋干受曹操之托,前往东吴劝降周瑜,却反被周瑜使反间计,导致曹操赤壁惨败。

周公山对面又有圆通山。圆通山略高于周公山,海拔218米,山上也是林木繁茂,葱郁漫漫。据说圆通山山腰处有大片竹园,山林间则有大群鹭鸟栖息,成为圆通山的奇特景观,圆通山因此被称为"鹭鸟的天堂"。山上还有仙人洞、试剑石;山下有圆通水库,山水交错,景色醉人。

2013年8月4日

水润老桥听三河

三河是我这本书采访的最后一站。由于时间紧、任务重,整个夏天,在罕见的持续高温酷暑中,我利用繁忙的工作间隙,自己开车跑遍了一个个村寨、集镇。经常是正午时分头顶着炎炎烈日出发,或凌晨两三点夜色浓重时出发,一跑就是一天,有几天一天中持续在车上、行走、采访的时间超过18个小时。虽然采访活动市里可以提供人、车陪同,但今夏的烧烤天实在是太热了,不想麻烦大家,再说这本书的要求是行走和文学,并非面面俱到的旅游指南,所以用这种形式采访、采风,效率会更高,不然截稿日期到了,完不成任务可是要挨板子的呀!

采访三河,千年古镇的文化内涵深奥,怕有所遗漏,又是最后一站,因此邀请市文联和县、镇相关领导陪同,10月16日早上6点半,我们驱车前往三河古镇。40公里的路程,不一会就到了。

三河古镇,映入眼帘的是徽派建筑的两层或三层小楼,就连三河汽车客运站也是如此。车子停在三河镇综合文化站。青砖、灰瓦的万年台文化休闲广场上,拥有十二生肖和梅兰竹菊共十六个石鼓,还刻有三幅三河古民俗的迎亲图。广场正上方,三河第七届美食艺术节的大幅宣传画是那么醒目:打造美食古镇名片,发掘餐饮文化资源。一群老人打着太极拳,一招一式很专心、很安静,完全没有城市中晨练广场上震耳欲聋的音乐声,这是我踏入这块土地的第一美好印象。

三河镇位于肥西县南端肥西、舒城、庐江三县交界处,具有优越的地理位置,曾经是肥西县最大的港口,是著名的古战场。

我们走过文化广场,步入被誉为情人桥的鹊渚廊桥,廊桥上有由12根立柱撑起的两层飞檐翘角式的长亭,桥两边建有美人靠,供游人在桥上观景,桥两头装有4根四方青石灯柱。据说,有情人若从这座桥走过,爱情定会天长地久。它建在古镇的小南河上,周围汇聚了三河古街、古巷、古桥、流水、人家,河道上游船点点,远远望去犹如一幅清丽的风景画。三河望湖阁是古镇的最高建筑,坐落在望月桥边,为安徽省第二大阁,采用仿古徽派建筑样式,具有浓厚的古镇风貌特色。

万年街孙记米饺摊前排满了前来购买米饺的人,同行的刘主席说,当地人认同的小吃肯定是最好吃的。这话有道理。到了三河,这里的美食是一定要品尝的。我们决定在此排队买孙记米饺尝尝,现在很少能够看到买东西排这么长的队伍,味道一定不错,要相信群众,错不了的,哈哈。

20多年前,我和一众作家来三河采风,曾经在三河的茶楼上喝早茶、吃米饺,留下了深刻印象,后来,我把这种印象写进了我的中篇小说里。

  街里的早市正在兴隆之时,车来人往十分热闹。马镇长说:"这金雀镇是草场区的交通要道,又是古集镇,每日人来人往,少说也在五六万人次之上。"李中道:"这里怕也是物资集散地,不然哪来这样多人?"马镇长道:"是物资集散地,主要经营山货、大米、牛羊之类。这里又是山上到平原、平原到山区的必经之路,所以就繁荣一些。"李中说:"镇南的那条河叫什么河?"马镇长说:"叫金雀河。"李中说:"是打哪流来,又流到哪里去的?"马镇长说:"是打山的深处流下来,又流到淮河里去的。"李中说:"有这条河,镇子就水灵了不少。我早上一路走来,望见这里的女的,皮肤都细嫩红白,怕就是得了这水的滋润。"马镇长说:"那可是。传说明清之前这里都设过县,在这里的女人身上丢了官的,可不少。"两人说着听着,都放声地笑起来。

这里到了一处地方,是一座古式砖木结构的茶楼,门楣上有一块紫木横匾,题作"春水茶楼"的,字体甚是飘逸、飞腾、潦草,足见题者的艺术功底。李中便站住了问道:"马镇长,这字是什么人题的?很有功力的。"马镇长答道:"不可考了。有传说是明清年代一个贬官的学人,漂流到金雀镇,每日来这茶楼上吃茶解闷,久而久之便生了感情,茶楼老板见了,说请他随意题一幅招牌,就是这几个字。当然这是传言,不一定可信。"李中说:"好字。"

说着,又端详了一时,又退到对面街边端详了一时——这街也是老街,青石条路,街宽不过五七米,所以从街这边到街那边,并不是遥不可及的——只望见整个茶楼的门面,都由黑漆漆成,三五个门柱子,看上去虽显苗条了些,却顶事,能吃住劲。望了一时,李中嘴里仍说着"好字",二人便进去了。

才一进去,里面忙着的一干人,其中便有两个来跟马镇长打招呼道:"镇长来啦,楼上坐吧。"来打招呼的两个人,一个是年龄大些的长者,有50来岁,腰前围着一个白围裙,瘦精精的,上唇处有几根软胡,口唇锋利,是个精明能干的人,看上去却又不给人多少奸刁的感觉。他一只手里拎着个长嘴的铁嘴壶,这样就显出了茶楼的味道来。另一个却是个二十三五岁的小女子,红唇皓齿,面皮细嫩,白里透着红晕,体态也姣好,不胖不瘦,不高不矮,那不长不短的乌发随便地束成一把,斜搭在脑后,竟也能看出存着信心的自然功夫。她张口说话时,做不快不慢、不大不小的发音,落落大方,又不轻浮,李中心里便咯噔一下,暗暗惊叹这金雀镇河水喂养出了这等佳人,实在叫人吃惊。马镇长便答道:"我陪上头来的这位李同志来吃早茶,我们就上楼啦。"

楼梯自然也是木板制成的,较陡立。打那前面的制作间里出来,走到天井里,便上这楼梯,一步一步地上,也能上出几颗汗珠来。那小玲便在前面道:"今个天怕还热,俺爸说了,说打老远之前到现在,也还没遇上这样的热天。"马镇长说:"那倒是。"李中说:"我昨天晚上睡得还好,想必是这大草场区天凉爽些,在夏城那里,天简直热得受不住。"马镇长说:"下边比这里要高三四度。不过夏城也有个乘凉的好地方。"李中说:"是不是那湖边上?"小玲接上说:"湖边也可以,但比不上金雀河边,金雀河边可是爽快多了,因水是打山里流出去的,路程又不是太远,凉气还没有散尽。"李中说:"难道这金雀河也从夏城里流过?"马镇长说:"那是,一直能流到淮河里。"

说着也就上了楼。楼上的茶座是围着天井形成的,打眼望去,总也有二三十张桌子,能容下一二百人,可以想见这里生意的兴隆了。楼上的窗户门极多,又全敞着,所以呼呼的有风吹来,叫人精神为之一振。方桌边零零星星坐了三五十人,三五十人在这样的地方也不多见,倒有零零散散的感觉。小玲便引着他们挑了南墙一处近窗的方桌,便是那金雀河,河面老宽,河水倒不甚深,却清凌凌的一片,在窗里望得甚是清亮。河滩水里,搭眼望去,竟有无数的女人在濯洗衣物,棒槌声嘭嘭地响成一连片,一时满眼都是绿水、花衣、白腿。李中望见了,禁不住叫出一声来。马镇长走过来望了一眼说:"金雀镇也就这样,日日都如此。"李中摇头笑道:"大开眼界,大开眼界。那明清时的传说,我真的信了。"马镇长说:"信了吧?"两人相视而笑。三人便落了座等茶来。

第二天早晨,李中仍由马镇长陪着,来春水茶楼吃早茶。

来到春水茶楼,小玲仍来陪他两个,仍坐在昨日的位子上。那小玲便说:"昨日师傅有急事没到,今天到了,能吃上正宗的煎米饺了。"李中说:"昨日就听你们说过,我还从没见过,更谈不上吃了。不知是什么样子呢。"小玲说:"煎米饺是金雀镇的特产,不过后来分成了两支,一支在金雀镇,传着传着就失传了;另一支到了肥西县三河镇,却传了下来。我们现在请的师傅,就是从三河来的。"李中道:"哟,这两支分得挺远的,一支在淮河这边,一支在淮河那边,想必是两兄弟分家了吧?"马镇长说:"虽都是这样传,却考不出个真假来。"李中说:"遗憾了。"

李中低眼望去,那盖碗中物件与昨日没有不同,仍是茶叶、榴叶、甘草等几样,都是提神醒脑、败火的物件。看时开水便直冲入去,碗里霎时便腾起一股清甜的香气来,桌上、别处却不洒一星水滴。冲完了,那小伙计就离去,往别的方桌去了。马镇长道:"盛暑夏日来喝早茶,依我们这地方的习惯,得粗一些才好。"李中说:"怎么叫粗一些?"马镇长说:"清早起来了,脸也不洗,只刷刷牙,就上茶楼来喝早茶。因夏日天热,茶又是滚水冲泡,这时就尽兴去喝,喝出一身汗来,这就叫粗喝,和冬日全不一样。"李中说:"夏天早上就喝出一身汗来,那不是浑身难受死了?"马镇长说:"喝出一身汗来之后,就回家去冲个澡,把一夜里的脏物都冲得干干净净,身子在一天里都舒坦。"李中说:"这真是好习惯,这就是养生之道吧。"小玲说:"不然我们金雀镇的女子哪来这样好的颜色?"李中说:"不过女的又不喝早茶。"小玲说:"女人都在家里喝,早上起来,也不干别的事,先就冲了一碗茶喝,冲个澡,再干一天的活路。"李中说:"想不到,想不到,真是想不到。"

说着、讲着,煎米饺便上来了,原来是米面做成的饺皮,内里有虾仁、鸡蛋等物,在油锅里煎了的。喝了这一气早茶,肚里正喝空了,几个人便吃起来。抬头时,又恰恰能望见窗外的一河滩女子。(《夏天的公事》)

孙记米饺店里已经客满,带着米饺,我们另寻一家清静些的小吃店。陪同我们的镇里的葛委员说,附近有家面馆,里面的面食很好吃,现在三河最流行的早餐是吃面,米饺已经退居后位了。呵,真是时尚轮流转啊。

于是我们左转右转,穿过农贸市场时,没有想到早上刚过7点钟,市场上的一个个铺子就已经开张了,卖衣服、鞋子的摊前已有了顾客,一般在市里这样的市场最早也要8点半或9点才能开门迎客,古镇的人们真是勤劳。

我们又路过一个菜市场,这里更是热闹非凡,人声鼎沸。一位菜农面前摆满了青翠鲜绿的小青菜,秀气精巧的小青菜上还存有湿湿的露水,显得那么娇嫩,用它做汤、清炒定是满口飘香,再好不过了。辣椒、茄子、黄瓜和西红柿都是刚摘下来的,看起来水灵灵的,很养眼。鸡鸭市场上鸡鸣鸭叫的,很接地气。我好久没有到这样的市场买菜了。十几年前孩子还在家上学时,我负责家里买菜的工作,每天到菜市买新鲜时令的菜蔬,给妻子提供上好的原材料烹饪佳肴,供全家享用,虽然烦琐辛苦,但很幸福。那时我喜欢到菜市几个固定摊位上买菜,从不和他们讨价还价,他们对我也从不会要高价,每天和他们见面、聊天,就像老朋友,其乐无穷。想想真是很留恋那时的岁月。现在由于工作繁忙,女儿也已经长大成人、展翅高飞了,我和妻子各忙各的,去菜市的机会也少而又少了。

出菜市右转,我们来到了号称老字号的"泰记手擀面馆",离老远就看到不断有客人进出面馆。走进面馆,哪里还有空余的桌椅?我们只好学着别人在后面等位子。我走到店外看看招牌上的标价：膀爪面大碗 8 元、小碗 7.5 元，酥鸭面大碗 6.5 元、小碗 6 元，鹅头面大碗 8.5 元、小碗 8 元，大排面大碗 7.5 元、小碗 7 元，雪菜面大碗 4.5 元、小碗 4 元，大肉面大碗 8.5 元、小碗 8 元，牛肉面大碗 8 元、小碗 7.5 元，鸡蛋面大碗 5.5 元、小碗 5 元，花干面大碗 5.5 元、小碗 5 元，炸酱面大碗 6 元、小碗 5.5 元，酥肫面大碗 7.5 元、小碗 7 元，肉丝面大碗 6.5 元、小碗 6 元。各种各样的面食，诱惑着我们的胃口，看着眼前桌上一碗碗热腾腾的汤面，真是垂涎三尺，恨不得马上等到座位，坐下来饱餐一顿。

这时，我们突然发现桌上的两位客人喝着一小瓶二锅头，啃着卤鸭膀，旁边还有其他的一些下酒的小菜。这很奇怪。吃早点、喝小酒，鲜有人知。再仔细看看，几乎每桌都有人在喝酒。除了葛委员，我和我的伙伴们都惊呆了。早就听说，三河古镇的人们会享受生活，他们特别注重生活的品位，但在吃早点时喝上一杯小酒，还是没有想到，很让人羡慕他们的休闲和安逸。

入乡随俗，我们也学着他们，要了一小瓶古漕运酒，点了当地特产卤茶干、卤鸭膀、卤鸭爪和酸菜肉丝，每人自选一碗面。这是我平生第一次早餐时啃膀爪、喝小酒，吃着色香味全的手擀面和带过来的孙记米饺，真是一大享受！值得一提的是，这里的卤鸭膀、鸭爪火候掌握得好，啃起来有嚼头，卤菜的味道地道，难得在这么一个早餐店里吃到这么丰盛的早餐，令人难忘。

酒足饭饱，我们开始逛游三河古镇。

古城墙和朝阳门，位于三河古镇东街，高高的城楼，威严大气。据记载，它是太平军将领蓝成春于清咸丰五年（1855 年）秋天率军士修建的。1854 年 1 月，太平军开进三河镇，三河成为太平军重要的粮食供应地。1855 年秋，清军反攻庐州。太平军出于两层考虑，一是护粮，二是若庐州守不住可转守三河，因此决定迅速造城。造城需要大量的石料和建材，当地庙宇、牌坊、石碑、老房子都被拆下来,在很短的时间内就筹集到了足够的材料,建成了这座城墙。我们沿梯登上右手边的城墙,城墙正中放置着一尊铁炮,城墙边沿相隔不远的一个个垛口,为守城士兵射击所用。遥想一下,当年太平军护粮、护城,阻击清军进攻的场景,该是何等激烈,如今它成了和平生活的背景,它和我们身后的青砖、灰瓦、马头墙相辉映,静宁的环境,让生活在喧嚣城市中的我们羡慕不已。

三河镇东街的古民居,有2004年10月28日安徽省人民政府的授牌:安徽省文物保护单位。不宽的街巷,两边的古宅、店铺幢幢相接,这里家家门口都挂着大红的灯笼,十分喜庆。脚下青石板路面上车轮碾出的一道道痕迹,清晰可见,向我们展现着古镇车水马龙的繁盛景象。门牌205号这一家,是一个老字号弹花坊,里面堆满了棉花,工人戴着口罩,戴着老式的黄军帽忙碌着,原汁原味的生活在这里活灵活现。因为太早,两边的多数店面还没有开门,有些老人在巷子里悠闲地散步,碰到街坊邻居就站在那里家长里短地拉着呱,倍觉温馨。

小巷的拐弯处,一处名为"皇水井"的老宅引起了我们的注意。据传说,因宋朝的开国皇帝赵匡胤及其兄弟赵匡义有帝王之相,因而遭到追杀,赵父挑着藏在筐子里的小兄弟俩东躲西藏,逃到了三河人家的这个小院内。眼看官兵要冲进来,无处躲藏的父亲看到院中的一口井,灵机一动,快速地把两兄弟连同筐子一起放进井里藏了起来,躲过一劫。后来赵匡胤真的做了宋朝的开国皇帝,于是当地人把这口井命名为"皇水井"。只是今天这里大门紧闭,铁将军把门,我们未能进去一睹它的风采,实为遗憾。

转往镇南新街,我们来到土地庙前,这里也没有开门,还是时间太早的缘故吧。大门旁的牌子上写着:免费参观,随缘敬香,谢绝拍照,严禁烟火。

拐进另一条古街,这里店家开门、货物琳琅、生机溢现,是另一番景象。家家门楼上挂着统一四方的灯笼,灯笼上标记着"左"或"杨",这是这户人家的姓氏,灯笼里安装着节能灯管,作为这里特制的路灯。到了晚上,家家亮起贴有自家姓氏的灯笼,配上古色古香的建筑,有着特别的韵味和意趣。

街边"土菜大王"招牌旁,悬挂着两张报纸,坐在门前招呼客人的就是报纸报道的主人公。这是一位健谈的老板,我们一走过他的店铺,他马上起身,热情地向我们介绍他家的土菜如何之好。桌上一碗碗小干鱼、小螺丝、霉干菜蒸肉、蒸白干、蒸咸肉等等各色蒸菜,等到饭点时,这些菜就会被摆进几层高的蒸笼里,放在一口大铁锅上,铁锅的周围套着一个干草编织的圆圈,这样蒸笼放上面不会跑气,蒸上几十分钟,透过蒸笼,蒸汽缭绕,香味扑鼻,味道一定极好。

"孙仲德纪念馆"门前显得很寂落,大门的油漆早已脱落,一道门内,一张长条桌上放着杂物,二道门铁链紧锁,透过室内昏暗的光线,隐约可看到孙仲德简介。孙仲德出生于1902年,三河镇人,1934年春,孙仲德毅然离开生活安定、待遇优厚的三河,投身革命。6月1日,加入中国共产党,不久任肥南区委书记等。新中国成立后,孙仲德历任安徽省民政厅厅长、政协安徽省委员会副主席、上海第二医学院党委书记兼院长、中共安徽省委常委、安徽省副省长等职,1961年11月4日在合肥病逝。

我们来到三河古镇的二龙街。传说宋太祖赵匡胤和宋太宗赵匡义俩兄弟年幼时经过这条街,后来他俩先后做了宋朝的皇帝,于是他们所经过的这条街被称为二龙街。这说明三河在宋之前已颇具规模了。街旁有桥称为二龙桥。二龙街和古巷中的皇水井,都是因赵家兄弟而得名的。

城隍庙位于三河古镇南街,门外的"永远严禁"碑依然可见。这是一个禁烟禁赌碑,立于清同治十二年(1873年),说明庙的年代,距今最少也有100多年了,是三河目前保存比较完好的一块古碑,从中可以看出三河历史上的隶属关系。

城隍庙大门两侧刻着一副对联:

> 为善应倡,设惑未倡,前人余殃,殃过必倡;
> 为恶应灭,设惑未灭,前人余德,德尽自灭。

据说这是庐江县一个叫孙维琪的秀才写的,也就是劝人行善,不要行恶,行恶有报,不是不报,时候未到的意思。城隍庙现今是当地传统文化活动的重要举办地,这里每年都有庙会,庙会期间有民间艺人来表演杂技,一遇喜庆日子,男女老少都来此尽兴。每年的正月十五,城隍庙都会推出"欢天喜地闹元宵"民俗活动,猜灯谜、赏花灯、舞龙舞狮等节目,十分精彩。还有来自合肥等地的非物质文化遗产传承人,在城隍庙向当地群众显露一手,如捏面人、剪纸、火笔画等。城隍庙面积不大,里面的设施保存完好,现列为肥西县文物保护单位。

万年禅寺与城隍庙相距不远,位于三河古镇南街,始建于宋太宗元年,因宋太祖、宋太宗幼年随父逃难隐匿于此,避过劫难,成就万世帝业,时感当年避难险象环生、化险为夷必有佛祖保佑,遂在三河修建佛庙,供奉香火,亲题万年禅寺。遗址坐北朝南,小南河经此弯曲环抱寺院。传说当年万年寺的香火十分旺盛,十里八街的人都到此烧香拜佛,而且是有求必应,后毁于动乱。目前,由九华山天台寺恢复重建,新的万年禅寺装饰得金碧辉煌,占地面积3000平方米。上午这里的游人不多,显得有些冷清,寺前有开阔的空地,很多农民在广场上晾晒刚收获的稻谷。一排排竹架上挂晒着长长的面条,为了驱赶小鸟,架子上插着两面红、蓝小旗,很醒目。这里三县交会,与小南河一河相隔的对面就是庐江县的区域了。

鹤庐是淮军将领刘秉璋的故居。刘秉璋是三河人,他是李鸿章手下的大红人,曾经率兵击退法军,大败捻军,先后做过江西巡抚、浙江巡抚和四川总督,是淮军的重要将领。鹤庐,有一种闲云野鹤、择良木而栖的味道。大门口有一副对联:"虎帐挥缨手,云庐放鹤心。"上联是称扬刘秉璋作为淮军将领的英雄气概,下联是赞美鹤庐主人的散逸之趣。鹤庐所在的三河古镇南街,街巷小石板路面,整条街巷没有一个店铺,很奇怪,这里和隔壁古街上鳞次栉比的商铺形成了鲜明的对比,相当僻静,两边都是青砖黑瓦旧式民房。巷子不深,比较狭窄,只容得两人并排行进。

三河古镇上有牛角梳加工坊。走进去细看,店内的一角,堆放着一些还没有加工过的干牛角,各式各样的牛角梳摆满了一节节柜台,它是三河的特产,祖传工艺,终身维修,现场可以加工。同行的县委宣传部的赵部长介绍说,三河的牛角梳,中央电视台《走遍中国》栏目独家报道过,影响很大。据李时珍《本草纲目》记载:牛角,清凉、无毒。牛角本身是一种中药材,使用牛角梳不会产生静电,每天清晨用牛角梳梳头数次,它的药理性能在按摩人的大脑头皮和头部神经时促进血液循环,无形之中渗入人体;晚上用牛角梳按摩头部,它的"凉血解毒"药理性能使人一天的紧张和疲劳情绪得到放松。经常使用牛角梳能有效地减少脱发、断发及消除头皮屑,长期使用能消除头痛等头部疾病,保健大脑,使人精神焕发、健康长寿。我岳母今年91岁,她精神矍铄、脸色红润、眼明耳聪、思维敏捷,头上的白发很少。她每天早晚都用牛角梳,从前发际向后发际均匀缓慢地梳理头发300下,从不间断。她告诉我们说,头部有许多穴位,人体的十二经脉和奇经八脉也都汇集于此,如百会、四神聪、上星等,通过对这些穴位的长期按摩刺激,增加头发根部的血液循环,促进头部气血运行,头发上的营养及时得到补充,可以起到很好的保健功效。

　　羽毛扇也是三河特产,三河人给它起了很美的名字:皖云青,或云青羽毛扇,等等。三河羽毛扇始创于1905年,曾获得2011年中国工艺美术"百花奖"银奖,安徽省非物质文化遗产,安徽省十大优秀旅游商品等称号。三河羽毛扇品种繁多,有大月形、小月形、大白元、小白元、小圆扇、鸡心扇、孔明扇等。羽毛扇既美观又实用,吸引着大家的眼球。羽毛扇微风轻柔,风缓而凉快,对于孕妇、产妇、老人、婴儿及病人特别适宜。小小的羽毛扇制作看似简单,实则精致轻巧,长长的羽毛串联在一根精致的木质把手两边,黑、白鹅毛间隔固定在一起,一行洁白的细绒毛穿插其中,像《天鹅湖》芭蕾舞剧中,女主角穿着的雪白超短裙边镶嵌着的羽绒,显得既高雅大方,又简洁美观。我们把羽毛扇拿在手中,悠闲地摇着,微风徐徐。我好像穿越时空,回到了诸葛亮"站在城楼观山景"的时刻,并有了"遥想公瑾当年,小乔初嫁了,雄姿英发;羽扇纶巾,谈笑间,樯橹灰飞烟灭"的豪迈。这是我在大学学习宋代文学家苏轼著名的词作《念奴娇·赤壁怀古》里的一段文字,现在还清晰地记得年轻的我,朗读此文时的慷慨激昂。

　　三河古娱坊,这栋楼房建于晚清咸丰年间,距今已有160多年的历史,是当地首富张百万为女儿出嫁建造的小姐绣楼。今天我有幸迈入绣楼,倘若在旧时,小姐绣楼怎容得外人,何况还是一男子踏入半步?我们从右侧的木制楼梯缓缓步上二楼。哪来的哗哗雨水声?今天可是艳阳高照。只见流水顺着房顶四周的一个个出水口,流入院中的一大水池内,犹如下雨时的景象,真是别有洞天。环顾廊道里一个个小小的房间,有小姐住的卧室,床上放着考究的绣花黄丝被。廊道中间宽阔处放着一把古式的摇椅,可以想象小姐坐在上面摇晃着,看书、品茗、休闲,丫鬟在旁边伺候着,"地主阶级"的生活是"何等惬意"。另一个房间,摆放着竹器编制的婴儿小睡窝,紧挨着的是供孩子冬天站在里面烤火的圆木桶,木桶下面可放入木炭生火取暖,房间里还有照明用的高高的油灯和女子做针线的篮子等物。看着眼前这些物件,一个个场景浮现,心中似乎感觉温馨。

路过一家土特产店,"农家对窝捶酥,现做现卖"的招牌格外吸引人。土特产店门口摆放着各种糕点,如花生酥、瓜子酥、芝麻酥、牛皮糖等,经不住美食的诱惑,主人又十分热情好客,每样各带了一些回家尝尝。每天吃上几块,香、甜、酥,怡人可口。

杨振宁故居,坐落于水乡古镇三河古镇南街上,是一座始建于明清时期的民间宅院。这是一座三进三落的庭院,典型的砖木结构,粉墙黛瓦,雕梁画栋,飞檐翘角,古朴典雅,呈现出明清风格。前厅是介绍杨振宁成长的图片文字,院子中间有青砖铺成的小路,小路两旁绿树葱葱,很幽静,颇有绍兴鲁迅故居的风韵。三进院中一架老式的照相机摆在正中,院中两个大水缸是用于接雨水以备不时之需的,这是以前家家必备的最原始的消防器皿。

杨振宁是三河人的骄傲,今天身临其境,倍感自豪。当年这位持中国护照前往瑞士出席诺贝尔奖颁奖典礼的著名物理学家,毕生献身科学,他以自身杰出的成就改变和影响着世界对中国的偏见和中国人的自卑心理,以自己独特的地位为促进中美和中西方学术文化交流做出了不可磨灭的贡献。这位 92 岁高龄的老人,精神矍铄,保持着旺盛的精力,依然奔走在学术交流的会议和高校的教学中,其精神可敬可佩。

2013 年 10 月 18 日

分水岭上读官亭

　　早晨5点多天亮不久,我就从合肥出发,前往肥西官亭。天还未热,但也不凉快。看天蓝地绿的样子,今天一定又是一个晴热高温的日子。也好,到乡镇走一走,出出汗,不是什么坏事。只是温度太高,大概又要超过40摄氏度,要是没有一颗清凉的心,是没法长时间待在这40摄氏度高温的室外的。

　　盛夏酷暑一个人外出采访,每次都让妻子担心不已,她怕我高温中暑,更怕车轮承受不了热浪滚滚的路面烘烤而爆胎,今夏的极热天气,人在室外,一般人都不能承受这种极限,好在我已经习惯了……

　　40余公里到官亭镇。官亭也是个较大的镇,数条街道分布在G312两侧。江淮分水岭自西南向东北横亘全镇,镇境地况起伏,岗冲接连,整个地势呈西南高东北低的走向。官亭距合肥和六安两市,都在40公里左右。

　　据当地政府资料,官亭原先是个只有几户人家的小村落。六州来的客商途经此地到庐州(今合肥市),庐州的商家到六州,西来东去,逐渐形成能推独轮车的弯曲通道。明朝后期,这里建了个驿站,自此形成了东西南北商贾的集聚地。官亭在明朝中后期叫"西壶镇"。据传,苏杭一官员闻听合肥城西也有"西湖",出于好奇,就来合肥城西探秘。到了官亭却不见有什么西湖,就问一位老者:"这里的西湖在哪里?"老者用手一指:"这不就是。"那官员打眼一看,是一个只有一间房子大小的院墙,于是问道:"这就是西湖?"老者回答:"这湖不是湖水的湖,是茶壶的壶。"原来这里有塘,后来塘成了旱凼,又盖了座小庙(今官亭村的陈小庙),剩下这个壶大的坑凼,看客戏称"西壶"。自那以后,西壶镇在江浙与合肥一带就这样传开了。也可以说,这是官亭镇的乳名。

官亭地名的由来,还有一说。据《安徽集镇辞典》与《肥西乡镇春秋》载:清朝前期有一位皇太子的老师,是童旗杆(位于官亭镇西)人,老师到了耄耋之年就告老还乡了。这位太子登基后,对其师念念不忘,常在百官朝见时,褒其师之德,赞其师之才。因此,当朝文武百官相继从京城赶至皇师故里拜望。百官行至下马墩(位于官亭东0.7公里处,上有亭子,张大冲改建时废除),文官下轿,武官下马,凡官必停,在此稍憩等候参拜。朝中百官于下马墩处暂停,故名"官停"。后简化省去站人旁,演变成官亭,习用至今。

G312修路,道路只通半幅。但早晨车辆不多,因此到官亭镇时间尚早。官亭镇国道南边的建筑,也拆的拆、扒的扒,一片零乱。待道路修好了,国道宽阔,官亭镇想必也一定会趁势而为,面貌焕然一新的。

在镇中心G312立交桥下,已有各种人等,出摊卖鱼、贩售水果、停车候人等等。我拿出事先写好的纸条,向周边人们问路。纸条上列了六个名迹,一个是官亭镇马河湾村的清真寺,一个是官亭镇西南的百神庙,一个是官亭镇基督教堂,一个是中塘村的百年古树,一个是张璋烈士墓,一个是兴塘村的分水龙王庙。但问了一位骑电驴的女子,问了两位小货车上的人,问了两位中国电信的小姑娘,都说不知道,两位小姑娘还说她们都是外地人,不了解。最后问了桥下一位鱼贩,他知道清真寺和百神庙的所在,指点给我,又赶紧去忙他的了。

官亭清真寺在镇东2公里左右国道南的马河湾回民社区西南

一处岗子上,白色的墙,绿色的球顶,显得十分醒目。马河湾回民社区路面宽阔,楼房崭新,数十幢楼房排列整齐,社区内还有宽敞、漂亮的学校。从社区西侧的道路右转,进入农地里的沙石路,路两边都是旱粮,有绿豆、黄豆等等,还有棉花等经济作物。沙石路左手边是一口大池塘,池塘里水草飘飘、水光粼粼,近岸处则水草丛生,让我回忆起小时候在野塘边钓鱼的情景。

沿塘北砂石路转到塘西,再南行转到塘南,又东行转到清真寺西围墙外,农人摘的绿豆荚放在一个塑料桶里,已有大半桶,但看不见农人在哪里;再南行转到清真寺南围墙外,又东行转到清真寺东围墙外,再北行,接近清真寺东大门。

马河湾清真寺始建于清朝乾隆年间,以当地马怀珍先生为首集资兴建,为二路一院两包厢,20间古代建筑。内设大殿,为穆斯林礼拜场所;礼拜楼,为主持阿訇诵经场所;讲堂,为讲学场所;水房,为礼拜前沐浴场所;并立碑于寺中。1915年蒋介石曾拨款维修该寺。据记载,一位姓马阿訇曾出国朝觐,回国后教育培养了数名知名阿訇。穆斯林信徒每年在这里举行一次开斋节,每星期五为礼拜(主麻日),穆斯林成员到此礼拜。"文革"期间被毁。1994年迁址复建,古老石碑仍立于寺中,原地保留150多年历史的古柏树。2004年按原样重新修建。

寺外,一位打着伞、浑身汗湿的50岁左右的妇女,正在路边用力地拔野草,看见我来了,赶紧过来招呼我,和我说话。她说清真寺里的人都不在,她是才从外地来的,看见清真寺道路外面的野草都长高了,就用手拔一拔,干净一些。她热情地邀请我进到清真寺里看一看,我进去了,各处都参观一番。

走出寺外,她又告诉我,这个清真寺已经建了六七年。我说,看上去那么新,就像刚建好的一样。她说,外面可能是前一段时间为了迎接一件大事,新刷了一次。我说,这个清真寺是坐西面东的呗？她说，是朝东的。教里有规定，清真寺大门都要朝东。

告别自觉而勤劳的妇女，离开马河湾清真寺，西行约 1500 米，至官亭镇东。这里有一座新建的基督教堂。西侧不远处是官亭"未来之星"幼儿园，园里停着四辆黄色校车，教堂东侧是官亭派出所。基督教堂似乎尚未建设竣工，外观已经完成，内里的修造，大概并未结束。基督教堂的院门紧锁着，院里长满了荒草。

百神寺在官亭镇西南方向。沿镇东街南行，过官亭中学，很快就到了镇外。2013 年 8 月 7 日，这天是立秋日，出了镇，竟看见飒飒的风吹动着杨树，杨树叶飘落一地，农田里、道路上、田埂处，都铺了一层杨树叶，有黄的、半黄的、苍青的；水稻在一小块一小块的田里正在成熟中；一块田里的玉米竟都成熟，呈黄叶子了；目之所见，秋的气息竟浓了，满地的绿色，都显劲绿感了。人真是容易受到文化的暗示的，其实目光里的事物，还不是一分钟以前的事物？

一辆一辆装满一袋袋粮食包的手扶拖拉机，陆续向官亭镇的方向开去。过官亭镇杨拐小学和杨拐幼儿园。小学前的空地很大，一棵梧桐树的树冠，从小学平房后面伸向天空，像一把巨伞。岗冲间的树林似乎都更苍劲了。

约 2 公里到杨拐村的"百神寺村村通班车招呼站"，从招呼站左转东行，200 米后到百神寺。百神寺坐北朝南，近路处是百神寺的旧屋，平房的建筑，房上带马头墙，四合院的形式。进了院子，有个天井，一位妇女在打扫院里卫生。我问她这些建筑是什么时候建的，她说，以前就有了。说完她就走了。

我兀自慢看。正殿叫"三圣殿"，左边是客堂和斋房。这些房子并不是寺庙的形式，而只是看上去像 20 世纪六七十年代大众式样的那种建筑。这时从斋堂里出来一位穿僧服的人，走到我附近，陪着我慢慢看。我从三圣殿走到后院。原来后院已经新建了一座宏伟的大雄宝殿，似乎已经修好了，但僧人说，还是没有钱，许多事情都没做完。

僧人告诉我,百神寺原名百神庙,始建于明朝宣德年间,百神寺占地15亩,建筑面积为2600平方米,寺内有40余间寺宇,古朴典致,金碧辉煌,呈两宅一院四水归明堂的形式。内分四座大殿,大雄宝殿三尊三佛十八罗汉栩栩如生;弥勒大佛笑口常开;背面为护法韦驮按剑而立;两边四大天王威严无比;三圣文殊普贤殿,雕塑精湛,佛神光照。东岳大帝阎罗殿,雕工精巧,在全省除九华山外,仅百神寺独有此大殿。现有大小佛像近百尊供香,有童柏老所书"慈航普渡"匾额,并藏有清淮军将领张树声、刘铭传的墨迹。

哦,原来是这样。我走出百神寺。百神寺路对面树后还有座两层的楼房,看去只是一户普通的农家,但二楼敞开的门里,传出一阵阵的佛乐。百神寺附近并无一人出现,无法了解询问。我站在路边仔细听小楼里传来的佛乐,听来听去的,也不知道小楼到底是什么地方。

官亭镇这方圆一二十公里,除了道观,寺庙、教堂都有了。多元文化为什么在这里交汇得比较充分?带来这些宗教文化观念的人,在历史上,是怎样在这里扎根并传播这些宗教文化的?这些似乎都值得进一步考察、探究。

离开杨拐村百神寺,返回官亭镇,并一头扎进官亭派出所里,向一位警官请教中塘村和兴塘村的所在。他带我到派出所大厅里墙上的官亭地图前,详细告诉我在哪里,怎样走。谢过他,迎着明亮刺眼的阳光,沿G312继续东行。

约4公里后右转南行,去往焦婆店。路两边多是旱地、苗木地,岗上的人家似乎很有生活气息,农人蹲在屋凉阴下,看着四条道路在岗上交汇处经过的人和车。道路起伏着。原来有园林场。紫薇成片,成片开得热闹。一片一片的牵牛花在路边被晒得蔫了。

过张祠村。立秋日,天竟越来越热得不得了了。

约4公里半后到焦婆店。穿街而过。兴塘村已和焦婆店相连。继续南行,过合武铁路桥,约1公里后,到中塘村。

中塘村路东,紧靠路边,有一个水泥花池,花池外墙塑了几个字,我辨认一会,认得大概是"苍郁古株"几个字。从焦婆店到兴塘村,再到中塘村,这里的人都知道中塘村路边有一棵几百年的古皂角树。可惜古树已经死了,连树尸都见不到了。

返回焦婆店和兴塘村衔接的地方,随路转西,或西,或南,或东,再或南,再过一座合武铁路桥。一路走,一路向路上鲜见的行人、骑摩托车的人、房门口的人打听张璋烈士墓和分水龙王庙的所在。

高温烈阳。张璋墓当地人都知道,但外地人却十分不易找得。起初,我从张大井村西路上,向右手转,土路刚修好,倒也十分平坦,但走着走着,就觉得不对了,车辙的印儿都看不见了。我停在树林边,下车看周围的树林、高埂、草滩、稻田、旱地。四野不见人迹,脚下是黄土沙地。

后来,我又到乡村沙石路上,在酷阳下拦路过的摩托车,好不容易来了一位,他有点年轻,抱歉,不知道。再等却就等不到了。我只好绕过大山塘,到对面的养鸭棚,在外面高声大嗓地喊:"有没有人?有人没有?"终于出来一位看上去也不过40岁左右的妇女,我向她请教张璋烈士墓和分水龙王庙的所在。她说,张璋烈士墓就在铁路桥这边,一过铁路桥,就往左边拐;分水龙王庙在张大井村里,她老公公家房子就盖在分水龙王庙不远处。

正说着,鸭棚院里又出来一个男人,他俩十分热情,一句接一句说分水龙王庙的事。男人说,听老辈人说,这里是分水岭,分水龙王庙一边水往南流,一边水往北流,现在庙都不在了。我说,你可见到过庙?他说,我没见过,砖瓦片却能拾到。我说,你可有40

岁？他俩都有点不好意思地笑，男人说，我都50多了。我说，真看不出来。那50年前庙就没有了？男人说，六七十年前就没有了。

谢过他们，我回到原路上，返回到合武铁路桥边，从桥南紧挨着铁路围栏的一条沙石路向东开。开着开着，路又变得小了，变得几乎没有路了。我站到路旁的草地上，四下张望，并不见有烈士墓的迹象。我踩着草地，试图走到附近一处高地去，居高临下，向四处探望探望，但也看不出来陵墓的影子。

无奈之下，我沿原路返回，细细地观察路南的一草一木。这时看见树丛后面有两户人家。我走过去，走到靠路较近的那一户人家，看见房门开着，就高喊："有人吗？有人吗？"喊音刚落，一只巴儿狗，汪汪狂吠着，呼的一声从门里窜出，扑过来，我赶紧后退，差点被它咬到腿。它又扑过来，我伸脚踢退它。还好，此刻及时从门里出来一位拿筷子的男人，喝退了狗。

于是向他请教张璋烈士墓，他说，就在前边，你走过了。我说，我一直都在仔细看，怎么没看到？他说，就在前面。他陪我走到铁路围栏外的路上，指着我来时的路，说，就在前面几十米，有一块碑。

我谢过他，他回去继续吃午饭，我回头向来时的路走。数十米后，果然看见路南有一片空地，空地上种着棉花，棉花田西面，有一个长满了杨树、矮树、荆棘的地方，荆棘和矮树的外面，有一块两条水泥腿支撑的黑色墓碑。

我穿过棉田走过去细看，棉田里蜘蛛结的网时常拦住我，弄得我满脸发黏。果然是张璋墓，墓碑上写着：

全县文物重点保护单位
张璋墓
肥西县人民政府
一九八六年十一月二十日公布

据肥西县政府网介绍,张璋烈士墓原坐落焦婆乡兴塘村油坊郢北。张璋烈士(有传)1936年10月牺牲,原葬于焦婆乡罗田埠,1965年迁葬于此。墓呈圆形,四周栽有松柏多株,碑文为其战友、原中共安徽省委第二书记顾卓新题书。

有关资料对张璋烈士及墓作了较为详细的介绍。张璋烈士墓位于肥西县官亭镇兴塘村周公山北麓的苍松、翠柏之间。1936年张璋牺牲后遗体被运回家乡,葬于官亭镇兴塘村罗田埠生产队,1978年移葬至兴塘村马油坊生产队。1982年3月,由肥西县人民政府修葺立碑。墓的四周用青石砌成,墓前一块矗立的石碑上刻着由顾卓新题写的六个苍劲有力的大字:张璋烈士之墓。

张璋,原名张鼎和,曾化名张晓天。1905年出生于合肥西乡(今肥西)张新圩的一个豪门家庭。稍长,随父定居天津,就读于南开中学。这时,他开始接受马列主义,逐步认识到拯救中华必须投身革命,积极参加中国共产党领导下的各种反帝斗争。1925年,光荣地加入了中国共产党。此后,他被党组织送到广州黄埔军校学习。四·一二反革命政变后,他在广州被捕。后留学日本。1928年因积极参加反帝激进运动在日本再次被捕。1929年被遣返回国,一边在北平辅仁大学学习,一边在党的领导下,参加"北方左联"的筹备工作。他利用安徽同乡的关系,和北平未名社的李霁野、韦丛芜、韦素园取得联系,通过他们又结识曹靖华、范文澜、孙席珍、台静农、傅仲涛等人。在此期间,他四处奔波,为"北方左联"的顺利成立和革命斗争的开展做出了很大的贡献。

1930年10月的一天,在北京大学法学院礼堂召开的"北方左联"成立大会上,他被选为"北方左联"第一任执委。在"北方左联"工作期间,张璋同志始终不渝地领导和参加党的各种斗争和社会活动,从不顾及个人的安危得失。1933年秋,张璋受地下党组织派遣,回家乡张新圩领导农民运动。1935年,又转往上海。他积极参与《动向》杂志的编辑工作,奔走呼号,声援救国活动。1936年春,从上海回安庆时又一次被捕,同年10月壮烈牺牲于安庆。他在临刑前,在香烟盒上留下四句遗言,"教育我儿,继承我志,代我收尸,勿告我母",托人转交给他的爱人吴昭毅。短短的几句话,充分表达了烈士对革命事业的无比忠诚和对革命后代的殷切希望。现今,张璋烈士墓已成为肥西县进行爱国主义教育的基地之一。

离开张璋墓,回到合武铁路桥,沿乡道南下,再左转东行,沿乡村土石路前往张大井。道路曲折弯曲,一条清清的小水流在酷阳下流过乡村路,流向路对面低处的稻田。路两边桑田片片,嫩绿如云。

张大井在一条岗脊南坡上,路边人家的大门开着,喊了几声却无人响应。附近还有很大的棚屋,里面放着家具等等,也没有人。我走到棚屋南,棚屋南又有一个大的养猪棚,养猪棚后有一间独立的小屋,小屋关着门,里面却有电视声。我喜出望外,连忙叫喊两声:"有人吗?有没有人在?"

小屋门一响,出来一位30多岁的妇女。我就向她打听分水龙王庙的事。她说,这里没有龙王庙。我说,你可是当地人?可是在这里长大的?她说,我来快10年了。正在这时,门又开了,出来一位光脊梁的男人,他说,你说的可是岗子上的龙王庙?我说,就是的。他说,庙早就没有了。我说,那个旧址可能看见了?他说,你想去看看?我说,你告诉我在哪里,我想去看看。他说,我带你去看。我说,谢谢你。

我们俩往岗上走,那位妇女从后面扔了个白小褂给男人,叫他披上,免得烈日晒。他披上小褂,在前面带路,我跟在他后面,妇女走到敞开门的那家门口站住,就在那里等着。

岗坡上的茅草长有一人高,我们俩一边走,一边说话。男人也知道这里是分水岭,他说,听老一辈人说,下雨时,分水龙王庙一边的水往南流,一边的水往北流。我说,就是的,一边流到长江里了,一边流到淮河里了。岗坡上除了一人高的茅草外,还有些庄稼和树木。高温、烈阳把植物的叶子都晒软了。

我俩走到岗顶上,他指着地下说,这里就是分水龙王庙。

这里的岗脊是土质的,岗脊上大致平坦,龙王庙旧址所在也是一块平地。从这里俯瞰,岗脊南北两边都是冲地,有树木,有桑田,有旱地,也有少数稻田。这里虽然不是附近的最高处,东面还有低山呢,但也是最高处之一。

男人弯腰拾了块碎瓦片,说,这里砖瓦很多,听老人说,以前还见过龙王像,后来不知道去哪里了。我说,我来给你拍张照,你转过身来。他转过身不好意思地笑着。我给他拍了张照片,又说,你也帮我拍一张。我教他怎么拍。我站在茅草里,他也帮我拍了一张。

我已全身汗湿。下岗回到路上,我说,这里种的都是旱粮吧?他说,现在种的都是旱粮,以后就不种了。我说,那种什么?他说,都改种树了。我说,那政府要补贴吧?他说,政府是要补贴。

那位妇女还站在家门口等着。我再一次感谢他们,又和他们说了会话,我上了车,掉好头,和他们互相摆手,离开了张大井村。

天气奇热无比,植物的叶子都下垂着,只有浇了水的水稻叶子直直的。人迹全无。

返回时又从有小水流流过的路上轧过去。过去200多米后,总觉得哪里不对头,不对头……忽然知道哪里不对头了,赶紧停了车,在烈日下顺路回到小水流流过道路的地方。

小水流从道路南边较高的桑田地里,通过沙石村道,流向北边低处的稻田里。因为怕水不顺势往稻田里流,而顺路流走,稻田的主人在路上用土堆了个低低的土堤,把水挡向稻田的方向。这里没有车辆通过,因此完全不必担心小小的几乎看不出来的土堤被破坏。但我的车走过后,土堤就被破坏了,水流不再向稻田流动,而是顺路流去。我赶紧就近找了个树枝,蹲在烈日下,从附近拨来泥土和碎石块,重新把小土堤垒起。

清清的小水流又顺势流向稻田了,我直起腰,满意地看着。酷阳照晒着我,我早已全身汗透。

2013 年 8 月 8 日

花木上派望紫蓬

这一日的午后,虽然已是深秋,但"秋老虎"威风不减,夏天依旧发挥着"余热",我们冒着暑热天气驱车前往肥西县,去寻访坐落在上派镇的古城岗。

我们沿着金寨路高架和合安路一路向南行进,在上派大桥附近下车询问路线,首先询问上派的胡湾村,一位在路边开着小货车卖水果的中年人告诉我们,胡湾村已经不存在了,开发成了眼前的这片高楼小区,古城岗要过桥右转,往严店方向去。

按照指引,过了两个红绿灯口,周围也是一片开发不久的新城区。在路口我们不知道该怎样行走了,赶紧向路边的一位保洁员请教。她操着一口浓重的当地口音,虽然热情地向我们说了半天,可我们也没有听出个什么所以然。她看着我们一脸的迷茫,最后指向右手旁的四十埠家园社区。谢过这位热心的大姐,在社区门口咨询,知道了大概方向,我们继续前进。

古城岗现在已是一座美丽的古埂公园,附近的园林工人说,在公园可以看到一段记录古城岗的碑文,但我们在公园里转了一大圈也没有找到。

公园里有三个着军训服的小姑娘打闹着叽叽喳喳地走来,她们告诉我们,这里就是古埂公园,她们在这附近生活了很多年,没有听说过公园里有碑文什么的。古埂塘就是对面的一大片藕池。我们顺着她们所指方向的看去。这个季节,美丽的荷花凋落已尽,池面上荷叶依然翠绿,只能拍下几张照片留念。

古城岗又名古埂岗、古埂塘,为新石器时代遗址,位于上派镇胡湾村境内。据资料介绍,古埂岗东西长350米,南北宽65至180米,面积3.5万平方米。1983年5月,经中央文化部和中国社会科学院批准,由安徽省文物考古研究所进行科学发掘,出土有双孔石刀、石锛、石斧、红陶鼎、空心花纹陶球和大量陶片标本等。

古埂公园内绿草茵茵,绿树成荫,路边的一张张座椅和刻意摆放的一块块大石头可供路人在此歇息。一些小草和植物都在标牌上注明学名、特性等,很人性化。沿阶草,顾名思义,是沿着台阶和路边种植的绿化小草,让游人知道一棵无名的小草正式的名字。再力花,竹芋科,它的叶片比竹叶要宽大许多,也像竹叶一样一圈圈地向上生长着,最上端开着小花,远远地望去很壮观、美丽,多么形象的名字,让人过目不忘。

离开古埂公园,左转,我们沿着206国道南行。

此时天高云淡,太阳猛烈地照射着大地,我们热得不行,赶紧打开车内空调。

我们来到了三岗花木城,即中国中部花木城。三岗是当地阮岗、松岗、孔岗的总称。以三岗为中心,上派全镇苗木花卉种植面积达15万亩,苗木花卉有六大类400多个品种。依托花木城,上派镇的苗木销往全国二十多个省市,年销售额近5亿元,上派镇成为全国重要的苗木花卉集散地。"三岗"花木商标为国家工商总局注册商标。

围绕三岗花木城,上派镇的苗木花卉种植区树绿花红、鸟语花香、空气清新,也是休闲旅游的好去处。近年来,当地依托独特的生态资源,围绕省城居民周末休闲需求,通过招商引资、村民投资等方式发展"农家乐"农业生态游,并加大基础设施投入,对宣湾湖、谢塘湖两大水域进行整治美化,完成了宣湾湖湖堤加固,环湖景观道路建设,发展了水上游乐项目。游客可在苗木花卉种植区采摘时令瓜果,休闲垂钓,品尝农家土菜,贴近大自然,感受大自然。

我们在偌大的花木城里慢慢地走着、看着。

这里可真是花的世界,树的海洋。我们喜欢养花植草,家里养了很多的花卉,明年春天一定专程到此精挑几盆回家。

周老圩在紫蓬镇镇边。

所谓的圩子,是新中国成立前乡村的大户人家为防盗、防洪等目的而修筑的,圩通围,所以一般而言,圩子周围都有一圈人工或半人工河沟,圩沟内是建筑等生活场所,人们生活在圩沟里,进出圩沟则需经专门的吊桥通行。

周老圩是清代淮军将领周盛波、周盛传故居,建于同治年间,占地100多亩,曾有各式建筑近400间。

据介绍,周盛波兄弟原住肥西大柏店乡枣林岗附近的周老家郢,有田地几十亩,是半耕半读的小康人家。周盛波、周盛传发迹后,在紫蓬山下兴建了周老圩。据传,周老圩仅挖壕沟就花了3年多时间,建成周老圩子花了五六年时间。周老圩建成后,周盛波、周盛传的兄弟子孙们又在周老圩附近先后修建了康湾圩子、新圩子、小圩子、杨圩子、罗坝圩子、海螺冲圩子等大小八个庄园。为镇压农民反抗,周老圩内设有地主武装团防局,圩子外面十几里地都设有哨所,远处制高点设有炮台,圩内大门内外,圩丁持枪林立,戒备森严。

我们在路上询问在路边晾晒稻子的农民,他告诉我们,路对面就是周老圩,现在是农兴中学的所在地。

我们左转顺小路去往农兴中学大门。因为是周日的下午,同学们正陆陆续续地返回学校,看着一个个意气风发的青少年的精神劲,真是羡慕他们现在的青春岁月。

学校很大，可以想见当年圩子里的宏阔。学校南面篮球场上有些同学正在打篮球。校园内扑鼻的香气阵阵袭来，寻香望去，校园小路西侧的一棵棵桂花树的桂花开得正艳，应该是金桂吧？路东侧是圩沟，沟堤很陡，河水不是很清澈，有排水的管子深入沟中，是周边的生活污水吗？不得而知。

校园里干净、整洁，有学生宿舍、单身老师宿舍和教职工宿舍楼。学生食堂前是一个宽大的广场，两棵挂花树像哨兵屹立在两侧，给空旷的广场增添了生机。我们沿着校内的圩沟转了一圈。校园的最北边一排矮小的砖瓦房里还住着一些人家，屋内收音机里传来庐剧的唱腔，我想看看里面的人，无奈隔着纱门没能如愿，我猜想，一定是一位老人坐在屋内的某一地方，闭上眼睛正陶醉在戏剧的音乐中，我们轻轻地走过，怕惊扰了屋内的主人。

据当地人说，紫蓬镇西还有周新圩子，于是我们决定前往探寻。

车子左拐右拐，问了当地很多农人，都不清楚。因为天气晴朗，农民都在路上晒着水稻，为了防止车子碾压稻谷，有的人家在路上放置玻璃瓶和带钉子的木棍，我们小心翼翼地开着车子，但转了半天，还是一无所获，只好放弃。

返回紫蓬镇（原农兴镇），回到038县道，再右转驶入繁华大道，去往紫蓬山。

紫蓬山是国家森林公园，AAAA级风景区。因为接近傍晚了，公园广场上游人三三两两的，不是很多，有两个游客正在和一个司机讨价还价返程的车费，多半的游人都是自己开车来的。

20世纪90年代，我曾到过紫蓬山。

那是一个秋天，当时早就想去一趟肥西的紫蓬山了，却一直未能成行。先是俗务锁身，后又杂事丛生，前者牵扯到人生的一些烦恼事,后者却是自个对寻山的一些与人迥异的所谓"外界条件":必得有一个合适的天候,必得避开双休日,人烟能较少些,又必得在一天中的早些时候出门,因为我想那山怕是略有些邈远,去得迟了,晚上赶不回来。其实这都是一些不入源流的理由,皆因为自己的散懒和懈怠。人要真是想去做什么事情,结果先不去评论,开头总还是能够做到的吧!

不阴不晴的这一天去了紫蓬山。正好不是双休日,又正好不是出门较迟的时间。花两块五毛钱坐车到上派,又花两块五毛钱坐车到农兴镇,再花两块钱乘当地人叫作"马自达"的三轮车即到达紫蓬山的山脚下。想不到紫蓬山这样近的。按那位"马自达"三轮车驾驶员指点给我的一条路,就往山里去了。未料刚转过一座山脚,才经过一片蜂箱,那小伙儿却已然抄近道走在我的前头了。他手拎一小袋在农兴镇肉铺买下的五花肉,站在路边等我,嘴里说,原本是想让你搭我的车(从山脚)上山的,你却连价都没问就独自走了。我说,我就是想一个人单独逛逛,起始就没有乘车上山的意思。他点点头。我说,从山脚乘车到西庐寺,要多少钱?他说,都是7块钱。我说,你这是往哪里去的?他说,到中午了,回家吃饭。原来他的家就在前面山谷的村子里。正晌午时分,山间真是一个游人都没有的。我们结伴而行,说一些可说可不说的闲话,不觉间他就和我道别,走进村边烟囱冒着烟的一户人家里去了。

我独自又往山里走。山深谷静,鸟啼有声。渐进了意味暧昧的林子。说意味暧昧,其实是说我那时的心境有些暧昧。我的意思是说我的心境在遭遇了一些事情之后,竟然那样平静,平静得叫我惊奇,甚至平静得叫我自己都有些愤怒了。但,难道平静就一定不是好事吗?这大概就是我感觉到了山林暧昧的缘由。也许是为了真正弄清自己的所思所想,有片刻时间我甚至停下脚步,在鸟鸣声声的山林坡谷间,细细辨听我的来自胸腔里的那种声音——心脏的声音。其实也不求有什么答案的。

思想间就上了山。山顶上是一处叫作"西庐寺"的庙宇。我购票进了寺,在寺里走了一遭,看见"地藏王"三个金字,不觉心里一动,就要靠近去站一会,去去浊气,其实也就是一种"拱而立",表示我的一种愿意与地气、灵气和天意相接连的意愿。才要挪步,一直在院中一隅闲处的一位穿拉链衫的平和男子,却在这当口走过来,同我说话,说,这里不错的,到处都是树,在城里住的时间长了,不如到山里走一走,空气也好。他又拉我到一个高处,往东南方指点着说,你看,这四面都是树,早上在这里走几个山头,最好了;我也是合肥人,在工厂里退休了,没什么牵挂了,就到这里来住了。我说,那是的。

跟他说了一会话,由他领着在寺里转了一圈,我就出了西庐寺,径往山下去。我晃晃悠悠地从另一条大路往山下走,一边走一边我突然想,此山无闲客,独我一人,我怎么可以不疯跑一二呢!遂啸嗷一声,往山下狂奔而去。这举动对我的人性可真是一种大宣泄!气喘吁吁地跑到一个可以临渊而立山风又极大的陡崖上,我叫停了自己。我喘吁着想,这一天没有白过。这一天绝对没有白过!虽然我并不明确地知道自己到底收获了什么。我临风、临渊而立,仿佛获得了一种什么庄严的承诺。好了,我似乎可以乘风而去了。我似乎可以在一大群紫蓬山蜜蜂的团团萦绕之下凌风而去,适九万里而不归了。这么想着,我真觉得自己已经驾风而去。粉团般的蜜蜂嗡嗡地抬举着我,而所有的香酥,都簇拥在我身边。

现在的紫蓬山,和20世纪90年代我来的紫蓬山,完全不是同一个概念了。那时的紫蓬山"原始",现在的紫蓬山修造得十分"完备"了。

"紫蓬山"又名李陵山,山上有三国魏将李典之墓,当年李典镇守庐州,建庙于山巅,以祀其七世之祖李陵,因之而得名,自清代开始便有"庐阳第一名山"之称,1992年7月被林业部批准为国家森林公园。1998年9月被安徽省政府命名为省级风景名胜区。2001年被国家旅游局批准为AA级旅游区,2010年被国家旅游局批准为AAAA级风景名胜区。

　　看时间已晚,我们抓紧拍几张照片也要回家啦。

　　返回的路轻松多了,我们顺着繁华大道一路朝东,进入合肥市区,转马鞍山高架到家。

2013年9月17日

子孝母慈佑罗河

晨5时19分出发,前往庐江县罗河镇。

罗河镇在合肥和庐江南,距合肥约105公里的路程。从合肥绕城高速到G3京台高速,至泥河庐江出口下,100米后右转进入103省道南行。

这又是巨热的一天,因为副热带高压的强力控制,江淮地区的高温天气已经持续了二三十天,实在是人生中罕见的体验。不过,可能到底季节已经立过秋了,杨树的叶子已经或正在飘落在道路两边的树根处。

左手远处隐约出现一列大约南北方向的低山山影。约3.9公里右转西行,进入X090县道。路边竟不见全中国无所不在的杨树,而眼里多是槐树、女贞、水杉、梧桐和其他不认识的树种。正暗自惊奇着,1.5公里后,这种惊奇立刻就被粉碎了,粗大的杨树又一排排地出现在了道路的两边。过东风警务室、罗河初级中学,转南行,南方天际又出现了低山的山影。

到罗河镇区,过罗昌河桥。罗昌河东西流,河水幽然。罗河镇镇区颇大,和20世纪改革开放初期一个小县城都差不多。据当地有关资料介绍,"古镇罗河,原有复兴街、小峒口街、大峒口街3条主街道。街道宽3~5米,都是青石条铺成的,青石条上被独轮车或板车碾出了深浅不等的槽沟,印证了古镇的年代久远。街道两边都是店铺民居,青砖小瓦风火墙,呈现出江南徽派建筑风格。街道傍河而建,每逢端午节,河道内举行龙舟竞赛,热闹非凡。一桥贯通东西街。康熙二十八年（1689），九华山僧人法尘募修胜因寺，并建有长25米、宽5米之罗阳石桥。桥下有3孔，全是条石拱成，桥面上是一丈多长的麻石条铺就，两旁是石栏杆。平日桥面两旁零星摆着散卖水果、甘蔗、油条、麻花等摊点。每逢春天发水季节，上游湍急的河水都要从桥面上漫过，桥东、桥西的行人只有赤脚蹚着水过桥。古镇上过去还建了3座雄伟壮观的宗祠，许家祠堂建在小峒口街，张家祠堂建在复兴街，朱家祠堂建在大峒口街。新中国成立后，张家祠堂成了人民公社、乡政府的办公场所，祠堂成了开会的大礼堂。许家祠堂和朱家祠堂改成了粮站和仓库。当时当地流传着一首民谣："一许二张三朱四汪，上到大峒口，下到塘枥岗。"这表达了罗河镇许、张、朱、汪四大姓氏人口众多，真是一派古镇繁荣的盛景！

罗河附近还是低丘地貌，地表只是略显起伏。穿过镇区前行，再左转沿村村通水泥路渐驶上一个黄土岗脊。岗脊上种着棉花、山芋、芝麻等作物，还有小树林和池塘。

前方远处仍是山影。村村通穿过一些村庄。前方路右出现一座两层的农居，农居门前的路边上，有一个十四五岁的男孩子，坐在一个小板凳上，正对着我前行的方向。看见我的车来了，其实和他坐着的地方没有关系的，他却站了起来，站在路边，看着我的车慢慢地滑近。

我觉得既然他已经站起来了，不如就和他说一句话，于是就停下来，问他母子陵怎么走。他说，母子坟在右边，从前面三岔路口往右走。他边说边用手指点着。谢过他，我慢慢向前走，到了三岔路口，因为路是斜的，一时很难肯定应该往哪里走。这时突然发现刚才那个小男孩，快速地骑着一辆电动车从后面赶来，用手指点着，让我往右走。我拐到右边，往前走，他一直在后面跟着，直到我的前方出现了母子坟的建筑，他才掉转车头回去。

罗河镇母子陵在新生村村南头,当地人都称母子坟。母子坟在村南一座小丘阜上,一南门,一北门。北门从新生村进入,门外有一群当地人,以男人为主,正聚在一起谈论国际大事,美国、日本的,谈得正带劲。看见我下车,一些男人和妇女就走过来问我烧不烧香。我说不烧,他们就回到原位去了。

北门的门楼上铸着三个字"母子陵"。门楼可能是后建的,十分普通的建筑。据有关材料介绍,母子陵占地三四千平方米,陵园里有一座很大的坟墓高起在墓园的中间,坟墓上有大大小小10余座亭台,其中有1座四方亭,飞檐翘角,亭里面供奉着母子的铜像,那位母亲端庄而又慈祥,护佑着孩子,她的孩子则紧紧地依偎在母亲的怀里。母子铜像前,常年香客不断,香火缭绕。

我花2元钱买了张门票,向门里走去。售票处的墙上贴着一张"新生村村民公约",公约总共有12条,约定了社会主义精神文明、社会秩序和公共安全、红白喜事、居民之间、文明卫生社区建设等等事宜。

这时,一位50多岁的妇女,左手臂挎着一个大篮子,里面都是烧香用的什物,红花花的,右手还拿着两把香,跟着我问,烧香吧?我说,我不烧香。她说,母子坟烧香灵得很。我友好地对她笑笑说,我真不烧香。她说,你要真不烧香,我就不跟着你了。我点点头,顺着碑巷往前走,一边走,一边细看,一边拍些照片。

碑石密密麻麻栽了满园,形成了碑巷,碑石上大多刻着"有求必应 心想事成""圣母仙子""有求必应 青云直上 升官发财""母子神灵"等字样,有的是2013年刚刚栽的,有的则是许多年前就立上了,据说有万余块之多。还有一块碑上刻了一首诗,叫《咏母子陵》。

愿碑林立满山岗,

今古奇观久远扬。
典雅陵园腾紫气,
恢宏亭庙映祥光。
飞沙拥冢埋仙骨,
舍己为人著锦章。
保国康宁千业旺,
佑民幸福万年长。

50多岁的妇女已经把香纸什么的放到陵外,现在空着双手了。我读碑时,她就默默地看着,我往前走时,她在我后面不远处指点我说,你往左走,到那里拍拍照,人来了都到那里拍照。

我照她说的往左边去看看,拍了照。她就跟在我后面五六步远的地方,似懂非懂地向我介绍说,很久以前,有一个妇人抱着小孩到这里跑饥荒,这母子子孝母慈,可是由于长期忍饥挨饿,最终还是饿死在荒滩野地。当地的老百姓看见这种情景,十分悲怜,就挖了坑,掩埋了这对母子。从此以后,每到清明时节,当地很多人会到母子坟前烧香烧纸,祈求母子平安,祈求风调雨顺。或许冥冥之中真有神灵,母子为了报答当地百姓宽厚慈爱,到母子坟前许愿经常能够实现,一传十,十传百,母子坟从此声名远扬。

我一边听她说,一边各处走走,拍点照片。她介绍的正是母慈子孝文化,这在当地已经深入人心了。

她又告诉我,应该到南门走走,南门是正门,人都在那里烧香。我点头答应她。我问她贵姓,她说她姓章,立早章。我又说,要烧香的话怎么烧?她说,随你。我说,别人都怎么烧的?烧几把香?她说,一般都烧两把香,都随你。我说,香都是一样的吗?她说,有大的,有中的,有小的,大的10元一把,中的5元一把,小的3元一把。我说,那我就烧两把大的香吧。她说,那给你我去拿。

我走到母子陵南门。南门是一个和北门同时建的门楼,上书"母子坟"三个字。门楼外西侧,石狮外,摆了一张圆桌,圆桌边坐了两位年轻妇女,其中一位不停地抹着眼泪。圆桌边还坐了一位穿蓝上衣50多岁的男子,似乎在说着什么。另有一位戴草帽、穿"日丰管"圆领衫的男人,一位光头的男人,一位顶着头巾防晒的年轻妇女,一位身材已经变形了的中年妇女,都站在圆桌附近专注地听着、看着。

老的石牌坊在门楼南,石桥边,紧挨着石桥。桥下有一条不长的河流,水流清清,弯弯曲曲。虽然水不是很大,草滩却较宽展,草滩近水处有一头水牛,正反刍着,卧在水里。石桥据说叫"三条石桥",桥南就是枞阳县钱桥镇了。因此从南门来母子陵的人;多是枞阳人,从北门来的人,多是庐江人和外地人。

回到母子陵,那位50多岁的章姓妇女已经拿来了两把香,那香下粗上细,红红的,很有层次感,看上去既顺眼,又雅致,真是不错。按照妇女的安排,我把香放在母子陵前正在燃着的香灰上。香的香气很快就出来了。我许了个愿。那位妇女依然不远不近地陪着我。然后我缓缓地离开烧香处,各处又走了走、看了看,才慢慢地离开母子陵。

只上午8时38分,天已经大热起来。我顺原路返回,不觉间走过了,于是又问了人,回到来时的岔路口。由三岔路口,顺村村通水泥路往前走了一两百米,又看见路边那座两层的楼房了。那个朴实又热情的男孩仍然坐在路边的小板凳上,看着我的车渐渐滑过去。让我大为惊奇的,是我从她那里请香的那位50多岁的章姓妇女,竟也站在门前,站在那个男孩旁边。

我停在他们身边,笑着和他们打招呼。男孩腼腆地笑笑。我说,这是你儿子?她说,这是大姑姑的儿子,我儿子大了,不在家。"大姑姑"大概就是她的大姑子。呵呵,和他们的相遇,还有请香,还有感受,真是奇、巧、缘。在母子陵,她走时还一直对我摇手再见,一直说老板发财、老板发财呢。

返回罗河镇,从马钢罗河矿业附近进入 S103。据罗河镇政府网介绍,罗河镇资源丰富,有铜、铁、高岭土、叶蜡石等 10 多种矿产,是经安徽省发改委批准的庐南重化工业基地的核心组成区域。罗河镇最大的矿藏是铁矿,是安徽省五大矿区之一,其中罗河大铁矿储量达 5 亿吨,单体储量全国最大,由马钢与龙桥铁矿共同投资 25 亿元的罗河铁矿项目,年产 500 万吨的原矿工程已全面开工建设,由湖北黄麦岭磷化集团公司投资 6 个亿的大包庄硫铁矿开采项目,也已完成了 3 亿多元的投资。

东南行,过店桥社区、上岭,右转沿 098 县道西偏南行,约 1 公里到 G3 京台高速浮山收费站。继续前行,500 米后右转至莲屏山脚下,西行穿过一个小村庄,可到莲屏庵。

据有关网站介绍,庐江县罗河镇莲屏山脚下有一座莲屏庵,坐西面东,依山而建。四周的山峦似一朵盛开的莲花,层次分明,错落有致,明黄色的殿宇、院墙恰似争芳斗艳的花蕊屹立在天造地就的莲屏之中。远远望去,如天际与大地之中的一朵圣莲,由此而得名。莲屏庵始建于唐朝贞观年间,宋、元屡毁屡建,明朝洪武年间重建。清初,殿宇毁损,墙垣坍塌。据寺碑记载:清朝顺治、乾隆、道光、光绪年间,都分别进行了重修、扩建、重建。莲屏庵在清末的一次重建中,由当地十门姓氏的乡民捐资出工,一夜之间,一座崭新的庵堂展现在山中,故又有"一夜庵"之称。1986 年重建的天王殿 120 平方米,供奉弥勒佛、韦驮菩萨和四大天王;大雄宝殿 300 平方米,中央供奉释迦牟尼佛、药师佛、阿弥陀佛,后两边供奉文殊菩萨、普贤菩萨,两侧供奉十八罗汉;观音殿、地藏殿分别供奉观音菩萨和地藏菩萨。新建的莲屏庵,占地数亩,一色仿古建筑。殿宇气势恢宏,殿内金碧辉煌。门前翠竹掩映,环境幽雅。方圆百里的众多香客慕名纷纷来此焚香拜佛,游览观光。

但我来的这一天,2013年8月10日,接近正午,莲屏庵及其周边,人迹不见,鸟踪不觅,在酷阳高温里,各种植物蔫萎垂搭,静默不语,莲屏庵也紧闭大门,兀自歇息着。回头再经过小山村,刚才仅一户做饭的人家,厨房门已经关上,村里寂静无声,好不容易看见一位妇女在自家墙边的水龙头旁洗衣,便请教她这个村的村名。她用当地方言对我说了好几遍,可惜我怎么也听不懂,只好作罢。

回到098县道,左转西行,左手是当地的"张院水库",也即"青山湖"。青山湖位于原店桥乡境内,也就是现在S103上的店桥社区境内,现今都属罗河镇管辖。青山湖于1966年兴建,1969年7月竣工蓄水运行,湖区面积15.25平方公里,最大淹没水面积2.3平方公里。据当地政府网站介绍,青山湖三面环山,湖光波影,山色空蒙,鱼游水清,如烟似梦;湖岸青山,重峦叠嶂,古迹颇多,黄山寨、观音洞、见子庙、莲屏庵、白云庵等景点连成一片。青山湖还开发了湖上垂钓、游艇、画舫等娱乐休闲项目,是旅游佳地。

青山湖堤体修建得崭新、宽敞。从098县道上看过去,很是吸引人的。

沿县道前行约500米,左转进入村村通水泥路,左手是青山湖,右手是冲田。道路逐渐进入低山区,一边是山坡,一边是冲地,村村通也变得九曲多弯,相对而行的机动车交会也比较困难了。

约2公里到审桥湾。慢慢地走过这个在村村通转弯处的小山村。道左是山坡,道右路边有一口老塘,村头有一棵老树。在审桥湾村和黄龙村之间来回走了几趟,却找不到被审的那个桥在哪里。回到审桥湾村,在村南一家超市问老板娘和老板娘家的儿子,审桥在哪里?老板娘的儿子不太能说得清,老板娘却说得清清楚楚,说,就是审桥湾和黄龙村之间的那个小桥。

我说,那个桥可就是审"杀人犯"的那个桥?她说,是的,是的。我和她聊了一会。原来这个审桥和审桥湾都有一个很近代式的传说故事在背后。

传说现在的审桥湾原名叫徐家湾,姓徐的多。徐家湾附近有一座石桥,这一天夜里,一个走夜路的卖油郎路过这桥时,被人劫杀了。报官以后,县官费了牛大的劲也不能破案,正在无可奈何时,有个高人路过本县,那人对县官附耳说了几句,县官高声叫好,命令衙役到处张贴公告说,已经查出杀人凶手,县令第二天要在桥上公开审理此案,请乡邻们都前往观看。第二天,桥头附近围观的人挤得水泄不通,县官高声说,这个石桥是杀人劫货的凶手,命令衙役狠狠拷打审问石桥。拷打之后,县官向周围百姓说,这个桥犯了罪,已经不能再用了,官府决定在此重新修建一座桥,请众乡邻捐款重建。说毕,官府命令衙役端出一盆清水,捐的钱都投入盆中,于是众人纷纷向盆中扔出铜币。这时,有个年轻人从衣服里摸出两个铜板扔进盆中,盆中顿时漂起油花,县官即刻喝令衙役将此人拿住,并严刑拷打。年轻人耐不得酷刑,终于供出劫杀卖油郎的经过,当地百姓为纪念县官破案有功,经商议后把这座桥命名为审桥,徐家湾也改名为审桥湾。

我再回到审桥湾和黄龙村之间的路上,慢慢地走,仔细地看,终于在审桥湾南约500米处看见了审桥。审桥是一座很小很小的桥,由于桥没有桥栏,只有一边一块低矮的条石,因此不知情的人从桥上通过,丝毫不会注意到这里是一座小桥。

紧挨着桥的桥南路东,盖有一座两层的楼房,二楼玻璃的走廊中,还晾有衣物。楼外种了两棵桃树,紧邻着桥有一棵,南端另有一棵,不知道是不是对应着那个传说,为了辟邪而专门种植的,桃树倒是长得旺。桥下的河水很细,水在桥西由西南流来,从村村通水泥路下东西方向流过,至桥东后向东北方向流去。桥东河水里水草杂生，水鸟相聚。再往下游，水草的面积更大，似乎成了较宽阔的湿地，再往下，就进入张院水库，即青山湖了。

沿村村通南行，过黄龙村，再到小倪庄。从小倪庄东头下车，缘田间小路一直南行，约1公里，可至分界碑。也可以从黄龙村外的村村通公路直接南行，不右拐进小倪庄，而是直行到南端的另一个小村庄，从村北右转，数百米后到分界碑。

分界碑在一面缓坡的土路三岔口旁。土路上都是沙尘。西边是低山山头。碑高距地面约半米，碑质似乎是砂质岩石，正面向北，由于风吹日晒，年代久远，石碑已无棱角，而是变得较为圆滑。石碑略向南方倾斜，下面用石块抵住。石碑南面的文字已经全部不可辨认，石碑北面的文字是繁体字，也不很容易认出全部，能清楚认出的，是"安庆府"等字。据相关资料介绍，这块界碑南面的文字是"庐州府"，北面的文字是"安庆府"，明朝时就立在这里了。

站在界碑旁，举目四望，可以知道脚下是一道岗脊，这道岗脊，据说就是分水岭，也曾经是两个行政单位的边界，在当地很有些名望。如果是分水岭，应该是长江流域两条支流的分水岭，而不是江淮的分水岭，因为此地北面的河流大多汇入巢湖，都是长江流域。

离开分界碑，原路返回S103，右转南行，至鲍店，再行约1公里后，左转，在山脚和低山中的冲地之间约略东行或南行。过一小段漫水路，车轮要辗着水过去。抬头看去，原来南方上面是一座水库的大坝，道路已经在黄山寨的山脚下了。南行至水库，沿水库外沿东行，过水库后南行，转东，上一道较陡的坡，就直接进到龙泉禅寺的院内了。

龙泉禅寺在黄山寨山腰处。关于黄山寨，当地有着丰富的民间传说。其中的一个传说是，元末明初，天下大乱，人心惶惶，这时，一伙强盗来到黄山寨，要洗劫当地百姓，情急之中，大家都逃到黄山寨山顶，搭了山寨防范强盗。强盗来到山下，看见村里空无一人,于是就向山顶进攻,却一时不能得手。强盗发现老百姓匆忙离村时,没有带走足够的粮食和衣物,天气将冷,他们料定百姓在山寨里坚持不了多久,于是就在山脚下安营扎寨,打算等老百姓粮尽衣单,支撑不住时,自己走下山来。这时在山寨里,人们已经没有多少粮食了,天寒地冻,人们都冻得瑟瑟发抖。大伙正在讨论最后一碗粮食怎么分配时,一位智慧的老者说,这碗粮食喂狗吧。大家都疑惑不解,出于对老者的信任,大家把粮食喂了一条狗,又把这条狗扔到山寨外边。强盗们抓住狗,杀死后发现狗肚子里有那么多粮食,都泄了气,认为山寨里的粮食吃都吃不完,于是就拔营撤走了,老百姓安全地下了山。

此时是 11 时 43 分,一天中的正午时分,天暑气高,热蝉哑鸣。龙泉禅寺大雄宝殿紧闭,院内也不见一人,只有两条不算大但十分尽职的狗,一白,一白黑花,汪汪汪地叫着,直扑过来。我停在院内,有两条狗伺候着,也不好下车,打开车窗拍了几张大雄宝殿和院里的照片,掉头离去。

又走过村村通上的漫水溪,哦,这才知道,这是上面水库的泄水道。转过山脚,一位卖烤鸭的小贩骑一辆电动三轮车,正顶着正午的大太阳,走村串乡卖烤鸭呢。烤鸭流着油,人也流着油,我敬佩他,真不容易!

2013 年 8 月 11 日

三国古意绕庐城

庐江县地处皖中,北濒巢湖,南近长江,西依大别山脉,现属合肥管辖。全县共辖17个镇,面积2348平方公里,人口117.94万,庐江县城坐落于庐城镇,城区人口约23万。

合肥到庐城镇大约80公里。从合肥出发,沿G3京台高速至庐江、军铺出口出高速,入319省道,右转东行11.8公里可到庐城镇。

薄薄的晨雾流动在江淮之间的大地上,过长岗,到庐江县城西郊。新修的宽阔的道路边,有大型雕塑周瑜全身像,雕塑命名为"赤壁",展现的是三国周瑜运筹帷幄、决胜千里的形象。

周瑜墓园坐落于庐江县城周瑜大道旁。第一次到周瑜墓园,是8月下旬的一天早晨,时间在7点左右,周瑜墓园还关着门。墓园右边有一个早点店,卖稀饭、油条、菜煎饺和肉煎饺、米面饼等等。我在早点店吃了早点,伸伸腰肢,慢慢再逛到周瑜墓园门前。

这时周瑜墓园大门已经开了,但并不是正式的开门,而是一位40多岁、面相和善的男子,开了门,拿出条把等工具,在门外打扫卫生。我上前和他攀谈,了解周瑜墓园的前因后果、里里外外。

数日后再一次来周瑜墓园。站在周瑜墓园的牌楼外,不禁联想如云。据贴在墓园大门外墙上的"周瑜墓园景区简介"及相关资料介绍,周瑜生于175年,卒于210年。周瑜字公瑾,人称"美周郎",东汉末年名将,他指挥的赤壁之战,是中国历史上著名的以少胜多的战例,该战直接决定了三国时代魏蜀吴三国鼎立的局面。周瑜的妻子小乔美貌无比,堪称国色。周瑜于赤壁大战2年后病逝,年仅36岁。周瑜年纪轻轻便成就大功,加上他本人谦虚宽容、相貌堂堂、精熟音律,深得主上孙策、孙权的礼遇器重,也是后世不少人羡慕追思的英雄。北宋大文豪苏轼就曾写下著名诗篇《念奴娇·赤壁怀古》。

据文物部门专家介绍,周瑜墓园的门楼、影壁、阙门、石像生、享堂、碑廊、文物展厅是一组仿汉风格的建筑群。墓冢高大,按汉代墓冢形制,建覆斗形方锥夯土墓冢。除牌坊为仿清建筑外,墓园整体建筑特色为仿汉建筑。布局井然,墓园松柏掩映、芳草萋萋,呈现出一派简洁、古朴、肃穆、庄重的氛围。

周瑜墓园牌坊上"周瑜墓园"四字由佛教界知名人士邑人净空法师书写,周瑜墓园门楼匾额"周瑜墓园"四字由北大著名教授、著名书法家吴小如先生题写,其余匾额也都请名家书写后精雕细刻。走进墓园,影壁正面用汉白玉制作伟人毛泽东手书苏东坡《念奴娇·赤壁怀古》。影壁背面由安徽省书协副主席许云瑞书写新版《辞海》"周瑜"条目。享堂内雕刻周瑜与赤壁之战屏风,楹柱楹联由邑人孙文光教授撰文并书写。

周瑜享堂南北两壁张挂四幅周瑜生平史论书法作品。碑廊东南侧由省社科联安徽历史文化研究中心主任翁飞创作、合肥雪鸿斋文化传播有限公司制作的二十幅周瑜生平事迹影雕。文物展厅陈列展出了庐江县出土的三国时期的文物和周瑜生平事迹。墓园一隅有一口井,当地文史专家介绍说,这口井名叫胭脂井,传说是当年小乔守墓时所用,现在的小乔胭脂井,是用汉砖恢复建造而成的。

武壮公祠在庐城镇城中中路,它的西侧是城中中路41号,有竖写在门外墙上的"庐江县邮电局劳动服务公司"字样,再西是中国人民解放军庐江县人民武装部。

武壮公祠大约尚未完全修复结束,因此正门上还没有祠名,据坐在门外休息的一位环卫女工说,这里修了几年了,一直都还没有开门。

武壮公祠建于清光绪年间,共计三阵15间,总面积约2000平方米,是清政府为纪念庐江籍的淮军名将吴长庆而建的专祠。武壮公祠通体结构为大木殿式,布局井然,殿室内外的天花、地板和柱、椽、四壁均刻有江南苏式浮雕彩绘,建造考究;堂前、厅后陈列着吴长庆生前遗物、明清宫廷器具、历史名人字画和文房四宝,具有较高的历史价值和艺术欣赏价值。"文化大革命"期间,祠内梁柱上的雕画遭受较大破坏,但整座房屋保存较好。1987年,庐江县人民政府公布武壮公祠为第一批县级文物保护单位;1998年被安徽省人民政府列为第四批省级重点文物保护单位。

国内外共有6个武壮公祠,国内5个,分别在安徽庐江、浙江嘉兴、山东登州、江苏浦口、河南内黄,还有一个在韩国首都首尔,在这些地方建祠,是因为吴长庆在这些地方有大功绩。

庐江当地文史专家介绍说,吴长庆生于1829年,卒于1884年,字筱轩,谥名"武壮",故称"武壮公",为今庐江县沙溪乡沙湖山人。吴长庆承袭云骑尉世职,先后被提升为广东提督、浙江提督、帮办,山东海防军务等职。他在扬州、江浦任职期间,除料理军务以外,还十分重视兴修水利,先后为地方百姓疏通了盐河、黑水河、四泉河、玉带河等河道。1882年,日本企图趁朝鲜内乱之机,出兵侵略朝鲜,朝鲜向清政府求援,吴长庆奉命率兵东渡赴朝,迅速平定叛乱,粉碎了日本侵略阴谋,使朝鲜人民避免了一场灾难。平乱后,吴长庆继续驻扎朝鲜,帮助他们建立军队、发展农业、修治道途、救灾恤民,深受朝鲜人民的爱戴。后因病奉命回国,不久卒于金州,清政府在其故里举行了隆重的厚葬仪式,同时在庐江县城中心位置建专祠纪念。朝鲜政府为了表彰吴长庆的功绩,分别在他镇守过的平壤、汉城等地修建纪念馆,并派使团来吴长庆的家乡探望,又出巨资在其故里沙湖山修建了一座砖木结构、具有古典风格的建筑,以示昭彰。

金刚寺在庐城镇城中路路北,坐北面南,门楼并不十分显赫,上书"金刚寺"三个金字,门口一对石狮子。寺门西侧是"小叶排档",寺门东侧是金刚寺香店。

据中华佛学网转载的一篇编辑署名为"芊芊随风"的文章说,"庐江县政协一位常委告诉记者,始建于898年的金刚寺,在庐江县远近闻名,但在新中国成立前就遭到了破坏;新中国成立后,金刚寺的一部分先后为庐江县的几个单位使用,最后归庐江县供销社所有,成为金刚寺商场。去年,庐江县供销社改制时,欲出售金刚寺商场,庐江县相关部门联系到经常来庐江的陈晓旭,经过几番接触,陈晓旭斥资500多万,把金刚寺商场买了下来。

"这位政协常委介绍,陈晓旭买下的金刚寺商场,现在正在由庐江县佛教界修缮,力图恢复金刚寺的原貌,'这次收购解决了庐江县供销社改制中的大问题,而金刚寺的恢复,也将为庐江县增添不少历史文化气氛,可以讲,陈晓旭是为庐江做了一件大好事'。而庐江县委的一位工作人员还向记者透露:陈晓旭的师父净空法师原籍庐江县,这可能是陈晓旭斥巨资恢复金刚寺的一个原因。

"据了解,陈晓旭曾多次来过庐江。据陈晓旭在庐江的一位朋友介绍,他因一个偶然的机会认识了陈晓旭,以后也有过多次接触,甚至还成为朋友。2000年以来,陈晓旭经常借道庐江去九华山等地,在庐江县很多地方都留下了足迹,'她人很随和,没有明星架子,每次来一般都不和地方政府联系,只和几个朋友见见'。

"陈晓旭的这位朋友还告诉记者,不仅'林妹妹'经常来庐江,《红楼梦》中的另外一个重要角色——妙玉的扮演者姬玉也多次陪同陈晓旭来庐江。"

这是关于庐江金刚寺的一段内幕,也是一段重要的插曲,使金刚寺在原有的历史之外,又增了一段新人文内涵。

庐江金刚寺与吴王杨行密有直接而密切的关系。

杨行密出生于852年,卒于905年,名行愍,字化源,是庐州即今安徽省合肥市人,祖籍河南省固始县祖师庙乡,杨行密唐末受封吴王,为五代十国中南吴国的实际开国者。

据相关资料介绍,唐朝末年,各地的农民起义不断,杨行密少时孤贫,长大后身材高大,膂力过人,据说能手举百斤,日行三百里,但为了生存,杨行密也参加了江淮的起义,后又在当地募兵时参加了本地的军队。唐昭宗景福元年(892年)八月,杨行密被任命为淮南节度使,并在庐江县城内建私人宅邸,取名紫芝坊。

乾宁二年(895年),唐昭宗封任杨行密为东面诸道行营都统、检校太师、中书令,进封吴王。唐昭宗光化元年(898年),吴王移镇广陵(今扬州),便将私人宅邸紫芝坊改建为光化寺。后因光化寺内有金刚院,因此易名金刚寺至今。

金刚寺寺门一大早也任人进出。寺内现有三重院落,进寺门一重,院北有一大座两层带走廊的长方形建筑,是做佛事的场所。由走廊往后走,进入第二重院落,院北是一座现代建筑,或为办公住宿的场所。又往后走,进入第三重院落,正对面是香炉和大雄宝殿。金刚寺东西两边,都是县城居民的住宅楼。

因为时间早,寺内前后只见得一位僧人走动。寺内干干净净,花草挺拔,环境整洁。只是深陷城内,又是由单位用房改建来的,因此建筑物风格的不统一,十分突出。这更让人想起关于陈晓旭的那篇文章来。

捧檄桥在庐江县城城东,原为319省道文昌河桥,后在桥东

100米处新建了大桥,捧檄桥就成为专供行人行走并便于保护的过河桥了。1987年庐江县人政府将捧檄桥公布为县级重点文物保护单位。

据《巢湖文化全书》介绍,明宣德九年(1434年),庐江知县马骥在重修此桥时,曾掘地获碑石一块,上刻"临仙桥"三字,方知此桥之古名。

临仙桥后更名为"捧檄桥"。清光绪三年(1877年),庐江人、著名淮军将领吴长庆,捐款重修,该桥为五孔青石桥,桥身造型古朴,正桥长46米、宽6.7米,中孔跨度为6.3米,桥面两侧为石雕栏杆,并于桥头重树"捧檄桥"碑石,碑之两侧书刻楹联曰:"捧出真心归大隐,檄来强喜慰慈亲。"

捧檄桥桥名的由来,与历史上著名的孝子毛义有渊源。据当地文史资料介绍,毛义,字少节,东汉末庐江人,自幼丧父,母子相依为命。毛义家境贫寒,年少便为他人放牧为生,箪食瓢饮,奉养其母。母病伺候汤药,曾割股疗疾,遂以孝行称著乡里,举为贤良。

朝廷得知了毛义的孝贤后,送檄文赏封他为安阳县文字令,为了安慰母亲,毛义迎至"临仙桥"喜接檄文。然时隔不久母亲病逝,朝廷派人前来看望,岂知毛义却跪拜于"临仙桥"上,将原赏封安阳县令的檄文双手捧还,"躬履逊让",不愿为官。葬母后隐居山野。

毛义孝行且不贪利禄,世人称道,便改"临仙桥"为"捧檄桥",并刻碑石记之。明万历年间,邑人又在"捧檄桥"西南地建"毛公祠"(晚清又将该祠移建于县城北门,遗址尚存),春秋奉祀。当时,庐江县城如有谁家子女不孝,其街坊邻居便将他们带到毛公祠前,先讲上一段"毛义捧檄"的故事,再将他们领到"捧檄桥"下,令他们喝一口桥下河里的水,使他们洗净灵魂,改非悟孝。

在庐城镇内寻找小乔墓和真武观,可真费了我老大的牛劲了。不过行走的乐趣也许就在这寻找的过程之中。

小乔是东汉乔公的次女,庐江皖县(今安徽潜山)人。据相关史志记载,小乔貌若天仙,号称国色,为一代佳人。她于建安三年即198年,嫁三国名将、吴军大都督周瑜为妻。小乔和周瑜情深意切,恩爱无比,婚后13年,小乔一直跟随军中相伴夫君左右,育有二男一女。建安十五年(210年),周瑜病卒,孙权素服举哀,自迎其丧于芜湖,命厚葬于本土。周瑜病逝后,小乔痛不欲生,扶柩东归,寂守墓庐,抚养遗孤,其墓葬和夫君周瑜墓同在庐江。

据当地资料介绍,真武观在庐城镇新汽车站东,而小乔家在其西100余米处。按照当地有关资料的指引,我在庐江县城西门转悠了一个多小时,向十几位当地人请教,也未能找见小乔墓。甚至一位在药店工作的女孩子,说她就在这附近长大的,也从来没见到什么小乔墓和真武观。

打算再问最后一个人,没有结果则自行离去。就选了一位骑人力三轮的,慢慢地靠近他,问他真武观在哪里。正说出"真武观"三个字,有一辆电动车从我们两车之间骑过去了。那骑车人是一位30多岁的男子,干干净净,精明能干,骑过去之后,一个急刹车,在前面路口停住了。骑三轮车的还没闹清我说的什么,那位骑电动车的男子已经回头对我说,你跟我来,跟我来。

我谢过三轮车夫,慢慢地开车跟着电动车,右转进了一条南北小街,走不多远,他就停下来,指着墙上给我看,说这就是真武观巷。墙上果然有个牌子,上面写着"贞武观巷"四个字。我说,这是真武观巷,那真武观在哪里?男子说,那早就不在了。早就不在了?早就不在了,看不见了。都看不见了,小乔墓和真武观都看不见了。

回来再细查资料,原来小乔墓在庐江县城西门外绣溪河北岸真武观旁,古称"瑜婆墩"。墓有封无表,平地起坟,汉砖结构,墓前有拜台、供桌等石器。墓门朝东,与城东周瑜墓遥遥相望。此墓至明朝一直都保存较完好,后在明崇祯年间(1628—1640年)的动乱中被兵火毁坏。抗日战争时期,安徽省第三区行政督察专员王况裴,曾主持依原样修复。直至20世纪50年代,尚有土冢荒丘,残壁断石。但经"文革"浩劫后,庐江小乔墓亦已是仅存遗址,别无他物了。

沿周瑜大道出庐江县城,沿319省道南行,约1公里后右转,在高建村(高建社区)内弯弯曲曲,或西行,或南行,约2公里后,到村外,可见到大片荷塘。

庐江素有"皖中重镇、莲藕之乡"之美誉。荷与莲在中国的文化传统中,有着高雅洁好的道德象征。高建村这里的荷塘,或苍绿得一片一片,或与青绿的稻田相错,或独成一块风景,十分喜人。

在高处的路埂的野草上,坐一坐,静一静,想一想,觉得既十分享受,也十分有益。从高处看荷田,苍绿一片。荷田旁的一小块闲地里,有些水,有些水草,一头水牛卧在浅水里,十数只白色的牛背鹭,要么停在牛背上,要么落在水草上,整个的景象,都是十二分的和谐。

魁星楼在庐江县城东郊,那里是一片新开发区。过观音桥,出庐城后,沿316省道东行,再转南,很快可到城东公园,魁星楼就矗立在城东公园里。

魁星楼原迹位于庐江县城环碧公园内,最早修建于清康熙二十五年(1686年),咸丰四年(1854年)毁于兵燹。同治七年(1868年)由庐江籍广西巡抚潘鼎新捐资重建,楼高3丈3尺,3层6面,飞檐红柱,典雅古朴,雄伟壮观。魁星楼侧有庭院,粉墙绿茵,环植竹木。1977年11月,魁星楼因年久失修而致楼体倾斜,终被拆除,据说当时仅拆下的木料就有五六十立方米。

庐江魁星楼又称奎星楼,一说根据楼的结构呈"奎"字形而得名,一说当初"魁"被讹写为"奎"所致,而《庐江县志》一直将魁星楼写作"奎星楼"。奎星,系二十八星宿之一,或北斗七星中成斗形的四颗星,又或指北斗七星中离斗柄最远的一颗星,还有传说包公是奎星下凡。而魁星,则是奎星的俗写。魁星是我国道教尊崇的主宰文章兴衰的神,因而旧时很多地方都有魁星楼或魁星阁。

据庐江县住房和城乡建设局网站介绍,2010年,在庐江县政府及庐江籍企业家的支持下,魁星楼择址重建。重建位置即选在庐城城东公园东南侧,周边为会展中心、图书艺术中心等。魁星楼方案设计参照庐江县原魁星楼照片和有关文字资料进行设计,为八角形三层攒尖式瓦顶,顶部木构件呈斗八形藻井,总高度27.68米,采用宋朝时期的建筑风格,即六等材铺作,直棂窗,素覆盆柱础,汉白玉勾栏,出檐深远。

重建的魁星楼同时有所创新,增加了平座以满足观赏功能,并根据周边环境特点,增加了魁星楼的体量,这样不仅表现了魁星楼的功能特点和历史文化内涵,也更好地体现了其恢宏的气势和丰富的体形特征。

2011年7月,重建的魁星楼竣工,并特请原中共安徽省委书记卢荣景题写了"奎星楼"匾额,请县政府历史文化顾问、安师大教授孙文光撰写《重修奎星楼记》。同时,将清代进士宋元徵《东门奎星楼碑记》和县令黄光彬《文昌宫奎星楼记》制碑陈列,又尽力搜集了庐江县历代49位进士资料,制成《庐江县历代进士题名榜》。孙文光教授还提供了庐江进士孙维祺"仰止东山"的题匾,并征集到同治年间修建的"奎星楼"原题残碑一块,十分珍贵。

城东公园环境优美,除魁星楼外,周边多小湖、草地和绿树。

绕魁星楼一周后,忽听得草坡后棒槌声声,连忙过去察看。原来小湖水波粼粼,近岸的水边长着许多水生的植物,还有的开着花,像是石斛一类的品种。石斛是兰科植物,引进的品种现在一般总称为洋兰,但不知我看到的是不是本土的石斛。

　　我先是在较高的草坡上偷偷地拍了几张水边洗衣图,再慢慢地走过去,细细地察看。小湖的这里那里总共有5拨7位女子在水里洗衣服。她们都或穿着短裤,或穿着裙子,有一位穿着白底红花的上衣,有一位穿着灰格子上衣,有一位穿着黑色的无袖衫,有一位穿着暗黄色的短袖衫,有三位扬着棒槌衣服或被单。附近的小桥上晒着被单和衣服。

　　呵呵,这可是久已不见的场面了,也只有在城郊人少、"管理不严"的地方才可得见。呵呵。

2013 年 8 月 24 日

金城高踞瞰盛桥

沿 X062 线大致东偏南行,道路蜿蜒曲折,丘阜岗冲,起伏不已。道路两边林浓木秀,又有许多杨树的树叶飘零在路面上,现在我才知道,这并非因为立秋而秋叶飘零,而是由于今年连续 30 多天的高温干旱,使树木们的生存面临困境,它们为了保护自己,只得舍弃部分树叶。

过许桥(陡岗),从白山大约 17.4 公里到盛桥镇。

盛桥是庐江县的一个大镇。据盛桥镇政府领导介绍,盛桥镇(集镇)始建于明末清初,1644 年前,这里只有几户人家,沈氏人丁为多,势力也大,建有沈氏宗祠和小石板桥一座,后人以桥定名为沈家桥。初来这里经商的系江南泾县的一帮行商,他们见此地交通方便,盛产鱼米,认为是经商宝地,遂建房开店。"老广杂货店"是这里最早的一家商店,后来青阳、太平等地的商贾闻风而至,使这里的商业不断兴旺起来,至道光年间,这里聚居了百户以上的商家,形成长河南北两条街道,清朝李鸿章也在此开设仓坊、当铺各一间。道光二十三年(1843 年)二月长河南北建成一座石板桥和一座木桥,由于市场贸易日趋繁荣,时人将沈家桥更名为盛家桥,以示旺盛。

盛桥曾经的兴盛到了什么样的程度?当地领导介绍说,旧时兆河(又称造河)未开通,白湖乃一片汪洋,盛桥河水流进白湖,经黄姑、襄安河道汇入长江,河道深,可通 300 担大船,盛桥码头,从镇中心至张墩,当时三河、白山一带粮商将粮食用推车运至盛桥装运,由水路运至芜湖、南京、镇江等地。民国三十二年至三十六年

(1943—1947年)间,盛桥镇粮食生意极为红火,粮行多至40余家。

随着粮食生意的兴隆,其他商业和服务业也有所发展。民国期间的杂货店以王利记、王聚丰、永昌裕几家为大,每店都雇有十人上下,兼开糕点坊或糟坊、水作坊等,布店以查巨太、查宏法两家为首,他们不仅零售布匹,还经营批发业务。药店以王开泰、徐义生药店为突出,他们既看病、又售中药。镇东南北岸有小学一所,师生百余人,向前是三官庙,庙舍两栋六间。镇内街道沿河两旁各有200米,南北两面均是青石铺面,双合街道,其河南街道房屋全部用木头竖起楼房立于水面,河北街道靠南街门面也同对面一样用木头竖在河中,上盖楼房,形成独特的商业街面。西有木桥相通,东有石桥相连。

出盛桥镇区,顺094县道西南行,不过1公里左右,就到了夏田村。夏田村在094县道北,又叫夏家田。094县道南不远处是下砾山,或称夏砾山。下砾山海拔140米,也叫下流山。当地人称呼下陆山,这可能是口音问题。当地的口音并不好懂。起初我在出盛桥镇的路上,招手拦停了一辆正迎面快速驶来的面包车,面包车上的司机是个30岁左右的年轻人,很友好,他急刹车停在我面前。他用普通话告诉我,夏田村在前面一个村子的前面,1公里左右,那里有个养殖场,有一些人正在那里说话。

我到了路边有一些人说话的地方,请问他们这是不是夏田村,他们说就是夏家田。我又问对面的山叫什么山,他们说叫下陆山,问是哪几个字,他们都说不出来,只说从来都这么说,谁知道是哪几个字。再问吴赞诚墓在哪里,他们都开始摇头了,说不知道,他们不是本地人,叫我到村里去问。

我离开094县道,右转进村,到一棵大树下,看见一户人家的大门开着,里面坐着人,我就下车前去问路。问了几声,出来一位

50多岁的妇女,问她这可是夏田村,她说就是的。又问她吴赞诚墓在哪里,说了好几遍,她听懂了,告诉我哪里哪里,我却听不懂。又问路对面的山叫什么山,她又听不懂我的话了,也许是有事不耐烦了,摆摆手回屋不理我。

我正不知如何是好,这时从屋里又出来一位妇女,还有一位10多岁的女学生模样的小姑娘。妇女瘦瘦的,她用普通话对我翻译说,你按原路回去,东边有个水塘,从水塘东边塘埂进去,那里也是夏田村,一个在这边,一个在那边,到那里你就看见了。

哈,普通话还真是有用!

谢过她,我按原路返回,从094县道北转,找到大水塘,大水塘东埂也仅容一车通过,左手是很大的水塘,右手是塘埂下的稻田。顺塘埂约600米又进了村,开到一户人家门口的平地上,路又没有了。退回到塘埂边一个二层楼房的人家,四面阒无一人,连狗叫都没有。怎么办呢?看见那户人家的院门没关,就走近前去,一而再,再而三地喊:"有人吗?有人在家吗?"

喊了许多声,终于听见里面有响动了。随后出来一位40多岁的光脚男人,穿一件印有油漆品牌标记的T恤。我问他对面的山名,他说叫下陆山,我问是哪几个字,他用手比画说,上下的下,陆是陆地的陆。又问他吴赞诚墓在哪里,他立刻热情地说,你说的是吴大帅吧?就在前面。他用手指着北面。我茫然地看着北面,那里有一片树林,有一户人家,有一片空地。他说,我带你去。说完,他回到院里,穿了双拖鞋出来。往前走了不过十几步,指着右边一片荒草萋萋的地方,说,就是这里。

真是知道的好找,不知道的怎么都找不到。原来就在这里。我定睛细看,果然荒草地里有两块碑石,碑石后即北面是一个土坟茔,碑南是一些隐隐露出的墓石。我踩着野草走过去,仔细看。一块碑上写着:

庐江县重点文物保护单位

吴赞诚墓

庐江县人民政府

二〇〇七年十一月二十日

另一块碑上写着"民国二十一年"等字样,只是看不太清楚了。

关于吴赞诚和吴墓,据安徽媒体2004年5月19日报道:庐江县政协文史委员会近日在盛桥镇夏家田埠村发现了清诰封资政大夫吴赞诚墓。

报道说,"吴赞诚(1823—1884),字存甫,号春帆,庐江县城关人,道光二十九年(1849年)拔贡。光绪二年(1876年),奉旨督办福建船政兼台湾海防。光绪四年(1878年),以光禄寺卿署福建巡抚仍兼船政大臣。吴赞诚曾两次亲赴台湾,为台湾的开发和台湾海防建设做出了重要贡献。吴赞诚墓葬于夏家田埠东首,民国二十一年(1932年),其子孙为其立的墓碑保存完好。碑高1.5米、宽1米、厚0.2米,碑刻文字清晰。此碑的发现纠正了史学界过去认为吴赞诚墓在庐江沙溪乡点将台之误"。

由于吴赞诚曾在福建供职并两次巡察台湾,又适逢33集电视连续剧《台湾首任巡抚刘铭传》在中央电视台播出,因此2004年福建的媒体也做了详细报道,并特别强调了吴赞诚在闽台的作为和贡献。福建媒体的报道说,盛桥夏家田当地一位94岁的长者回忆,吴赞诚墓是建在李鸿章在庐江的庄田内的。

福建相关政府部门网站介绍说,吴赞诚是安徽省庐江县城关人,他9岁丧母,自幼刻苦努力学习,除了经史之外,兼通算理诸学,具有一定的科技知识。道光二十九年拔贡。咸丰元年(1851年)以拔贡考知县,被派往广东省,署永安县。以后,补德庆州、顺德、虎门同知。曾屡次与太平军作战,因有功升任惠潮嘉道。吴赞诚为人厚重寡言,居官清廉,勤事恤民,案无积牍,故有"吴青天"

之誉。同治九年(1870年)秋,直隶总督兼北洋大臣李鸿章,奏调吴赞诚至天津机器局,补天津道。不久,升顺天府尹。光绪二年二月,清廷诏询李鸿章,选择吴赞诚或黎兆棠接办福建船政。李鸿章十分赏识吴赞诚,推荐了他。同年三月,清廷正式任命吴赞诚督办福建船政;四月下旬,吴赞诚抵达福州马尾,正式接任。

吴赞诚上任后,就尽力督办福建船政:造船、试航、引进设备以及对船政学堂学生的考核等等,并把有关情况及时上奏。光绪三年(1877年)三月,福建巡抚丁日昌因病假,由吴赞诚暂兼台湾防务。五月下旬,吴赞诚率领船政学堂稽查委员严良勋等乘"海镜号"运输船赴台湾巡察。

福建媒体详细介绍了吴赞诚巡察台湾的情况,说当时台湾素称"烟瘴荒蛮之地,民性强悍",虽经沈葆桢等大员前往巡察,积极筹划治理,推动台湾的近代化进程,但尚未完全开发,吏治也多有积弊。吴赞诚继续采用沈葆桢治台的方略:"抚番"、招垦、开路等,抵台后分营并进,尽可能亲身去巡察。鉴于后山卑南(今台东县)一带,官吏极少亲临,当地民情未能反映上来。于是,他率部取道由恒春入卑南,途经牡丹社红土坎等地,由于地势险峻,山谷陡绝,下临大海,车骑无法通行,他们攀藤扣石才得以通过。其间,越过两条大溪,适逢山洪暴发,绝粮三天,掘山蓣(薯类)以充饥。行程300多里才到达卑南。因气候恶劣,瘴湿交侵,返回恒春时,随员都生病不能起立,死亡过半。吴赞诚也卧病一个多月,才得以返回福州。此次巡察台湾,密切了台湾与大陆的关系,使台湾"生番化外之地"进一步归化。李鸿章在光绪三年八月十五日《复吴春帆京卿》的信稿中有"瘴乡盛暑,执事不辞劳瘁,入山周巡,从者多半物故,尊体幸获康全,殆由精诚感召天神呵护",所提及的就是这次巡台。

光绪四年,吴赞诚以光禄寺卿署福建巡抚仍兼理船政。九月间,吴赞诚再次带领随员渡海赴台湾。是时因台湾加礼宛、中老耶两社"抗抚戕官",吴赞诚抵台后,督师清剿,连战皆捷,遂率部由花莲港亲往岐莱等处,安抚后山民众。接着,又由台北赴台南等地,巡防阅兵,筑建堡垒,访问民间疾苦,采取措施解决,历时一个多月才回到福州马尾。光绪五年十二月二十三日(1879年1月15日),吴赞诚从马尾到福州城内,突然中风,请假一个月。

吴赞诚在福建供职3年半,不仅致力于福建船政事业,也为宝岛台湾的防卫和建设做出了重要贡献。李鸿章称赞他"阅操澎岛、接办台防,劳勋倍赏,勋盛丕振,欣颂莫名"。光绪十五年(1889年),台湾巡抚刘铭传称吴赞诚巡察台湾"勤事忘身",曾专折奏请为吴赞诚在台湾建祠祭祀,并建议国史馆立传。后清廷传旨:准沈葆桢在台湾建专祠,吴赞诚附祀。(参见福州市档案局网站2004年10月12日文)

我在吴赞诚墓附近拍了点照片,又问带我看墓的男人贵姓,他说他姓胡。胡先生称吴赞诚为吴大帅,说相当于现在的"司令员"。胡先生说,吴家前2年还有人来上坟,这2年没来。胡先生带着我前后左右看了一遍,他说,这里的风水非常好,南边是大水塘,东边是自然形成的大箩筐,龙圈到这里走不掉了,就死在这里了;吴赞诚的墓后有两个箩筐,都是"挑"的,也就是人工挑成的,一个在墓后,另一个在北边不远处的岗脊上;吴大帅墓坐北朝东南,这里是龙眠之地。

离开吴赞诚墓,走回胡先生家门外。我说你家这两层楼房很富裕呢。他连连说,哪里哪里,人家都在镇里县里买房子,我们只能在农村有个住处。我说,种田、盖房子不容易吧?他说,种田盖不起房子,靠打工搞点钱才能盖房子,这2年在家种树,比种田好,种田要种得多才能搞到钱。

金城村在盛桥镇东北方向。沿S316线东行,快出镇时有收购"槐米"的招牌,左转进入盛苍路,东偏北行,约2500米到金城村。

当地人都称金城村为金城寺,也都知道这里的老乡政府。举目望去,大致是一般的微丘地带,南方远处有一些山影隐现。

金城村村委会东行数十米,两房之间有一条路,往北通向一个看上去高幽的深处。一步步走进去,路也眼见着往高处去。原来真是一段大树夹道的通路。大树都是梧桐树,有十几棵,这应该是许多年前这里做乡政府时栽种的。通道的右侧,有一处开门向西的大民宅,民宅里有一幢坐北面南的二层楼,里面传出宗教场所特有的诵读声;民宅大门两边的墙上,写着一些宗教方面的用语:

真诚清静平等正觉慈悲
看破放下自在随缘念佛

通路的尽头是一排建于高处的平房,平房正中是一扇大门,大门的门楣上铸着"金城苑"三个字。平房已经十分破旧了,除大门外还干净、整齐外,大门两边都荒草杂生了。大门是那种铁栏杆门,里面用锁锁上了,但从外面也可以用钥匙打开。站在门口往里看,一进大门的右手墙上,是一块大黑板,上面是"计划生育宣传栏(第三期)",另有"婚育新风进万家""金城村宣"等字样,白色的粉笔字还十分清楚。

大门里是个大四合院,穿过院子,北面还有一排平房,正对大门的那一间屋子的门楣上,挂着一块红底黄字的匾额,上面写着:

洪氏(三元堂)

金城寺八续宗谱　办公室

这个地方就是老的七里乡政府,也是金城寺旧址所在地。

金城因三国时武帝亲临到此,命筑城开池以防御孙权而得名。

同时在金城边一里许垒石堆土,搭建铜鼓台,令士兵开挖造河,即今兆河,据说当时想放白湖之水于巢湖,将白湖作为屯兵养马之地。相传挖河时,每日士兵出工收工均以鼓声为号。有一天,一只喜鹊衔一树枝从工地上空飞过,一阵风将鹊嘴中树枝吹落,正落在鼓中,士兵随即全部收工。因未到开饭时间,士兵只得等待,可等到下午再上工时,多天所挖河床全部还原,曹操大惊,认为此处不能建城,更不能建都,随之将大兵带去江南。

据当地文史专家介绍,此间文帝也驻跸于此,令金城闻名遐迩。虽曹兵远去,而留下的金城,其地势高居数里之首,且面水背岗,隍池之水映带左右,白湖、巢湖控带南北,金城、金陵二村相护两侧,幽深闲寂,不与民居相混,乔木参天,修竹千竿,诚佳境仙地。元魏丙午年有浮屠曰善询者,因创寺,更名为金城寺,历经隋唐宋兴废不一,屡遭兵燹。

元至顺正壬寅年间,恢复兴寺,后又遭燹。明永乐初,僧侣真器宗宇重建金城寺,复其旧制,焕然一新,殿宇堂皇,道光崇德。丙午年方丈净观,始居于此,并携徒筹资,重建殿宇,并建斋宫、香房、宿舍、厨房、浴室、马厩,使金城寺百废俱兴,为周边数十里最大最兴之庙宇。在金城寺开光之时,无为州元邢宽亲临寺中撰文,由进士陈道亲书碑文,庐江庠生沈哲雕刻,共两块,于景泰元年三月立于庙前左右,至今两块碑及碑文尚存。

此后庙中香火旺盛,一直至清代。本地进士孙维琪还留下了传世名联两副,曰:"作恶当亡作恶不亡,祖宗有余庆尽乃亡;为善者昌为善不昌,祖宗有余殃尽乃昌。"又曰:"你虽然轰轰烈烈所作所为到此日英雄何在,我这里明明白白为善为恶看后来果报无差。"

民国八年(1919年),寺内方丈了尘坐缸圆寂,众僧将其供在寺中,3年后开缸欲塑金身,燃了尘遗体落架,遂将缸盖起,并在寺外建造宝塔,将缸立于正中,以求永存为祷,拜念禅师。此塔全用青石条所建,塔室为六方棱形,共三层,层层飞沿翘角,顶为鼓形尖帽,每层高丈余,均用六根两人抱的青石柱支撑,每个石柱上均有当地名人所书撰的联语、诗句。现搜集四首,曰"莲座无灯凭月照,塔门不锁待云封""已了凡尘归玉宇,永留仙骨镇金城""宝塔与山河并存,禅师与日月争光""石顶高撑斜照月,风玲声续隔云钟"等。民国十四年(1925年),界石村一许氏老妇,愿素斋修行,筹资建三大间尼姑庵,并将宝塔置于屋之正中,长年烧香供奉。1941年3月,日军攻占盛桥,庙宇及尼姑庵毁之严重。1966年宝塔被拆除,其金城寺原址,由七里乡政府、盛桥镇政府先后管理;2005年盛桥镇政府转让办厂。目前原址内仍保存一口1200多年的古井并一直在饮用。

离开金城寺旧址,由金城村委会西侧土石道西北行约700米可到汤洼村。

土石道其实是右手一口大池塘的塘埂,右手是大池塘,因为天旱,塘水已去了五分之二,左手是田地。道路仅容一车通过,两侧杂树夹道,左侧还有不少竹丛,多处须由车头推开树枝树叶才可通过。

停在村里的三岔口,人声全无,我不知道要往哪里走,就下车在原地等待。数分钟后,终于有一辆三轮车从村南一户人家里拐出来了,我赶忙拦住他,问他"圣旨碑"在哪里能看到。他似乎是个特别谨慎的人,吞吞吐吐,欲言又止的样子,不过最后还是向村西一指,说,就在那一家里,楼上有热水器的那家。

我按他所指,往村西走。虽然他说得清楚,楼上有热水器的那家,但走近前去,楼房几处,热水器几家,仍然不知是哪家。我一家一家地看,看哪家有人,可以问一问,终于看到一家平房开着门,里面隐约传出电视的声音。我站在门口喊。喊了数声,屋里有动静了。我停住喊,期待地看着会出来一个什么人,男人?女人?大人？小孩？年轻的？年老的？

　　出来的是个晒得黑黑的中学生大小的少年。我请问他圣旨碑在哪里能看到。他竟知道，向后一指，说，就在这一家。呵，原来就在他家的西边。我跟着他走到那家门口，这家的大门其实没有门，只是用渔网拦起来的。门里有个大院子，大院里有一栋两层的楼房，楼顶上有个热水器，楼房旁边还有一处稍旧的房子，开着门，但我俩喊了几声，没有人响应。

　　院子是用砖块临时垒起来的。院子的右侧，有一棵石榴树、一棵桂花树。我一眼就看见石榴树和桂花树之间的地上躺着一块石碑。我指给少年看，并且要进去看一看。少年说，我去喊爷爷。说完，他转身往院左的一处房子走去。哦，原来他们这几家都是一大家子里面的小家。

　　我站在渔网外等了十几秒。不行，我再也等不下去，于是我拿开渔网，走进院子，径直走到石榴树和桂花树之间，弯下腰一看，果然是块石碑，但碑已断为两截，上面的文字也看不太清楚。我直起身拍了几张照片。

　　这时少年和他爷爷走了进来。爷爷是个头发已白的60多岁的老年人，瘦瘦的，很平和的样子，下身穿着一件灰短裤，上身穿一件鱼肚白短袖衫，敞着怀。我就和爷爷攀谈起来。

　　原来这真是那块"圣旨碑"。据盛桥镇人民政府相关文章介绍，这块"圣旨碑"已有570余年，碑中记载：明正统六年（1441年）九月，直隶庐州府无为州、巢县添宝乡（今庐江县盛桥镇金城村）农民姜氏愿出大米五百担于国库，以备荒年；圣上知道后，传下圣旨，令庐州府立碑褒扬，并规定，今后凡愿捐三四百担粮食以上者，免其杂泛差役。此碑立于汤洼后，凡府州县官员，每到此，文官下轿，武官下马，朝拜谒碑，汤洼村由于供奉接待，姜氏家族衰败。为保持荣誉，村里人承担起接待任务，后因村里无法应付，便将碑放倒一边,至清代中期,碑被打成两节,村里老人看不过眼又将两节碑放于一起,后又奇迹般地长在一块,村里人在惊奇之余,不敢动碑。新中国成立后,碑于村里无人问津,后被生产队抬于沟上作桥,直到被发现。该碑高约140厘米,宽约70厘米,厚约18厘米。据初步辨认,该碑立于正统七年,即1442年,距今已561年。碑额上刻有"圣旨"二字,字两边各有蟠龙一条,碑文正文为阳刻,其余为阴刻,全文163字,做工讲究,从碑文的字可反映出,盛桥人民有爱国主义的传统美德。碑文大约如下:

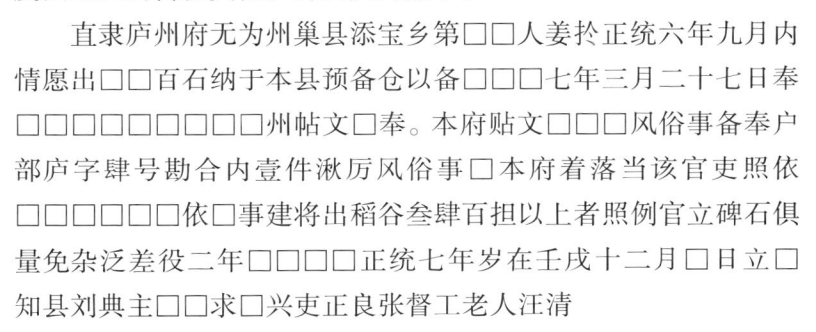

直隶庐州府无为州巢县添宝乡第□□人姜扵正统六年九月内情愿出□□百石纳于本县预备仓以备□□□七年三月二十七日奉□□□□□□□□州帖文□奉。本府贴文□□□风俗事备奉户部庐字肆号勘合内壹件湫厉风俗事□本府着落当该官吏照依□□□□□依□事建将出稻谷叁肆百担以上者照例官立碑石俱量免杂泛差役二年□□□□正统七年岁在壬戌十二月□日立□知县刘典主□□求□兴吏正良张督工老人汪清

爷爷给我介绍也大致如上。爷爷又告诉我,这块碑政府本来要收走,放到县里,当时村里提出要修一条路,也是个交换的意思,后来就没有下文了。

我谢过爷爷和少年,准备离去。爷爷一直目送着我,少年在我身后提醒我两次:碑文在百度上能查到。

汤洼村里长着不少柿子树、苹果树、梨树和枣树,由于天旱,没成熟的苹果、梨和柿子落了一地。我倒车时,一棵大柿子树的树枝和果实拥挤在我的前车窗前,使我能近距离地欣赏它们,真有乡村的意味。

2013年8月18日

温泉汩汩暖汤池

合肥到庐江县汤池镇大约 77 公里。由合肥绕城高速进入 G3 京台高速，庐江军铺出口下，左转，进入 319 省道西行，大约 11 公里可到汤池镇。

这里依然主要是浅丘地带，但南方渐渐显出了一些低山的山影。过万山镇，这里有合九铁路庐江火车站，路边还有一个陈旧的私营的加油站，上书"水关加油站"，这附近的冷水关也十分有名。

据当地史家介绍，冷水关位于庐江县城西 15 千米的万山镇内，两边山岗夹道，地势险要，相传三国时魏在此设关隘，明代设水关巡检司，清乾隆年间裁撤。冷水关高 146 米。原庐江县的水关乡因此而得名。相传曹操拥重兵踞此，设水关、土关、石关以御东吴。岭有冷泉，峰岩耸峙，岩石中裂，夹石如门，雄伟峻丽。冷水关素有冷泉赤谷盛名，四季水温 9℃ 左右，曾建有冷泉亭，后毁。山间有石刻、古迹，历代文人曾有不少题咏。苏林三有诗咏此景："峰岩耸峙石门山，魏拒东吴设三关。英雄豪气传今古，弹指千年云烟间。日暮乡关人不识，明月清辉转玉盘。此地空留泉水冷，书卷无声圣贤闲。"宋志灵有《冷水泉》诗："穴石得其髓，幽清鉴毫发。陆羽茶经漏，刘伶酒颂阙。天欲私吾乡，深藏未肯发。"而今冷水关已荡然无存，只留下遗址。冷水关遗址四周，佳景宜人，胜迹遍布。

十里长冲在冷水关、万山镇附近，由香茶岭、大门坎岭、小门坎岭、三峰尖、公鹅瘤、公鸡石、鸡冠岭、猴大山头等群山组成。据相关旅游网站介绍，十里长冲中的香茶岭海拔 332 米，为长冲最高峰。每当拂晓，登香茶岭远望，沐浴在晨曦中的群山，被一层轻纱似的薄雾笼罩着,若隐若现。少顷,天际便呈现一抹淡红,群峰之中露山一轮红日,十里长冲披上朝霞的盛装,各个山峰形神变幻,风光无限。

清人宋景伦有诗咏十里长冲:"十里长冲万卷诗,不尽风光我书迟。满腹诗情待明日,来听清风云上题。"1950年,由庐江县文化干部张翼搜集整理谱曲的民歌《十里长冲好风光》,曾唱红全国。歌词曰:

十里长冲十里长,
麦苗绿来菜花黄,
青棵嫩茶满山岗。

高山低山万宝山,
松竹林子花果香,
一片翠绿不见天。

桃红柳绿遍山岗,
摘茶忙来又采桑,
姑娘花衣飘云上。

南山北冲好牧场,
鸡鸭鹅来牛啊羊,
山前又盖新农庄。

十里长冲好风光,
毛主席啊恩情长,
家乡一片好风光。

悠厚的江淮风情和乡村意蕴洋溢在字里行间,十分悠扬绵长。

冷水关与汤池近如咫尺,但汤池泉温,水关泉冷,地质的构造,十分神奇。

319省道两边多林木,少田地,这是当地发展旅游的特征。过金冲村,到汤池镇。汤池镇新建筑颇多,是一个旅游大镇。较大型的温泉浴场、温泉宾馆也在路边时时出现。当地领导告诉我们,汤池镇因温泉得名,古称"坑泉",堪称华东第一,前164年,汉文帝始建庐江国,刘赐为庐江王,曾来此濯足,故有"坑泉"记载,因相对舒城西汤池,故称东汤池。现在,汤池镇党委、政府坚持的是旅游兴镇的工作思路,正倾力打造国际知名、中国一流的"旅游风情小镇"。

相思林公园在汤池镇区南部。

缘马槽河南行,公园在河东侧。路右因缘河,土地有限,所以多植修竹,一丛一丛,一片一片,很有中国文化味。路左即路东多大树,可能就是当地所说的相思树吧,大片大片的,高大而有气质,又不占据太多的空间。

相思树又叫台湾柳,是常绿乔木,树冠呈圆形,树形高大。相思树的生长特性是,生长快、耐热、耐旱、耐瘠、耐酸、耐剪、抗风、抗污染,但成树不易移植。还有直干相思树、耳荚相思树,则主产于大洋洲。在我国境内的多为台湾相思树,因名而起,海峡两岸还有一些与相思树名有关的电影、小说、戏剧等。

我认不出真正的相思树的模样,当地人又有称这些树为"泡柳"的,也没有关系,大概就传递出这么个意思吧。即使这些树不是相思树,也很让人喜欢。

没曾想过汤池镇还有这样一个风景优美,管理精细,因地造形,朴厚大气而又不造作、失真的公园。相思林公园有中国传统园林艺术的背景和底质,园内小河蜿蜒,圆石垒岸,甬道曲折,矮植点缀;但又有多片高大的树木拓展空间,把人的视线引向空中,引向无限。

公园各处的雕塑小动物造型也较形象逼真,这些大约是十二生肖的动物雕塑,与周边环境相映成趣,少见粗陋低俗的。

相思林公园里还有两处较大的建筑,南边的一个是新四军江北指挥部纪念馆,北边的一个是孔雀东南飞纪念祠堂。

中午时分,游人不多,但或小两口,或一小群女孩子。蝉鸣不已。过一道人造的小溪流到新四军江北指挥部纪念馆。纪念馆是个四合院,院门里坐着一位看门的女孩子,是工作人员。我做了登记后,她带着我,边观看边向我介绍说:

新四军江北指挥部纪念馆占地面积10亩,馆内展出了150余幅珍贵历史照片和重要资料以及部分实物,展示当年新四军官兵在江北指挥部的生活战斗光辉历程,重现东汤池人民与新四军血肉与共的动人场面。馆前的石壁上镌刻着安徽省人民政府牌匾:新四军江北指挥部旧址——爱国主义教育基地。馆门两边的对联是:"革命风火现将领,抗战热血铸铁军。"馆内大道两旁排立着叶挺、张云逸、赖传珠、邓子恢、徐海东、罗炳辉六人巨型铜塑像及其生平简介,供后人瞻仰。

据安徽文化网介绍,1939年5月初,新四军军长叶挺、政治部副主任邓子恢渡江到皖中地区组建江北指挥部。5月中旬,新四军江北指挥部在庐江东汤池正式成立。江北指挥部设在严家祠堂。张云逸兼指挥,参谋长赖传珠,政治部主任邓子恢。严家祠堂八字门前有一棵大柏树,当年叶挺军长的战马就经常拴在这棵大柏树上。警卫员经常牵着他的大枣红马在马槽河畔吃草饮水。严家祠堂门前一边是大操场,一边是学校。每天的清晨和傍晚,操练的喊杀声、琅琅读书声和抗战的歌声震荡峡谷。江北指挥部所属部队,分别驻扎在舒城东港冲、西港冲和东汤池、大马槽、小马槽、果树等地。他们经常在好汉坡、云阳坪等山谷坡地,练习运动战、游击战、歼灭战,研究战略战术,为抗日苦练过硬本领。江北指挥部曾在东汤池月形地召开千余军民联合大会,叶挺军长在大会上号召加强团结,反对分裂,站在一条战线上,打倒日本鬼子。

叶挺将军曾在汤池写下了"云中美人雾里山,立马汤池君试看。千里江淮任驰骋,飞渡大江换人间"这样壮丽的诗句。

新四军江北指挥部纪念馆由新四军老战士张劲夫题写馆名,张震同志为纪念馆题词。赖传珠的夫人孙湘特地撰写革命斗争回忆录《遥想当年东汤池》。新四军江北指挥部纪念馆建成后,各地前来瞻仰的干部、工人、农民、学生、军人成千上万,络绎不绝。巢湖张平有《瞻仰新四军江北指挥部》诗曰:"一代雄风振九州,皖南历劫血横流。反顽抗日酬民愿,重塑民威敌后头。"

孔雀东南飞纪念祠堂建在相思林公园北边的一处平地上,纪念祠堂前排列着两座石雕麒麟,威武雄壮,纪念祠堂对面立着一方石壁,石壁上镌刻着《孔雀东南飞》这首著名的诗篇。祠堂门票5元,展馆中的蜡像栩栩如生,展现了当年焦仲卿与刘兰芝生死相爱的情景。

"孔雀东南飞,五里一徘徊。"

《孔雀东南飞》是汉乐府民歌的杰出代表,这首诗原题为《古诗为焦仲卿妻作》,是中国文学史上第一部长篇叙事诗。《孔雀东南飞》主要记叙了刘兰芝嫁到焦家为焦母不容而被遣回娘家,兄逼其改嫁,于是新婚之夜,兰芝投水自尽,焦仲卿亦殉情而死。从汉末到南朝,此诗在民间广为流传并不断被加工,终成为汉代乐府民歌中最杰出的长篇叙事诗。其中大量运用铺陈的写作手法,叙述了焦仲卿与刘兰芝之间的爱情悲剧。

唐朝大诗人李白曾写过一首小诗《庐江主人妇》，诗内牵涉到《孔雀东南飞》的人物和故事。李白有一次去现在安庆地区的天柱山游玩，在一位姓焦的官员家投宿，这家男主人在外做官，于是主妇为李白煮饭，并为他缝补衣服。于是，李白便写诗调侃了一番。

诗曰：孔雀东飞何处栖，庐江小吏仲卿妻。为客裁缝君自见，城乌独宿夜空啼。

翻译成现代汉语，大意为：孔雀东南飞，飞到哪里才是栖息之处？你这古代庐江小吏焦仲卿妻子似的妇人。你为路过你家的客人缝补衣服，心地清白者清楚啊，但你却有城楼树上乌啼般的孤独。

《孔雀东南飞》故事发生地到底在哪里，有不同的说法。一般认为发生在安徽怀宁与潜山一带。但庐江当地人认为这与庐江有着千丝万缕的关系，因为现在的庐江县和现在的怀宁县、潜山县，在汉朝时同属于庐江郡，而焦仲卿又是庐江府的小吏，关于这一点，清康熙、光绪《庐江县志》中有多处记载。这大概也就是庐江汤池相思林公园里建有孔雀东南飞纪念祠堂的历史依据。

相思林公园南门外景色佳秀。公园南门是一个深灰色仿古的大门，道路两边丛竹茂密，绵延不绝。一出南门即是一条东西向流水淙淙的河流，这可能是舒庐干渠，河水清凌；右边不远处，另一条南北向河流汇来，形成此处三水相汇的面貌。

河南山岭重重，当然都是此地常见的低山。过河是金汤湖大坝。当地领导告诉我们，金汤湖在汤池镇南2公里处，是1958年动工兴建的人工水库，面积1500余亩。湖堤对面，是虎形山，宛如一只猛虎卧伏在那里，将金汤湖分割成两个湖汊，湖水碧蓝，清风拂来，碧波荡漾，泛舟湖上，自然而惬意。水深达18米的湖面为宾客提供了水上娱乐项目，游客可以坐画舫浏览湖光山色，可以开快艇体验急速刺激,可以手划轻舟在水面怡然自得地休闲,每年春节期间还可以观赏由度假村和汤池民间组织的划龙舟表演。另外,湖内放养各类鱼种,为游客提供鲜美的无污染的佐餐鱼类品种,同时还为游客提供参与性的捕捞作业。

  从汤池镇西南出镇,路右有一个指示牌,上面标示直行10公里可到白云禅寺,右转4公里可到泗洲庵。于是先右转西行。

  右转西行再过桥转南行。过大塘村,村委会门前有几男一女,向他们问路,他们告诉我说,泗洲庵一直往前走,要走水泥路,别走土路。

  道路左手是山坡,路边有苍绿的荷叶池塘,右手是冲田,水稻有稍变黄的,有仍青绿的。逆路梯次往下。山路转转,渐入山中。约4公里可到泗洲庵。

  泗洲庵坐落在两山之间的山口处,一道高高的岭脊上。岭脊宽二三十米,上了这道岭脊,就是庐江县汤池镇的泗洲庵,再往前走几步,就要下岭脊了,就进了六安市舒城县地界。这里正是两县交界的地点,舒城县那边也是低山重重的样子。

  水泥道路4米宽窄,大致南北走向。泗洲庵坐落在路西,坐西面东。泗洲庵稍显简单,邻路依山而建,砖木结构。进庵后沿短短的走廊上去,廊边用粗沙盆种了数盆虎耳草。不过十步即到后一重殿屋,也是普通砖木的平房,墙上贴着两张纸,上面一张是彩色印刷繁体字的"净空法师语",内容是"为求国泰民安社会安宁要念阿弥陀佛,为求一家人的平安免难要念阿弥陀佛,为求父母双亲的身体健康要念阿弥陀佛",等等。

  下面一张纸是打印的"泗州庵制度"和"泗洲庵作息时间",一张纸上的两个泗洲(州)庵,"洲"字并不相同。"泗州庵制度"要求"所有进庵者需主动向管理者出示身份证件,未有证件不得入住;

对于不遵守常住规则者一次劝告,二次警告,三次离庵,再不得入住"等等。"泗洲庵作息时间"则规定了打饭、打钟、早课、上供、念佛、拜佛、诵经、读盘、休息等安排。因为正是中午休息时间,泗洲庵虽然开着门,但无有一声。

泗洲庵门外路对面是一棵大古树,树下用水泥和砖石砌成方台保护起来。大树旁的路边是一个候车亭,亭下的水泥台上坐着一年龄大、一年龄小的两位男子,岭脊下不远处是一栋很大的黄色4层楼禅房。

我向候车的两位男子请教,这棵古树是什么树?年龄较大的回答我说,这棵树古了,我们都叫它黄梨头。我又问,这个庵为什么叫泗洲庵?泗洲在北方,离这里几百里路,这里古代是庐州。年龄较长的男子说,这个地方当地人都叫四转弯,四转弯,上山的路转弯多……他的意思我听明白了,当地人把这个地方叫四转弯,大概这个庵子就叫泗洲庵了。

在网络上可搜到"千年古刹泗洲庵 庐江汤池"的博客,博客上有关于泗洲庵的介绍。介绍说泗洲庵位于庐江县汤池镇以西山岭上,西临舒城、桐城,三国时为古战场。据寺志记载,泗洲庵相传起源于三千年前,海上漂来石刻观音碑,结庐成庵。

历史上,泗洲庵曾十分鼎盛繁荣,舒、庐、桐三县以及肥西三河镇的百姓,每到正月初一、十五都来此烧香朝拜,特别是二月十九观音圣诞,九月十九观音成道日,人山人海,钟鼓齐鸣,爆竹声声,求签还愿的香客源源不断,方圆几里开外都能听到庙里的钟声。泗洲庵几度兴衰,最近一次毁于1958年,当时庙宇完全被毁,僧人遣散,废墟前只留下一株千年古枫,曾有人两次斧砍刀锯,都因古树伤口流血发出呻吟、哭声而吓退。后来有群众在树洞里烧香,差点把古树烧死,直到20世纪80年代重建庙宇,古枫树才又重新抽枝发芽。1985年,汤池街陈六先生亲自在原址新建三间简易庵棚,后来慧根法师和潘自勇先生又做了五间庵屋。到 2001 年以后,四方信众齐心重建了泗洲庵,现已建成两进十三间的庵堂、大殿。

但仍未解决泗洲庵一名的来历,看来这还需要时间去了解。

从汤池镇西南出镇,过路右的指示牌,沿 066(新路碑上显示这是 X088)县道,向南方直行,左手是金汤湖,右手是马槽村。数公里后离开县道,沿村村通水泥路南行,过果树村、白云禅寺下院,一路盘山而上。山路已修成了水泥路,却较陡急。

先过一道牌坊式的山门,上到山腰,有一大块平地,可以停车,又有两间小房子,是售票处。再进一座牌坊式的山门,就可上山至白云禅寺了。

据互动百科介绍,白云禅寺始建于明代洪武三年(1370 年),后屡毁,1994 年重修竣工。寺庙沿着白云岩腰际的一条狭长的岩罅顺势而营建,尽头为山门,倒序为大殿和膳房。大殿适筑在岩罅深且高之处,因此构成两层,格式小巧玲珑。凭栏南望,则九曲溪飘然如带,溪西南远处的火焰山朗朗在目。

徐霞客于明万历四十四年(1616 年)登此写道:"登楼南望九曲上游,一洲中峙,溪自西来,分而环之。至曲复合为一。洲外两山渐开,九曲至尽。"山水皆收眼底,蔚为大观,故清代名僧捧日在白云岩上摹刻"大观"两字。这方摩崖石刻见于白云禅寺大殿佛龛后壁。

白云禅寺西南 300 米的燕窝地里有一座古墓,传说是汉留侯张良的衣冠冢。据康熙《庐江县志》载:"张良扶汉灭楚功成后,于汉十一年(前 196 年)来白云山二鼓峰白云洞隐居。除踏山采药、炼丹修行外,还悉心整理、编次汉初各类传世兵书。"张良在白云庵曾留下令人回味的诗句:"白云山上任逍遥,胜似朝中爵禄高,闲向窗前补旧衲,闷来岭上采灵苗。齐王柱有功劳大,触犯龙颜命不饶,非是微臣情太薄,恐遭韩候拿下梢。"北宋王安石,于宋神宗熙宁七年(1074年)贬谪舒州通判,曾游白云山二鼓峰,赋诗一首赞曰:"汉业存亡俯仰中,留候于此每从容。固陵始议韩彭地,复道方图雍齿封。"

山风阵阵,却显暑热。售票处里有一位年轻的僧人,本在里屋休息,见我到了,就到外屋和我聊一聊天。他告诉我说,1976年,果树公社在白云山开茶地时,于张良墓址前掘出一块布满苔藓的石碑,上刻四言诗全文,字迹模糊,剥落下可全辨:"辅佐炎刘,嘉谋嘉猷。圯桥授受,进履情投,除暴灭秦,为韩报仇。此地亡楚,帷幄运筹。功成身退,纵至人游。住茅避谷,白云山头。布衣素食,乐以忘忧,世代相续,万世无休!"张良衣冠冢占地约5平方米,墓冢几为平地。2000年之初,由九华山观音峰住持兼白云禅寺住持、人称"讨饭和尚"释宏成法师和白云禅寺监院释开慧,募化重修张良墓。

从白云禅寺的后门可望见三教峰、猫耳石等名胜。后门有一条古代登山道从峰麓直抵禅寺。山道尽头有一石门。徐霞客记述道:"从石罅中累级而上,两壁夹立,颇似黄山之天门。级穷,迤逦至岩下,因岩架屋(指白云禅寺)亦如鼓子(峰)……"

2013年8月22日

白山远望奇金牛

庐江有几个大镇是倚山而建,或邻山而成的。一个是金牛镇,一个是白山镇,一个是盛桥镇。盛桥镇镇区距下砾山(或下陆山)约1公里之遥,但也等于近在咫尺。

白山在庐江县境内。白山这名字有两重意思:一重意思是指白山镇,另一重意思是指白山镇后的一座山——白山。

20多年前去白山是乘小轮去的。小轮从合肥出发,顺南淝河而巢湖,又由巢湖溯白石天河而白山。白石天河曲折蜿蜒,水势浩大。船驶入白石天河的时候,我一个人攀上了客轮的篷顶。从这里望出去,水天一色,尽览无余,白石天河芦草丛生、水湾甚多,两岸散布着农户、小块菜地和各种各样的草、灌植物,真使人疑惑误入了书中记载的南蛮沃地。

入白石天河走了近一个小时,便到了白山镇。上得岸来,是一道长街,长街说老不老,说年轻也不年轻了,街头百货杂置、商贾繁荣,陈年旧屋之间,时不时冒出一两幢装潢精美的高楼大厦来。白山镇坐北朝南,身后就是名为白山的两座相连的山头。这里是水网鱼稻之地,加之孤突秀健的山体,给人一种物华天宝的感觉。因是坐山而起,镇街北面的房屋,都层层高上,巷里走出来的女子,得山水天光的灵气,也都是丑的少,俊的多,皮脂也有极细嫩的。

第二天上午才去登白山。先逛了白山中学,再出中学后墙一个极仄窄的小门而上了山。山坡草石相补,刚柔相宜,草色绵软,走两步就忍不住想要躺下来享受一番。迁延了半个多小时才登上山顶。山顶是一片坦地,坦地上多起突兀的大石头。这天是星期天,山上却没有人。我独占了山头,似有占山为王之感。山顶风极大,却辨不出是哪方来风。随意地看了四方,但见山下稻田极广,河堤却极细,细成一根游丝。知道这就叫圩子。圩里尽是好地,水肥充足,稻谷溢丰;但若圩外水大,险象即生,圩区成湖的事,我也见过,这就叫一利一弊吧。

望得够了,转身正要下山,却有一个女孩,领着三个蹦跳玩耍的小孩,攀上山顶来。女孩二十二三岁年纪,清眉秀目,面相姣好。那三个小孩子,大约不都是她的(或至多有一个是她的,甚至没有一个是她的)。我突然很想跟她搭话。她见我站住了,自个也就站住了,怂恿那些孩子跑开玩儿去。我开口说:"这山叫什么山?"她说:"叫白山。"我说:"怎么叫白山?这山一点都不白。"她说:"传下来就叫白山的,也不知道为什么。"我看看她的面孔,想说一句讨人喜欢的话:"或许这里的人白,才叫白山的。"但怎么也说不出口。她轻轻地看着我说:"你是从哪里来的?"我说:"从合肥来的。"她说:"来做什么的?"我说:"来出差的。"两人都站着不动,都还想说些话语,却一时找不出话头来。山上没有别人,大石头下边有被人坐白了的痕迹;孩子们都在远处自个玩着。但找不出话头来。又对看了一眼,我便怅怅地下山了。下得山来,乘船归了。船走入巢湖,走入水天浩渺之间。再想起那山,那镇,却只留下一个"白"字。柔白。甜蜜蜜,温软软的,一袭浓浓的人间烟火的味道。

当下从合肥去白山镇,可由合肥上绕城高速,再进入G3京台高速,从严店收费站下,右转东行,进入103省道,过三河镇、三河桥,前行约300米后,左转北行进入062县道,再东行穿过同大镇,约15公里即可到白山镇。

此地县道左侧即北侧为农居,也有成片成片夹路而建的新农村徽式农居,右侧即南侧要么是整齐翠绿的大片稻田,要么是大片大片的葡萄园,路边也常有果农撑起大的遮阳伞,在伞下卖葡萄。

路上,一年轻男子骑摩托车带一位少妇回娘家或回婆家(猜测);少妇坐在男子身后,用一只手把一顶帽子捂在男子头上,为他遮阳;但摩托开得快,有风,怕掉了,少妇就一直用手在男子头上捂着;少妇身后的工具箱上捆着两袋花生,生活气息很浓。062县道两边的大杨树也很给力,浓荫匝地,让行者清凉了不少。

白石天河在白山镇镇西,大致南北向从镇外流过,一直流入巢湖去。站在白石天河大桥上观望,只见河宽水阔,芦草丛生。更远处则圩区片片,水稻鲜翠。白山就在大桥东北处,相距不过几百米,看上去似乎就在额前。山葱水绿,很有意味。

过桥就是白山镇老街,现在改成了步行街。机动车须从步行街外左转北行,从白山山西、山北、再山东绕过去。路右就是白山山体,因为开路的原因,山体有些直陡,仰脸也看不清山上的高处。白山海拔约120米,在古代文人的境界中,"白石冬雪"自明清时起就是庐江县有名的"庐江八景"之一。白山上山石嶙峋,古木逼天,还有望湖亭、仙女池、十八塔、钓鱼台等景点。据说另有掩映在半山腰的晴雪寺,也是古色古香的,但我却一直无缘见到。

庐江县金牛镇在庐江县城北、三河镇南。由合肥出发,从G3京台高速严店出口出高速,右转进入103省道东南行,至庐江石头镇,从镇东沿092县道西南行,约6公里可到庐江县金牛镇。

进入092县道后,地表的起伏就逐渐增大了,不像肥西三河、丰乐等地势低洼平坦的地方,这里岗冲相衔,一起一伏,行车时不再能较顺畅地看到前方较远处的事物,只有当道路爬上岗子时,岗下的面貌才尽收眼底。

这里种植早稻的人家似乎较多,沿092县道前行,越来越多的人家已经在阵雨过后把收割下来的早稻摊开在房屋门口的水泥地上晾晒了,这多是妇女们干的活,男人们则开着小型履带式收割机在小块的稻田里收割,还有的男人在刚收割过的稻田里把土块耕翻过来,再放水淹渍,为下一茬庄稼做准备。空气中稻香浓郁,金黄、嫩绿、鲜绿和苍绿,是田野里的主色调,一般而言,田野里黄绿相间,但有些地段甚至一片黄熟。个别的小型履带式收割机停在公路旁,这和数十公里以外的丰乐镇、三河镇农人的习惯并不一样。丰乐和三河的今天,很少有人家正在收割或晾晒早稻,这说明当地种早稻的人家很少很有限。这反映的主要不是地理气象的差异,而是耕作习惯的不同。

金牛镇因此地有金牛山、金牛河而得名。金牛河发源于长冲高尖山,由南而北,从金牛镇镇西流过,流入白石天河,再进入巢湖。镇上有两座金牛河大桥,南边的一座是新的,北边的一座是旧的。站在桥上看金牛河,只见水中长着菱叶,近岸泊着小船,土质的河岸,河水安静。

金牛山在镇东,其实金牛镇就是傍山而建的。关于金牛山,当地还有这么一段传说。从前有个财迷心窍的财主,听说山里有个大金牛,就声势浩大地派手下人前往挖掘,挖了三年又三天,已经看得见牛角了,没想到金牛裂土而出,奋蹄而去,山顶至今还留有保存完好的牛蹄印。财主从此郁郁寡欢,不久就抱憾西去了。从此这座山被人们称为金牛山,山下的河被称为金牛河,附近的村庄也被称为金牛村。

金牛山方圆一千多亩,山虽然不高,海拔仅108米,但因为平地起峰,因此给人以耸动之感。进入金牛镇街道不远,路东两座楼房之间,可见一个纪事碑,叫"永芳路碑",上面记录了登山之路修建的过程。路碑说,大进士曾庆波为弘扬佛法,促进乡土旅游文化的发展,乐助人民币12000元,采用水泥板块砌石阶,修建金牛山西麓至南阳寺山门通道全长220米,宽1.5米;自2002年佛历2546年4月6日,由金牛镇人民政府参加,举行了破土动工仪式,至同年5月6日竣工；为感善举，将此路题名永芳路，特立此碑，以昭功德。

山就在楼后。拾阶而上，数十米后右转，沿山脚小路，穿过夹道的杂木树林，来到一个山凹处。

山凹处绿荫蓊郁，虫嘶鸟啼，既清凉，又湿热。浓荫下有一个方形的石池，石池看上去是一整块巨石凝成的，池里半池水，凉意浓厚。石池东边和北边的山体上，土地润泽，植被茂盛。石池的西壁似乎有一个出水口，但在石壁下部，从上面看不清楚。有一条小水槽从小路下穿过，西行10多米后，跌入一个大山塘。山塘有100多平方米，幽深。再往东，就是镇街了。

这石池就是葵花井。据传说，三国时曹操为进攻东吴，驻扎在金牛练兵，连年大旱之后，当地水井干枯，庄稼死亡，官兵和当地民众连做饭的水都找不到了，连金牛河都见底了。官兵和百姓每天在金牛山上祈祷求雨，也不见半星雨滴落。看到这种状况，曹操最小的女儿葵花心急如焚，她也加入了祈雨人群。她跪在金牛山被太阳烤得滚烫的巨石上，想到许多百姓和士兵因为干渴而纷纷倒下，不由得泪如雨下。葵花的泪珠一连串地滴在大巨上，奇迹突然出现了，巨石中心被葵花的泪珠融化，出现一方石池。石池中泉水突突涌出，化解了人们的干渴，百姓和官兵欢声雷动，饮水思源，当地人民为了纪念葵花，从此就把这眼泉叫作葵花井。

据当地领导介绍，葵花井深约2米，无论怎样天旱地干，终年泉水不断，涓涓清泉，甘冽可口，附近乡民以此水煮饭粥，烧茶水，香气扑鼻，十分可口。当地有名的金牛大扁糖因用此井水制作而被列为贡品，蜚声四方，广获好评。金牛大扁糖产于庐江县金牛镇，民间糖坊年产20多万公斤。为传统地方特产，因状扁长而得名。金牛大扁糖先用金牛山天然泉水和优质糯米蒸制精加工成饴糖，再选用优质芝麻、面粉等原料，沿用传统工艺和现代科学方法精制而成。糖形扁长,薄饴夹心,香脆可口,有滋阴强身、润肠益气、清火健脾、生津润肺和乌发等功效。

离开葵花井,继续沿金牛山西麓山道攀登。这是7月下旬的一天,天气晴热。汗正要大出时,人已到了山腰处的南阳寺。南阳寺在金牛山西麓的平坦地方,坐东面西,一片黄色的建筑。据介绍,南阳寺始建于明初,兴隆于清朝,毁于民国年间兵燹。现在的南阳寺复建于1995年,建有大雄宝殿,规模雄伟,华丽庄严。南阳寺有僧尼7人,香火旺盛,佛事日兴。

南阳寺院外的禅房也都干净整洁。最西边的一间,我也叫不出正式的名称来,只见大门两边的对联醒目,叫作"土公公十分公道,地婆婆一片婆心",内容很是言简意赅。

暮登金牛山,即可感受"金牛晚眺"的古意。"金牛晚眺"为庐江八景之一。据金牛镇政府等网站介绍,金牛古名安城,始建于三国时代,历来为兵家必争之地,宋《元丰九域志》始列金牛为县境六镇之一,明亦为镇,清志历载其名,宣统二年(1910年)始为区治,民国年间均为区、乡治所。1952年置镇,次年撤镇建乡。1958年成立金牛公社。1984年恢复为乡,隶金牛区。1985年撤乡建镇(乡级)。1992年前为区公所所在地。1992年撤区并乡,以原金牛镇、梁山乡和原石头乡的林城、湖稍、陈垱三村合并成立金牛镇。境内山清水秀,风景优美,鸟语花香,林木覆盖率达30%。穷顶展望,既可目极百里,见得金牛青山秀水,又可思接千载,缅怀金牛历史人文,真个是思绪万千。

金牛中学坐落在金牛山南麓,坐北面南。学校有两个大门,一个在山脚下,是正门,也是南门,另一个在山坡上,是北门。从金牛中学南门进入校园,北行200米后,左转西行,就看见抗日名将孙立人纪念馆了。

孙立人故居坐北朝南,北靠金牛山,面朝开阔地,现存有12间徽派建筑旧宅。据介绍,孙家原有房屋103间,新中国成立后大部分用于办学,只保存下了一个11间房子的小四合院,这个小四合院就是当年孙立人出生和娶妻的地方,孙立人早期的启蒙也是从这个小四合院开始的,四合院坐落在金牛中学内,由学校负责日常管理和维护;故居中陈设有孙立人少年时使用过的生活及学习用具,是省级文物保护单位。

2013年7月26日

侨韵悠远长临河

肥东县长临河镇在合肥南偏东方向的巢湖北岸。环巢湖旅游观光大道没开通前,从合肥南淝河长江东路桥去长临河,要先走合裕路到撮镇,再沿店(埠)中(庙)路前往,路程大约31.9公里,用时约一小时。环巢湖旅游观光大道开通后,从相同的地方前往长临河,路程相近,大约32公里,但车程缩短至半小时以内,路况和沿途风景也近乎完美了。

1991年发大水的时候,我去过一次长临河,是随着肥东县党政领导和水利专家,乘着小船进去的。那时水浪滔天,人的心情,天的心绪,都十分不平静,也很沉重,采访完毕了,人也就走了,除了浑汤浊水,并没能留下太多的印记。

后来又自己去过长临河镇,在新世纪的前后。购票上中巴车,五块钱的车程。在车上看着满眼乡村的风物,不知道自己是想寻觅一种不再的时光,还是想体验一种全新的风景,自己一点都说不清楚。

约一小时后到长临河。长临河的地物形式大体依然,虽然旧物仍在,但看在眼里,感觉上却与上一次发大水时完全不一样了。我是想看水的,进了镇,一直往西走,却走到了一条老街上。两壁高墙耸峙,中央一条石板小道,高墙上长着青蒿和嫩桐,石板小道却是打扫得干干净净,与正在兴建的新街那边的脏乱成了两样。街边的院门大都是洞开的,从门外偷窥,原来人家都是前堂后屋,几进院子,当门的丛丛美人蕉,大红大紫,与乡镇人家的直爽气氛正巧契合。一个人平静地在街上走过一个来回,其值巳时,似乎正当美女出门的钟点,在街头、街中和街尾,我各看见一位出门浣衣的漂亮女孩子或者少妇,她们都是红裙飘曳、云丝垂腰、臂挽青篮的,我心里吃惊,但未敢多视,径直出街西行,入了镇西的万胡村。

万胡村就在巢湖岸畔,村似乎不大,才走了几步,眼前蓦地一亮,就出村走到了巢湖边上。

这就是我想亲近的那一泓水吗?孟秋和巢湖,还有天和地、物、人、灵,现在都笼罩在一种大而无边的情致里了。说是"大而无边",我也不知道是在指什么,只觉得自己的心情重新恢复了一种稳定的大而无边的感觉,这也许正是我所要寻找的东西。我的心里有点踏实。我在石砌的湖岸边有一步没一步地东张西望地走。小的码头边泊着的小船们独自地随着波浪起伏个不停。岸边的人家也真是有无限的、情致的:藤架下的小摇车里孩子睡得真香;猪舍的墙上用毛笔工工整整写着"猪"字(好像城市里怕人分错了类的厕所),我觉得,这与其说是为了实用,倒不如说显示了主人的一种压抑不住的诙谐;一台老式的收音机夹在披屋的木柱上,收音机里大声且不喘气地唱着美声的歌剧,那种越洋而来的激扬歌声响彻在巢湖岸边这个朴实无华的小村里,而在我目力所在的周围,却又长时间并没有一个人在附近收听——它就是这样子兀自地自娱自乐地大声地响着、喧哗着。

到了中午,我就离开了长临河。

2012年10月1日,环巢湖旅游观光大道合肥至长临河段通车后,仅用不到半小时就可从合肥跑到长临河。这条大道对长临河的重要性怎么说都不过分。店中路和环巢湖旅游大道在长临河交集,带动了长临河镇建设的大发展。粉墙黛瓦和古树绿荫的小镇轮廓,给人们带来愉悦的联想。下车游古镇,或买一点当地果蔬和农家土特产,都是游人压抑不住的内心冲动。

2013年7月上旬某日午时,我们又一次往访长临河镇。小暑后的长临河骄阳正照,面貌焕然一新的长临河小镇一片安静,店家虽开了店门,但或在躺椅上小憩,或几人凑在一起甩牌娱乐。冰柜盖着棉被,静静而墩实地待在店门外的阳棚下。两个小女孩在邮政银行的门外梳头、说话,似乎在等待什么人。

万胡村的村居也大都新建了,一条水泥村村通穿村而过。这一天江淮天晴气朗,巢湖水面则风大浪高,湖堤上的杨树都向北方倾斜,这说明在万胡村这一带巢湖沿岸,势力较强的是偏南风。大船和小舢板(小划子)都泊在岸边,随浪起伏。

长临河镇是一座历史悠久的古镇。据当地文史专家考证,长临河镇寺门口村有座长宁寺,建于三国东吴赤乌年间,青阳山北麓溪水从寺前流至龙庵注入巢湖,久而久之形成河流,名为长宁河,因此地濒临巢湖,后来就更名为长临河了。青阳山是由长临河以南不到10公里处一些低山组成的小山群,长期的开山取石,已经削去了青阳山的半壁山体,远远看去是一种杂白的石色。由青阳山继续南行,可至白马山,再南偏西行,又可至张治中将军故居所在的大黄山,以及黄麓师范、相隐寺等地。

长临河老街有两条,一条南北向,称"老街";一条东西向,称"东街"。"东街"在"老街"中段与其相交,形成"T"字形格局。这两条老街现在都已经整修一新,徽式建筑,错落有致,灰砖白缝,马头墙。

长临河名人辈出,从这块人文底蕴厚实的土地上,曾走出了20名将军、4000多名华侨、6000多名台胞,是安徽著名侨乡。

长临河是全国人大常委会原委员长、党组书记吴邦国的祖居地。吴邦国委员长祖居位于长临河镇老街"东街"25号。面积110平方米,正屋四间,厢房两间,为青砖小瓦结构的皖中旧民居。老街经过整修或新建后,以两层楼房居多,整体面貌变得全新,吴邦国委员长祖居是平房，就稍显低矮，也更显平实。

据相关资料介绍，该祖居购置于20世纪20年代，当时吴邦国委员长祖父吴显鲍在陕西做官，他去世时吴委员长父亲仅6岁，其祖母靠小土地出租，勤俭持家，积攒了积蓄，后在亲属的帮助下购买了此座住宅。抗日战争胜利后的1946年，当时吴邦国委员长5岁，他和全家回到长临，在祖居住了两个多月。

由长临河镇沿环湖旅游观光大道南偏西行约3公里，从小蔡家村主任临河镇水厂右转北行，再西行，1公里后至宝塔村。出村经几汪鱼塘西行数百米，过一道小河，即到振湖塔。振湖塔以前曾名镇湖塔，现在改叫振湖塔，当地人称宝塔，塔所在的村也叫宝塔村。这里所有的地物特征都和我20年前来时一样，只是塔的周围砌起了围墙，游人不再能到得了塔下，进得了塔身。围墙内有碑曰：

安徽省重点文物保护单位

振湖塔

安徽省人民政府1998年5月4日公布

肥东县人民政府2009年5月18日立

除小蔡村至宝塔村这条路线外，从六家畈穿过长满水稻、山芋、棉花、花生的田块，并穿过很大的水塘后，也可至振湖塔。

我沿宝塔围墙转了一圈，20年前，那时一个人登上塔顶，极目远眺，看湖光天色，心胸大开。当然，振湖塔独处巢岸，多加保护，也是非常必要的。据相关宣传资料说，振湖塔系清朝光绪年间，由吴姓人集资兴建；塔七层，高十二丈，塔身为六面形密檐式砖石结构，门楣与塔内均嵌有铁浮雕佛像，塔内有螺旋式阶梯，援梯而上可登塔顶，俯瞰四周，湖光山色尽收眼底；塔的大门两侧镌长联一副，乃吴伯华长子吴兆楣所题，联曰：

一柱挺峥嵘　结构增辉　所期真宰膺灵　古往今来钟正气

　　八维扶磊呵　廛阓既庶　溯自前人相宅　湖山俯仰动遐思

"塔上有十二处石刻题词,其中十处系吴姓人所题。塔的最上层的顶端,绘一仙鹤,凌空欲飞,苍劲有姿。"

从塔下仰望塔顶,塔身略显瘦长,直刺蓝天。阵阵湖风吹过,塔身的铃声就清亮地响。移步北行,百余米可到巢湖边。我又听到水声了。是的,我又闻到老的池塘和池塘里的植物的气味了。我沉迷在这种气味里,一直走到巢湖湖岸旁。天晴得非常好。我坐在巢湖的水岸旁,看一湖绿水里一只小小的渔船和船上的一个或者两个渔人,它们已经小到几乎分辨不出具体数量了。我长久地、长久地看着浪花。一直看着它们,仿佛不曾眨一次眼。我一直在想,在我看到它们之前,它们真是存在的吗?它们真有存在的历史吗?一滴来自大湖的水珠溅在我的眼角,它慢慢地洇开,浸润了我的双眼。

我愿意就这样长久地、长久地坐在巢湖的岸边,长久地、长久地眯眼看着巢湖里几乎分不清具体数量的它们——人和物。这种时日是不易获得的。太阳下一阵植物生长的咔啦啦的响动,我已经永远留在巢湖向阳的坡岸上了,我将长久地、长久地守望在巢湖的坡岸上,长久地、长久地注视巢湖浊色水面上的一切。

返回经过小桥时,突然路边一条2米多长的大蛇由草丛中蹿起,贴着我的裤脚,由草梢上向小河岸飞游而去。我立住脚看它在草梢头上飞快地游走,直到飞入桥下水中。风又大起,吹得鱼塘边的柳树<u>丛</u>柔若无骨般向塘水中俯倒。

六家畈位于长临河西南约 5 公里处，居民以吴姓居多。六家畈人才辈出，如淮军将领、国民党将军等等。他们大多官高位显，于是就在家乡大兴土木，盖房置地，使六家畈获得了空前的繁荣。据当地文史资料介绍，"六家畈共有古民居豪宅六大片，房屋 13 幢，33 间正房，客厅 505 间，厢房 205 间，走巷 5 条，吴氏公、私祠各一座，望湖楼一座，花园两处。这些房屋均属徽派建筑，青砖灰瓦、齐山飞檐，每栋房屋两边都有高大的封火墙，砖雕木雕精细，建工考究。明万历甲午年（1594 年），吴姓在六家畈老街北头西侧建有一座富丽堂皇的宗祠（民间有'六家畈祠堂一枝花'之说）祠堂为三进，每进 5 间，砖瓦结构，大门楼为宫殿式建筑，有着浓厚的民族色彩，门前有石鼓、旗杆，是吴氏出过举人、进士的标志。黑漆大门上的红膛黑字对联是'渤海家声远，兴隆世泽长'。厅前院内向西有一角门，通往清廷敕建淮军统领吴伯华的专祠，祠内挂吴伯华的画像，上方有金底黑字慈禧太后题颁的寿字横匾，两边还有李鸿章、李瀚章题的匾额。厅前院内有一长方形花台，植牡丹、芍药各一株，院南为花厅，门上题有'挹翠'二字"。

沿环巢湖观光大道进入六家畈街道，右转西行，百余米后见一路心花园，再右转，即可见吴氏祠堂。吴氏祠堂外部现已修葺一新。但再往北，则有一些老建筑已经或正在老化、倒塌，这些年代久远的老建筑的保护和维修，牵扯到责权利的方方面面，是一个很大的问题。

离开六家畈，沿环湖旅游观光大道南行，还可至革命烈士纪念碑、四顶山森林公园、蔡永祥烈士纪念馆等风景区和纪念地。

四顶山风景区内有座茶壶山，山名因主峰状如茶壶而得名，茶壶山山脚下有一座醒目的"革命烈士纪念碑"，这里依山傍坡，绿草如茵。据有关材料介绍，这里长眠着半个多世纪前牺牲的 50 位革命烈士。这些烈士来自全国 14 个省市，大多因在抗日战争、解放战争以及抗美援朝战争中受伤,后经当时位于此地的战地医院治疗无效牺牲。1951年,安徽省决定组建第一康复医院,收治在抗日战争、解放战争以及抗美援朝战争中受伤的革命战士。由于当时刚刚中华人民共和国刚刚成立,短时间内很难在一个地方建设一个大型医院,有关负责人就看中了六家畈的古民居。于是,从1951年到1956年,先后有1000多名伤员在此疗伤;有50多名经治疗无效后牺牲;有10多位烈士因伤势太重,没办法说出自己的籍贯和姓名。当地政府在茶壶山脚下为这些烈士修造了纪念碑,碑高8米,墓碑用大理石雕刻而成,碑文上书:在抗日战争、解放战争、抗美援朝战争中,为了中国人民的革命事业英勇战斗,光荣负伤,后经康复医院治疗无效牺牲的烈士们永垂不朽!碑上详细记录了40名烈士的姓名、籍贯以及10多位无名烈士籍贯的分布情况。一些烈士的籍贯还用的是新中国成立前的省名:热河省、松江省等。

四顶山森林公园坐落在巢湖北岸和东岸,因四峰并列,青山叠翠,所以称为四顶山。又因此山仿若一只巨大的香炉,四足朝天倒立,故又称四鼎山。据资料介绍,隋书《地理志》及《太平寰宇记》都把它列为名山大川。四顶山景色秀美,而以朝霞为最,每当雨后露晨,旭日东升,则霞光四射,满山璀璨,因而又以"四顶朝霞"闻名海内,先后被列入庐阳八景和巢湖八景。

蔡永祥烈士纪念馆坐落在四顶山森林公园南1公里处的湖光村,这里既是蔡永祥烈士纪念馆,也是肥东烈士纪念馆。蔡永祥出生于贫苦农民家庭,入伍后任浙江省军区三支队三连战士,他立志发扬革命前辈的光荣传统,以董存瑞、雷锋为榜样,把自己的青春献给祖国。在连队里,时时处处把方便让给他人,把困难留给自己。平时搞内务卫生,站岗放哨,事事抢在前面,还经常帮助战友洗衣服、洗被单,帮助伙房挑水、洗菜、做饭,被同志们称为"半个炊事员"。1966年10月10日凌晨,蔡永祥守卫在钱塘江大桥上。2时34分,由南昌开往北京的列车向大桥飞驰而来,蔡永祥突然发现离他40多米的铁轨上,横着一根大木头。为保证列车的安全,蔡永祥不假思索地抱住大木头跃出铁轨。列车安全地停在大桥上,而蔡永祥却在火车强大的气流冲撞下壮烈牺牲了。

  蔡永祥纪念馆建于40年前,砖瓦结构,坐西朝东,有房屋12间,170多平方米,馆里有一座蔡永祥半身塑像。10年前我们去参观时,纪念馆较陈旧不整,里面还养着牛。现在纪念馆已经修缮一新。门前有8棵老柏树,门南5棵、门北3棵,皆遒劲有力、苍然庄重。

2013年7月7日

战旗古寺汇撮镇

由合肥出发,下合裕路高架后,沿 S105 东略偏南行,很快就进入肥东县撮镇境内。首先经过的是龙塘,再至瑶岗路口,然后到撮镇。

龙塘原来也是乡政府所在地。记得 1991 年安徽大水时,我们和肥东县党政机关的许多人一起到长临河等地抗洪,饿了大半天,才回到龙塘乡政府吃上一顿热饭,乡政府食堂饭菜虽简单,但在那种特殊情况下,却有了家的印象。现在,由于城市改造和建设,龙塘原来的模样,几乎一点都看不出来。

龙塘地名的来历,还有一段民间传说。传说许多许多年以前,龙塘地方有一个尼姑庵,尼姑庵里住着一位唐姓尼姑,她心地善良,乐善好施,关心百姓,在当地人缘极好,人们都把这座尼姑庵称为唐庵。这一年,此地大旱,连旱了几个月,河流断流,水塘干涸,古井无水,地里的庄稼也死的死、枯的枯,人们陷入了饥寒交迫之中,纷纷到唐庵向上天求雨。唐姓的尼姑也心焦如焚,每天都要向上天祈雨求云。

这一天,唐姓尼姑外出为百姓采药时,路过一个大塘埂,发现一只受伤的青龙卧在塘底几乎干硬的泥里,正奄奄一息地抖动着,身上的烂肉引来无数苍蝇叮咬,蛆虫爬满了伤处,眼看着就要不行了。心地慈悲的唐姓尼姑立刻用手里的药铲除去龙身上的烂肉和蛆虫,赶走苍蝇,又把采集来的草药用嘴嚼碎,给青龙敷伤治疗,还从庵中取来仅存的清水给青龙饮用。

唐姓尼姑每天如此,六七天很快过去了,青龙的伤情也有了很大的好转。这天唐姓尼姑走到塘边,正要给青龙换药喂水,不想青龙抬起龙头,向唐姓尼姑叩首致谢,然后龙身一拧,飞向天空。天空中霎时传来电闪雷鸣,大雨倾盆而下,当地人民欢天喜地,纷纷跑出家门,迎接甘霖。从此,当地总是风调雨顺、五谷丰登。人们安居乐业,创造出各种物质和精神财富。唐姓尼姑也深受人们的爱戴。

饮水思源,当地人民为纪念心地慈悲的唐姓尼姑,就把村名改为唐庵。又为了纪念降雨泽民的青龙,把那口大塘称为龙塘。经过多次区划调整后,龙塘现隶属于撮镇。

在龙塘和撮镇之间,有县道左转北行,通往瑶岗村和渡江战役总前委旧址纪念馆。路口有标志牌,东南侧路边还有纪念馆立的一块巨石,上面刻有"风雨瑶岗"几个大字,巨石背后有大片荷塘映衬。

这一天天阴多雨,雨过并未天晴,虽然温度只30摄氏度左右,但空气湿度极大,人也不觉得舒服。县道两侧荷塘和大树夹道,十分幽然。前行不过数百米,路左岔道边有一块石碑,吸引了我们的注意。在路边停了车,下车细看。

原来石碑上刻有"夏禹后裔墓园"几个大字。距石碑数十米的田地里,有一个约略三小层的方形建筑,建筑高约5米,周围除了茂盛的野草外,还有柳树、小石狮子和农田,那里大概就是这块石碑上写的"夏禹后裔墓园"。

野草上雨珠无数。D留在荷塘边赏荷,我呼吸着乡村清新而湿度极大的空气,蹚着没小腿的野草,到墓园细看。我的鞋和裤腿都潮了,还沾上了许多草籽和草屑。原来这是一个夏氏的墓地,墓墙上有"夏氏起源记""重修祖墓记"等文字。

沿县道继续前行,2.6公里后到瑶岗渡江战役总前旧址纪念馆。纪念馆开阔、明朗,雨后天地又清新,几位当地的老太太领着小小的孩子在巨大的门楼下学步,远处的岗丘高架都看得清楚。

据纪念馆工作人员介绍,1949年,淮海战役结束后,由邓小平、陈毅率总前委机关,来到瑶岗,统一指挥渡江战役,同时,饶漱石、张鼎丞、曾山、魏文伯、舒同率中共中央华东局机关和华东军区机关,也进驻于此,在此制定了《京沪杭战役实施纲要》,对渡江作战做了具体部署。渡江战役胜利后,4月25日,总前委离开此地向江南进发。原住民房115间,面积2519平方米,后有部分倒塌,相关部门进行了维修,并在旧址内进行了复原陈列,成立了渡江战役总前委旧址纪念馆。

总前委旧址原是清末五品顶戴中书科中书衔太学生王景贤的宅第,三进四厢两座四合院。房子屏门隔扇,地板房间,雕梁画栋,古朴典雅。一进正屋东房为陈毅卧室,西边一间是时任华东局常委、宣传部部长、军区政治部主任舒同的卧室,最西边一间是刘伯承的卧室,两侧厢房是警卫人员的居室。二进正厅是总前委会议室。正面屏风上悬挂毛泽东、朱德的画像。

渡江战役总前委旧址纪念馆内现有总前委、华东局等10处革命旧址,有乔石、刘华清、徐向前、聂荣臻等党政军领导题词,舒同、赖少其等名家书画300多幅,有革命文物1000多件,在此挂牌作为爱国主义教育基地的单位近百家。

1986年7月3日,安徽省人民政府把瑶岗渡江战役总前委旧址列为省级重点文物保护单位;1996年11月20日,国务院又将它列为全国重点文物保护单位。同在瑶岗的华东局旧址、总前委参谋处、机要处、秘书处、后勤处、警卫营旧址也被纳入保护之列。

2013年8月26日,我再次行走到安徽省肥东县撮镇。天时阴时雨,间或有点阳光,透过云层照下来。

沿 105 省道东行,过龙塘、瑶岗路口、店埠河大桥,即到撮镇,左转进入街区,只见车水马龙,人头攒动,撮镇是十分繁华热闹的。

撮镇地名的由来,据当地文史资料介绍,是因为 2000 多年以前孔子周游列国时,喟然长叹"地多一撮,书重百城"的典故而得名。撮镇位于省会合肥市东郊,南濒巢湖,北连肥东县城店埠镇,西接瑶海区大兴镇。总面积 116.7 平方公里,人口 10.8 万人。

撮镇是全省集体建设用地使用权流转试点镇、全省重点中心镇、全省新农村百镇千村试点镇、全国重点镇和第一批全国发展改革试点镇,还被合肥市人民政府评为合肥市十强乡镇,被省人民政府认定为安徽省产业集群专业镇、安徽省环境优美乡镇、安徽省优秀旅游乡镇、安徽省红色旅游乡镇和安徽省首批强镇扩权试点镇。

不知道我要去的曹公桥、撮镇老街和古庙旧址在哪里,于是下车问路。

阵雨刚停,河边有一个茶叶店,一位三十多岁的年轻人和一位七十多岁的老者,分别坐在茶叶店大门两边的凳子上闲看街景。我走过去,正打算要向年轻人问路,他却恰好起身走进店里面,去柜台算起账来,我只好向仍闲坐着的老者问路。

我说,请问老人家,镇里的曹公桥怎么走?老者拿了一把折叠伞,听了我的问话,他拿伞向街里指了指说,从那里拐进去,再往左转。我知道了大概,但还是拿不准,根据我的经验,当地人觉得很简单的地点,外地人转来转去要费许多工夫、许多周折才找得到。我说,我开车的,那里可能进去?老人家说,哦,那就进不去了,你从前面路口转,到前面再问问。

我谢了老年人,顺带又问他,撮镇的古庙址在哪里?老人家看了看我,说,你找不到,找不到,年轻人也都不知道了。我说,是的,年轻人都不知道了。他说,古庙现在不在了。我说,哦,不在了。他说,只剩下一个庙台了。我说,那怎么走啊?老人家说,你要是愿意,我带你去,你找不到。我说,那可耽误您的时间? 老人家说,我退休了,没有事。我说,那就谢谢老人家了。

老人家上身穿了一件鱼白色的短袖衫,下身穿了条白色的抖抖凉的长裤,脚上穿一双不怎么新的皮鞋。上了车,出了最拥挤的一段街道,按照老人家的指引,顺利进入撮镇老街。老街的三岔路口处,有一口老井,老井旁边的人行道上,竖着一块路牌,上写"凤凰街"三个字。我和老人家下车拍照、观看。老人家说,这口井很早就有了,以前还有个井沿,后来不知道搞哪去了,这条街原先叫裤裆街。我说,为什么叫裤裆街? 老人家说,你看这丁字路口,像不像裤裆? 哈哈,这还真是形象。

再顺老街往西走,走不多远,就看见路北有一处较高的房基,老人家指着说,那里就是古庙台,现在被人家盖上房子了。但路边有人家堆了沙石之类的建材,把路堵上了,我们只得把车停好,下来走过去。

古庙台旧址较高,上面有一排四间旧平房,平房上的瓦已经黑败了,墙也很老旧,平房前面还卧着一块刻石,是古代建筑门外常见的组件。住户人家的门前放着一把竹凳子,门上贴着红色的对联。

再往前走,数十步后往左一拐,就看见曹公桥了。原来真是老街、老桥,街面和桥面上都是磨得光滑的青条石,桥有 10 多米宽,略带拱形。桥头立了三块碑,碑的两侧有对联:为善造福香千古,作恶贪赃臭万年。桥中北侧有一块碑石,上面写着:

肥东县重点文物保护单位

曹公桥

肥东县人民政府 2001 年 × 月 26 日公布

撮镇人民政府 肥东县文物管理局

据肥东县文史资料介绍,曹公桥由数千块青石板铺(垒)砌而成。桥长60米,宽10米。虽历经400多年的风雨剥蚀,曹公桥亦岿然不动。据清嘉庆《合肥县志》载:"明万历年间(1573—1619年),合肥县令曹光彦沿河察看民情,见河边来往行人争渡如蚁,溺水颇多,曹当面即谕:'如此河道,何以无桥?'部下应声建桥,半载告成。"为记曹县令政德,遂勒石桥头,名曰"曹公桥"。曹公桥上全部以青石条护栏,桥顶的正中部原建有横跨桥面的石塔一座,桥身下层筑有三拱,状如城门洞,便于船只通行,门楣两边刻有对联:

临空频对帆樯影
隔岸常闻钟磬声

曹公桥建成后,不仅沟通两岸交通,而且也使两岸市井更为繁华。据《合肥名胜杂咏》介绍:曹公桥西端乃文昌楼,为当时士林文会之处,旁构楼所,岸垂杨柳,河带弯环,高人题句,满于四壁。桥东是庐州著名的东岳庙,庙建于宋,屋近百间,楼宇巍然,中多古松桧,庙内香烟缭绕。众多善男信女在晨钟暮鼓声中前往进香拜佛,联中"钟磬声"即出于此。现在,曹公桥仍十分坚固。

我站在桥上看桥下的水。老人家告诉我,由于河湾改道,这桥下的水已经死了。虽然桥下的水已经死了,但水面看起来还不算小,如果改造改造,这里的老街、老桥、水面,一定可以成为很好的景点,这样优质的资源,不要湮灭了才好。

我为老人家在桥上拍了一张照片。老人家说,你还要看哪里?我拿出事先准备好的行走清单给他看,说,我还要去看邑堂寺、甘露寺和万寿寺。他说,那我带你去,你外地人找不到,耗费时间。我说,那太好了,只是要耽误您老人家的时间。他说,我退休了,没有事,只要给老伴打个电话说一声就行了。

我们上了车,边走边聊。原来老人家姓张,是当地电力部门的退休职工,今年已经78岁了,身体很好,"托共产党的福",他住在公家的房子里,"住到死单位才收回去",每月有2000多块钱收入。他有五个孩子,三男两女,老大57岁了,最小的40多岁,他重孙今年都3岁了。五个孩子都不和他老两口住在一起,但也都住得不远,两个在肥东县城,三个在撮镇街上,逢年过节,孩子都回来,两桌坐不下。呵呵,真是天伦之乐啊!

张老先生告诉我,以前的合肥县,有三大名寺,一个是明教寺,在合肥城里;一个是甘露寺,在现在的华光村,华光村以前叫邑堂村,后来改成华光村了,他就是华光村人;还有一个是长乐寺,在撮镇长乐,现在是一个小学校用着。

邑堂寺在华光村外,新建的大殿。我们到的时候,院门关着,但听到我们的声音,有一位女僧,从里面开了门,让我们进去看一看。张老先生是认识这位女僧的还和她说了一会话。

邑堂寺是撮镇周边的一座大寺。据肥东相关资料介绍,邑堂寺始建于宋朝,最盛时,有殿宇、房屋数百间,寺内有许多经年古木,归鸟夜宿,浓荫蔽日。后来,到清咸丰五年(1855年),李鸿章跟着他的父亲办团练,曾在此驻兵苦训,并题写"亚父细柳,召伯甘棠"八字联于楹间。但第二年被太平军打得大败,邑堂寺也在兵燹中焚毁,于是又有楹联道:"莫道空门易进,要进来、须求实地;紧防岔道难分,若分错、必坠深坑。"

也有说以上八字联出于清朝当地籍官员李文安之手,相关权威资料太少,以上记述,难以辨别真假。

甘露寺位于撮镇西南数公里的华光村,虽然都属华光村,但据张老先生讲,这里现在村村合并,属华光村,以前则属另外一个行政村。

前往甘露寺的一段不好走,两边都是鱼塘,中间是坑坑洼洼的沙石路。张老先生说,这里是撮镇渔场,但鱼不好卖,挣不到钱,改种藕了。果然两边的鱼塘里,满盖着苍绿色的荷叶,一塘一塘的,连续不断,也煞是好看。荷塘里间或还有一枝半枝荷花,白洁洁的,炫人眼目。

沙石路走到头,一边是渔场,一边就是甘露寺。

据甘露寺网站介绍,甘露寺始建于元朝初年,史志记载,此庙历来香火鼎盛,朝拜进香的信士不断。为此地著名宗教圣地和人文景观之一,为配合省、市、县、镇旅游发展总体部署,甘露寺现在不断发展扩建中,扩建期间有大雄宝殿、地藏殿、居士寮等大型建筑陆续开工。寺庙四周有千亩荷花,自然风景优美。甘露寺现有僧众、居士,在当地领导开拓创新精神感召下,规划提出以寺为主体,合力打造甘露寺大型文化园林景观的整体构想,遵循"和谐、创新、发展"的思想理念,继承佛教传统文化精髓,力求创造人间佛教,佛教在人间的和谐社会!

甘露寺的扩建确实在紧锣密鼓地进行中,多个建筑即将建成或已经成形。我和张老先生在大雄宝殿前拍了照片,其他多无下脚之地,暂且离去。

万寿寺在撮镇东南数公里处的电厂村附近。张老先生告诉我,之所以叫电厂村,是因为这里有个烧垃圾的电厂。

据肥东政府网站介绍,万寿寺原名方何庙,1947年由原住持释宽师太发心修建三间茅舍。1985年更名万寿庵,当时发展到三间瓦房。1987年增至六间瓦房。1991年又增加了瓦房十间。1994年扩建五间楼房(观音殿)。2008年释宽师太仙逝,由宏庆师太接管住持并积极筹款,现建成大雄宝殿(弥勒殿):斋房六间、寮房十一间及师太舍利塔一座等。2012年8月,在镇党委、政府的关心下,辖区内企业家慷慨解囊,筹资了60万元,现已建成山门一座,围墙240米,放生池、绿化景观等。

万寿寺确也正在建设中,里外都是建筑材料,但看上去,建设也近尾声了。

近午 11 点多,我和张老先生返回了撮镇。

2013 年 8 月 26 日

龙泉寺外桥头集

2013年8月28日,星期三,多云到晴,晨,5时18分,出发前往肥东县桥头集镇。

肥东县桥头集镇距合肥大约30.5公里,但因为合裕路已经完全被轧坏,正在准备大修,所以改走合肥南北一号高架(马鞍山路高架),到义城后进入环巢湖旅游观光大道,到肥东县长临河镇后,左转进入X024,约2公里右转进入X026,大约11.1公里后可到桥头集镇。

从马鞍山路高架走环巢湖旅游观光大道到桥头集,大约有50公里,远远超过走合裕路,但这条线道路好,对驾车行走来说,算不得什么,反而能节省许多时间,也会省去许多烦恼。

由于时间较早,进入026县道后,正迎着一轮冉冉上升的红日,秋虫杂鸣,植物、农作物、泥土、水的气味糅合在一起,乡村清晨的气息愈加浓厚。过东光村,再过青阳村、青阳山。青阳山正对公路正前方,公路到山脚下后,左转,从青阳山下过去。

据说,当代散文作家余秋雨的祖先,就曾在青阳山一带生活过,余秋雨在他的"记忆"作品《我等不到了》里写道:"我家应该是余阙、余渊之后,是从安徽流徙到浙江来的。"在本书中,他援引史料,证明他的祖先是元代的余阙。

余阙是西部的党项人,也是元朝末年有影响的诗人和儒学家,他曾在青阳山侧盖了几间房子,起名青阳山房,在这里居住生活,读书授徒,还为山房写了一副楹联:苦读恋青阳,只识得忠孝两字;稚龄搔白发,已挥尽心血一腔。

026县道从青阳山北侧过山,过龙光村,约700米后,城山附近出现岔道,往南3.2公里可到白马山旅游度假区、黄麓师范、张治中故居和相隐寺,往东则去往桥头集。

白马山旅游度假区位于巢湖市黄麓镇及肥东县长临河镇、桥头集镇的交界处。白马山海拔266米,与合肥十景之一的四顶山朝霞相望,是在原肥东县果园场的基础上发展而来的,现有果园500多亩,有金枝国槐、福建紫薇、深山含笑等珍稀树种260多个,2006年3月被合肥市旅游局列为合肥市乡村旅游示范点。

沿026县道继续东行,过马龙山、国光、桥青、黄张、仙垱到桥头集。

桥头集镇位于肥东县东南部,东与巢湖接壤,有"山镇"的美称。现辖8个行政村,2个居委会,面积64.2平方公里,桥头集镇有耕地8.4万余亩,山林面积5万亩,森林覆盖率达47%,人口3.4万人。在交通方面,淮南铁路和合马公路贯通境域,从桥头集火车站辐射的5条连通企业、工矿和驻地部队铁路专用线纵纵横横,桥头集境内的铁路似乎随处可见。

从桥头集镇区的十字街口东行,再转南,过双山路桥,左侧即有火车通行的声音。过铁路道口,再过铁路立交桥,村庄里人家门口的水泥平地上晒着刚收获的花生。约3公里到双山脚下。

由于前两天刚下过暴雨,上山去往双山万寿寺的道路,被冲出了许多山石和沟壑。山坡上都是旱田,种植了芝麻、棉花、辣椒、玉米等作物。山顶雾气弥漫,沿简陋的碎石山道上山,山道较陡弯,山道两边是各种杂树。

双山万寿寺始建于清嘉庆年间,占地1500平方米,虽然上山入寺的山路陡险难行,但方圆百里访寺求香的信众,一直络绎不绝,大雄宝殿前也是香火旺盛,一派气象。据当地文史专家介绍,双山万寿寺的名声原来主要在信众之中,到抗日战争时期,双山寺因抗日爱国的壮举而名声大振,当地也流传着寺僧抗日杀敌的英勇故事。

约1000米后来到双山万寿寺。与合肥地区许多寺庙黄色外墙不同的是,双山万寿寺寺墙为深红色。外墙一侧贴着一张告示,言明"双山万寿古寺念佛堂兴建缘起"。从寺前大树旁看山下,只见桥头集楼屋相拥,若隐若现。

据肥东县政府网介绍,1930年前,双山万寿寺有7名和尚,因受到江湖上土匪、恶霸的袭扰而四处逃生,有庙不敢归。之后武僧姜子山进寺当了主持,带领9名武功高强的子弟撑起了这个佛门。他们为保民间一方平安,经常为受欺负的老百姓分忧解难,铲除官吏和恶霸的邪恶势力,广受老百姓赞誉。

1938年5月11日,日本鬼子从巢湖市进犯合肥,在双山与国民党一个连的爱国官兵接上了火,日寇连续发起多次进攻都被打退,后因日寇兵多、武器精,国民党某部寡不敌众,防线被击破。满山的日寇与中国军队展开了肉搏战,双山寺的武僧配合共产党领导的红枪会也投入了战斗,用手中的大刀消灭日寇30多人。姜子山在身受重伤的情况下,用自己的气功拳术,将2名日寇小队长推下山崖命丧黄泉。战斗结束后,姜子山带领他的弟子将死去的爱国官兵抬到一起,挖坑掩埋,并用石块垒起一座烈士塔,周围栽上五颜六色的野花,寄托哀思。

近年来,为表达对双山万寿寺的珍爱,地方的许多单位和民众筹集30多万元资金对双山寺和烈士塔进行重新修缮,将双山寺的抗日历史和爱国热情写进寺谱,以铭记双山寺的光辉爱国业绩。

回到桥头集街里,出镇沿026县道(石长路)东行,大约1500米后,左转进入龙泉山山门。山门上有"龙泉圣境"四个大字。山路宽阔崭新,路边和路中有不少比较高大的银杏树和梧桐树。山蝉鸣成一片。路边有农人拉着架子车运刚起出来的花生。

1.1公里后到龙泉古寺。龙泉寺正门的格局并不大,倒显得小巧。寺门两边是老房子,红砖平房,墙上有20世纪六七十年代的旧标语,大致还能辨认:无限忠诚毛主席,无限崇拜毛主席,等等。

龙泉寺门外有两座石狮子,还立有一块碑,上书:

肥东县重点文物保护单位

龙泉寺

肥东县人民政府2001年12月26日公布

桥头集镇人民政府　肥东县文物管理所

2009年5月18日立

寺门前有一方半月池,池水清冷,池里水下的石壁上,还看得见一只山螃蟹,贴在石壁上,时不时动一动蟹爪。半月池中间有三块青条石,当作池桥,由青条石上过去,才进得了寺。寺的院子里还有两眼甘泉,叫龙眼,与半月池里的水,都是相通的。

据肥东文史专家介绍,龙泉古寺地处桥头集镇龙泉山腰,寺因泉而名,山因寺而腾。《古今图书集成·庐州山川》载:山腰寺内有"龙泉"清澈流至山下,故名龙泉山。寺内龙泉水常年保持18℃,甘甜爽口,经化验有25种对人体有益的矿物质和微量元素。唐朝张又新著有《煮茶水记》评价此水为庐州第一水。北宋文学家欧阳修于庆历五年(1045年)在滁州任太守时,慕名前来游山品尝泉水,把龙泉列为"天下第十三泉",并立碑记事。据现存的《龙泉碑记》记载:该寺始建于唐朝初年,兴盛于明代,重修于清朝嘉庆五年。这以后,历经兴衰,几度重修,规模逐渐缩小。现唯有"龙嘴"中汩汩而出的龙泉水,涓涓成流,常年不断。

龙泉村在龙泉山与大横山之间的岭冲里。这里驻有部队,还有铁路专用线。部队营区门外有一片空地,空地上停着几辆等客的三轮车,我和一位开三轮车的50岁左右姓何的男子聊了一会,请教他大横山、拖枪岭、上叶份村怎样走。他就是东边不远处的大何村人,不但对这里了解,还能一一向我指点清楚,十分难得。

从部队营区之间的道路穿过,沿营区围墙过桥上岭东行。水泥村村通路爬高下低,曲折蜿蜒,对面来车交会,必须有一方寻找岔道或路边宽地停车。又停车招停对面驶来的一辆摩托车,向40岁左右的男子请教大横山的所在,他也可清清楚楚地向我说。

1公里后到大何村,大何村南即是当地人所说的大横岭,是一列大致东西走向的低山。东行出村后,路南不远处的大横岭可以看得更清楚。这里低山起伏,谷涧交错,布局紧凑。

据肥东县政府网介绍,三国时期,曹兵大败了吴兵,从合肥追到桥头集镇龙泉村境内大横山下的大野岭,吴兵将士个个筋疲力尽,再也无能为力,只好拖着枪向巢湖方向逃去,这时只顾性命的将士把所带的钱财和物品全抛在大野岭上,吴王孙权险在这里丧命,后来这个大野岭被人们称为拖枪岭。

据该网站文章介绍说,在三国战乱中,曹操以优势兵力占领了合肥,为平息战乱,稳定民心,派大将张辽镇守合肥之后,曹操旨意张辽惩治了一批贪官污吏,并开仓放粮优抚百姓,在合肥周边农村实行了屯田制,使农民耕作有其田,从而改变了民不聊生的状况,出现了百废俱兴的局面,然而东吴孙权见合肥是块风调雨顺的鱼米之乡,做梦都想夺取这个城池。于是通过策划和屯兵聚粮,终于有一天,孙权亲自率战将入侵合肥,在城门外安营扎寨,谁知足智多谋的张辽早有了准备,经过深思熟虑,抓住吴兵多日行军已经疲惫不堪的弱点,在两军交战中,张辽点将李典与吴将宋谦进行交锋,在大战几十回合之后,李典一箭将宋谦射死在马上,吴军大败回营。次日夜里,孙权命营中主将太史慈出战,张辽深知太史慈武艺高强,有万夫不当之勇,于是张辽亲自出战,并布置好弓箭手,张辽与太史慈交战中,两人大战80多回合不分上下,越战越勇,这时弓箭手一起用箭射向太史慈,使他措手不及,被乱箭射倒在马上,后被他手下副将陆逊和董袭救回,后因伤势过重身亡。孙权见大势不好,只好带残兵败将落荒而逃。张辽见势紧追不放,当追到桥头集镇大横山下的大野岭,将士又渴又饿,无力支撑手中的兵器,只好托枪逃走,这时吴王孙权感到天暗头昏,一头栽下马来,不是一棵小树挡住,就跌下岭下的深渊,好不容易被士兵救起,只好带着将士逃走。张辽见前方地形复杂,唯恐有失,收兵回合肥。

大横山(大横岭)、大野岭、拖枪岭,都是当地低山系列中的一部分山岭,这里山头众多,岭岭相接,外人无法在短时间内辨别明白,地形的确相当复杂。

继续东行后很快接近了上份叶村。当地村名有上份叶、上份张、上份杜,却不知为什么会起这种独到的村名。从岭下东看,上份叶村在一道南北向较高的岭脊上,颇显壮观,海市蜃楼似的,甚至有点激动人心。

沿村村通转南、转东,再转北,进入上份叶村。村庄沿南北向的岭脊形成。道路在岭脊中间,道路两边是村舍,村舍两边是较深的谷地。真有那种深山区的味道呢!

上份叶曾有"小延安"的称呼。据当地文史资料介绍,抗日战争时期,共产党领导的新四军和抗日武装来往活动于该村,向敌占区民众提供对敌情报,传递歼敌信息,培养对敌斗争人才,为构筑游击区阵地做出较大的贡献。上份叶村四面环山,地形险要,高坎和低洼纵横交错,加之这里有一支兵强马壮的农民抗日自卫队,日军和顽匪多次对上份叶村进行袭击和围剿,都被自卫队打得落花流水,以失败而告终,从此这里成了一块平安的净土,形成了军民同心团结抗战的政治局面,开展军民大生产、军民学文化、军民习武训练,共研歼敌战略战术对策,因此被人们称为"小延安"。

宽敞的桥安行政村村委会大院在上份叶村村北路西,院墙上刷着大红字的公益性标语:人人都会老,家家要尊老。大院里蓝天无云,国旗高高飘扬。

从上份叶村返回 X026,东行或东北行,约 3 公里后左转偏南行或西行,进入梅山。梅山因为开山采石,已经显得有些支离破碎了。沿着采石场道路,辗转绕行,终于盘上梅山山顶的梅山庙。

梅山海拔 300 余米,"三月三,爬梅山",是肥东县店埠镇和桥头集镇居民传统的风俗习惯,每年农历的三月三,附近居民都要上梅山,赶庙会进香、踏梅山赏春、祈祷幸福平安。

从外观看,梅山庙黄墙红顶,也是新的。梅山庙内有"祖师宝殿"。此时是上午 10:05。山顶没有移动信号。庙内也只见得三位妇女和一位小女孩。

梅山庙后有一个山洞,人们都叫它"仙人洞"。梅山仙人洞高约 3 米、宽约 2 米、长 10 余米,洞口大致呈圆形,洞内弯曲,洞顶石壁上不时有水珠落下,即便是盛夏酷暑,洞里也凉爽宜人。关于梅山仙人洞,还有一段迷人的传说。

传说很久很久以前,有一位老者在洞里修炼,他修炼了很多年,这一天,由于修炼耗精费神,加上长期饥饿,老人在洞口处昏倒了。这时,一位在附近山林背柴的农妇发现了他,赶紧跑回家里,熬了一碗山豆粥,端到洞口,喂给老人吃。老人吃了豆粥,慢慢地恢复了精力,谢过农妇,他又全神贯注地修炼起来。

当天晚上,老人正在洞里修炼,朦胧中,忽然觉得眼前光亮照人,五彩纷纷,睁眼一看,只听得鼓乐喧天,一朵祥云飘到他的身边,慢慢把他托起来,托到空中,飞向远方。原来,老人在洞中苦苦修炼，又得到当地人慈善对待，因此感动了上天，使老人得道成仙，飞向了天宫。从此，梅山洞就被称为仙人洞了。

2013 年 8 月 28 日

黑脸包公走石塘

文学家欧阳修的《浮槎山水记》让我认识了浮槎山,文中描述的浮槎山的云雾泉水之甘甜令我向往。寻一日清闲,踏上了浮槎山探泉之旅。

这日,天高云淡、秋高气爽,我们驾车从王铁出口下高速。王铁村以前是乡政府所在地,村子很大,整洁、干净,家家户户的门口都晒满了刚收获回家的棉花、花生、玉米和稻子。金九银十是农作物收获的季节,丰收的果实展现在人们的面前,看了让人精神振奋、心情大悦。

村外,道路两旁的庄稼长势喜人,它们平安地熬过了夏日的酷暑,经过几场及时秋雨的浇灌滋润,正在生机勃勃地生长。芝麻开花节节高,黄豆的豆荚已经饱满,红芋绿油油的秧苗爬满了垄。地里那些种植稍晚些的棉花、花生、玉米和水稻还需要些时日才能收获。

多年以前,我是到过浮槎山的。

那一年的暮秋,经店埠、西山峄、王铁,去浮槎山。

秋是极深了,身上的皮肤收得紧紧的;天却晴得好,好到绝佳,天蓝地青,人气升腾。我走在那种气氛里,像又回到了20世纪70年代末在农村插队的日子——是那种感觉,却已不是那种心情。

本来只是满世界瞎逛悠的,没什么目的,是山脚下一位从大卡车上卸石头的妇女告诉我说,山上有一座"大山庙",于是不知不觉间,我就上了山。

其时已在正午,晴日当空,山深林密。我一直是没打算有功而返的,攀了半个多小时,我想往回走时,顶头碰见两位担柴的少妇。山径仄狭,看见我上来,她俩便半就半歇地靠在路边巨石上,拿眼望我。我总得说一两句话的,就说:"大山庙不远了唄?""不远了,拐两个弯就到了。"我连连感谢几声,从她俩汗味香浓的身边过去。这时哪能回返?我鼓起勇气再攀。

攀了二三十分钟,浑身汗闷,又打起了退堂鼓。正犹豫不定,脚下的石路却湿滑起来;朝前走了几步,山弯一转,眼前豁然一亮,原来山峪里有一片沼地。我不能想象在高山上还能有低地的生态,因为出乎意料,也因为我是喜欢水润的,心里不由得激动起来。沼地水草肥美,细流如蚓,黄葩红英,粉蝶腰蜂,真是一派仙境。

在沼边傻坐一会,起身再往上攀登。获得了沼地的境界后,我似乎更无所求了;一路上也确实稍显平淡,不知是由于沼地的对比呢,还是沼地后的路果然如此。行了冗长的半个多小时,前程寂寂,只见干石、瘦林、枯风、哑鸟。

此番我决意要回了。我心里正踯躅着,透过疏林,却望见前方山梁上有一角青灰瓦的老屋。这样的发现使我不能不继续前行。几步走了过去,见是几排瓦屋围成的一个院落,还有那种单声道的电视在响。我进了院子,看见一个面孔黝黑的山民在院里的一间小房子边洗菜,就走过去问:"请问,这是什么地方?"那人抬头看看我,见多不怪的样子,说:"茶林场。"我又不分青红皂白地问:"这里是丘陵岗地,槎是木头筏子,这里怎么叫浮槎山呢?"他翻眼看了我一眼,说:"这里先前是海唄。"我再问:"听说山里有个大山庙,找来找去找不到,不知在什么地方。"他淡淡地说:"就在茶林场后头,一两百步。"

真是不该再问了,该谁都烦了。偏我忍不住,问他最后一个问题,道:"这井怎么挖在屋里?(这井)这样金贵?"他头也不抬地说:"这井一掌相隔,一个清,一个浑。"我说:"我能进去看看唄?"

他不冷不热地说:"别弄脏了,吃的。"我赶忙进去看。小屋清凉爽人;果然一边一泉井,由中间一道石坎隔开,一个清清,一个浊浊,水里还有人扔的一些白花花的硬币。我想认真再看看,外头那人说话了,说:"出来吧,锁门了。"我只好从小屋出来,谢了他,东张西望地走出院落,往后山去。不怪人家,我问的那些废话,叫谁都耐不住烦了。

下午1点多钟,我走进了浮槎山的大山庙。

庙是新修的,大白墙,很是醒目。庙修在一个高处;庙里的住持原是蹲在庙前的台子上的,居高临下,远远地看见我来了,他就退回到庙门里去了。我到的时候,他已经安排好一位做杂物的妇女替我打好了洗脸水,也沏好了绿茶。寺门空寂,了无人踪。这里真是太荒僻了,一般人怎能摸得着,上得来?说起来却是奇怪,进了庙门,我不像个初来乍到的,倒像是进了自己的家门,也没客气一声,就净了面,吃了茶,而后把身上所有零钱都掏出来,求一把香,插在香坛里。住持忙去香案边坐定,敲响木鱼,我双掌合十,默念片刻,就退出佛境,重入了山林。

再往山下走时,觉得路途极短,才一眨眼工夫,就下山走到了王铁镇。

王铁只是路途上的一处小站,北有阚集,南有枣巷。其时,我呆头呆脑地站在王铁镇的大路边,傻等着过路客车的到来。在别人眼里,我一定十足的可笑:灰头土脸,不城不乡,来路也不明白。我却是浑然不觉,只在心里想,车来了,我就上车,不管他车好车孬;回家洗个澡,吃一顿大餐,我还有什么奢求呢?

我在王铁镇的大路边呆成了一根木桩。

我从回忆中回过神来。

我们顺着村村通道路很快来到了浮槎山脚下,进入山里的小路平缓地向上盘旋,路况不错。两边的青山和山下金黄的稻田相映衬,宛如一幅浓妆淡抹总相宜的水墨画,有浓浓的诗情画意。一阵响彻山谷的鞭炮声打破了山中的宁静,山坡上十几个村民聚在一起,好像在祭奠逝去的先人。天干物燥,在山上燃放爆竹还是很不安全的,现在不都在提倡文明祭祀、绿色祭祀、环保祭祀吗？要格外小心注意哦。

我们沿着盘山小道继续行进,突然前方的道路被一处威严的铁门所阻断,一位执勤的战士大声地让我们后退、后退,这里是军事管理区。我的小伙伴被眼前的阵势吓着了,忙下车解释。后退？蜿蜒曲折的狭窄山道很危险,我们只好慢慢地掉转车头,返回山下,重寻一条上山的道。

"北九华大山寺由此向前",我们顺着指示牌右转,这是一条土路,虽说坑坑洼洼的,开车行走还是没有问题的。半山坡上,一位中年大姐左手提着一个鼓鼓的蛇皮袋,右手挽着一大竹篮小红果,一脸的汗水,吃力地往山下赶。我忙问:"从这条道路开车上山可以吗？""可以的。"大姐回答道。"请问大姐你篮子里装的什么？""在山上采的山里红。"

大姐停下来歇息,抓了一把山果让我们尝尝。红红的果子比山楂小一些,外观光滑,颜色鲜艳,吃在嘴里,淡淡的甜。她告诉我们说,山里红泡茶喝可以治疗高血压和高血脂病,家人一会开车来接她。正说着,一辆崭新的黑色越野车爬上山来,停在了路边,大姐上了来接她的车子。我们惊呆了,在山里竟然碰到了这么一位浪漫、潇洒的采果女,谁能想到呢？太让人惊奇了。这一偶遇让我们兴奋不已,山上采果,私家车来接回家,绝对是这次旅途的一大亮点,也是以后我们茶余饭后的谈资。

接下来的上山的路上,我们坐在车里,瞪大双眼,心情早已不在欣赏美景上面了,一门心思地想在山坡上也找寻到一些山里红采摘回家,可哪里还有它的踪影？我看见一棵高高的树上有一些鲜红的果子,个头也比较大,看着让人垂涎三尺,可我不能让小伙伴采摘,我还振振有词地说,有些山果是有毒的,绝不能乱吃。小伙伴缺乏野外生活经验,也不敢去冒险尝试,只好乖乖地放弃行动。路边可以食用的果子早已被路人采摘完了,小伙伴想下车到山林深处采寻,可山上遍地荆棘,小伙伴穿着夏装,现在的一身行头实在是不适合在这样的环境里穿梭,否则皮肉可要受苦啦。摆个 pose(姿势)拍几张登高而望的照片吧。

车子爬上山顶,在一处宽敞的场地停了下来,原来到了北九华大山寺。大山寺正在大兴土木。云雾泉就在大山寺南不远处的茶厂院子内。

七八个大学生模样的男女青年,一路欢笑地迎面走来,两个女孩子各打着一把漂亮的防紫外线小伞,满头大汗,步履艰难地往山上走。看样子他们是刚参观过云雾泉,赶往北九华大山寺的。

穿过一个小铁门,我们来到了茶厂的院子里,一位工人正在洗刷碗筷,想必他们已经吃过午饭,其他的几位员工在房间或过道中休息,下面铺着一个门板,凉快又简单省事。洗碗盆的对面就是欧阳修诗文中所述,嘉祐二年(1057 年)李侯发现的,山上有名的泉池。池水涓涓可爱,如乳泉慢流。还是那两眼泉。南北井之间用一块石板隔开,称之为南池和北池,二泉池并立。北池水深而清,名"合泉";南池水浅而浊,名"巢泉"。二泉水位常年稳定,取之不落,不取不涨,不管是大雨倾盆,还是干旱数月,池中水位亦只毫厘之差,被欧阳修誉为"天下第七泉"。

我拿起旁边的舀子,舀起半勺甘泉,还是那般味道甘美、清凉爽口,沁人心脾。

一位上了年纪的老人让我们往井里投放两枚硬币,可保日后财源滚滚,我们听明白了他的意思,借着他的祝福投了两枚在井中。

茶厂的院子不大,是一个四合院,东厢房里放满了春季制茶的工具和灶具,院子的周边都是茶园,工人现在基本上没有什么事情要做,春天,采茶、制茶才是他们最忙碌、劳累的季节。

参观完毕,我们准备从院门出去,铁门已被先前的那位老人上了锁,中午他们要休息了,这是一位脾气倔强的老头,我们只好绕了一圈返回北大九华山寺的停车场。时间不早了,抓紧下山吃饭,早已饥肠辘辘了,上车出发,下山去喽。

已是中午时分,阳光明媚,天空中没有一丝的云彩,山下农家小院的袅袅炊烟,和大自然是那样的协调、安静、亲切、和谐而温柔。这时的大地早已被太阳熏烤得热浪滚滚,车子所过之处泥土飞扬。

小伙伴戴上墨镜和帽子,饥饿困乏地坐在车里无精打采。

突然无意中瞥见悬崖上一棵小小的树上,挂满了貌似山里红的果子,等我反应过来时,车子已经往山下开了一段距离。我赶紧下车,原路返回证实。是的,真是山里红呢!真是踏破铁鞋无觅处,得来全不费工夫。我喜出望外,忙喊来小伙伴攀上去采摘果子,无奈陡崖太高了,小伙伴够不到,于是只好我亲自上阵,攀崖采摘。

这里的山是由松散的沙土和碎石组成的,脚踩上去不结实,容易滑落,费了好一会工夫,才勉强掰下一枝树枝摘了几颗果子,不大的树枝上布满了尖尖的小刺,小伙伴小心翼翼地拿着这小小的挂着果实的树枝拍了几张照片纪念。

摘下一颗果子放入口中,感觉味道好像比上午的甜美了许多。哈,我知道这是感情带来的口感的变化,自己劳动得之不易采摘的果实总是甜在心里的。

我们到达山下已是下午 2 点多了,找个地方填饱肚子是当务之急。早已过了饭点,在路口的土菜馆,我站在门口吆喝了半天没有一个人出来,两条大狗趴在屋中央,我们不敢继续上前,想必这家的主人已经午休,或者到地里忙农活去了。

对面的村村通道路,两边栽满了紫薇花,很漂亮的粉色花开得正艳,很讲究的一条小路,我们决定到那边看看去,碰碰运气。原来这里是石塘镇阚集村,村中央的大酒店,看到有客人来,隔壁的一位大姐出来,得知我们来吃饭的,忙招呼酒店里面的人,我走过去说"你们下班了吧?不好意思,有什么快捷的餐食,我们随便吃点,饿很了"。看见他们餐台上有野芹菜和红苋菜,我说炒一盘肉丝芹菜和蒜末苋菜吧。不一会儿两盘小炒端上桌,我们狼吞虎咽地大吃起来。我拿出相机记录下这一吃相,很有意思,这顿饭吃得很香,不一会儿半盆饭和两盘菜都一扫而光。

阚集附近的盘石村,是我们这次计划要去的一个地方。在村中询问村民,传说中代表盘石村的盘石在哪里,我们想去看看。村中一位热情的中年男子告诉我们说,盘石在对面的山上,车子开不进去,山上远着呢,一时半会不能到达。

这位村民告诉我们,盘石村附近的山上有一块高卧的巨石,又平又整,方圆可晒 100 斤稻米。此石状如中国象棋棋盘,楚河汉界约略可辨。据民间传说,南斗、北斗星君云游四海,经过这里,想下一盘棋,但是没有棋盘,于是就用拂绳一甩,便出来个棋盘,因此得名"棋盘石"。棋盘石底部由 10 多块大片石组成,形态不同,天作之合,其中的两块巨石陡立,仅现一线天光,单人可沿石壁攀至棋盘顶,人称此地为"一线天"。

离开盘石村,车子行驶在 026 县道上。

车子路过石塘镇,这里盛产驴肉。自古就有"天上龙肉,地上驴肉"一说。据说驴肉和龙肉一样味道鲜美,龙肉我没有吃过,但十几年前我曾在这里吃过一顿驴肉大餐,满桌都是用驴肉烧炖成的美味佳肴,印象深刻,今天没有时间再次品尝了,在赶时间呢。

过了石塘镇,车子行进在037县道上。这也是一条路况不错的县道,它平整、宽阔,车子跑到了60码。我发现,出了石塘镇不久,道路南边出现了大片荒芜的土地,长满了杂草,看着实在是可惜。我们生活在城市里,别说一块闲置的土地,一盆土都觉得宝贵,都想种点花花草草的,舍不得浪费。一路看来,在农村,现在壮年的农民都到城里打工去了,在家务农的多半都是妇女和老人,她们既要打理庭前屋后,又要照顾孩子和老人,地里的农活没有精力和能力再种植了。

路北边,一处漂亮的院落出现在眼前,走近一看原来是包公镇敬老院。前后左右四排徽派建筑的房屋,很漂亮,大气,房顶一排太阳能热水器,院墙的东面地里有一大片菜地,一个个超大的冬瓜结在瓜秧上,看着喜人,孤寡老人生活在这样舒适的环境中,一定是非常安逸、快乐的。

我们到达大包村,顺着一村民的指点,车子左转到一条不宽的土路上,东转西拐地来到了合宁高速的涵洞边,桥下的道路很窄,小伙伴下车前去观察,车子得以慢慢地通过。过涵洞往前百十米,左手土岗上一处房屋,正是包氏宗祠。

这时两位老人穿过涵洞,来到了祠堂,打开了宗祠大门,怎么会这么巧呢?我们正在纳闷着,老人说看到我们过来了,特地赶过来的。真是让人感动。

包氏宗祠为北宋名臣包拯的家族祠堂,也是安徽省重点文物保护单位。该宗祠始建于宋,历朝历代经过多次战乱和天灾,多次遭焚毁,现在的建筑主体为清光绪年间修复的。到"文革"期间,因为要破"四旧",包氏宗祠内的栅格门、包公像被一扫而空,当时村里几名老人连天加夜守在包氏宗祠内,才将顶部木梁橡子上的木雕保留了下来,并在后来的翻修中,把这些精美的木雕安放在了它们原本的部位。

  当下,包氏宗祠粉刷一新,门口两个石狮子的脖子上还系着红绸子,门前有燃放的烟花碎屑,屋后一棵高大的椿树像凤凰的两个翅膀展翅飞翔,拥抱着这里的一切。

  紧挨着包氏宗祠的南面,是合宁高速。两位老人说这条高速明年要扩建了,他们打算申请高速开通一进一出两个路口,这样就方便大家了,现在下面的唯一道路太窄了。听着老人的介绍,我问二老一定都是包姓吧。"是的,我们是包公的后人,这里是包公的故乡。"老人回答道。

  从包氏宗祠返回时,我们想顺便让他们坐上车子,捎带一段路程,他们谢绝了我们的好意,步行回了村里。

2013 年 9 月 3 日

店埠陈集有八斗

现在虽是深秋季节,今天的气温却依然是33℃,艳阳高照。不开车内的空调已经让人燥热不安了,关上车窗,赶紧打开空调,我们沿着长江东路东店埠出发。

此时,去肥东的道路车流量不大。车子刚过长江批发市场附近的姚岗十字路口,导航上立刻显示到了肥东境内的合店路,看,肥东和合肥中间没有空白地段,建筑完全连在一起了。

车过三十埠大桥不久,一排排大型的圆形大棚出现在路的南边,有蔬菜区、水果区,等等。这里是新的周谷堆批发市场吗?右转去看看吧。看着标示:安徽通服合肥中心库、国生电器、物流中心、批发市场等等。下车询问一下。确认不是新的周谷堆市场。在一卤菜车前望着一车的美味,眼馋嘴更馋,花了5元买了两个卤鸭胗先打打牙祭。

随后我们来到了蔬菜批发区。新建成的市场里商户还不算多,中午时分,顾客也就我们两个,宽大的批发棚内显得空空荡荡的。2元一斤的大蒜头比零售市场上便宜了一半,赶紧买了几斤,秋种开始了,回家栽在空闲的花盆里,不久就可以吃到新鲜的蒜了。1元一斤的洋葱也顺便买了一些,洋葱易于存放,可备不时之需,家里哪天没有蔬菜了,取出即可成菜食用。据说,洋葱中含有植物杀菌素如大蒜素等,有很强的杀菌能力,还有降低血液黏度、降血压等功效。离开摊位时,旁边的几个栽种发芽洋葱的花盆吸引了我们,忙咨询一番。因为这个季节种洋葱还早了些,现在种不可能结洋葱的,那有什么用呢?摊主告诉我们说,发了芽的洋葱不能卖,但丢弃又太可惜了,现在种在这里,可以不停地剪下洋葱的叶子当葱用。哦,原来洋葱叶子可以吃的,这一发现让我们大为惊喜,问摊主要了三个发芽的洋葱,准备回家也种在花盆里。

店埠的南外环,双向,八车道,周围树木葱郁、环境清爽,车子行驶在路面上,道路两旁的青少年宫、肥东国税局、公安局、图书馆、汽车站等新建筑快速地退去。到了东外环交口,一尊高大的包公像屹立在路中央。肥东是包公的家乡,这尊塑像已成为肥东的标志性建筑了。城北包公大道上的文化广电大厦特别醒目,肥东重视文化教育,肥东一中名声显赫,每年培养了大批的优秀毕业生走进高等学府。

店埠河纵穿县城而过,是肥东的母亲河。沿河丝丝垂柳映照在河中,随风飘摆,婀娜多姿。路边绿树成荫,花池旁隔出三三两两的停车位,很人性化,它大大地方便了到此游玩的开车一族。沿河公园的和平文化广场,视野开阔、典雅别致;还有绿意浓浓的花木草坪和健身器材,供人们在此散步、锻炼;漫步在店埠河畔,和平文化广场犹如一幅五彩斑斓的油画,欢迎每一位游客。

离开店埠镇,我们北行,进入江淮分水岭地区,进入八斗镇的地界。

地面起起伏伏。记得夏天我来过这里,那时天气燠热,但看起来人世间所有的事物都照常进行着。我乘车到乡村去,想去寻找一个一千年前的名人的故居。江淮丘陵地带的乡集与淮北的乡集都是一样的,除人们口音略有不同以外。我换了一次车,来到一个更小的乡集,天气湿热,身体此刻特别容易出汗,我没能找到那位历史名人的故居,一位长络腮胡子的汉子跟我说了很久,终于使我明白我暂时是去不了我要去的地方的。但我看见乡村的植物都在旺长,豇豆角一层一层地悬垂下来,灯笼柿已经长大了,但还是很青涩,辣椒叶脉浓绿,枝丫堆拥,果实累累,南瓜的硕果由它肥厚的阔叶的一角中露出,煞是喜人,哪怕你平素并不喜食此物,空心菜都在地头簇成了一团,竞相拔高。也许这种燠热、湿润的天气正是植物旺长的良辰美时,它们一年的希望都会在这一时段尽情释放。我上了路上开过来的"小面的"返回城市。我在车上看见田间地头开满了橙红色的近乎喇叭状的花朵。那是金针花,又名萱草和忘忧草。"小面的"在无人的柏油路上往前开行,我与驾驶员聊起了车窗外一一闪过的田间地头的金针花。这是一个惬意的时刻,心无所系地享受着时间和空间赋予我的一切,包括无拘无束的充满人情味的美好想象。城市在想象中逐渐近来,我只好收回想象,回到城市的丰腴之中。

夏天过去,秋天也已经过半。我们来到肥东县八斗镇寻找曹植墓。

八斗镇位于肥东北部的八斗岭上。八斗岭最早称鱼山。据说三国时曹植(字子建)文采卓著,遭其兄曹丕妒忌,曹丕令曹植十步内完诗,植竟七步内成诗,"煮豆燃豆萁,豆在釜中泣。本是同根生,相煎何太急"!曹丕闻曹植诗句颇受教益,颔首叹服!南朝诗人谢灵运因此誉曹植为"天下文章一石,子建独得八斗"。

传曹植死后葬在八斗,今有坟冢,亦说是衣冠冢,并竖"陈思王子建之墓"墓碑,真伪无从考证。后人为纪念曹植随父御吴驻八斗,把这里叫"八斗陵"。今以此地处于江淮分水岭上,称为八斗岭,八斗镇名源于八斗岭地名简称。中华人民共和国成立后,八斗岭是八斗乡政府、八斗人民公社、八斗区公所驻地。1992年八斗乡和花张乡合并成立八斗镇。2006年11月,富旺乡和王城乡并入八斗镇。

曹植墓在八斗镇镇西八斗中学附近。起初在镇里镇外问了很多当地人,却没有人知道曹植墓在哪里,跑了很多冤枉路。最后,在一对推婴儿车散步的小夫妻的指引下,我们来到镇西八斗中学附近的一个土岗地。这里有一个用青砖白泥砌成的圆形墓葬,1米多高,墓上长满了黄豆,一定是当地人种植的。墓葬附近零零星星生长着野高粱,还有野草或茂或衰。

据当地人介绍,传说曹植墓附近有一地形似荷叶,名"砚台塘""笔头田",前有一土垄形如笔架,名"笔架山",不远处还有一井称为"一步两眼井",一深一浅,南浅井流入地下水道,为排废水所用,北深井为饮用井,两井相距仅为一步之遥,这是先人保护饮用井不受污染的智慧结晶。但现在都看不到了。

墓葬附近的地里有一块墓碑,由于风化等原因,墓碑上是否有文字,已经完全不可辨认了。

国公祠在八斗镇的大吴村。我们在一位热情的老人的指点下很快就找到了。

国公祠坐北朝南,看起来很庄严、大气。大门的正中有竖写的"国公祠"三个金色的大字,大字两边各绘有数片绿荷叶、两朵白荷花、两只翩翩飞舞的蝴蝶,十分清爽和醒目。

国公祠因吴复而建。吴复(1327—1383年),字伯启,八斗镇大吴村人。元末率群雄揭竿而起,随朱元璋南征北战,屡建战功,官封安陆侯。吴复死于普安(今贵州安顺),死后封为黔国公,谥威毅。洪武十九年(1386年),明太祖朱元璋为了旌表功臣,在吴复家乡御赐"国公祠"一所,就是现今坐落在大吴村中的这座国公祠。

国公祠的门前晒满了农民刚收获的花生和棉花,有两位大嫂在场地上忙活着,一位男人坐在改建的手扶拖拉机上休息,手扶拖拉机后面拉了个石磙子。一位大嫂抓起了一把地上的花生让我们尝尝,很鲜,很甜。大嫂说,刚刚看护国公祠的人下地拉稻子去了,我们无法进入参观。

据大嫂和其他当地人说,现今的国公祠共有前后两进 12 间房,东西厢房 4 间,高高的门厅阁楼飞檐翘角,是村子里最好的房子。国公祠里保存有黔国公的塑像,还有专门从外地复制回来的黔国公画像。他们说,明朝建的国公祠已经损毁,现在的建筑是清朝重建的,最近几年又进行了修缮。

我们问,吴复的墓地在哪里,大嫂告诉我们,吴复的墓地在十几里地以外的响堂仁村,那里还有石人石马,大吴村的人每年清明都会到响堂仁村祭扫。

谢过热情的大嫂,我们驶离了大吴村。

天色不早了,我们犹豫不决是否前往陈集镇响堂仁村一看,最后决定既然都来到这里了,为不留遗憾,一定要去吴复墓看一看。

于是掉转车头,先北行,再东转,去寻找陈集镇响堂仁村,寻找石人、石马。

其实路程远不止十几里,差不多有二三十里的路程。一路问来,到达响堂仁村,一位热情的村民让我们的车子停在他家门前,从村里穿村而过,走过去是很近的一条路。

穿过村子,很快就看到了石人、石马。村里的一位老人,带着一个小孩,在神道上闲走,我们过去和他聊了一会,又在吴复墓各处走了一走。

吴复墓坐东向西,墓前是一条宽 10 米的神道,享堂、神墙现已不复存在。现存神道上有一组石灰岩立体雕塑位于神道两边,自东向西相对排列有石人、石虎、石羊、石马及控马人、华表。刻工采用镂空为浮雕相结合,刀法精湛,为元末明初风格,形象栩栩如生。

吴复墓石雕群现为安徽省重点文物保护单位,神道一端有当地有关部门立的石碑。

安徽省重点文物保护单位
吴复墓石雕群
安徽省人民政府1989年5月27日公布
肥东县人民政府2009年5月18日立

  吴复墓的土堆下部由约半米高的石墙圈住,墓堆上长满了树秧类的植物。吴复墓与神道并非在一条直线上,这是为什么？是如此规矩,还是特别的要求？尚不得而知。有机会时,一定要向专家请教请教。

  天已经暗了下来,抓紧时间打道回府。导航显示到合肥80公里。

  返回的途中看到许多农民开着小四轮车,运送玉米秆到路边的临时加工场,加工车附近排着长长的队伍等待着。田地里还有一些没有运输能力或因数量少而不打算运走的家庭,他们就地焚烧起秸秆,烟雾缭绕。

  一天紧赶慢赶地跑了很多地方,收获和劳累平分,脸上和身上都布满了灰尘,脸上的尘土可是最好的天然防晒霜啊。

  哈,晚上8点终于到家了。我们虽然累,但累并快乐着。

2013年9月3日

吴山庙外拜吴王

以往多次过吴山镇,总是匆匆而来,又匆匆而去。但对吴山也还是十分熟悉的。前年麦季,专程赶往吴山庙,在镇上住了一夜,就是要体验一把江淮分水岭地区冬小麦的种植、生长和收割的实况。

吴山镇可以看成合肥的中郊区。吴山镇俗称吴山庙,位于合肥市区北部,属长丰县管辖,距合肥城区约35公里,开车走合肥绕城高速再走合淮阜高速,半小时左右即可到达。吴山镇是全省两百家中心镇之一,2001年11月被合肥市政府批准为市级综合改革试点镇。吴山镇下辖15个行政村,5个居委会,人口近5万,镇辖面积131平方公里,耕地7万余亩。吴山镇区建成区面积大约4平方公里,常住人口2万。

吴山镇原名桑科铺,因古驿道旁桑树林边开了一家小铺子而得名。五代十国时期,由于吴国的建立者杨行密葬在这里,墓葬形成一个大土堆,而吴山属江淮分水岭地区,以微丘地貌为主,没有较大的山阜,因此当地人都称这个大土堆为"山"。吴山,就是吴国这个地方的大土堆。据相关史料记载,杨行密墓在合肥城西北60里吴山庙集东,墓基如山,昔人犁田,曾有见其隧道者,俗谓坟为山,因称吴山;又由于杨行密去世后,他的女儿百花公主为护陵守孝,在墓北建庵,故后人以吴国为号,吴王墓为山,公主庵为庙,起地名为吴山庙,也就是今天的吴山镇,距今已有1000多年的历史。吴山的"山"字,既可能因为当地无较大丘阜,也可能是俗谓,还可能是当地人对吴王的仰视。

2011年暮春季节,我来到吴山庙,住定之后,到镇外各处走了走。吴山境内属瓦埠湖水系,附近水流都进入西北部的瓦埠湖。瓦埠湖也可以认为是东淝河放大的河道。东淝河由大别山东北缘发源后,北向流经六安、肥西、寿县等地,在白洋淀进入瓦埠湖,或者说在白洋淀宽泛为瓦埠湖,由寿县东汇入淮河。

由于吴山地处江淮分水岭,旱地面积大,因而盛产各类瓜果、山芋、芝麻等旱地作物,也是水稻产区,但稻麦在田野里的具体情况对我来说,也是不清楚的。因此我对吴山镇区之外的风情格外想多看到一些。

江淮丘陵地区也是我国冬小麦的主产区之一,但面积和产量与黄淮平原相比已经不可同日而语。江淮之间以微丘为主,也有一些低山浅壑,像北宋欧阳修咏醉翁亭的滁州琅琊山,就不仅有山,而且有名了。吴山周边就像前面说到的,没有较大的丘阜,只有起伏的地貌,这就使乡村的风景看上去富有层次感和动感。

从乡野的某些高点,也就是岗顶,四面望去,田地都是小块的,因地势而成形、增减。因为2011这一年春夏干旱,池塘里的水都干涸了,但蒲草之类长相旺盛,树林掩蔽的深渠里的水流也一线仅存,水渠尽头的排灌设备已经毁弃,空余了砖石、水泥的机房在浓荫密叶之中。灌满了水的稻田里的水泥电线杆上的广播喇叭突然发出了声音,原来是镇广播站开始广播了,先是一段《东方红》音乐,接着反复宣读市环保局通知,不准就地焚烧秸秆。田地里的庄稼并不十分惹眼:黄熟的是冬小麦,这里半亩,那里三分的;可能因为品种不同,有的地块已经收割了,有的地块正在黄熟,有的地块却还夹青带黄。

油菜基本上收割结束了。真正青葱的地方是低洼地里正在发育的晚季稻秧。过了淮河,粮食生产就由以冬小麦为主过渡到以水稻为主了,再往南一些,到沿江平原(长江圩区),那里还是冬小麦的生产区,但一定是副生产区了,对全国冬小麦产量的影响比较有限,气候也越来越不适宜冬小麦的生长。另外,从冬小麦冬季覆盖裸地以防大风掠土、耕地损失的功能看,沿江甚至江淮的冬小麦种植都不那么必需,因为这些地区降雨量较高,空气湿度相对较大,裸露的土壤不会那么轻易被风吹走,此外,还有油菜等农作物可以替代。

2011年5月22日这一天上午,在雨水下得较紧之前,我走完了吴山镇镇西视野里看得清的麦田和岗地。这一年从春天在河南南阳见到、摸到、拍到麦苗后,我还一直无缘近距离与小麦相对,这甚至成了我这年春、夏的一块心病,总好像有一件事情没有做到,有一种承诺没能兑现,有一种愿望没能完成。现在,我终于蹲在地头,触摸到了已经黄熟的小麦,细看它的麦穗、麦芒和麦秆,还观察了麦根处黑黄色的土壤,我立刻如释重负,变得坦然起来。这里小麦的长势似乎并不特别好,大面积宏观和具体微观地看都不像淮北平原那样麦浪翻滚、穗大粒沉。这也是预料之中的状况。谁叫黄淮地区既是丰厚坦荡的平原,又是北纬35°左右小麦最适生长区呢?

这一天的中餐我吃了吴山当地的烧饼和(中式)面条。这些汉文化区域的传统面食,应该都是中筋面粉生产出来的。但我不知道镇外我看到的那一块田地里种的是做面包等西式面点的硬质高筋小麦,还是生产饼干等食品的软质低筋小麦。大多数消费者都不会也没有兴趣去关注表层现象背后的专业和技术支撑。

2011年5月23日晨,我在安徽省长丰县吴山镇镇外一座看得见菜地、行人、小块黄熟麦田,菜地、行人和小块黄熟麦田也看得见我的极简易旱厕上厕所。上隔壁简易女厕所的妇女不时从我面前经过。我得一直保持着镇定和淡泊。不过,我已经十分不习惯这种原生态的如厕方式了。俄顷,隔壁的女厕所冒出了浓烟。起初我以为发生了什么事故,后来看见一切如常,我才醒悟那可能是驱除异味的一种"偏方",一种因地制宜的乡土方式,或传统乡镇的一种日常生活技能。

当天早晨,我还在吴山庙老街,也就是以杨行密儿子杨渥命名的"杨渥老街"上,买到了几棵已经开花结果的小西红柿秧苗,回到合肥栽植后,很快就吃上了酸甜可口的西红柿,真是令人难忘。

2年后的盛暑时节,空气蒸人,我再一次来吴山庙寻境访古。2013年7月31日,这是连续二十几个高温天气中气温最高的一天,正午气温有40多摄氏度,在通往吴山庙的道路上,一辆电动车上的两位少妇,全副武装,从头到脚包得严严实实的,她们头上戴着帽子,嘴上捂着口罩,脸上裹着纱巾,上身穿着长袖衫,下身穿着长裤,看她们时,除了眼,啥也看不见。还有一个年岁较大的瘦男人,骑摩托车过去,头上戴着灰旧的麦秸草帽,上身穿着脏旧的长袖白衬衫,下身穿着蓝长裤,也全副武装了。小男孩们则不管不顾,骑着自行车和电动车,在盛午的酷热中,敞头露脸地行驶着。

毕竟已是夏末,田野里的庄稼正变得劲绿,棉花结铃,玉米结棒,黄豆结荚,蔬菜也在尽力积蓄热能和力量,以便秋天到来时狂长狂结一通。

进吴山镇里,行数十米,见路左有一家种子店,就进去买一袋无架豆种子,顺便问老板娘吴王墓、公主坟和吴山庙的事情。老板娘先卖了一袋无架豆种子给我,告诉我吴王墓在镇南,只剩一个大土堆,周围都种上菜了,吴山庙就在对面街里;又问我种不种萝卜和鸡毛菜。不过,她又说,时候确实还早了一点,天气太热,容易生虫,不打药不行,我说,那我就不买了。

种子店对面有一条大致东西向街道,街口有个石牌坊,上有"吴王遗踪"四个大字,两侧石柱上凿有对联。由牌坊进去,路两边紫墙老砖,上有白字标语:"十分珍惜,合理利用每寸土地,切实保护耕地是我国的基本国策。长丰县国土资源宣。"约行200米,有十字路口,篱笆上有正在开放的金银花,左转北行,进入老街,再走300余米,就到了吴山庙。

据相关资料介绍,吴山庙这里安葬着唐末一代枭雄吴王杨行密,以及后人为祭祀他而建的庙宇,故得名。杨行密(852—905年)系合肥人,字化源。年轻时即怒视朝廷,怜悯民不聊生,二十几岁便揭竿而起,出生入死,南征北战。由于"宽仁雅信,善取人心",纵横驰骋,屡战告捷;建立吴国后又施行一系列优抚百姓的政策,因此深受四方拥戴和敬仰。千百年来,吴山庙几遭战火,历经兴衰。现存庙宇砖墙瓦屋,雕梁画栋,塑像碑刻,庄严肃穆。上庙进香的人们纷至沓来,连年不绝。庙侧有吴王墓和子杨博及百花公主坟,毫无雕琢修饰之状,足见吴王生前之清贫、淡泊。游览吴山庙这一人文景观,凭吊先人,发古之幽思,悠悠遐想,陶冶情操。

这里的文字,有一些让人困惑的地方,但我一时也说不清,就在吴山庙附近转一转。吴山庙并不雄伟广大,相反倒显得有些小巧,挂在庙门上的正式的名称也不叫吴山庙,而叫"吴山寺"。寺门斜对面有一小块闲地,地上种了茄子、架豆,都结了不少果实。寺门正对面有一家老布店,店门开着,一位50多岁的男子歪在竹躺椅上,看着孩子玩,歇着响,他脚下的地上,铺了一领凉席,上头坐着一个七八岁的男孩子在玩耍,我就走过去向男子请益。

我说,这吴山寺可是吴山庙,这附近咋找不见吴王墓呢?公主庵、百花公主坟也没找见,还有贞节牌坊,都在哪里呢?我提出许多问题。男子一听我说话,立马坐起来,把左手拢在左耳上,大声说,吴王墓?我知道他耳朵可能背,又问了一遍。这时布匹后面的一匹花布突然动起来说,吴王墓不在这里,在镇南。呵,原来是男子的老伴,穿了一条花棉布秋裤,也铺了一领凉席在布匹后面的地上午休呢,听见我说话就坐了起来。这三口,盛日酷暑,天伦着哪!

这时,耳背的男子也听清了我的话,男人到底对外面的事情了解多些,他麻利地对我说,这就是吴山庙,后来改叫吴山寺了;吴王墓在镇南路边;贞节牌坊就在街口,公主坟都在那一块呗。我说,吴王墓在镇南路边上,不在这里?男子说,离这里2里路呢。我说,贞节牌坊就是吴王遗踪的那个牌坊吗?他说,就那一个牌坊。我又说,那公主庵在哪里?男子和女人对看一眼,都有点迷惑,男子说,就这一个庙,没听说有公主庵。

谢过正天伦着的老布店这一家子,离开老街,到镇南去拜访吴王墓。吴王墓在X024路南,路北不远处就是吴山镇镇政府。路北的地面大都盖上了楼房,或修建了道路,路南都还是农田、菜地,不知道是不是因为有吴王墓而留下的历史文化空间。

吴王墓离X024不过数十米,沿一条斜土路进去,两旁植了松树,路外都是菜地和农田。我走向吴王墓时,汗如雨下,天气酷热。忽然听见远天有隆隆的雷声传来,抬头寻找,原来南方有些许云彩正在飞动。路右有一方石碑,为"吴王墓表"。我停下脚步来看。表曰:

> 吴王杨行密,字化源,庐州合肥人。少孤贫,状貌长大,有膂力。唐僖宗乾符中揭竿而起,自称八营都知兵马使,刺史不能制。淮南节度使高骈以行密为淮南押牙,知庐州事。中和三年,唐即拜行密庐州刺史。光启三年,骈以毕师铎所攻,行密弛救。兵临城下,师铎已杀骈。行密围城半年,破之,遂入扬州,自称淮南留后。文德元年,孙儒袭扬州。行密归庐州,自率诸将济江,取宣州。昭宗龙纪元年得之,诏以行密为宣歙观察使。孙儒出攻宣州。行密乘虚袭据扬州,遣将攻常州。大顺元年,遣将袭据润州,取滁州、和州。诏赐宣歙军,号宁

国,以行密为节度使。孙儒复入扬州。行密引兵去。景福元年,行密屡败孙儒兵,斩儒于阵,传首京师。行密遂率众再归扬州。昭宗降制授行密淮南节度使同平章事。乾宁二年,加检校大傅同中书门下平章事。行密尽有淮以南、江以东诸州。天复二年,昭宗在岐,拜行密东面诸道行营都统、检校太师、中书令,封吴王。行密自乾符中起兵,至天复二年封王,历时二十余载,终成大业。行密崛起于畎亩之间,转战于乱军之际;纵横数千里,所据州郡,跨越江淮,可谓一方雄主。其为人宽厚,善御下,广纳谏,将士多为乐效命。和密于戎马倥偬之际,犹能招抚流亡,劝课农桑,轻赋缓刑,自奉俭约。曩所云不敢忘本者,此之谓欤! 行密生于宣宗大中六年,卒于哀帝天佑二年,享年五十有四,谥武忠。

邑人　许有为敬撰
公元一九九七年岁次丁丑孟春谷旦

再往前走20多米,就是吴王墓,墓前有一个墓碑,上书"唐吴王杨武忠公行密之墓"。吴王墓现是一个大土堆,绕墓一周,估计占地面积有1000多平方米。墓北为路,墓东、墓西、墓南为田,玉米、棉花、黄豆、蔬菜长势十分旺盛。由于盛夏大暑,墓堆上长满野草,似乎无法登上堆顶,我放弃了这个念头。

吴王墓并不是各级政府的文物保护单位,也不是当地不可移动文物保护点。而最为奇怪的是,墓南和墓东的墓堆上,竟然竖着两块新碑。堆南的一块,为王姓碑,立于2013年清明;堆东的一块,为温姓碑,也立于2013年清明;从碑文看,这两块碑,都是迁移过来的,逝者去世的年月,距今少则10多年,多则40余年。这是怎么回事? 这两家是吴王的后人吗? 但为什么改了姓呢? 不过,吴王墓已经是公共遗存,是国家和历史的一部分,即使是吴王的后人,也与这样的文化财富不相干了,怎么好用这种方式傍古人呢?这还不给人笑了去?

离开吴王墓,到墓东的田地里寻找百花公主坟。据说杨行密女儿百花公主十分孝顺,杨行密去世后,她在现在的镇区修了一座公主庵,为父亲守陵;又在吴王墓东修了一座百花园,花园以水为主,绿草成茵,百花盛开,百花公主借此寄托对父亲的哀思。百花公主去世后,按照她的遗嘱,就葬在吴王墓旁。合肥市内寿春路与阜阳路交口处,称为百花井,据说就与百花公主有关。相传吴王杨行密曾在百花井附近为百花公主造过一个大宅子,里面有一眼水井,百花公主每天都在这眼井旁边梳洗打扮。不过也有人考证,说百花公主其实是杨行密的孙女,后人弄混了。但这并不影响人们对这段亲情的慨叹。

可惜吴王墓旁的百花园和公主坟,现在都看不到了。倒是吴王墓东侧的一大片芝麻引起了我的注意。那片芝麻青青绿叶、灿灿白花,盛暑酷热间,真是清凉!这或许正有百花公主父女情深的一片款款蕴含吧。

到 X024 对面的吴山镇政府里去,时辰已在未时,依然热暑。见得院里的报栏下有一位 30 来岁的男人在修摩托车,就过去和他说话,请教他关于吴山墓、贞节牌坊、公主坟、公主庵、杨渥古街等等问题。他说,吴王墓就对面那里,公主庵就是现在的吴山庙,杨渥古街就是吴山老街,公主坟、贞节牌坊,都不清楚,恐怕都看不到了。我问他,你就在吴山镇里工作吗?他说是的。我说那你说的就比较权威了。

如果吴山庙的前身就是公主庵的话,倒让人觉得可信,因为吴山庙较小的格局,大致能够吻合百花公主建庵陪父的目的。这只是一种直接的感觉。

吴山庙镇西 1 公里 024 县道路南,有吴山庙武装起义纪念碑。

1926年11月,为响应党的号召,迎接北伐军的到来,李云鹤、蔡晓舟等共产党人,联合国民党左派等一批进步人士,在合肥北乡发动了威震江淮的武装起义,即吴山庙起义,打响了安徽人民反抗反动军阀统治的第一枪。1996年11月,合肥市委市政府在吴山镇隆重集会,纪念吴山庙武装起义70周年,为缅怀革命先烈,教育后人,决定建吴山庙武装起义纪念碑,并于1997年10月建成长丰县爱国主义教育基地。

据当地干部介绍,吴山庙武装起义纪念碑最下方有七级台阶,寓意起义70周年时所立;台阶上是花台,花台上立有一块石碑,上为《吴山庙起义碑记》,碑记介绍了吴山庙武装起义情况及其历史意义;通过花台再登上5个台阶,便是主碑,外观形似蜡烛,高约5米;其中的两个"5"与"武"谐音,表示武装起义,围长约3.5米。蜡烛外形象征吴山庙武装起义点燃了合肥人民武装革命暴动的星星之火;纪念碑正面碑文"吴山庙武装起义纪念碑"由张爱萍将军亲笔题写;纪念碑后面是一段高0.7米、长5米的半圆环石墙和高0.9米的四根圆柱;"半圆环"表示合肥地区,"四根圆柱"寓起义的四位主要领导人。

2011年5月住吴山庙时,来纪念碑看过,那季节夏季植物还没长高,纪念碑附近都还清清爽爽的。现在植物都长起来了,路边的黄豆长有半人高,黄豆地南边的松柏也长得十分旺盛,因此从县道上几乎看不到纪念碑的存在。好不容易确定了纪念碑的所在,然后从旁边一条小岔路穿过去。纪念碑已经荒得厉害了,隙地都种上了蔬菜和庄稼。纪念碑后是棉花地,棉花长势也好。

沿X024继续西行,路边的毛谷谷草长得比人还高,都结了穗子,一派丰收在望的景象。不知道毛谷谷草是不是狗尾巴草,如果是狗尾巴草的话,那它们就是小麦的祖先了,是先有了它们,才杂交出了小麦的。不远处的村庄,已经是寿县的地界了。

傍晚的合肥,已经下过了一场大暴雨。

2013 年 8 月 1 日

滁水两岸遛岗集

  8月31日凌晨4点多,我们按照计划,中午前要在长丰县岗集镇的几个地方好好转一转,12点以前要返回市里,因为下午1点钟还有其他事情。昨晚我整理稿件差不多忙到深夜才睡下,凌晨我正睡得香甜时,闹铃把我从美梦中叫醒,睡眼蒙眬,起来洗漱,让自己清醒清醒,准备出发。

  秋天的凌晨,室外已经有了许多凉意,下楼后,我不由得打了个寒战,这时的天空还是暗暗的深蓝色,和夜晚车载导航上的颜色很相似。我们行驶在路灯通明的大街上,听说今天阜阳路高架要通车了,我们想先睹为快,不知现在车子能否驶入高架桥上。今天真是太早了,路口还没有放行,可能要早上8点才能开通。桥下早聚的集市,卖菜的、卖早点的,熙熙攘攘,好不热闹。

  我们按照导航的指示,左转上北二环,路上的车子还真不少呢。在G206牛寨村生态园指示入口处,我们右转,车子行进在滁河干渠的南大堤上,这里空气清新,路边树丛中的鸟儿们叽叽喳喳地叫个不停,不宽的水泥路面,车外的温度显示不到20℃,寒意袭来,我忙摇上车窗,打开外循环。

  天慢慢地也亮堂了些。路边的泗水段—大官塘段指示牌,把我们搞迷糊了,这里怎么是泗水段?泗水不是应该在淮北或山东的某一地方?我们停了车,下车观望。这时,南堤下的一口不大的池塘边,传来了噼噼啪啪捶衣服的声音。久违的捶衣声,生活在都市的我们很久没有听到这种声音了,几位早起的妇人,面前堆着满满的一盆衣服,大着嗓门说笑着,好一幅田园风光画啊。J拿起相机,连拍了几张,从前的记忆仿佛就在眼前,一幕一幕地闪过。

第一站:寻找牛寨寺。

我们没有从导航中找到这一地方,牛寨村生态园就在前方,想必它也应该就在附近吧。在生态园门口,一位40岁左右的男子刚好出来开门,我们忙上前询问,他也不知道牛寨寺在哪里。生态园里的不远处,一片粉红色花的小树林,引起了我的注意,它们在绿树成荫的园中显得那样醒目,是夹竹桃还是樱花?不对呀!夹竹桃的叶片如柳似竹,而樱花是在春天开放的,赶紧询问管理员,原来是紫薇花。管理员自豪地向我们介绍,园中的紫薇花有紫色、粉色、白色和玫瑰红色四种,它们花期长、树形美、叶绿花艳,是漂亮的园景花卉,为生态园增色不少。真是处处皆学问,无意中又学到了新的花卉知识,增长了见识,丰富了见闻。

谢过了管理员,我们继续探寻牛寨寺,走,到牛寨村打探打探牛寨村的村民告诉我们,牛寨寺在牛寨小学里,现在已经找不到半点寺庙的痕迹了。牛寨小学在村路东边,有南北相连的两个校园,南边的旧,北边的新,南边较旧的那个校园就建在牛寨寺的旧址上。

牛寨寺历史悠久,这是为纪念南宋抗金名将牛皋而建造的一座结构恢宏的庙宇。

据说,1134年冬,金兀术率十万大军进攻庐州城。牛皋为破金兵,在此地安营扎寨。看到敌众我寡,牛皋心生一计,想以牤牛阵来对付金兵的乌龙阵。他利用当地错综复杂的有利地形,在塘中驯养牤牛。将牤牛饿上几顿,然后在牛头上绑上尖刀,用头上的尖刀将对面穿着金兵衣服的稻草人肚子剖开,吃稻草人肚子里包着的黄豆。到了交战的那天,已饿了一天的牤牛见人就抵。金兵哪见过这个阵势?结果一败涂地。事后,这口塘就被称为胜塘,而金兵败退的那一大片山间的平地就被称为输冲。

据《江淮晨报》介绍,牛寨寺盛时有三进大殿6间厢房,院落里遍植苍松翠柏,高大林木遮天蔽日,白塔、更楼交相辉映,生铁铸就的大钟有一人多高,牛皮蒙面的大鼓屹立在山门旁。寺里供着关公、华佗、弥勒佛和十八罗汉,最特别的就是牛皋像,身材高大魁梧、乌眼窝、细眉宇、宽鼻梁、黑髯飘飘。头戴扎巾盔,盔耳下飘着红穗,手持双金锏,目光炯炯,虎虎生威。

牛寨寺鼎盛时,其规模之宏大、香火之兴旺、声名之远播,已超过合肥城里的明教寺和紫蓬山上的西庐寺,堪称合肥一带寺庙之最。现在,当地政府已经准备重建牛寨寺了。建设内容有牛皋殿、大雄宝殿、观音殿、金刚舍利塔、财神殿、祈福殿、观堂、道路、绿化、景观、广场、停车场及配套辅助设施等。

第二站:非遗园和卧龙山风景区。

非遗园在开园不久我们已经参观过角角落落了,典型的徽派建筑,雄伟、大气。去年我们还在里面看过两场凤凰传奇和周杰伦的演出,很精彩。

非遗园项目占地1000亩左右,总投资5亿元。园区的核心项目有16个,包括中国非物质文化遗产展示中心、中国传统与民间工艺遗产园、中国园艺及徽派盆景文化遗产园、国际性非物质遗产学术研究及会议中心、中国名茶文化遗产园等。

卧龙山曾是古代名寺尧隐禅寺旧址所在地,当地每年农历二月二十九庙会,四面八方的善男信女都会云集于此,许多名士高僧也会慕名而来。1941年日本鬼子侵占合肥时,将此名寺炸毁。

在非遗园大门口,我们咨询了一位保洁员,请教她卧龙山在哪里。她告诉我们,这一片都属于卧龙山,包括非遗园在内,对面就是卧龙山景区。还问我们是不是来买房子的,我们说不是买房子的,是到附近转转的。

谢辞了那位大姐,我们来到国道对面的卧龙山风景区里看一看。风景区不大,十几栋小别墅已基本建成。卧龙山三面环水,水畔和湿地仅白鹭就有三万多只,周围岗冲相接,连绵不绝,山环水绕,小别墅对面是起伏的浅丘,不远处是一片湿地,环境是很不错的。

第三站:聂祠堂村和聂氏祠堂。

在206国道上,我们询问了几个路人和司机,他们不是不清楚,就是每人指的路线都不一样,最后我们判断一个自认为正确的路线出发。

车子再次回到了滁河干渠的南大堤上。在一个村庄边,我下车走向村里。一个村民在自家大门口空旷的土地上,正赶着水牛拉着犁耕地,大门口的侧边,女主人头戴草帽正在翻晒收获的棉花、玉米和花生。秋天是农民劳累了整个春季和夏季,金色收获的季节,望着丰收的果实,他们心里乐开了花。我们也为他们的收成颗粒归仓而高兴。

男主人告诉我们聂祠堂的走向,我们顺他所指,沿着一条小路行进,这期间又有不少热情的村民指路。这是一条新修的村村通道路,路不宽,路的两边很深陡。路对面骑来一辆正三轮,我们都错不开,倒回去也不可能,正三轮是一位老人带着两个小朋友坐在里面,怕有危险,J下车察看,双方一点点地移动车子,终于险过,谢天谢地。

到了聂祠堂村,一位正在家门口空地上翻晒花生的热情的大姐过来告诉我们,聂氏祠堂早已损毁,只有祠堂门口的两个石狮躺在一垛草堆的后面。她带着我们在一块菜地里找到了那两个石狮,我拍照留存。

晚清爱国将领聂士成为岗集镇聂祠堂人。

据《长丰县志》介绍,聂士成(1840—1900年),字功亭,合肥北乡(今岗集乡聂祠堂村)人,幼年父死家贫,母子相依,租种几亩地勉强维持生计。聂为人豪侠仗义,曾有一夏姓商贩被匪徒追杀,聂母设法藏匿,幸免于难。聂归家后热情相待,结为好友。不久,夏弃商从军,入袁甲三部当兵。咸丰九年(1859年)升任哨官驻临淮关,致书请聂到军中任职。从此,聂士成投身军旅,开始了40年的戎马生涯。

同治元年(1862年),聂转入淮军当把总,参与镇压太平军、捻军。因屡建"战功"被升为总兵,与王孝棋、章高元并称淮军后起三名将。光绪十年(1884年)法军侵犯台湾,聂奉命增援,连战皆捷,终于把侵略军驱逐出海峡。回大陆后统率庆字军驻旅顺,常轻骑出巡东北三省,绘制山川要塞图,打算在更大的范围内守土卫国。光绪二十年(1894年),朝鲜东学党事起,聂率部随直隶提督叶志超入朝"平乱",日本也以"护侨"为名入侵朝鲜,一手挑起中日甲午之战。历牙山、公山、平壤、虎耳山诸战役,聂奋勇苦战,予敌重创;在辽东战役中扼守大高岭,收复连山关,击毙日将富刚三造,使日军上将立见尚文穷于应付。聂以战功卓著获得朝野称誉,被提升为直隶提督。

光绪二十六年(1900年),八国联军进攻华北,聂奉命迎战天津紫竹林租界敌军,激战数日,敌军受创甚剧,供认"此次华人之勇敢从未所见。"六月十三日(7月9日),聂军坚守八里台桥,敌军使用绿气炮,军士伤亡惨重,聂身中七弹仍指挥作战。营官宋占标哭求聂公后撤,他说:"士成在一日,天津有一日,当以死战守桥。"就在这时一发炮弹爆炸,聂倒地身亡,实践了他生前"吾目未瞑,必尽吾职"的誓言。清廷为表彰其功绩,追赠太子太保,谥忠节。天津人民为纪念这位爱国将领,把八里台桥改名"聂公桥"。桥前立一大碑,文曰:"聂忠节公殉难处",两边佩联曰:"勇烈贯长虹,想当年马革裹尸,一片丹心化作怒涛飞海上;精忠留碧血,看此地虫沙历劫,三军白骨悲歌乐府战城南。"

聂宪藩(1880—1933年),字维成,聂士成子,毕业于日本振武学校。回国后任直隶营务处提调、济南巡防队长等职。民国元年(1912年)六月,任山东登州总兵,民国二年(1913年)八月改任烟台镇守使,升中将衔。民国八年(1919年)十二月任安徽省省长,民国十年(1921年)八月辞职。次年任步军统领。

聂祠堂村有百十户人家,基本上都是聂姓,后人虽有心重建祠堂,却一直因缺少资金而无法实施。

路边堆放着很多花生秧子,秧子上还有一些遗留的小小的花生,我摘了一个花生放入口中,花生虽然很小,却很甜,味道很正宗。那位热心的大姐跑到屋里,用手捧出一捧给我尝尝,真是无法谢绝她的好意,淳朴的农民,感情是那么真挚,让我们感动。

我们离开聂祠堂村,坐在车里,一边吃着新鲜、嫩美的花生,一边欣赏着周围的景物。滁河干渠里的鹅鸭畅快地游来游去,有几头水牛浸泡在水中,露出水面的脊背上站着一只通体白色的漂亮的大鸟,我告诉J说,那是白鹭,又叫牛背鹭,白鹭爱池塘,更爱站在牛脊背上戏水,看,它们相处得那么自然、和谐,让人羡慕。

这一天是周末,岸边停着两辆私家车,车主人在河边垂钓。他们正在享受着这难得的清静和放松。

第四站:桃山村、罗塘村和孝子墩。

岗集镇的这些地名导航怎么都查不到?好不容易出现了罗集村,有60多公里,肯定不对了,岗集镇不可能有方圆这么大的面积,这个距离都快到水家湖了。

我记得好像应该先到哑巴店这个地方,就离要去的地方比较近了。于是我们再次回到了 206 国道，找到了哑巴店，在当地人的指引下，右转向桃山村前进。

桃山村和罗塘村相隔不远，他们都是新农村示范村，统一的楼房，整齐地排列着。原来的老村子都平整成土地种上了庄稼，土地重新组合，结余出了的大量的土地，村子又便于管理。

罗塘村村民告诉我们，罗塘村民组往南 200 米处，有一处古址"孝子墩"。孝子墩，是有"合肥第二包公"之称的清代宰相李天馥为其母亲"皇清诰封一品夫人瞿太君"修建的墓园旧址。所谓的墩，是李天馥为其母守墓时留下的墩子，石像生则为墓园的附属文物。孝子墩墓在 2004 年被列为第五批"安徽省重点文物保护单位"，也是长丰县唯一一处省重点文物保护单位。

我们在附近转了几圈却怎么也找不到孝子墩。询问了路边一位村民，他说我在这生活了 60 多年也没听说过，但刚才罗塘新村里的村民又确定有，就在附近。

对面来了一辆手扶拖拉机，开车的一位师傅告诉我们，左手边这片突出的岗子地正是孝子墩的位置所在，现在什么痕迹都没有了。

谢过师傅，我们停好车，我拿着相机上了土岗子，这里密密麻麻种满了冬青。一位赶着水牛吃草的大嫂走过来说，这些是景观树苗，长大了卖给道路做绿化。她说这一带马上要开发了，可能盖工厂什么的，水牛到深秋她就打算卖掉了，土地没有了，水牛用处不大了，养着很麻烦的，现在市场上像她家的水牛可以卖 12000 元左右。一头水牛这么值钱，真想不到呀。

这次计划历经艰难，多费周折，但终于在规划的时间内圆满完成了。

我们不想走回头路，继续前行。车子在小路上绕来绕去，过了一座小桥,竟又回到了滁河干渠大堤上。哈,这一条路上午我们来回走了五趟,看来我们和它真有缘分。来不及多想,抓紧返回,我中午还要出差呢。

交通电台讲阜阳路高架上午已经通车了,只是有的匝道还没有放行。我们心里没底,不敢贸然行事,如果耽误了时间,伤不起呀。我始终牢记一条(记不得在哪里看到过这样的一句话,觉得很有道理):如果你急于赶路、赶时间的话,千万不要冒险走一条你从来没有走过的路,即使它很近。放弃上高架,还是走自己熟悉的路线往家赶吧。

(后记:第二天从报上得知,31号那天,由于沿河路与北二环之间路段还有些电线杆未迁移,有的匝道还没有放行,此处还是出现了车辆拥堵的现象。哈哈,再一次证明了上述观点的实用性和准确性。)

2013 年 8 月 31 日

下塘造甲现双墩

9月19日是今年的中秋节,因为要抓紧时间采写合肥名城名镇书稿,顾不上在家过节休假,凌晨4点多,我们就收拾好行囊,向长丰县进发了。

这时的室外一片漆黑,我们借助手电筒的灯光,快速地下楼。抬头望去,月亮已经隐去,天空中只有几颗星星亮晶晶地闪烁,今天一定又是个艳阳天。

我们从环城北路和阜阳路口右转上了新开通不久的阜阳路高架桥。记得8月31日那天,也是凌晨这个时间段,听说当天开通阜阳路高架,我们想先睹为快,可惜来得太早了,要到早上8点才能开通此路,很遗憾只好绕道去岗集等地采访。

今天我们的车子终于驶上了新高架桥,这时桥上的汽车不多,三三两两的,桥上路灯不是很明亮,有些桥面只开通了对面车道上的路灯,桥面上还有不短的一段路面没有灯光,我们只好打开车子的远光灯照明。不时地有电动三轮车和摩托车从我们旁边快速地驶过,让人感觉挺危险的,现在不是禁止"三小车"上高架了吗?他们怎么不为自己的人身安全考虑呢?

9.3公里的高架桥,车子10分钟就跑到了头。下了高架就到双墩镇的地盘了,双向八车道,车少,就显得很宽阔。

双墩镇多年前只是合肥北郊隶属长丰县的一个小镇。小镇有很老的火车站,有通过铁路的老街,老街里还有显得很老的供销社门市部,那是镇里最大的卖场了。

记得1996年某日,我与女儿结伴往双墩集来。原来双墩是一处岗地:外一圈为水,中一圈为菝米,再一圈为旱物,层层圈叠,把这个丰腴的双墩实在地搂在怀中。双墩车站西为一汪幽水。时逢盛春,花事浓郁,人气颇旺。我与女儿转过水埝,一直往埝路的尽头而去。路畔柳杨夹心,路止而荫未终,枝杪越墙相吻,原来是一座"无人"的军营。营内巨株立岗,鹊群操练,人声全杳。其时春气刚烈。我站在铁栅门外,凝眸片刻,恍入痴境。待回过神来,只见天地之间,万情迷踪,止遗三物:撷花的女儿——为至上,窈窕的春意——次之,以及品赏着她们的"我"——忝为下品。

但现在的双墩,已经完全旧貌换新颜了。老的火车站已经不用了,铁路上鲜有绿皮的慢车行驶和停靠了。高铁的高大的桥架从镇旁穿过。小镇也扩张得很大,路面宽展,像个小城市的模样了。双墩镇努力构筑"大开放、大环境、大发展"的格局,紧紧围绕"庐州北翼、水绿新都"的总体定位,突出"制造之城、宜居之城、休闲之城、商贸之城、生态之城"的主题功能,加速推进镇区向城区转变,经济和社会事业呈现了良好的发展态势。

双墩镇有路灯以外的地方依然很灰暗,早上的集市还没有开始。本来计划在双墩镇吃早点的想法不能实现,于是放弃,继续前行,向下一站下塘集进军。

5点13分,我手机收到了来自加拿大朋友Q发来的贺信:"现在是加拿大下午3点多,第一时间,谨在此祝你中秋节快乐,阖家幸福!"我忙回信感谢:"同祝节日快乐,天天快乐! 现虽是北京时间凌晨5点20分,我们早已在下乡采访的途中了。""这么早呀,鸡鸣而起,你们真是一对勤奋的人呀! 好啦,不打扰你们启程了,望你们劳逸结合,保重!"多么温馨而又真诚的问候,让我们在凉意正浓的秋日之晨感到了内心的温暖。

5点37分,天色已朦朦胧胧,双墩和下塘之间县道两旁的村、集开始热闹起来,卖水果的、卖蔬菜的人们整理着自己摊位上的货物,开始了一天的忙碌,道路上的保洁员在认真打扫着街道的卫生。

一些性急的司机在十字路口,等不到绿灯亮起就急促地按着喇叭,快速地闯着红灯通过路口,阵阵汽车鸣叫声在夜空背景下听起来是那么刺耳。难道这里的路口没有监控吗?他们这样肆无忌惮地不顾自己和他人的安全,实在太不应该了!

"合肥北城站",我们被路边的指示牌所吸引,这是北城高铁站吧?左转去看看,早听说这个高铁站了,但一直没有机会到此。

车站的广场很大,广场上已经晾晒了许多水稻。还有小四轮和手扶拖拉机不停地开进来,车上装满了一袋袋稻谷,一家一户的,都是男的驾驶着手扶拖拉机,女主人坐在高高的粮食上面,他们早早地赶到这里,占有这里的空旷场地。

我们把车子停在外面,怕开进来轧坏了地上新鲜的稻谷。一群群早起的鸟儿落在稻谷上,叽叽喳喳地寻食,旁边的村民也不驱赶它们。我来到车站售票处,想在此退掉一张因为有事而无法乘坐的北京返肥的高铁票。售票处的电子指示牌在闪动着,每个大门都上了锁,现在才6点不到,他们还没有上班呢。

5点50分,我们来到了下塘集。

前一年我曾到下塘集,来看这里的风土,来看这里小麦的收获。那时,在长丰县下塘镇西南郊日本侵略的万人坑附近,一些人正在手工收割小麦,这在当下已经不多见了,因为小麦收割都机械化了,只有零星麦地才有手割的情况。

在这些零星麦地的周围,冒着蒸汽的工厂、工作生活区的围墙、农舍以及混浊并枯浅的水塘,已经三面包围了麦地,可以想象,五七年、两三年,甚至一年后,这些还能生长出鲜黄色麦穗的耕地将不复存在(它当然还会长久地存在于某些地方,比如,我的头脑里),建筑物将取而代之,农业文明的风景将在人来车往的地方进一步被压缩。农业文明在我们记忆里留下的印象太深了,我们虽然不停地感叹、惋惜,但我们也能适应新风景、新生活、新食品、新病菌和新污染,在不发生重大意外的情况下,我们的寿命还会逐步增加。

  重大意外似乎也挡不住人类头脑的创造、发明、发现和改革(甚至进一步刺激人类的发明和创造)。我们大家都不会完全彻底地相信有什么灾难是人类顶不过去的:只要它发生,人类就很快能在宏观上了解、掌握并基本控制它,然后剔除我们不需要的而保留我们认为有益于人类的。在这样的舆论氛围和文化环境里,我们的心都放得很宽,除却酒足饭饱后的民俗学式的话题和争论外,没有几个人会认真相信生物界和地球都会在看得见的确切日子里毁灭在人类自己不停歇的发明创造中,也没有人能拿出"科学"的论据来说服更多的人。但食品安全和粮食危机似乎是个现实的威胁,它太迫在眉睫,离我们每一个人都太近了——我们感兴趣的是,直接针对我们个人的问题。

  我走向下塘镇镇西。我的思路也转向了当前的大旱。据说今年连续冬、春、夏的三季大旱是近百年来最严重的,这会对小麦和后续的中季稻的生产带来影响。不过,我的眼前还没能看见下塘镇的直接的严重旱情:一位骑摩托车的先生在路边的水塘里接连钓上来两条鲫鱼;镇西稍连成片的麦地里有一台履带式收割机在繁忙地收割,前两天下了些不大的雨,地里还有点儿烂,但履带式收割机忽略不计这些地况,一会就把地里的小麦收拾干净了,人类的发明力量真强大!

  车渐渐接近了下塘。

  下塘的烧饼和龙虾远近闻名,龙虾现在是没的吃,清晨哪有卖龙虾的呢?小杨牛肉汤馆门外的炉灶前摆满了刚出锅的烧饼,香喷喷的,看着让人垂涎三尺。赶紧停了车,先买两个烧饼解解馋。

我们一人手里拿着一个烧饼,边吃边走进了牛肉汤铺店里,要了两碗牛肉粉丝汤。做汤的是一个很年轻的小姑娘,短发、精干、利索。她麻利地下好粉丝捞入碗中,放上几根烫熟的小青菜、千张丝和切碎的香菜,上面再摆上几片很有刀工的薄牛肉,浇上翻滚的热汤,一碗热气腾腾的牛肉粉丝汤端上餐桌,舀上一勺辣辣的椒油,真是看着养眼,闻着香辣,太诱人了,恨不得一口就喝完它。

我们坐在汤馆里品着香酥的烧饼和香辣的牛肉汤,看着门外炕烧饼的炉子,看下塘烧饼是怎样炕出来的。

很简单的炉灶高高的,由几根铁架支撑着,一个面板上一团发面已经揉成了些团子放在那里,一对小夫妻,男的负责贴饼,女的负责揉面。女人好像已有了身孕。我跑到铺子前想和他们合影留念,女人很害羞地躲闪开了。

只见男人熟练地在面团上拍打几下,瞬间拍成了一张大而圆的面饼,撒上芝麻,贴在右手背上,快速地贴进炉灶的内壁上。我凑近炉子仔细查看,炉内红彤彤的炭火烧得正旺,这可是一项技术活。我发现小伙子的右手臂上戴着一个白色的护袖,我猜想那一定能起到防烫的作用。

很快,烧饼炕熟了,小伙子一手拿着一个铲子,一个个烤得焦黄的烧饼出炉了。我们赶忙又买了一个,太好吃了。这时女儿从远在大洋彼岸的美国发来信息,祝爸爸妈妈中秋节快乐。我告诉她我们正在下塘吃烧饼呢,女儿说:"我也想吃烧饼,好馋呀。"我们赶紧安慰孩子,"等你回家一定带你来吃下塘集的烧饼!"

下塘集烧饼十里飘香,它已是下塘集的一张名片,成为合肥众所周知的名小吃了。一次,有一客人来我家,特地到附近的马鞍山路店买了几个下塘烧饼让我们尝尝,据说每天由于顾客太多,那家店对每人实行限购呢,不可思议吧,但它确确实实地发生了,可见下塘烧饼的知名度。烤制烧饼的吊炉搬进了具有国际知名度的万达广场,在街边叫卖的下塘烧饼登上了"大雅之堂"。自此包河万达广场室内步行街排队买烧饼的长龙,成为包河万达广场一道亮丽的景观。

"干葱老姜陈猪油,牛头锅制反手炉;面到筋时还要揉,快贴快铲不滴油。"这一顺口溜形象地道出了下塘烧饼独具的特色。烘烤下塘烧饼用的是穹形吊炉,炉壁悬在炭火的上方,这样火势能够均匀达到。此外,制作下塘集烧饼,和面、揉面、烘烤均要依照一整套工序,完美操作,才能使烧饼保持热酥可口、冷不变硬的特点。下塘烧饼配料有葱段、姜末、猪油,拌有肉馅、小咸菜馅。烧饼表面抹有麻油,粘上芝麻,入炉烘烤后,路人无不闻香而大快朵颐。

坊间曾流传着下塘烧饼的有关桥段。说下塘烧饼,原传于汉代,上为天锅,下为地灶。相传宋太祖赵匡胤陈桥兵变后,途经下塘,老百姓献上烧饼,赵匡胤吃后赞不绝口,而后名传天下。清朝咸丰年间,为镇压在安徽活动的太平军,湘军统帅曾国藩的一路兵马驻扎于下塘集。军队行军打仗,急需干粮,烧饼就成了首选。为多争生意,烧饼师傅改进配料和烤制工艺后深受欢迎。随着湘军发展壮大,下塘烧饼的名字更是在全国响亮叫开了。

还有一个传说是,明朝皇帝朱元璋在寿州府一带与元兵激战后,夜间退守到下塘休整。军中粮草困乏,只剩下面粉,在野外生火又容易被敌人发现,朱元璋命令士兵将行军锅倒置在地上,将面粉加水和成面粘上芝麻后,反手贴在锅里,用木炭烤制而成。将士们吃过烧饼,精力充沛,士气大振。凌晨突袭元军大营大获全胜。日后,朱元璋命令厨师在面中加入肉馅等制成各种芝麻烧饼犒劳三军。从此,制作奇异、风味独特的下塘烧饼受到了广泛欢迎。

从此,下塘集的烧饼誉满江淮。

在下塘集吃饱喝足后,我们启程向下一站造甲乡出发。

时间刚过6点,太阳刚刚从东方的地平线上冉冉升起,红彤彤的霞光与远处晨雾中若隐若现的树木、庄稼相衬映,好美、好有意境的景色。我们忙抓拍了几张照片,让这美丽的瞬间变成永恒。

今天是中秋节,每一辆去农村的班车上都挤满了拎着礼物回家过节的人们。道路的一边晒满刚收获下来的水稻、花生和棉花。路边一片高秆植物是高粱还是薏米?看它们貌似高粱,但又不像北方的高粱那样,果实是紧紧聚生在一起的。于是停车询问路边干活的村民,他们回答说,就是高粱。可到底与淮北的高粱长相有些不一样,也可能是不同的品种吧。

道路上不时有拉着水稻收割机的车辆在前进,他们正趁着清早寻找需要收割水稻的农家,或者已经联系好了下家,正抓紧时间赶往目的地。他们的工作是有时限的,根据地理分布,一路风尘仆仆地从南到北收割庄稼,在农忙时赶收成熟的庄稼归仓,他们也好多挣些钱回家,这时候,过节对他们来说已经不重要了。

这一天既是中秋节,按照农历,五和十也是造甲乡当地逢集的日子,集镇上的人特别多,十字路口车子都拥堵到了一块。一位只有一只胳膊,穿着和表情看上去都有些夸张的男人,吹着哨子,很认真地疏导着交通。还真起到了作用,车流慢慢地畅通了,我很敬佩地望着他,真的从心里感谢他。

在造甲集上种子店里,我买了两袋菜种:四季二白皮莴笋和黄妃黄心乌,一元一袋,打算回家种在楼上的"听雨花园"里,深冬季节时为我们提供绿色的蔬菜。

造甲,这个地名,据说是曹操当年屯兵,在此制造兵器盔甲的地方,用现在的话说就是兵工厂的所在地。

造甲乡现有五大"名片",这五大名片是"红色之乡、文化之乡、生态之乡、长寿之乡和美好乡村建设示范之乡"。

造甲乡是合肥地区第一个中共党组织及安徽省农民运动委员会的成立地,党支部书记及两名委员均是毛泽东的学生,相关纪念馆目前正在规划建设中。这是红色之乡。

造甲乡还是明朝开国皇帝朱元璋的第二故乡,明史记载朱元璋年幼时家乡水灾,逃荒至造甲店,为求温饱,遂在此住下帮人放牛,留下了诸如"犁耙藏天子""珍珠翡翠白玉汤"等脍炙人口的故事。这是文化之乡。

造甲乡有2万多亩退耕还林土地,全乡被绿色覆盖,处处有森林,乡内有万亩水库,有万亩湿地,乡内没有工业企业,一年四季空气清新,宜居宜游。这是生态之乡。

造甲乡现有80岁以上老人681人,其中百岁以上共有5人,是远近闻名的长寿之乡。其中造甲乡百岁老人李金芝,是造甲村大庄组人,她1905年3月出生,已经108岁。这是长寿之乡。

造甲乡新农村建设如火如荼,通过将全乡十三个行政村统一规划,编制完成了造甲乡"整乡推进"项目规划,将全乡十三个行政村划分为六个整村推进项目,宋岗村、陈刘村已全部实施完毕,凤群村、凤楼村也已经建成搬迁,剩余四个项目将在"十三五"中末期全部完成。

我们沿路从凤群村、凤楼村等新农村示范村旁驶过,只见一栋栋五层小楼整齐地排列着,环境优美,村村都建有卫生院等基础设施。一位老人精神矍铄地在自家门前散步,一个村妇挥动着长长的两节连在一起的棍棒不停地敲打着地上的水稻(有点像周杰伦的双截棍,长了许多)。田地里的芝麻已经收割,一捆一捆地绑在一起,竖立在墙边晾晒着。

路边堆放着已经摘过了花生的花生秧子。我看到有的秧子上还有些饱满的花生,便下车摘了几个放在嘴里。哈,甜甜的,真好吃!

现在虽然是早上 8 点不到,但太阳照在车里,已经感到了稍许的燥热。一路上,祝福的短信不断。

在这个节日里,短信息的内容也与时俱进了。你看这一条,特别有意思:

"这个中秋、国庆,我就不祝节日快乐了。因为这是一种形式主义,让你产生享乐主义,且口头表示是官僚主义,送礼祝福又是奢靡之风!响应号召,杜绝'四风',抱歉了!哈哈。"

2013 年 9 月 20 日

杜集朱巷观水湖

去往杜集的 006 县道的路况可是不能恭维的,坑坑洼洼。是正在修造的原因,修好了,就会成为宽敞平坦的大道。

我们跟在一辆渣土车的后面,灰尘满天飞扬,渣土车速度快,我们想超过它,它跑在路的中央,怎么也不让道,经过骑车人时,飞扬的尘土让他们的眼睛都睁不开。

至朱巷镇到杜集乡的县道后,路面就平坦了。道路西头是朱巷,东头是杜集。朱巷是个比较大的镇子。有一年,我在朱巷住了一晚,感受了一下江淮地区秋熟的情景。

凌晨,天刚蒙蒙亮,我就起身悄悄离开栖息的乡村旅店,走进稻穗沉重的乡村。暮秋清凉。昨日今夜不疾不徐的秋雨已经停歇。田原肃穆。乡道分岔的地方,绵延无际的沉甸甸的稻田包围着一片红彤彤的柿林,无数碗盏般的大柿子夺人眼目。我站在柿树林和稻田的交界处向人化的自然默默致敬。凉秋的水珠,在野草叶上,在豇豆的叶脉上,在眉豆晕蓝色的花朵上,在红芋梗上,在稻穗上,随处可见。仿佛 30 多年前的时光重现——似乎静止不动的村庄、落满枯叶的土渠、正由远而近睡眼蒙眬去赶进城早班车的中年农民、岗头上兀立的杨树丛、通向稻亩深处泥泞的车辙印——不过那时是在平原,此时却在丘陵,那时是大豆高粱,当下是水塘稻田,那时的念头是要对生活进行体验,而现今却更多的是对生活的咀嚼。我走向农作物的深处……我的体温逐渐融合于自然的更大的气息中去……稻作区的秋晨,此刻杳无一人……

改变行旅的方向,往右转,010县道平坦了很多。

杜集镇区道路宽阔,穿乡而过,十分通畅。杜集乡地处长丰县东部,东与定远县为邻,南与肥东县接壤,距县城水家湖18公里,距省会合肥60公里,是原杜集乡、沛河乡合并组建而成,土地面积178平方公里,耕地12万亩,境内有杜集、沛河、隆兴、刘兴、明城五个小集镇,初步形成各具特色的农产品交易集散中心。

由杜集前往明城水库。

明城水库位于长丰县杜集乡与造甲乡两乡镇的交界处,淮河流域池河支流上游,坝址在明城寺以西约1公里。水库是以灌溉为主、兼有防洪和养殖效益的中型水库,设计灌溉面积3.2万亩,保护人口近1.91万。水库枢纽建筑物主要有大坝、泄洪涵、灌溉涵、非常溢洪道等。据说明朝开国皇帝朱元璋曾赐建明城寺一座,规模浩大,建筑雄伟,曾红极一时,是合肥地区有名的庙宇之一,在当地留下很多关于明城寺的传说,但该寺早已不存。

明城水库的附近有明城村、大李村。村里路边人家的门前,一排正在生长的高粱中间用绳子连在一起,形成一道天然的篱笆墙,看家护院再好不过了,因地制宜,彰显了劳动人民的智慧。路边一个超大的宣传牌上写着:

> 生态杜集,鸟语花香,水天共色,优生优育,男女均衡,和谐发展。
>
> 杜集乡人民政府宣

库区水面看起来较大。坝上的水泥台面上,满是晾晒着的水稻,一位农妇头顶着一个粉红色的毛巾在翻晒着粮食。放眼远眺,几只小船停歇在水面上,水牛在堤上吃草,鸟儿们在草地上蹦蹦跳跳地欢跑,好一派景色优美的田园风光。

合肥五七干校旧址在杜集和荒沛集之间。

经过"千里玫瑰种苗种植基地",园内的红玫瑰开得正艳。我们在合肥五七干校旧址改造总平面图前停了下来,只见几排红砖灰瓦的平房,没有了窗和门,它们在一片树木和杂草丛中,显得很落寞。前方不远处,一片风格沉稳、似旧又新的建筑很醒目。这里是新建的干校旧址的一部分。

杜集合肥五七干校始建于1968年,是江淮地区唯一的干校,最盛时有300多间房屋,设有大礼堂、会议室、阅览室、干部宿舍等设施。在那个特殊的年代,合肥市的许多干部职工为响应毛主席的号召,纷纷从机关、学校、工厂来到这片广阔天地里读书学习、生产劳动、接受锻炼。如今它经过40多年的风雨洗礼,干校的主体建筑保存完好。2009年作为杜集生态旅游区的重要组成部分,继续保护和开发。

杜集和荒沛集之间还有鸟岛生态保护区,看园的老人告诉我们,现在的鸟儿已经开始迁移过冬了,鸟岛没有什么鸟看了。

上午10点钟,车外的温度已经28℃了,外面阳光灿烂,打开车内的空调凉快凉快吧。我们沿着008县道向水家湖前进。

今天是中秋节,路上不时可以看到一对对小夫妻,他们骑着摩托车或电动车,带着礼物,有的前面还坐着孩子,赶往婆家或娘家过节去。我们根据他们带的礼物的多少猜他们是去婆家还是娘家,很有意思。

水家湖镇原名水家户,因水姓居民占多数而得名。又由于该地位于瓦埠湖、高塘湖之间,水源充沛,后改称为水家湖。

水家湖是我记忆中印象较深的地方,从20世纪70年代开始,每次从淮北老家坐火车回合肥,或从合肥坐火车回淮北老家,都要经过水家湖车站。水家湖地处淮南铁路线和206国道交会处,北京至合肥的高铁,也要经过水家湖,交通十分便利。

水家湖地区是合肥草莓的主产区,近年来,草莓成为全镇农业的支柱产业,是国家草莓标准化无公害生产示范基地,"草莓之乡"的美誉,享誉全国。产品远销全国大中城市。注册为"水家湖"牌的草莓是农业部批准的无公害绿色食品。其延伸产品已有长丰草莓干和草莓酒两类,适合远距离携带和长时间存放。在去往水家湖的008县道上,长丰草莓瓜果市场坐落在路的北面,市场规模很大。

从水家湖前往罗塘乡,我们在009县道的南侧看到一个沙场,堆放的沙子像小山一样,沙子细而干净,在阳光的照射下呈现金黄色。想到家里的十几只小乌龟很快要冬眠了,它们需要在干净的沙子里度过寒冷而漫长的冬季,于是下车,手里拿着两个小塑料袋,走向沙场。转了一圈没有找到沙场的看护人员,想必他们今天都回家过中秋去了,想想需要的沙子也不多,就在沙堆旁装了半小袋沙子,放进后备厢里。这样回家倒在给乌龟准备越冬的木桶里,乌龟们就可以在沙子里平安过冬了。

到达罗塘乡时,我们想起了广为流传的罗塘红烧肉。我们今天外出到现在已经跑了近十个小时,时间也已中午,突然觉得饥肠辘辘,这时,在此若是可以吃到当地盛产的红烧肉,那是一件多么快乐的事!

据说罗塘红烧肉的烧法很讲究。买来当地家养的生猪五花肉,洗干净,切成约5厘米见方的方块,铁锅上火(农村的草锅最佳),加水烧开,将切好的肉放入锅中,除去浮沫,待肉略硬,颜色由红变粉白色时取出,沥干水待用。再将铁锅刷干净,上火,加适量黄豆油,待油炸至微微冒烟时倒入肉块,不停地用铁锅铲翻动,炒到肉块出油,用酱油焖上后再加上葱、姜、八角、桂皮、红糖、料酒等佐料,翻匀后注入高汤,在大火上烧开后,将肉倒入瓦罐移至小火上煨。喜欢吃甜的可以多加点红糖,喜欢口味重的可以放上自家晒的黄豆酱。罗塘红烧肉色泽金黄、爽口软滑、肥而不腻,风味十分独特。

　　我们慢慢地开着车,左顾右盼,但在街边始终没有找到这样的一家饭馆。中秋是万家团圆的日子,谁还会开门迎客呢?再说在这个特殊的节日里,谁又会像我们一样在外面"闲逛"呢?

　　带着遗憾,我们离开了这盛产美味红烧肉之地,撕开自带的饼干先充充饥哦。

2013 年 9 月 22 日

义井杨庙庄王墓

庄墓镇历史悠久,文化灿烂,古称庄墓桥,史属寿州(今寿县)。据光绪十六年《寿州志》记载:"楚庄王墓在州东南九十里,大冢岿然,庄墓因此得名。"我们决定去庄墓镇转一转。

在庄墓镇上我们打听楚庄王墓在哪里,问了几个人都说不清楚。

根据我们长期在外询路问事的经验,若问游玩内容,时尚的地方年轻人知道;若问带有些历史人文的内容,年纪大的知道,但一般还要问男同志,女的出门少,也不太关心,而且方向感不是很准确。

在镇上来来回回地跑了几趟,也没找到一个明确的指路人。

正午时分,艳阳高照,不停地下车打探道路,我早已是汗流浃背了。我们渐渐找到了镇西排灌站附近,但大地起伏,哪里才是呢?大王路上行人很少,好不容易又看到一个人,他带着警觉的目光,说:"你们是做什么的?考古的吧?"我说我们是到此游玩的,不是考古的。他说楚庄王墓就在前面不远处,说着带着我们走到排灌站附近路边一个稍微高点的岗堆上。

岗堆北面是乡村道路,岗堆上面种满了豇豆,岗堆南面是快要成熟的玉米地,这一片地方就是楚庄王墓的所在地啊。我拿着相机照了几张照片,但看不到半点有关墓的遗迹了。"请问大哥贵姓?"我问道。"我姓甄。""甄?哪个'甄'?"他说:"西土瓦那个甄字。"他实在地回答道。

"甄家酒店""甄家小店",庄墓镇的街道两旁时常能看到甄姓的招牌。可能甄姓在庄墓镇是一大姓呢,暂且也没有时间去探究它了。

义井乡车王村的千年古槐和凤凰古桥颇值得一看。

车王是个很老的集市,街道的中心在一个岗子上,有一个三岔路口。

我们在村头打听千年古槐和凤凰古桥的所在地,村民告诉我们说,古槐树就是前面100米开外的那棵,凤凰古桥则在镇外数公里处,只是古桥已经拆除,原址上重建了一座新桥,老桥只留下了一个老桥洞。

集市的街道上晒满了稻谷,在征得村民同意后,我们开车轧过稻谷前行。

古槐树在街边一户村民家的门口,四周用不锈钢管子圈围着,树干很粗,无一枯枝,树影如盖,犹如孔雀开屏般,绿意盎然地生长着。走近看去,槐树上缀满了花朵,第一次这样近距离地观察槐树花朵,觉得十分新奇,雪白的花瓣根处点缀着少许的绿色,粉红色的花心,整个花朵颜色的搭配鲜艳、和谐,煞是漂亮。但槐花都是晚春开花,这棵古槐在这仲秋时分开花,一时还不知是因为什么。

古槐树前有一块当地政府2007年竖起的石碑,石碑上有一块铭牌:

国家一级古槐　编号0251
槐树
sophora Joponicom 豆科　槐树属　树龄1600年
合肥市人民政府
合肥市绿化委员会
二〇〇六年九月制

石碑上文字为:

千年古槐世间稀缺

尊老爱幼众民拜谒

国泰民安保护孤遗

爱护古树人人有责

长丰县人民政府

二〇〇七年六月二十日

  树的另一面有一个铁皮制作的简单香炉,香炉里有厚厚的香灰。树身周围挂着许多红绸子,这是人们想借千年古树的吉祥,在此焚香祈福,祈求年年风调雨顺,庄稼丰收,生活美满幸福,表达人们的美好愿望和寄托。

  参拜过千年古槐,我们继续前行,寻找凤凰古桥。

  凤凰古桥旧址在车王集东北约2公里的河湾上。现在的桥是多年前修建的一座水泥桥,这里已经看不出它历史的遗迹了,桥下是从村外流来,又从村外流去的小河流。我发现这一片的地形很有特点,既不是丘陵,也不是广阔的平原,树木葱郁,曲径深幽,内蕴似乎十分丰富。

  桥河附近的地里,一些没有收获的玉米和河道两侧的老草高低相间,立体感很强。桥的对面,从一辆正三轮车中蹦下一位大学生模样的姑娘,她站在桥头,掏出一个老式的翻盖手机,似乎在给家人打电话。现在是下午1点钟,在农村,回家大约正好赶上饭点。可以想象她家里一大群人都在等她回家吃团圆饭,好羡慕她和她的亲人们。

  安徽省工委旧址坐落在长丰县杨庙镇杨庙粮站内。杨庙镇街内正在修路,一半修路,一半通行,不怎么好走。

  1938年1月,在延安中央党校和抗大学习的曹云露、张云屏被中共中央派遣到长丰杨庙,成立中共安徽工作委员会。工委内设组织部、宣传部、统一战线工作部,曹云露任书记,张如屏任组织部部长兼统战部部长,宋天觉任宣传部部长。安徽工委成立后,主要在寿县、霍邱、六安、合肥、肥西、庐江、凤台和长丰等地积极宣传抗日民族统一战线政策,发展建立地方党组织,组织抗日救亡运动。是年2月,工委收编杨庙地区张焕亭民团,并动员组织一部分地方民众,成立皖北抗日游击支队。游击支队活动于凤阳、定远、寿县(含今长丰)、六安等地区,多次打击日伪军,先后组织了夜袭凤阳城、掩护炉桥难民、收复寿州城等战役。

安徽工委旧址纪念碑由长丰县人民政府、寿县人民政府于1984年10月立。该碑为水泥、砖、沙、石子材质,高1.1米,宽1.6米,下有方形碑座,边长4.1米,有5级0.15米的大理石台阶。该处为长丰县文物重点保护单位、长丰县爱国主义教育基地。

杨庙镇云峰村,在杨庙镇以东数公里处,这是以烈士杨云峰名字命名的行政村。从外观上看,整个村子干净整齐,洁白的院墙和房屋的墙面,让人耳目一新。

刘云峰,原名刘传虎。1913年生于杨庙镇刘老郢一个雇农家庭。1929年参加革命工作。1931年入党,历任乡长、区委书记、寿、六、舒、合中心县委组织部部长、民运部副部长兼三区区委书记。1948年2月,中心县委在肥东许庄圩开会,遭广西军和当地民团包围,刘云峰为掩护县委机关突围,不顾个人危险,奋力杀出重围。但当他看到县委主要领导人还没有冲出时,又返身杀入敌群,使县委主要领导安全脱险,而他自己不幸中弹牺牲,年仅35岁。

我们想去找这里的杨云峰展览馆,在村中向一位晾晒粮食的老农请教,他说没有听说过有纪念馆。我们谢过了老人,继续前行询问。这时,我们从后视镜看到老人向我们跑来,他气喘吁吁地告诉我们,去村支部书记那里问问吧,他又详细告诉我村支部走法。

多么淳朴的老人,很让人感动。

我们顺着老人所指的方向前行,找到了去峰村党支部和村委会,门前两边几棵耸立的松树,但这是中午时分,又是中秋节,大院铁将军把门,进不去。在外面转了一圈,从铁门的孔隙中拍几张照片,只可惜没有看到展览馆。

已是下午2点多钟了,我们跑的都是村子,到现在还没有找到一家可以吃饭的饭店,腹中早已饿得咕咕叫了。每当路过村居人家,看到满满一桌子佳肴,一大家人欢声笑语地坐在堂屋中举杯共饮时,我们都被眼前其乐融融的气氛所感染,真想也参与其中。

好在今天的行走计划已经完成,不远处的高速公路上车子川流不息,高速入口应该就在附近,抓紧寻找高速入口,回家再饱餐一顿吧。

无意中发现了路边刘云峰烈士的墓碑,赶紧停车下去查看。

墓碑上依稀可以看到"杨云峰烈士简介"一行大字,但下面的简介被风雨洗刷得一个字都看不见了。墓碑的背后有一辆被丢弃的破自行车,周围则杂草丛生。

墓碑不远处就是杨庙收费站。

上了合淮阜高速,在龙门寺服务区给早已见底的杯子续上开水,补充些水分和能量。龙门寺服务区规模大而宽敞,粉红色和红色的紫薇开得正艳。我们此时无心欣赏眼前的美景,抓紧回家过节填饱肚子要紧。

车子一路急驶,在双墩出口处下高速,从阜阳路高架返回合肥的家中。

此时已是下午4点半了。这趟寻访虽然辛苦,但收获颇丰,我们累却快乐着。

2013年9月24日

2014 年

听雨花园笔记（81 题）

园长不在家，家里的"空中花园"暂时就归在我的名下啦。

立春不久，园子里不知从哪里来的小麦种子，长出了几株小麦。我们在园子里看见了它们，那时它们还小，我说是野草，园长说是小麦。我说就算是小麦也没有什么意义，几株小麦既没有商品性，也没有太多的观赏价值。但园长执意要把其中的数株小麦移栽到一个不"碍事"的偏荒地带去，另几株仍留在花盆里。小麦也有移栽的？没听说过，但人家是园长。多管闲事多吃屁，明智点，还是少言为妙，就由园长去做吧。于是这数株小麦就在园子里长起来了。现在，园长不在家，小麦长势旺盛，已经开始抽穗、灌浆了。草本的植物和蔬菜似乎都能移栽，今年早春在小花盆里育苗的无架豆和有架豆也都移栽成功了，但不知道长势和产量会怎样。

一夜春雨，早晨起来，到听雨花园去，看见无数的蜗牛，在枯枝败叶上，在湿土地上，在植物的绿叶上，在花盆的边沿，在地面上，在墙面上，在大乌龟经常出没的墙角、小道上，在门窗的玻璃上，在所有的地方爬行。蜗牛总是在春天的雨后大迁徙，我想这可能有其中的道理：雨后潮湿，借助雨水的湿滑作用，蜗牛的爬行比较容易，它们可以迁徙得尽可能远些。枇杷正在膨胀，但也有许多落果，种在大花盆里的果树，营养总是有限的啊。柚子要开花了，少数花蕾已经绽开了洁白的花瓣，有丝丝的香气飘散。

含笑盛开,听雨花园里香瓜或者香蕉的香气十分浓郁。呵,真香!真香!真让人愉悦!韭菜移栽后长得绿油油的,地下的土松了、厚了,也肥沃了。白兰的叶子长得可真宽厚,它占用的面积也越来越大,逐渐成为一个要解决的问题。酒瓶兰在哪儿都能快速生长,它的大球根汲满了水分,干旱二三十天也奈何它不得哩。从花园里可以稍微居高临下地看到城市的中层和下层,这让人有比较宽敞的视野感,也让人有一点掌控欲,毕竟这与处于地面的状况有所不同,在地面活动的人都处于最低层。所以,差异是无所不在的,因为人的心态会随时随地发生变化。

又有了半天在家中的闲暇时光,我走进听雨花园,在非凉非热的温度下,左看看,右瞧瞧,视察着多日不见的"熟人们"。园长远足北美,这段时间就是园丁我在家中、在花园里称王称霸的时光啦!对园中琐事,我有三宝:多维持,不更动,任其长。哈哈,吉人天相,我持三宝,到时移交,不多不少。枇杷还在发青、膨胀,少数的几个稍稍现黄,不过园长不在家,关爱不够,枇杷结得少,落得多,留在树上的已不足20颗。新栽不久的红芋和茄子都在缓苗。含笑花继续盛开,香若香蕉、香瓜;柚子花已经大开,洁白如玉,香气扑鼻。

园子里的一棵金银花突然盛开、怒放,让人吃了一惊,然后便且惊且喜。这棵金银花与书房外的金银花不是一个品种,书房外的金银花叶脉紫红,开出来的花,外表也是紫红的。而这一棵,叶脉是绿白色的,开出来的花,大而白。这段时间,园长不在家,而这棵金银花,打花苞时被我看在眼里,便暗暗地,每次都耐心地多给它浇水,于是就出来这么一个爆发式的集中开放。只见整个的一棵金银花树,一堆儿白,一堆儿黄,满满地裹了一大片。白的是初放的,黄的是经夜的:金银花之所以叫金银花,正是因为它会有这种变化,白的是银,黄的为金。一拉开空中花园的大门,香气就扑鼻而来,既是清淡的一种香,又是甘醇的一种香,百吸不厌。人到底是在森林里摸爬滚打进化来的,见到植物,就快乐得不得了。

哦,花盆里和移栽在地里的那几株小麦竟在陆续黄熟。最黄的那一株也许是秆高易摧的原因,从生节处折倒了,倒在靠近地面的一棵长势青翠的莴笋上,莴笋则用它肥厚实在的叶丛捧着它,我赶紧跑过去,扶起折倒的麦秆,让它直起腰身,能够接受更多的阳光和微风。金银花仍在开放,香气四溢,提神醒脑,让人愉悦而又兴奋,感觉到生活的美好意义。留而未弃的唯一的一盆夜来香,冬天放在楼上客厅里,仲春搬它出去时,发现它竟然前所未有地枯"死"了。园长说没关系,地上部分死了,地下还会长出新苗来,用塑料布蒙上花盆口,留一些小洞,如此可以提高地温,使地下的萌芽早日破土而出。果然,它现在已经从塑料洞里长出一根长的和几根小的新苗了,且深绿,且幽然,生机勃勃。

园子里,小麻雀叽叽喳喳,攀在正要黄熟的麦穗上吃小麦。呵,这还了得,园长知道了对谁都不好!赶紧对它们嘘嘘几声,它们扑扑都飞了,调皮样十足!在窗户玻璃上发现一些刚出生的极小极小的蜗牛,自我粘固在玻璃上。它们受到本能的驱使,爬到窗户玻璃的制高处,粘在玻璃上,凝固在那里了。我动手把它们取下,放进湿润的花盆里,可有时觉得它们爬得太远,够不着,只好作罢。凝固在玻璃上的蜗牛,不知道再下雨时,能否离开原地并找到适合生活的地方(有花草植物的地方)。从宏观的角度看,蜗牛们的迁徙是必要的,因为它们四散而往,会因此而找到新的生存地,它们的种群也会扩大,你找不到,它可能会找到,这一批找不到,另一批可能会找到,这一群失败了,那一群会成功,也总会有成功者。但对于蜗牛个体而言,走错了路径,就可能付出生命的代价,而一定又会有走错路径的失败者,这真是没有办法的事情。

　　看见花盆的一角冒出一片荷叶似的小小叶片,这是毛芋头呢,一定是上年起挖时遗留的地下根茎,今年又自个儿生根长叶了,哪儿用别人的督促呢!赶紧儿把它挖出来,移栽到水肥土厚的亮敞地,今年它们也一定能长得棒棒的!别处还有没有相同的遗留呢?转圈儿寻找,果然又找到一个,把它移栽到前一棵的附近,这样,它们就可以"协同进化"啦。

　　一场豪雨过后,听雨花园空气清新,土壤滋润,枝青叶茂。"春雨贵如油",农耕文明的俗语既生动,又形象,还深玄。前两天气温有所升高,但一场雨过后,温度又有下降。春温不定,这是季节的常态。在很大的花盆里养着的小些的乌龟大都钻进湿沙中去了,在湿沙里避风躲雨,安全可靠;而大乌龟则在花盆后和落满枯枝败叶的小道上出没,不过它们现在还不太想进食,毕竟它们在生理上属于变温动物一类,没有持续的较高温度,它们身体的机能无法高速运转。在由花盆和田地挡板组成的小道十字路口,我蹲下来拦住正在小道上漫步的几只大乌龟,和它们说些似懂非懂的话,它们歪着脑袋,佯装聆听,十分配合。我突然发现,小三子的双眼蒙上了一层白雾,哦,又有炎症了,这样会影响它的视力呢,得赶紧治疗,这时手机却响了。我去接手机,但我在心里叮嘱自己:得想着这件事,得抓紧给小三子治疗呢!

　　离家到外地开会、学习一周,回到家休息两夜一天,终于休息过来了,又有心情到花园里悠游一番。气温其实不高,甚至还有点凉意呢,都立过夏了,昨天却还有寒流过境,把正在上升的气温活生生地逼迫下来。不过,这不热不冷的春天,倒是可以更持久些。几日不见,早春时种下的红皮水晶萝卜,叶片繁盛,把园子的一方都覆盖住了,伏下身拨开层层叶片看向地里,果然已经有些萝卜结成了,只是还不够肥大。忍不住馋虫的拱动,拔了一棵萝卜,洗净去皮,咬下去咂一咂滋味,有淡淡的辣,也有丝丝的甜,回味无穷。

终于又觅得一个可以在家休息、独处的下午和傍晚。我呼出一口积累多日的浊气,走进花园。金银花花期收尾,尚有余香;枣树则花香四溢,淡雅适宜。春天新插的无花果枝条竟已长成小树,令人瞠目,多么旺盛的生命力!做人做事,难道不应该像新插的无花果树枝,一经沾土,湿润,即刻法乎自然,扎根旺长,完成生命的周期,不辜负生命的机会吗?萝卜长成更盛旺的一大片,估计很快就可以走进花园,随手拔几棵够肥够大的水晶红萝卜吃啦!移栽的毛芋头长出了两朵叶片,它们的叶片此刻向着东方太阳的方向倾斜。第一茬菜辣椒昨晚已经佐餐,嫩嫩的,生着吃,既极有营养,又不是辣味逼人。几只大乌龟在水盆草枝附近出没,老大把头没入水中,似在掩藏自己;小三子昂着头听我的声音。我蹲下仔细看小三子的眼睛,炎症依然未消,它似乎看不见周边的物体了,只是凭听觉和感觉探知周围的动静。明天,我一定要找到家里原有的龟液,来治疗小三子的眼炎了。明天一定要如此了……

早晨醒来时心情已经杂乱,因为一个又一个近期的和中期的事务塞得满满又满满。但一转眼几十天已经过去了,小三子的眼炎不能再耽误,我到楼上杂物堆里翻找。哈哈,功夫不负有心人啊!其实只用了几秒钟,就看见那个黄色的小瓶子啦。找一只大点的桶,按要求倒点药液在里面,加些清水,把桶放在一棵大盆景的银杏树的后面,阴凉又有光。小三子在哪里呢?哦,小三子正在小道边的一些湿叶旁用鼻子捉潮虫和蜗牛呢。把小三子捉起来,学着园长的样子,和它说说汉语,说要用药水给它治疗眼炎,它也配合着,晃动晃动脑袋。呵呵,这件事终于完成了呢,心里深深地松了一口气。拔了几棵红皮蒜,打算中午或晚上用来生啖佐餐,这可是极佳的健康食品哪。柚子和山楂虽然开花很多,但陆陆续续落了果,留下来的并不多。这是植物的因地制宜:花盆再大,资源也十分有限,透支的愿望可以有,但天道的制约更是硬道理,不可违逆。

　　天气突然暖热起来,早晨到花园里去,穿着长袖的内衣,很快就觉得热了,赶紧脱去,仅剩背心。天气预报说,今天的最高温度是 30 摄氏度,而昨天才只有 25 摄氏度左右。不过天气也是该热了,都公历 5 月 20 号了,淮河流域的小麦都大面积成熟了。猛地发现园子里那几株园长交代又交代一定要看管好的麦穗被小麻雀们啄得只剩下黄灿灿的麦壳了,呜呜,哇哇,这可怎么办呀!这往后的日子可怎么混呀!我没法交代呀!可我又不能责怪小麻雀们,在人们衣食无忧的年代,它们都是可爱的小动物,而不是人类必需的食品。我回到屋里,第一时间将此事向园长报告:就算你向小麻雀们献爱心啦,嘿嘿,嘿嘿,嘿嘿……

　　连续多天最高温度都超过了 30 摄氏度,今天更高达 34 摄氏度,不过这是最高温度,早上还是凉爽的,温度只有 20 摄氏度,十分舒适。现在的高温和 7 月的高温不是一回事,7 月盛夏,一天中温差小,酷热难耐,那是真正的夏天。随着温度的持续上升,蔬菜的长势发生了巨大的变化,它们开始放得开了:红芋用最快的速度在地面上圈出了最初的势力范围;茄子生发出多个侧枝,向空中猛烈冲刺；无架豆在花盆口上形成了一个绿盖，叶子由淡绿转成黑绿，这说明营养和水分的供给是十分充足的，也是高质量的；有架豆纷纷顺着菜架爬上高处，占据有利位置，最大化地获取光热资源；山药也深谙此道，攀至菜架顶峰后，又相互缠绕支撑，向不可预测的高空探视。对植物和蔬菜来说，季节和天气现在是给力的。生命短暂，时间紧迫，它们要抓紧生长季的每一分、每一秒！

春季和初夏开过花、结过果的果树和植物，现在都处于换叶发枝、积蓄能量的时期。含笑的叶子由淡黄转深绿；枇杷突然有一批叶子变成了金黄，然后脱落了，上层新的叶子已经长成，下层旧的叶子完成使命，离树枝而去；金银花开花后树形会变得凌乱，甚至凌乱不堪，叶子也不再鲜艳，有一片没一片的，变得太不讲究了，不过金银花被称为忍冬，冬末春初，它是最早绽放新芽、鼓起花苞的少数不畏寒的植物之一，到那时候，我们又能见得它不得了的风采；贴梗海棠花后也长得不甚好看了，同样的，冬末春初的时节，它艳丽的贴梗红花，每每令人激动万分！

休养生息如此重要呢！世界上没有永无止境的搏，因为那是不可持续的。所有的搏都预示着息的到来，需要补充能量，需要肯定或调整方向，也需要决定取舍。

天气愈热，我突然在正午最酷热晒人的时分待在园子里了。园长仍不在家，楼上楼下还都是我的辖区。我待在园子里，给蔬菜、花草和果树浇水，和乌龟们说话，喂乌龟们瘦猪肉，整理花盆和土壤，新种一些无架豆。从土壤里发现的红蚯蚓是小乌龟们的最爱，它们争抢这种优质食品，抢得热火朝天。我在一个平浅的水盆里看见了小三子，哈，小三子的眼睛好多啦，期望它更快地好起来哈！生姜冒出了新芽，虽然出芽晚，但只要水肥跟得上，它们很快就会蓬勃旺盛、占据一方。毛芋头长出了第三片叶子,它的叶子起初是卷起来的,一夜之间就能伸展开,这第三片叶子比第一片和第二片叶子可大得多了,从今以后,毛芋头就会进入大叶子时代,直到秋去冬来。夜来香也冒出了许多绿芽,哈哈,它的生命力旺盛,长得快着呢!

早晨我到花园里去,第一眼看到是小三子。哈,小三子的眼睛快好啦,左眼几乎看不到炎症了,右眼还有,但不是那么严重了,哈哈,真好!第二眼看到的是萱草。花园里的萱草现在分别长在两个地方,一个地方是长山楂树的大盆里,另一个地方是闲置于花架下的无孔盆里的假山(松石)上。萱草俗称金针花、金针菜、黄花菜,最有名的名字叫忘忧草。萱草是中国古代文人的钟爱,唐朝诗人孟郊写萱草:"萱草生堂阶,游子行天涯;慈母倚堂门,不见萱草花。"宋朝苏东坡写萱草:"萱草虽微花,孤秀能自拔。亭亭乱叶中,一一芳心插。"明朝诗人高启写萱草写得全面:"幽花独殿众芳红,临砌亭亭发几丛。乱叶离披经宿雨,纤茎窈窕擢熏风。佳人作佩频朝采,倦蝶寻香几处通。最爱看来忧尽解,不须更酿酒多功。"萱草可作物质食粮,也可作精神食粮。幽思、感念、怀旧、忘忧、遣怀,是萱草常被附加的人文精神。1980年前后的一个夏天,我独自一人攀上大别山主峰白马尖,看到山风凉意之中,草丛和石缝里开放的萱草,心里的感念真是无以言表。萱草在我家园子里,最初正式种在多个盆中,花色纯,气色雅,每年都倍加关爱。后来有一年,从花市的临时地摊上买回几株所谓的"萱草",花色浓艳,香气浑浊,再后来竟把家里原来的淡雅品种也带坏了,于是就将它们随手弃于荒僻之处。现在留下的这几株,找到了自己的位置,恢复了本有的面貌,默默地生长,渐渐也可人起来。本有的面貌,真的好!

连续几天高温,河北多地达 40 多摄氏度,江淮也高达 37、38 摄氏度,都创下了几十年来 5 月气温的新高。很快的升温对植物和蔬菜倒是好事。早晨到园子里去视察,所有的植物都生长得很得意。特别是前些时候冒出新芽的夜来香,有一枝主干,粗壮有力,已经超出周边所有的植物,蹿出 1 米多高,这种顶端优势会更加助威它的成长。在周边没有遮挡的环境中,它对光、热、风等资源,将会有最大化的利用。呵呵,真是了不起!它们是永恒的,哪怕它们曾经死亡,或将要死亡。它们的死亡也是永生,因为它们的顽强精神永生!我无条件地敬佩生存力强、不挑拣环境、遇水即生、见水即长的生命!它们是我人生的楷模!

早晨我被雨点敲打雨篷的声音吵醒。呵,这正是"听雨花园"的来历。我起床来到听雨花园,把一个很大的塑料盆放到雨蓬下接雨水。雨啪啦啪啦响着,这可把从湿沙里钻出来期待着天空和雨水的十三只小乌龟急坏了,它们在湿沙盆里团团转,想知道雨点打在身上和在雨水中游玩的感觉是怎么样的(我猜测)。我把它们都拿进大盆子里,雨水从蓬沿汇入盆中,它们立刻奔向倾注的雨水之下,真是畅快啊!晴热多天,温度也升得超常,是该来一场雨,浇一浇心头的旺火了。就人的感觉来说,降雨人会舒服,对地里黄熟的小麦来说,降雨不利于小麦的收晒,对玉米和早山芋来说,这场降雨来得正是时候,它们可以借助雨热,疯疯地长上一阵,对于正在走出火车站的乘客来说,这场雨可真是糟糕,到处是人,人挨人,人挤人,又打不到车,心焦焦地想立刻回到家中的愿望,一时还实现不了呢!这都是人的感觉、人的要求和从人出发的利益标准。这既是唯"物"主义的,又是唯"心"主义的。所谓"主义",在这里是"至上"的意思。唯"物",就是从实用的角度去看这场雨,唯"心",就是从内心去看这场雨。在这里,唯物和唯心没有根本的区别,只有视角的不同。十三只小乌龟在雨水中疯跑疯玩,看到它们快活,我也快活!这是它们生命中的一个高峰时刻。它们真快活,真快活!

雨渐渐停下,温度不高,甚至还有点凉快,但又叫人觉得还不够爽,还时常会感觉身上黏糊糊的,大概是空气湿度较大的原因。我到园子里去,大盆子里已经接了大半盆雨水了,雨水很是奇怪,虽然都是水,但天上下下来的雨水,对植物和动物的滋养就非同一般:乌龟们都特别喜欢到积满雨水的盆子里去,雨后的植物都能听见它们疯长的咔咔声。这可能是雨水的影响,是大的面积,是宏观的环境的原因吧。十三只小乌龟在水里浮浮沉沉,煞是悠然。看见有人来了,它们都赶紧钻到水底下,上午不小心爬进大水盆里的蜗牛都不见了踪影,一定成了乌龟们的美餐。我把切碎的精肉扔进水里,中等的和小的乌龟们很快就发现了,纷纷在水底抢食,连最小的那只小不点也抢到了一块,一眨眼就吞了下去。如此而往,它们在一整个夏天和一整个秋天,就能长得很快,很结实。冬眠对它们来说,就是小菜一碟的事情了,就没有任何不安全的隐忧了。一只大乌龟在一只大花盆后面的大水盘子里,伸着头,东张西望的。我扔了一团肉给它,片刻后我回来,却发现肉没有动,大乌龟拖着肥大的身躯,离开了水盘,慢慢地从墙角隐蔽处爬走了。哦,今天已经是公历6月1日了,明天是端午节,热天也就是6、7、8三个月,大乌龟们该产蛋了,每年都没有过多的适宜的时间供它们挥霍,它们真是辛苦,不过也是非常充实的。

夜里一直凉爽,早晨起来也凉凉快快的,真是舒服。今天是端午节,到园子里巡视一番,把红芋秧子翻一翻,这是俺近40年前在淮北农村插队时学会的招数,因为雨后红芋秧子速长,会沿土壤爬得四面八方,红芋秧子的所有节点,都可能遇土扎根,分散营养,所以把红芋秧子翻个身,不让它们遇土扎根,是十分必要的程序;那时在农村,雨后专门要干这种活,每位社员都拎一根棍子,沿无边无际的红芋垄往前走,一边走,一边用棍子把铺天盖地的红芋秧翻到另一边去,这样秋后就能有很好的收成了。枣花继续盛开、怒放,园子里有些淡淡的花香。我站在枣树下望着北和西北的方向,内心再一次期待有机会去华北平原,去那里的村庄。那里所有村庄的里里外外,无处不生长着成群成片的枣树,村庄中心还会有数百年树龄的枣树,华北平原真是个枣树的王国。内心还十分期待有机会去河南登封、许昌附近,去看一看许氏的宗贤许由隐居植枣的地方。我曾经搜集了许多关于枣树的资料,对枣树有着一种表达不清的特别的亲近,枣树有什么神奇的魅力吗?前几天看电视在湖南屈原故里有一位捕蛇人,他捕到蛇就用左手按住蛇头,右手把蛇围绕蛇头依逆时针方向盘起来,然后用右手在蛇头的上空画一些看不见的符号,蛇就被定住了,一动不动,如果不解开,两小时后蛇就会死去,真是神奇、神秘!哦,对了,按照每年的习俗,端午节要在门上插艾草的啊。园长不在家,我也没上街办这件事⋯⋯于是我折了一枝金银花,来到门外,插在门旁,祈愿春去夏来,诸事平顺!

雨后的夜来香越长越粗,越长越壮,越长越高,其中最高的一枝已经长得比筷子还粗,快赶上旁边的银杏树了。一只花壳的蜗牛爬在葱绿的夜来香枝头上,呵,蜗牛,你们可真是无所不在哦。蜗牛是一种看起来弱势的小动物,但它们每一只都有28000个细密的牙齿,所以它们吃起枯枝烂叶来,常如风卷残云。萝卜的叶子上现在也都爬满了蜗牛,它们的盛宴还在继续。如果在农家的菜地里,菜农们不会允许这种情况出现,对蜗牛的怂恿,就是对蔬菜的荒弃、对生活的荒废。但在我们的园子里,蜗牛和植物都只是我们眼中风景的一部分。社会生态的构成,复杂而多样。

园长昨晚发来信息,说女儿快要生产了,已经住进了医院,发来的图片显示,午餐(时差13个小时)丰富,三明治、烤鸡肉、面包、牛肉汤,哈哈,伙食不错哦。今天早晨,我起来后仍到园子里去转一转、瞅一瞅。看到园子里的植物和小动物们,像往常一样,我立刻又像进入了原野陌地,精神倍觉振奋。有架豆和无架豆都结出了果实,特别是有架豆,长长的豆角垂直向下,最长的已经超过50厘米了,它们脂玉般的花还在不断开放。春天新插的一枝无花果,长得不要太盛!大片的叶子朝气蓬勃,已经覆盖了相当一片领地。人类和自然界的其他生命一样,更新换代,生生不息,这真是令人欣喜!今天上午9点多,园长电话告诉我,女儿生了个小宝宝,胖乎乎的,6斤多呢。哈,母女平安,我也放心了。

几天不在家,花园已经变成一个收获的场所了。周六这一天的中午,我终于能够安静地睡了个午觉,起来后我精神抖擞,拎着园长常用的小篮子,到园子里去采收。天有些儿闷热,我光着膀子,这是在自己家的园子里,又是在高处,不会有什么不妥。呵,所有的有架豆和无架豆都在开花、结果,虽然长长的果实还不够粗实。辣椒结得可真多,又大又黑,我摘了一个又一个,一口气摘了三四十个才住手,这我怎么吃得掉哦。顺手留下的一盆洋葱也都结成了球根,几次想把它们挖出来,想想还是算了,反正我又不急着消费它们,还是等园长回来再起吧,让她找到收获的感觉。维护园长的利益,就得从一点一滴的小事想起、做起呢!最后一盆蒜头都很小,但独头蒜多,干了以后可辣了,吃的时候必须小心,以免辣得受不了。红芋秧子完全铺展开来,把裸露的土地都遮盖上了。发现一只闲盆里长出了西瓜秧,这是什么时候留下的种子?赶紧给它浇透水,至于能否结果,那是无法预料的。

气温已经稳定下来了,早晨最低温度 21 摄氏度左右,中午最高温度 32 摄氏度左右,这样的温度,恐怕也是最适合园子里的蔬菜生长和开花、结果的。生姜每年的发芽长叶是最晚的,要到阳历的 5 月中下旬才出得来,现在已经离土 30 多厘米了。辣椒开始大量地结果,也就十来棵辣椒,但现在结的果实,一两个人是吃不完的。无花果树上结满了圆圆的果实,我早晚都给它浇透水,因为我知道,如果有一次水浇得不够,它的果实就会脱落,无花果叶子肥大,蒸发量也了得,缺了水那还得了,它的蜜一样的果实可是水和蜜掺兑而成的呢。最能结的是豆角,园子里的有架豆和无架豆开了无数的花,结了许多长的和短的豆角。有架豆因为攀爬在空中,得阳光与风之先,所以只要水分充足,它们就会挂下来一根根长达半米的肥肥的豆角,真是喜欢死人了;无架豆不攀爬,结的豆角也短,但数量众多,随便拨拉拨拉茂密的叶子,上下左右都能看见肥肥的豆角。这几天,我每天早晨都要到园子里采摘一些辣椒和豆角。我发现,水、肥、阳光、温度、风,对豆角都是重要的,昨晚还瘦小未成的果实,早晨已经又肥又大,可以采收了。

天亮以后,我又补了一觉。太阳出来以后,我也起来了,我开了门到园子里转一转,伸一伸懒腰,哐吧哐吧生活中暂时出现新内容后的滋味。

足球世界杯 4 年才来一次,又是在国际日期变更线那边很远的地方踢,时差不是一般的大,这对我这样凑热闹的人来说,需要一个适应的过程。

今天没有安排,所以昨晚从外面回来后,洗了两个香瓜,泡一杯香茶,待在空调房间里静静地看足球。这倒符合巴西世界杯组织者的提倡:放松,享受。

第一场看的是墨西哥 VS 喀麦隆,1∶0,墨西哥胜。第二场看的是西班牙 VS 荷兰。看第二场时,已是鸡叫三通时分,抵挡不住生理规律,只好看看睡睡,睡睡再看。如此者数番,等我再睁眼时,荷兰已经灌了西班牙 5∶1。

我吃了一惊,从床上跳将起来。据说在世界杯历史上,西班牙上一次的顶级惨败,也发生在巴西。1950 年巴西世界杯第二阶段小组赛上,西班牙被东道主闷了个 1∶6。

不过我很快又躺回床上。用行家的话说,这就是足球,不值得大惊小怪。

上回说到周六上午没有安排,所以周五晚上回到家里后,就洗了两个香酥瓜,又泡了一杯好茶,到空调房间里,好好地放松心情,享受足球。且不说墨西哥 VS 喀麦隆,1∶0 墨西哥胜,西班牙 VS 荷兰,1∶5 西班牙惨败,就说电视里的一些花絮,就够我笑好久的了。

问到一个足球鉴赏水平和我差不多的网友:是否看好喀麦隆?那网友反问:喀麦隆在哪里?为什么要看好它?我大笑。

其实这位网友水平很高,他(她)说出的是问题的一个实质。

我喜欢谁就粉谁,至于其他,那只好谁谁去了。

如此一来,我倒真还期待着法国的出场,因为在大大小小的不少方面,我都感觉法国和中国有共同之处,有"缘"似的。法国是欧洲国土面积最大的国家,钟情于自辟蹊径的创新,政治上有大哥风范,精神气质包容、宽厚,不像欧洲的有些国家算得那么精。呵,不过,这有些也许亦是缺点。

英国和德国似乎比法国更有城里感。法国的农业气息浓厚,城市的细微处就有些不那么讲究了。法国的麦田、玉米地又大又宽,路篱上还开着淡香的金银花,人少的地方就顺其自然了,不像德国或欧洲那些更小的国家,到处都拾掇得整整齐齐。

　　天亮以后,香酥瓜吃完,香茶已清淡如水,我关了电视睡觉。

　　天气十分憋闷,燥热,太阳消失不见了,天色阴沉,人们的呼吸感觉十分不畅。天上落下零零星星几点雨,这让人们觉得很有盼头,但也仅此而已,既有盼头,可又不见再有雨点落下,更谈不到阵雨、雷雨、暴雨畅快倾倒了。于是我也不再过分期待,而是平静了心情,按部就班去做该做的事。我提着园长的小篮子,到花园里去采摘辣椒和豆角。辣椒几天没收,又结了许多,多数颜色都已经深黑,这说明它们在辣椒秧上待的时间长了,如果不及时采收,既会让它们变老,更会影响后续果实的丰盈。随便翻找一番,便收了小半篮子,它们可真能结,不过这是我浇灌管理得好。豆角更是一番丰收,有架豆到处悬挂,个个都有半米、小半米长,我右手拿着剪刀,左手拿豆角,只要见到发白、发胖的,都要采收,不采收很快就会老掉。我收了一大把,放进篮子里,又收了一大把,又放入篮子里,再收了一大把,再放入篮子里。呵呵,真是大丰收哦!这应该是豆角今年的第一波大丰收,这说明春天移栽有架豆和无架豆的方法是正确的,是今后应该坚持的。

　　哈,园长回来了。

　　多日干旱,但园长回来的这天,天上下起了雨,相当于甘霖。凌晨4点,园长倒时差,兴奋得睡不着,起来到园子里捉蜗牛喂乌龟们,大小乌龟都围着她转,使她立刻找回了园长的威风。天亮以后又下起了不大的阵雨,气温也降下来了,很凉快,在家里也不能光着膀子了,得在上身穿上薄薄的内衣。有架的豇豆角都越挂越长,愈长愈粗、愈壮。君子兰绿油油的,长势旺盛,花期过后,君子兰一年里都在积蓄能量,以待来年;君子兰较为耐阴,夏天在能见得到阳光的屋内成长最好,闲来无事的时候,捧一杯香茗,在君子兰身边转转,细细地端详它的容颜,别有一番滋味在心头。仲秋后就要把君子兰搬到室外遮遮挡挡、10点以后的太阳不能直接照射到的地方去,加足水肥,补充光照,厚积养分,为下一个花期做准备。

除君子兰外,我家还有一些"边缘性"的植物,也就是那些平时不用多费心管理,也不用多惦记它们,只要给它们一些最基本、最简单的清水,它们就能在自己的边缘地带承受冷落、抗争环境、享受生命、生长得很好的植物。例如吊兰,吊兰既耐阴,也能承受较好的阳光;既不怕高温,也可以抵御零度以下的清浅低温。我家的一盆吊兰,15年前种到一个大盆子里,放在书房离窗较近的地方,十几年来始终没挪地方,平时忘记了可以一两个星期不管它,想起来时就可多可少地给它浇一些水,下午可以晒得到一些太阳,长势却一直很好,甚至越长越旺,葱绿的一片,真有生命力!还有一盆紫叶草,放在西阳台的玻璃窗上,更没有人能经常想得起它,连水都浇得更少,它一会儿"死"了,一会儿又"活"了,哪怕仅留下一小段茎叶,见土遇水也能旺旺地发出一大盆来,到春天还会开出一阵又一阵的淡紫色的花朵,很了不起,叫人钦佩。

下了一天雨,又似非下了两天,疑似进入了梅雨季节,天总是想下雨,却又总是下不下来,天气有些闷人,不过早晚还是凉快的,人体尚不太感觉难过。江南已经入梅,江淮会略迟几日。6月22日,值得小记一番,这一天有两只小乌龟由园长送朋友了,一路上园长都在和它们说话:你们要乖,要把你们送到一个新的人家,她也会对你们好的,你们要乖乖的。哈哈,园长还真有爱心哦。

园子里的豆角继续快速结果,又多又粗又长,随手摘去,一摘就是一大把,煞是惹人喜爱。但可惜前段时间摘下来的豆角,想晒成干豆角,因为天气总阴不晴,一不小心,都生霉了,只好把生霉的那些弃绝。茄子却只在早期结了个白茄子,后来就一直没结,昨天去大姐家的菜园里看一看,同时种的茄子,已经结了许多紫茄子。这是怎么回事呢?难道是由于今年种的位置不对,得不到太多的风?我很有点儿郁闷。不过,还要再观察观察再说。

我家园子里"边缘性"的植物还有不少,都是花园衰落后留下来的品种,有酒瓶兰、朱顶红(兑兰)、天竺等等。酒瓶兰有两棵,一棵是许多年以前我在肥西县城外上派河附近的河滩上溜达时,看到花农把特小的卖不上价的酒瓶兰扔到河滩上,我随手捡了一个回来养成的;另一棵则是我10年前在北京居住时,从花市里买的,球球上还叮了个很小很小的球球。现在,捡回来和买回来的酒瓶兰都已经长得很大了,球径都有中等的花盆那么大了,叮在小球上的那个小球球,也随着小球长大了,后来我们把它掰下来,重新种在一个盆里,放到巢湖边的善水轩,它也慢慢地长大了。因为酒瓶兰是球根植物,所以特别耐旱,如果平时多给它水和肥,它自然能长得又快又好;如果浇水、施肥不及时,也完全没有关系,它虽然会长得慢,但生命力旺盛,靠着消耗球球里的水,也不会死亡。我们放在巢湖善水轩的小酒瓶兰,有一次近半年没去浇过水,再去时,只见它球子瘪瘪的,球球旁边的盆土空了一大块,叶子软耷着,但似乎离死亡还远着呢,真让人感慨它的生命力!

天又下雨了,下半夜开始下的,是那种不大不小、不急不缓的雨,或许这就是传说中的梅雨季的开始。一早起来,就发现园子里的蜗牛借助雨水的作用,又开始大扩散、大迁徙了,墙壁上,玻璃窗上,花盆的盆沿上,花草和蔬菜的枝叶、茎蔓上,各处都是蜗牛迁徙大军。但在感觉上，总觉得园子里的热闹程度大大减弱了，这很可能是心理因素。大乌龟们也许夜里自寻蜗牛和蚯蚓，吃得太饱不愿露面，现在正舒舒服服躲在哪个隐蔽处享受休息的快乐；而小乌龟们，多数都送给园长和我的朋友了：有两只送给了Zhu，两只送给了M，两只送给了He，两只送给了H，两只将要送给园长的小侄子，一只将要送给Z，家里将只会留下两只尚未长大的小小乌龟，因此觉得心里空落落的，觉得园子里不那么热闹了。这些小乌龟们，早前朋友们已经陆续预订了，但那时候它们都还小，有的是刚从园子的泥土中翻找发现的，怕他们养不活，因此不能送他们。但此时它们都长大了，最大的已经比醋碟还要大一两圈，现在再送给他们，都好养，都能养活了，所以趁夏天气温高让他们领走，又好养，又有建立感情的时间。呵呵，这就是当下处于听雨花园的心理状况。

园子里还有两种"边缘性"的花木，一种是朱顶红，一种是天竺。朱顶红又叫兑兰，是球根植物，夏秋长叶子和球根，春天开花，想要朱顶红开好花，秘诀是春天开花前，放在阴凉处。如此一来，朱顶红在开花前就只长花苞而不长叶子了。天竺耐阴，有木质化的茎，主要有观形观叶的价值，种在椭圆形浅浅的有孔盆里，起起伏伏，有重峦叠嶂的感觉。由于园子里的植物以蔬果为主，所以朱顶红和天竺也都处于边缘位置，在含笑的大盆子旁边，由含笑的树冠遮护着，平时只顺带给它们浇些水，它们也都能长得很好。虽言"边缘"，但园长也曾放出过狠话来：园子里的花草，没有她的同意，一棵都不能少。所以，园子里所谓边缘性的植物，都在园长的庇护下，在各自的位置上，滋滋润润地生活着。园长是对的，丰富和多样化的局面，永远是花园的真谛。

雨不急不缓、不紧不慢、有耐心持久地下，真正是一种好雨，舒服的雨，我的心情立刻安定下来，不那么着急、焦躁了，在书房里也待得住了，能感觉到这是一种享受了。哦哦，让人起感恩之心，真好，真是好！仲夏时节的雨也很金贵呢。前些时候多少有些旱象，现在下些雨，会感觉天很善解人意，虽然不知道天晴天雨是谁人控制、怎么控制的，但总会感觉有看不见的掌控者在控制所有这一切，而所有这一切都一定不是随意而来、随意而走的，雨使万物滋润。雨间歇时从门里向园子看一看，只见毛芋头荷叶般的大叶子已经长得很大了，逐渐覆盖了较大的一块土地；山药的叶子密密地顺架往上爬，立体地攒成了一个高近2米的塔形物，颇见生机；柚子都开始膨大了，挂在树上，一群今年才出窝的小麻雀停在柚子树下，叽叽喳喳地叫着，快速但不稳重地用喙梳理着羽毛；眉豆已经结果了；银杏的主枝和夜来香的主枝比着长，越长越高，已经长得比我还高了。这时，天边的云层又渐浓厚起来，听雨花园的雨声渐响渐近。我回到书房里，继续工作。

今天仍是雨天，其实也不过是连续下雨的第二天半。我安心地待在家里，把所有要外出或要做而又能够推迟的事情都推迟、延后。雨天是个测试点，如果雨天待在家里心浮躁，就会觉得无聊难耐，但如果心静若水，则可面雨听风、安享时光。我离开电脑休息时，打了一柄放在听雨花园供临时使用的破旧的雨伞，在园子里走一走、听一听、看一看，感受感受雨中漫步的况味。我身边所有的植物都在梅雨的润泽下舒展地生长。你看，枇杷越长越高，在长叶子呢，无花果果实累累，很多很大的树叶都遮蔽、包裹不住果实了；枣树结了一些青纽纽，如果水肥跟得上，枣子会日益膨大呢；红芋秧爬得到处都是，旺盛无比……这时，我想起去年这个季节在乡村寻访淮河流域的情景。那也是个雨声不断的日子，乡村的一些道路泥泞不堪,土路已经被雨泡得膨胀起来了。一条主要的正在改造的乡村道路突然被挖断,无奈之下,我只好改走被雨泡胀的土路。土路右边是松软的田地,左边是河沟,土路上连个车辙印都没有,显见没车走过。我咬着牙开过去,车轮直打滑,一会滑向田地,一会滑向河沟,我咬着牙,尽力控制住方向。雨水浇淋的田野自然是不见一人的。终于,我和车跌跌爬爬转上了一条虽然泥泥水水,但有石碴垫底的村道,我深深地呼了一口气。岁月就是这样留下痕迹的。

凌晨和上午又下了一些雨,有一阵子雨还真不小,下得小区的地上都起了"烟",但很快,雨就归于"清寂"了,星星点点的。我从外面办事回来,趁园长不在家,偷空到园子里去看一看。哇,因为刚下过雨,园子里水灵灵的,植物都长得旺盛,一派兴盛景象。不过最让我惊讶的是,园长对园子里植物的"改造"力度。园长把本来伏在地上的红芋秧都扶了起来,用木棍或铁棍支撑着,让它们往上爬,这样阳光和风都好,土地也能晒到太阳,利于植物的生长。我种在靠墙的大茄子秧,有两棵被园长移植到靠南通风的地方,在雨水的滋润下已经成活。本来茄子种在靠墙的地方,我没想到那里通风不好,害得茄子光长秧子不结果,从春天到现在,只结了一个小小的白茄子,把我气的!还是园长有智慧、有魄力、有实践精神,与其让它们在靠墙的地方虚度年华,还不如移栽两棵做个实验,如果成功了,还真能蹚出一条路来呢。园长真了不得,佩服,佩服!

但园长也有烦心事。这些天,她一直耿耿于怀,说大乌龟们见到她,都不理不睬了,以前见面,都热情地围着她、跟着她,现在看看她,转身就走了。据她的猜测,可能是因为她把大乌龟们的子女都送人了的缘故。于是,她再到园子里的时候,就经常有意识地和大乌龟们说说话,解释一番,她说小乌龟们都大了,把小乌龟送给朋友们,就等于让它们的子女分散到各个地方去了,它们的子女遍天下,这是好事呢;再说,都留在园子里,以后容易近亲繁殖,并不是好事。呵,如此这般,一定会取得大乌龟们的理解,会有效果的。

把园子移交给园长,放心!

梅雨天气似乎仍盘桓未走,这期间我去黑龙江哈尔滨参加首届中国俄罗斯文学交流合作会议,现在已经回来了,但一觉睡醒,雨上午又来敲打听雨花园的雨篷、叶片、花蕾和果实了。气温不高,十分舒适,我躺在床上看报纸,尽可能地放松,也十分快乐、享受。随时随地减去压力和精神负担,是现在的人必须学会的一门技术或艺术。雨一直下着。后来听到雨点滴落在物件上的声音减弱了,我就起来了。我打开听雨花园的大门,走进园子里。除了不紧不慢、不大不小的雨声外,园子里似乎有点寂静。园长昨天外出了,这是一个主要的原因。另外,小乌龟们大多已经送人,这是一个感觉上的重要原因。如此一来,倒仿佛觉得园子更成熟了。夜来香今年新生长的枝条已经十分粗壮,并且开出了第一簇花,可在雨天里,又是白天,怎么闻,都闻不到它的花香,毕竟夜来香要到夜晚才会尽力释放它的香气呢。一只大乌龟泡在楼上雨水管出水口的塑料盆里,一下雨,盆里就流水不断,那里是活水,大乌龟应该更能找到从前生活在大别山山林溪、畔枯枝落叶、寒来暑往的记忆。它的身上一尘不染,龟甲是凝脂玉石一样的光泽和质感,看见我过来了,它起初掩耳盗铃般赶紧把伸得很长的脑袋和脖子缩进水里,后来它也知道那样起不到藏的作用,于是干脆转变方式,踊跃地向我这个方向爬动(其实它一时爬不出来),以示它的欢迎。我从园长摆放接雨水的另一个大盆子里发现两条红蚯蚓,于是捉来扔到它身边给它吃,它可高兴啦,立刻把头伸进水里,把蚯蚓吃下去了。

几天不见,哈哈,毛芋头的叶子长成了一把小伞,它的叶子像荷叶,雨水滴落在上面,滚啊滚的就滚掉在土壤上了。柚子长得比酒盅还大了,无花果结成一堆一堆的。园长把园子管理得没话说哦。

哈,早晨起来一开门,太阳出来啦,阳光明媚。三园里一片新鲜,一片昂扬,一派生机,满眼葱绿。所谓三园,花园、果园、菜园之概称也。哦哦,真叫人喜欢!多日的梅雨、阴天、雾霾、忧郁,此刻都一扫而光,代之以光明的眼界、快乐的心情、振奋的精神。乌龟们比我起得早。一打开通往三园的大门,就看见一只小不点乌龟从湿沙里钻了出来,在阳光洒得着的地方晒太阳;一只大乌龟还在水盆子里埋伏、戏水;另一只大乌龟在两片菜地之间的通道里伸着脖子,美美地享受日光浴呢。昨天我还看见小四子在流水的地方游来逛去的。正看着它们享受阳光,一转眼又见到小三子背上湿湿的,不知从哪里爬了出来,它在我面前东张西望一会,像是告诉我,我在呢,打个招呼而已,然后它又慢条斯理地爬向一只大水盆后面,想来那后面潮湿,有些蜗牛、蚯蚓之类的食材。

多日阴雨湿霾后,阳光出来了,又不热,真让人兴奋、期待!

梅雨天气似乎彻底过去了,过了小暑节气,天气开始入伏进夏,白天太阳已较晴热,夜晚最好开空调睡觉,这样可以睡个好觉,不然上半夜躁得慌,人也心烦。早晨还算凉快,起来后最适合做各种要紧的事,下午就待在屋里读读书、说说话,傍晚时分给花花、菜菜们浇个透水最好。今天一大早园长就进园子里忙活去了,先是摘豆角,再是清除蚜虫,它们在有架豆和无架豆的嫩枝嫩叶上繁殖得太快了,用手工把它们搓掉,虽然无公害,但也麻烦。无架豆摘下来,吃不完,园长把它们焯一焯,放在一个个杞柳条或竹篾编的篮子或篮盖上晒干,变成干豆角和干眉豆,准备带去美国,给女儿他们吃,干豆角烧肉,那可是一道百吃不厌的"日常大菜"呢!今年有架豆和无架豆都结得好,从春天结到现在,还在不断地开花、结果呢。在有限的土里种它们,秘诀除了上好底肥外,最重要的是勤浇水,只要水能供得上,它们就一直会有回报给你,一直回报给你,绝不惜力。

天气多云。虽然太阳并未怎么现身,但人却觉得较热。抬头看天空,天空既不是阴天,也不是晴天,甚至也不是多云。以前我们把这样的太阳状况叫"哑巴太阳",虽然太阳不现身,但它的热力了得,但是现在这种太阳的状况,一般会叫作霾。园子里也是热热的,在这种天象里,如果能给园子里的各类植物浇足水,它们都能生长得极好。拿无架豆和有架豆来说,楼下书房花架上的有架豆,我在家时会时常往花盆里浇厨房里用过的水,于是它们开花结果都不闲着,豆角经常垂下来半米多长,看着甚是喜人。楼上园子里的无架豆,一直都开花不断,在豆叶里翻翻,就一定能发现许多长豆角。柚子的果实越来越大、越来越鼓胀啦,深黑色,看着欢喜人。突然发现山楂树的大花盆后面有几粒白色的乌龟蛋,哈哈,赶紧向园长报告,喊园长来看。小三子在附近看着我们,但不能肯定是不是它下的蛋。园长把乌龟蛋按原来的上下方向移埋到大块的土壤里,上面又盖上沙子,再把小三子引到大块的土壤上,希望它再下蛋能在这些厚土地里下,又把小一子和小二子引到另一块厚土地里,希望它们在厚土地里下蛋,这样小乌龟的成活率会高许多。盆土都较干,于是不急不慌地慢慢浇透水,慢慢浇透水。没有急事要做时,要立刻让自己安静、缓慢下来。角色的变化,就是要快,要干净而且彻底。

半天明亮半天黑,早晨东方的天象十分怕人,真是黑云压顶城欲摧，仿佛半拉天都要压下来了。但西方的天仅为常见阴天，能看见阴云，也仅此而已。于是上午就不断地下雨，雨时大时小，但没有一阵雨与早晨东方黑压压的云相匹配的，雨都不甚大，可也把地下透了，把园子里所有的植物都浇得鲜灵灵的。从门里往外看，一只大乌龟在流水的盆子旁徘徊，然后它决定爬进有新鲜流水的盆子里去，它尽力爬到最高，尽力爬到最高，但一个翻身，它翻倒在地上，翻了个肚皮朝上，哈哈，它不再追求，转身慢慢地爬走了。雨间歇的时候，我和园长到园子里去，看到无架豆和有架豆上生了许多蚜虫，我们就顺带着用手把蚜虫们碾死。有些地方蚜虫可真多，这种小害虫繁殖得太快了，又能进行无性繁殖，一夜之间，豆角的嫩枝上就裹满了黑压压的蚜虫，够让人讨厌的！它们喜欢吸食豆角、眉豆、白菜等蔬菜的汁液，可能这些蔬菜的液甜吧。园长也会趁雨歇时捉一些蜗牛来喂大小乌龟，乌龟们都吃得咔咔的，大餐真享受！下午雨停了，园长挎着个小篮子，到三园里去采摘，收获了一些青椒、豆角、韭菜、红芋叶和7个半紫半青的无花果。哈哈，无花果熟啦，赶快抢来吃。无花果甜甜的、软软的，真好吃。园长说，在树上放几天，无花果熟透了更好吃，可是小鸟们都是好吃精，它们的眼可尖了，立刻会发现熟透的无花果，一个上面啄几口，人就没法吃啦。园长所言极是，以前有历史经验的，听她的有果子吃，没错的，哈哈。这一天是周六，法定假日，真放松！

这几天虽然还不太热，特别是早晚都算凉快，但种种感觉，都是在伏天里的那种感觉。园子里的各种植物都在平稳生长，这种季节，你不用再担心突然的大降温会给花苞带来灾难，你也不用担心突然的大升温，会把植物的叶片烤煳。依据历史的经验，仲夏期间，江淮之间的最低温度很难低于20℃，而在此期间的最高温度，虽然可以高达40℃，但今夏已经经历过多日35℃的植物，都已适应,而且这样的高温,日数也不会太多。倒是持续的干旱,会给植物带来灾难。园子被园长接管后,成了她的势力范围,我不敢轻易侵犯她的领地,这样,我有几日没去,再去时,就觉得园子里到处都可能有园长留下的秘密。例如我看见花盆里有一棵快要干死的无架豆,顺手就想拔去,但才拔出一半,就带出了两棵已经在土里发芽的无架豆和一粒正萌芽的无架豆种子。原来园长未雨绸缪,早已提前在要枯的无架豆旁点下了新种。园长发现了我的鲁莽举动,断然大喝一声,吓得我落荒而逃。不过这自然是我的不对,到人家的地盘做客,要懂规矩,乱说乱动实在是要不得的。无花果在这样稳定的温度里大量成熟,园长每天早晨都会采摘7个左右已经变紫的无花果,留待上午享用,"7"是她的吉利数,因为她兄妹七个,她是老七。豆角无疑会一直开花结果,眉豆也会结一些,园长就把它们用开水焯一焯,在园子里架起不锈钢管,把焯过的豆角一根一根搭在上面,在太阳下晒干,她准备冬天去美国时,把干豆角带去,给她闺女、女婿烧干豆角烧肉吃。

入伏了,正儿八经的高温天气到了。以前历年也是这样,每到7月下旬,天都是最热的时候,在这之前或这之后,天有时也很热,但许多时候气温都有波动,要么这一年凉快些,要么那一年热一些。但7月的下旬,是必定要高温的,而且是最高温,往往一大早就开始出汗,如果想干点需静下心来才能做的事,那就得开空调。霾气也似乎见不到了,阳光热辣,从早晨晒到晚上。东边的厨房,7月中旬还没有太多感觉,到7月下旬,早晨就热得坐不住了。园子里的植物,一天下来,可能是前一天浇得不太充分,山楂树的叶子都卷起来了,果实也肯定会掉落;无花果都蔫得发焦,真正的后果,也得几天后才看得出来;枣树上的枣子都皱着,得慢慢才补充得过来。乌龟们都开始饿了,跟在园长的后面要吃的,园长给它们送了几次精肉,它们吃得可狼吞虎咽啦。

今年大暑的天气到现在为止还没有出现大威力,因为天才刚刚酷暑两三天,就有台风"麦德姆"来搅局,把酷暑刚制造出来的一点儿气氛驱散得一干二净,虽然我知道酷暑一定还会在今年夏秋的某个时间卷土重来,但那毕竟不一样,那毕竟不是在所谓正确的时间、正确的地点、正确的季节、正确的时代背景、正确到达和出现的,人在感觉上不太会那么在乎,知道它只会是个很短暂的过程。听雨花园里的情况在这种环境里也十分平稳,整个园子里郁郁葱葱,各种植物长势良好,夜来香从低处到高处都打了花苞。夜里开放的香气则时大时小、时淡时浓,有时在楼上的卧室里都嗅不到,有时在楼下的客厅里看电视时都能闻到香。银杏树和夜来香比邻而长,都有一根直挺挺的主干,长得比雨篷都高。毛芋头的叶片越来越大、越来越阔、越来越巨了。前些天看电视,看到苏北兴化等地区有大量毛芋头种植。苏北是水乡,毛芋头就大量地种植在周围皆水、三面环水或一面临水的地块上,毛芋头喜水,农民每天都用长水舀直接从河塘里向地里大量舀水浇水,河塘里的底泥也是很好的肥料,可以直接捞进田里,那种种植方式,看起来十分痛快淋漓、十分过瘾!自从去年(2013年)我下乡偶然看到毛芋头,买回来种植并且在秋天吃到果实以来,我对毛芋头的种植有了一种天然的喜爱,它的叶片大如荷叶,也类似荷叶,只要水肥充足,就能长得很好,明年还打算用无底孔的大盆子模拟湿地形态来种呢,想想可真有意思。

上午10点,四周的天边开始堆积乌云,天色也变得越来越暗,终于在10点半的时候,下起了大暴雨。可能是因为风不算太呼啸的原因,所以感觉上雨下得不够暴。其实并非如此,暴雨很快就使园子存水了,水几乎漫过了门槛。12点左右,雨渐渐收敛,最后终于结束了。乌云很快散去,太阳又出来了。老天的这种程序,最适合于作物的生长:暴雨先带给作物和土地充足的水分,阳光又可以给作物的结果提供最充足的光和热。我跟着园长来到园子里,一只最大的乌龟在下水的盆子里感受流水,园长捉了些蜗牛扔到盆子里,它咔啦咔啦吃得可真香。小二子在另一个盆子里,园长又捉了些到处乱爬的蜗牛扔给它,它也咔啦咔啦地大吃起来。小三子在种着有架豆和红芋的地里,正自己捉蜗牛大吃哩,咔啦咔啦吃得香。有两块红芋露出了土面,园长把它们"偷"进菜篮子里,这样一"偷"的话,在今年余下的时间里,它还能再结出新的较大红芋呢。园长又掐了小半篮红芋叶,晚上可以烧菜吃。生姜的姜块长出了地面,我用土把姜块埋上,这样姜块就能越长越大啦。枣子快要成熟了,有的都露出了红晕。无花果仍在结果、成熟,有一枚果实比较大,我把几枚熟了的果实摘下来,和园长分着吃啦。花椒红了,很快就可以采收啦。

  这一段时间,我身边和园子里的事物似乎大都处于"横盘整理"的阶段,或下雨,或晴天,或阴天,或多云,或长叶,或打苞,或开花,或结果,而鲜见大暴雨、连续晴热、连续荫翳、长期多云、只长叶不打苞开花结果……这大概就叫寻常日子,不温不火、不愠不怒、不泄不怠、不卑不亢。寻常日子里的一天,我们去了一个13万亩大的大湖,并乘船在大湖的荷叶荡里快行、慢穿,采莲,寻找菡萏,看各种水鸟起飞、降落、停立在巨大的荷叶上。荷是睡莲科多年生水生草本植物,但我一直分不清的是,荷是沉水植物呢,还是浮水植物,还是挺水植物。说它是沉水植物吧,它的叶子浮在水面上,说它是浮水植物吧,它的花和莲蓬都长在空中;说它是挺水植物吧,它的藕根又在水底泥里。现在,我又回到了听雨花园里,肥硕的斑鸠停留在眉豆叶簇间,咕咕地叫着;麻雀们快速地一阵飞来,蹦跳几下,又扑扑地飞去;还能见到喜鹊,在台子上漫步,不急不慢的,然后跃然而去。楼外的一处街道上有几个人在吵架,不要怨怪他们,天热烦躁,再加上人生的诸多不易,着急和上火,总是难免的。这也是寻常日子的情境特征。哦,得罪了,得罪了。

眼看着就要立秋了,天却热起来,夜里最凉快的时候,温度会有27摄氏度,白天最热的时候,气温会有38摄氏度甚至更高。小麻雀们躲在眉豆或有架豆浓密的叶子里面乘凉,有时候人走近了,它们也不飞走,真到人走得太近了,它们才缓慢地飞去,但飞不多远,又落在较为阴凉的地方了。大斑鸠也时常光临厚密的叶子丛,但它们体型偏大,会踩得叶子和细小的茎枝乱闪,这样它们站不稳,逗留一会,也就离去了。园子里的植物对水的需求大大增加,于是园长辛苦,早晨也会给园子里的植物浇一些水,这样一来,有充足的阳光和水,蔬菜和果木都长得更好了,郁郁葱葱的。天空则是一种无污、无染、透明、高热的形态,阳光显得无遮无挡,明亮灼人。我和园长时常议论,这两年常见的污染都去哪里了?一阵风吹走了?可春、秋、冬季的风,也不少哇。大乌龟们或待在水盆里,或隐藏在稠密的绿叶下,看它们的样子并不怕热,它们在高温天反而过得自在悠然。傍晚的时候大乌龟都等在水盆里、水盆边或菜地的走道上,这段时间它们特别能吃,食欲超好,它们要抓紧进食,把身体养得壮壮的,为顺利冬眠做准备了。你看,动物们生活得多简单,但也富有远见,不如此,生存的情境逆转了,可能给生命带来灭顶之灾,万万马虎不得!

今年(2014年)8月7日立秋,立秋以后,天果然就凉快下来了,这并非常态,在许多个年头里,立秋以后,秋老虎更加热辣,甚至热得让人受不住,今年的天气,倒像是专为立秋匹配的。接连一个星期,断断续续下了几场雨,气温一直维持在22摄氏度到28摄氏度之间,真是舒爽宜人。从春天就开始挂果的果实都成熟了,枣的表皮上渐渐有了红晕,也更加丰满了;柚子越来越大,深绿色,沉甸甸地挂在细枝上,植物的顶端优势规律,在柚子树上,能看得比较明显;因为盛夏时遭遇旱灾,山楂剩下的果实不多,却也饱满起来,冬天切片晒干后用它泡茶,可以控制营养过剩带来的过多的脂肪。但园子里的果菜长势再盛,立秋也是它们由盛而衰的一个起点,必须为园子的未来早做打算。于是选一个双休日,我陪园长大清早6点多去了一趟巢湖岸边的黄麓镇,在镇子菜市的边缘卖菜种的摊位上,选了几样蔬菜的种子:香菜、莴笋、黄心乌。黄心乌现在种稍早了点,种出来就变成鸡毛菜了;香菜和莴笋现在种更早哦,连芽都冒不出来呢。买种子的老头告诉园长,香菜种和莴笋种可以先在水里泡三小时,再用布包起来放进冰箱里,等种子白头的时候,种进土里,就可以了,因为这两样种子,需要稍低些的温度才能出芽。哈,回家实验实验去。如此这般,季节的更迭就是不可改变的了,因为季节的更迭,已经深入人心。

立秋后气温下降得很快,一直只有21摄氏度到28摄氏度,相对于夏天,实在是凉快多了。夜晚也十分舒服,看电视呀,睡觉呀,完全没有障碍了,盛夏酷暑时,在客厅里看一会电视,很快就要热得难受了,两个人又好像不值得开大空调,跑到楼上卧室里开空调,就被局限在那个屋子里,看看电视、玩玩手机,做不了什么"正儿八经"的事。现在好了,在哪里都一样,都快活宜人,想做什么事都可以,感觉憋屈了一个夏天的能量都要释放出来,呵呵,期待呢!只是雨水过了些,前几天断断续续地下,昨夜到今天,却变成连续不断地下了。早晨起来,我站在听雨花园的门口,听秋雨打在植物叶子上不间断的声音,毛芋头的大叶子上不停地往下滚水珠。怪不得人说秋天惹人愁呢,秋和愁也就是秋多了个"心"字嘛,虽然苦夏难熬,人人都盼望秋天的凉爽到来,可秋凉真的来了,人们又不由得怀念起过往的一切了。一点都不错,失去的东西才好,失去了的,人们只存念了它的好,而剔除了它的孬。

园长回来后,园长自然是一园之长,她常有意无意地暗示我,她的地盘她做主,我这段时间又较忙乱,有时候在外面有活动一待好几天,有时候在外面参加电视剧审片,早出晚归,早晨早早走了,晚上很晚才回来,所以对园子里的情况,还真就一知半解了呢。这一天早上,我刚洗漱完毕,就听园长在楼上园子里高兴地叫:野荠菜、香菜发芽啦,莴笋也发芽啦。我连忙跑上楼,到了花园门口,突然意识到,人家园长只是高兴得自言自语呢,并非召唤帮工。于是申请道,我来啦,可以参观参观吗?园长说,恩准啦。其实,没人欣赏、分享和捧场,园长一个人把园子搞得再好、再繁荣,她也没有成就感。进了园子,哇,多日没来,园子里显得更加葳蕤了。除了几条走道,其他的地方,都被绿色的植物霸占了。夜来香依然花苞累累;无花果呢,也在不断地发育成熟之中;生姜长得更旺盛了;无架豆还结个不停呢。园长见我来了,热情地带我去看她的成就展:青萝卜长出了圆肥肥的初叶,莴笋的嫩芽则是淡绿色、长长的,只是香菜和野荠菜的芽子太小,还看不出个端倪来。哈哈,在园子里深吸几口鲜香的空气,游手好闲了一会,又对正忙着采摘果实的园长说了几句恭维话。看看园长的眼色,她正忙得紧呢,我一介闲人,再待下去,恐将不受待见了,还是赶紧退下为妙……

傍晚时分,征得园长同意,跟着园长到园子里去。以前曾跟着园长到园子里去,她按部就班地做事,我却忍不住指手画脚,园长就很生气,你在这我心烦!就把我赶走了,所以现在和园长一同到园子里去,就要事先征得园长的同意。秋天了,园子里早已果实累累。园长安排我去摘枣子。我来到枣树下,昂头一看,果然枣子都膨大成熟了,伸手摘那些又大又红的,却发现红的部分都软了,不能吃了,赶忙报告园长。园长说,就是的,我又够不着,怎么一红就坏了呢?我说,真奇怪。园长说,怪不得都说街上卖的红枣都经过处理……我说,那也不都是,自然红的也有……园长不说话。难道我又说错什么了吗?我赶紧也闭嘴,把大了的枣子都摘下来,摘进园长经常提着上楼的小篮子里。我东走走,西瞅瞅,又摘了一个红的无花果,摘了几根豆角子。哈哈,到园子里转转可真爽!柚子多浇点肥水,枇杷也要给点营养哈。园长正忙着干活,我又指手画脚啦,别自讨没趣,反正已经过了花园瘾啦,还是见好就收,溜之乎吧。我离开花园,回到了屋子里。

早晨起来,路过听雨花园门口时,瞅见园长在园子里忙采收,第一个反应,就想去享受胜利果实。于是站在门口,赶紧向园长口头申请,得到批准后,匆匆进了园子。阳历的8月下旬,园子苍绿成熟得多了,到处都果实累累的,正是三秋(秋收、秋耕、秋种)大忙时节。我个子高些,于是先被园长派去采摘树上剩下的枣子,枣子都饱满、发白或微有红晕,一个个摘下来,真有成就感。收完了枣子再收无花果,无花果从春末结到现在,实在是很卖力的,它们呈红紫色,虽然因种在花盆里不如直接种在地里长得大、长得甜,但自己种的东西,吃起来感觉完全不同。春天种的一盆花生也收获啦,嗬,看起来还挺饱满的,这盆花生种起来也真省劲,就是顺便浇浇水而已,没费什么事,也能有收成。发现原来"偷"过的一棵红芋又结出了一个大红芋,上半截露在土上,我向园长建议再"偷"挖出来吃,但园长看了看说,再偷出来的话,红芋秧子就没有根了,不能再结出新红芋来了,既然如此,倒不如让它再长一长,秋天的红芋长得最快了。的确是站得高看得远哦,园长英明!山药聚丛而生的叶丛外,挂着一颗颗微型的小山药豆,这是山药的种子,如果它们落在地上,第二年就可以再长出一株新山药来。但山药豆也可以食用,放在米饭锅里蒸熟,就像土豆一样,略有点面,蘸点儿蜂蜜,那个美……摘了些叶丛外面的山药豆,无意间地扒拉,惊喜地发现叶丛里和靠内的一侧,山药豆简直"泛滥成灾"啊,哈哈,发财啦。我的惊呼声把园长引来了,她用手机拍了几张照片留作纪念,才示意我可以采摘。

夜里一直在下雨,早晨起来,天就有点凉快了,晨风吹在身上,甚至感到有些凉意,不过这并不是真的"凉",是那种凉快的凉,毕竟在家里身上只穿着裤头呢。站在园子门口看一会园子,只见雨噼里啪啦地落在植物的叶片上,像是没有止境的样子,也给人的心情带来一丝惆怅。我回到淮北佬斋,从窗口仍然可以看到植物的生长,眉豆呀,无架豆呀,金银花呀,都在窗口外生长得鲜活、旺盛。淮北佬斋是我的书房名,这个书房是由两个半房间打通形成的,面积50多平方米,还专门请鲁彦周先生题了斋名。最初搬进来时,我女儿的同学到家里来,看到我的书房,就告诉许尔茜说,你家那哪是书房,那是舞厅。2000年时还流行唱歌跳舞,纪念大学毕业20周年,我的同学来了,都在书房里唱歌跳舞呢,不过现在大书房多了,我的这个书房就显得很小了。起名"淮北佬斋",是因为我对淮北感情深厚,我在沿淮淮北出生、长大、插队、工作,淮河流域的地理和文化基因,已经深深地植入了我的血液和内心。淮北佬斋又名"五闲阁",所言"五闲",即"有一些闲暇,有一些闲钱,有一些闲趣,有一些闲友,有一个闲人"之谓也。中国传统的知识分子,既追求事业功名,也向往闲情雅趣。我受到这种思想的影响,觉得事业之外,还是要深谙并享受浓厚的文化、休闲乐趣才好,唯有如此,人生才会丰富多彩、山水迭现、高潮不尽!

　　三园(花园、果园、菜园)现已进入平稳收获和过渡的阶段,豆角还在结果,虽然不是那种爆发式的,但确实很平稳,不急不慢的,既不一下子结得很多,但能持续不断;眉豆不同,每年到高温渐褪、秋意趋浓时,眉豆都花开连片,绿荚簇簇;枇杷又打花骨朵啦,刮寒风、下冷雨的时节,枇杷的花就要旺开盛放了,这真是季节的安排啊,是生命进化的密码在暗暗运作着它们的生命进程,从中我们也可以领略到,凡事须得顺"道"而行,预先准备,匆忙的启动是很难成功的啊!含笑经过一个夏天的经略和储备,似乎也已经准备好了明年春天的花事;红芋到了秋天,正是结果膨大的时候,如果不急着品尝,就让它们多在土壤里待一些时日,那时的收获,会更高产呢。现在我站在三园的植物旁边,心里清静着呢,眼睛里看着植物的绿叶,心里却在飘移不定地乱想。我想起有一天在电视里看到的一个画面,一位南方荔枝产地的果农对荔枝的介绍,他说,荔枝不好保存,一日而色变,二日而香变,三日而味变,真是精彩!如果没有长期的实践,当地人不可能有如此精辟的总结。我又想到,语言是码头和都市之间的桥梁,如果我们不能成为码头或都市,我们就一定要争取成为桥梁。哦哦,我在想什么呢?我也不知道我在想什么啊。

　　秋雨还真不少,不过也很好,下一下,停一停,出一出太阳,有利于瓜果蔬菜的生长。前天去巢湖边的善水轩,闻到一些淡淡的桂花香气,才知道今年的桂花已经开了。当天下午从善水轩回来,陪园长到三园去视察,东转转,西看看,突然发现毛芋头的根部,长出了许多小的毛芋头,于是就和园长商量,能不能"偷"几个毛芋头,尝个鲜。以前在园子里"偷"过红芋。另外,生姜也可以"偷",

俗称"偷娘姜",就是把当年种下去的老姜提前挖出来,而生姜当年新长出来的根,可以继续生长,继续长出新姜来,虽然"娘姜"我们还没有真正"偷"过,不知道能不能偷得到,不过那毕竟是有先例的。而毛芋头能不能"偷",这却连书本上的先例也没见过哦。可现在仔细观察毛芋头一半长在土壤外的小果实,不正是要给人"偷"的吗?"偷"过之后,也应该不会影响它们地下根茎的生长。于是和园长商量好,"偷"了几个半露在外的小毛芋头,第二天早晨放进粥锅里煮熟,捞出来醮上蜂蜜吃,哈,绝对的美味呢!尝到了甜头,今天下午随园长去园子游玩,又去"偷"毛芋头。今天是白露,也是中秋节,传统中要吃月饼、螃蟹、毛芋头,喝桂花酒的。"偷"了一把小毛芋头,家里的月饼、螃蟹、桂花酒都是现成的,过节的食品就齐全了。呵呵,这个中秋节,过得有意思呢!

多日来我忙忙碌碌的,要么在外面开会,要么到外面讲课,要么到外地参加活动,一直没有机会到花园去。现在是凌晨1点多钟,我忽然从熟睡中醒来了。我悄悄地抱着被子往楼下走,经过花园大门时,我轻轻开了玻璃木门,透过防盗门看一看微暗中的听雨花园,听一听花园里的自然界的声音,然后下楼到书房里打开电脑,做一些工作。虽然现在还只是公历的9月中旬,但气温却一天比一天低,今年从夏天到秋天,气温似乎都是多年来最低的,并没有特别的长时间的高温出现,晚上回来坐在客厅里看电视,也竟然觉得有些冷了。呵呵,这让我想起前些年全球性的地球变暖大讨论。那时候世界舆论几乎一边倒地认同全球变暖这一论断,并且一定会把全球变暖同人类的活动直接结合起来,还一定会把全球变暖同人类的灾难等同起来,稍有不同的声音,就被认为异类。先锋和激进总能在初期吸引眼球,甚至形成潮流。全球变暖自然是可能的,但如果一定要把这种现象与人类的活动直接联系起来,把变暖等同于灾难,那就不一定很有说服力了。人类到底能在多大的程度上影响自然界?这不是个容易回答的问题。当然,如果我们不从人类中心的角度着眼,那么地球的变暖和变冷也就不再重要了,自然界就回到它的自在状态,想怎么着就怎么着,不用再为人类操心,不再有包袱和负担。当然,它现在也应该没有包袱和负担,有包袱和负担的,只是我们人类。我们的思想太复杂了,精神世界太丰富,真没有办法。

绵绵秋雨淅淅沥沥地下个不停,虽然雨不大,但从前天晚上开始,一直在下,下个不停。我听见园长在楼上开花园门,端水、倒水的声音。园长又在楼上大声地告诉我,小一子和小四子两只大乌龟总是形影不离,一起行动,但下雨的时候,小一子喜欢爬到有流水的盆子里去,小四子小,爬不进去,就在盆子外面乱转,园长捉了一只蜗牛扔在水盆里,小一子吃得咔啦咔啦的,可香啦。园长还告诉我,园长起了一只大红芋,共有两斤半重,园长又把渐黄渐枯的无架豆和有架豆拔去,栽种大蒜和莴笋,但嫩嫩的莴笋苗总是被蜗牛吃掉,园长为此而苦恼。不过她又说,天渐渐凉了,蜗牛现在都出来得少了,有时候想捉一些给乌龟们打打牙祭,要找好久才能找到几只。呵呵,季节转变的趋势似乎是不可改变的。我昨天早晨醒来后躺在书房的地铺上听雨声,昨天中午午睡醒来后听雨声,今天早晨醒来后又躺在书房的地铺上听雨声,并且总是心意游离,胡思乱想。我想起了我的关于游记写作的一些想法:一种游记写风景,一种游记写感受,一种游记写思考。现在,人人都在写游记,真正能写好的,还是凤毛麟角。秋天是个思考的好时光,我还是要遵循下述的准则:独立行走,独立思考,独立为文,独立看世界。唯有如此,我才能更好地分配我个人有限的资源。每个人都面临这样的问题啊!

又有许多天没有到三园去了,真是很有些想念它了。想念它的葱茏,想念它的意境;想念它的树叶,想念它的果实;想念它的蜗牛,想念它的乌龟;想念它的鸟雀,想念它的花朵。前一日去往大别山区参加评奖,又赶往黄山徽州参加中英文学交流;后一日来到长江岸边听涛,又继续前往淮河水域研讨。我想起以前有些时候很奢侈,那时候常有机会可以整天待在家里,随时可以去三园走一走、看一看,整理一番,或修修剪剪,十分悠然,也非常从容。虽然怀念,但我并不就要有所取舍。悠然是必要的,忙碌也不是坏事。悠然有悠然的得,忙碌有忙碌的舍。悠然就养精蓄锐、添膘加肥,忙碌就深入社会、享受俗尘。在这样的年岁,就要有能力创立工法,创设标准了。就要或悠然自得,或忙碌自立了。悠然和忙碌,都有其妙,又有其不妙。能够掌握分寸,这才是最最紧要的精到!

好了,这一天我终于有时间前往三园了。这一天先阴后多云,在室内多坐一会,觉得挺凉的,忙完了一些事后,已近中午,我忽然觉得这是个窗口期,很有必要前往三园走一走,于是在向园长申请之后,我独自开门进了园子。哦,真的感觉亲切呢。我这里看看,那里看看,忍不住边看边动起手来,仿佛回到了园长不在家的时光。我把已经进入颓势的无架豆和有架豆的拔除,这样园长有时间就可以种上大蒜、莴笋、黄心乌或香菜了。拔去渐黄的有架豆时,看见带起的土块旁有一个鲜红色的东西,定睛一个,哇,是一个大红芋哦!我惊喜地蹲下去,慢慢把它挖出来,大约有2斤重呢,我没有动红芋的其他根须,这样在秋天和初冬的两个月里,地里的小红芋还能长大。我站起来,四面环顾,哈,突然发现小四子在靠近废而不用的水箱附近的土地上晒太阳、小四子,你长得可真慢,这么多年了,你还是这么小,你的后代都快超过你啦。小四子一动不动地伏在地上晒太阳,一动也不动,我也就不好多打扰它了。我摘了五六颗已经变红了的山楂,放进篮子里。柚子正在膨大,枇杷已经开出了几朵白玉般的花来了。这时园长上来了,开始吆五喝六地移栽莴笋,种大蒜和黄心乌,并指派我做这做那的。在人家的地盘上不好混哪。这时我也有点出汗了,我赶紧找了这个借口,回到室内,洗澡喝茶去啦。哈哈,心里可真是爽呀!

似乎已经许久都没到听雨花园去了,时序已入10月,国庆小长假中后期的这几天,我终于能够安稳下来,谛听内心的声音了。天气不热不冷,人的身体和心灵也都有外部的条件可以安稳和平静下来了。并不明确地知道,但似乎就是我的内心推动我,这几天每天都情不自禁地要去三园(花园、果园、菜园),去采收,去观看,去聆听,去收拾整理。柚子还在绿叶里膨大,无花果的叶子几乎已经落尽了,山楂开始变红,花椒树准备冬眠。虽然现在早晚的温差较大,早晨已经较凉了,但眉豆结得还挺旺,站在眉豆秧子旁边,耐心地翻找一番,不一会就会有一大堆收成,手上沾满了眉豆特有的那种强烈味道,不宜外出与人握手,却能获得一种劳动和丰收的满足。枇杷树鼓满了花蕾,玉白色的花也这里、那里地开放了,明年一定会有一个好收成,这都是我上半年下功夫浇水施肥的结果。枇杷结果以后,一定要多多地浇水施肥,不让它有一段或几天缺肥少水的经历,它的资源积累得多了,秋天和冬天才能开好花、结好果。此时园长也来到了三园,我们共同起出了一棵暴露在土壤外面的红芋。哈,这棵红芋可真不小!除了小四子因为出现了特殊状况以外,大乌龟们都不出来了,随着温度的下降,它们要准备休眠啦。小四子尾巴后面出来了一些东西,园长到花市去了解了一些治疗的方法,现在还没看出来明显的效果,但是期待它能快快地好起来!

这又是一个丰收的早晨。我和园长兴致勃勃地来到园中,毛芋头的叶子有些衰败了,这是植物发出的信号,大概它们一个生命的周期即将结束了,对于农耕人群来说,这是采收挖掘的时节。在植物学上,植物获取的资源总是围绕着生长、生存和繁殖三个方面进行配置的,而植物获取的资源又永远是有限的,因此,植物把获得的资源配置到其生活史的哪个方面,要根据情况安排,而衡量资源配置优劣的最终标准是生殖成功与否。例如在恶劣和突然变坏环境里,植物会把大部分资源协调到生殖过程中,以便传种接代,而在优质稳定的生长环境里,植物则会把更多的资源配置到生长过程中。呵呵,万物的种种精妙,真是一言难尽哈!现在我们在收获毛芋头,抓住毛芋头的叶秆,把毛芋头的根茎拔出来。呵呵,三棵毛芋头,就收获了一篮子毛芋头的球根和地下茎呢,真是大丰收。可是我说不清楚,毛芋头的地下球根和地下茎大丰收,是因为它们生长的环境好呢,还是它们生长的环境还不十分理想?不过有一点可以肯定,它们资源的配置应该是优质和成功的。在收获毛芋头的过程中,连土带出来一些鲜活乱动的红蚯蚓,园长捉了一些去喂放在盆子里养的小四子,小四子大概饿了,哇哇地吃了七八根。哈哈,还是祝愿小四子快快康复,冬眠的时节也快要到了。

接连几天都在收获,都是大丰收呢!国庆假期的倒数第二天的下午,我又随园长到听雨花园采收。这次主要收获的是红芋。园长嫌我碍事,不让我插手,我倒落得清闲,一边给她打个下手,递个铲子啥的,一边到处观望。哦哦,辣椒还在结哩,不过果实已经变得较小了,毕竟气温比夏天低了。生姜生长得十分喜人呢,虽然种下去的时候仅仅数枚,但是现在已长成了一大片,嫩姜露在外面,初冬时一定会有一个好收成!年初剪下的一根无花果枝插在土里,现在已经长成了一棵旺盛的小树苗,无花果结果快,明年差不多就能结果啦。下午5点多气温开始下降,我像小孩那样对一件事的兴趣持续不了很长,我想回屋看电视去。我哼哼叽叽地请示园长,园长正忙得带劲,听我哼叽她也心烦,立即批准了我的请示。我回到客厅里打开电视,喝着茶,歪在沙发上看电视,可真是一种大享受,天气不冷不热,十分舒适。半个小时以后,园长手提臂挽地回到屋里,带来了特大喜讯:她刚刚收获了近20斤红芋,最大的一个,达4斤重,创下听雨花园红芋重量的新纪录。哈哈,向园长表示衷心的祝贺啊!

阳光已经变得可爱美好。中午在书房里午睡,睡醒之后头脑异常清醒,天气仍然不冷不热,又一直是持续的晴好天气,江淮大地上这样的深秋真是难得! 在书房的地铺上看看自己十分喜欢阅读的报纸,然后爬起来,洗洗脸,喝喝淡香的清茶,再上楼去,和园长说说话,到西阳台看看正在阳光下晒太阳恢复健康的小四子(昨天晚上我和园长带着小四子到农业大学动物医院为小四子做了个手术),小四子乖乖地晒着太阳,相信它很快就能康复! 我又到听雨花园去摘山楂。哈,山楂都已经红了,有的稍稍一碰,就掉落在手心里了,这可不得了,得赶紧采摘了,不然山楂都掉到楼底下去了,我和园长可就吃不到啦。我摘了好几把山楂,略微冲洗一下,和园长分而食之。呵,现在的山楂一点都不酸啦,吃在嘴里,虽然不太甜,但已十分好吃。我吃着山楂,在阳光照耀的园子里转悠,突然又有了新发现,今年扦插的无花果竟然已经在主枝和侧枝附近结果啦,哈哈,我上次还预测它要明年才会结果呢,预测赶不上形势啊。深秋的日子真好,真舒畅!

前天晚上和园长一起带着小四子到农业大学动物医院给小四

子做了个小手术,我不愿看小四子的疼,就到空旷的大院子里打电话,园长躲不掉,只好配合兽医的治疗,和小四子说说话,全程在场。当晚回来后,还带了碘酒回来,可以每天给小四子消毒。我担心的是,天气很快就要进入初冬了,乌龟们也要准备冬眠了,如果小四子能在冬眠前康复,那是早好的。昨天天气晴暖,我和园长都很高兴,小四子待在西阳台一个干爽的盆里,西阳台是封闭的,打开窗户可以透气,但气温会比较高一些,很暖和,有利于小四子的康复。它一天都乖乖地待在盆里,有时候换个能晒到太阳的位置。晚上我在书房里睡觉,早上醒来后,我像以往一样,靠在床头看报纸。园长轻轻地从楼上下来了,在书房里转了几圈,也不知道要做什么的样子。终于她告诉我,小四子不行了。不行了?是的,已经不行了。昨天还好好的呢。园长有些恍惚,又说了些话就去厨房了。上午我开电脑做了些当紧当慢的事,又打了些工作电话。9点多钟,园长用绸子布把小四子的小小身体包裹好,放进一个纸袋子里,然后我和园长带着小四子出门,到离我办公室不远的一个风景优美的地方,她下了车,我去办公室处理事务。一上午忙忙碌碌的,一直忙到12点多,昨天约好的一位朋友给我打电话,他们快到了,吃饭的地方在北门方向。我离开办公室,接到园长,前往北门方向。园长说,都处理好了,找了一个很僻静优美的地方。我听了,也就放了心。晚上在家里看电视,广告时分,我对园长说,哪天找个时间,去看看小四子。刚才还高高兴兴的园长一下子情绪变得低落下来。她说,好不容易才努力淡忘这件事,你又提起来了。我赶紧说,不提了不提了。园长后来就上楼了,我继续在楼下看电视,但心里对小四子的惦记,却怎么都化不去。

很多天没有到三园去了,这中间有过一次寒流过境,是今年的第一次寒流。在我的想象中,寒流来了,冬天接踵也就到了,园子就像幻灯片一样,也会完全变一个画面了。由于事物的忙乱,人对季节变化和更迭的敏感也会降低。这一天的下午,我终于又有心情和时间到听雨花园去了。园子里既没有完全旧貌变新颜,也不是完全的老一套,而是新旧交替,景物渐变。总体而言,园长把园子管理得井井有条,平阔的地方多了,新绿的地方多了,能够让人细细品味的细节多了。我在园子里从容不迫地浇浇水,松松土,整理整理衰败的枝叶。这种时光真让人留恋,让人感慨,让人回味。不过,我心里到底还是有事的。很快,我又回到了屋里。

现在是10月底,连续晴了许多天以后,今天夜里下雨了。雨不大,但淅淅沥沥的,下个不停。这场雨断断续续,有可能会下今天一天,明天一天,甚至下到后天。我想,这可能是今年的最后一场秋雨或最后两场秋雨之一,因为到11月7日,就要立冬了。淡淡的秋雨把前些天的干燥一扫而光,空气和环境都变得湿润起来。下雨也没有带来过多的降温,除了早晨有一些稍凉的风之外,整个的气温,仍是十分宜人的。早晨我起来之后,站到三园的门外,向三园里细细张望。一个星期以来一直在参加各种会议,昨天下午才从江南回来,因此就像汛期河流涨水一样,对三园的渴望已经增加到一个比较高的水位了。是的,夜来香白天打苞,夜里还在开放,大概是前天夜晚,我在楼下看电视时,就闻到很浓郁的花香不断袭来。柚子可都开始黄熟啦,今年柚子结了不少,据园长统计,总共结了11个大大小小的柚子,这对一棵仅生长在大花盆里,每年都有果实奉献的植物来说,已经是相当给力的啦!枇杷还在开花,相信明年春天一定会果实累累,因为秋深后一直到冬天,开花结果的植物寥寥无几,不管是园长还是我,我们都特别注意给它施肥浇水。生姜仍旧枝绿叶茂,哈哈,鲜嫩的生姜不断地往上冒,园长就不断地往上添土,它们还是不断地往上冒,不过现在还不是收

274

获生姜的时候,再等一等,它们还在继续长大,冬至后再酌情采收吧。大小乌龟早都躲起来不见影子了,第一场寒风吹起来以后,就要把它们捉到沙子里冬眠啦!

这一天终于没有既定的活动安排了,我要好好地、好好地享受这一日的轻松和自主! 一大清早,不到 7 点我醒后就起来了。我打开听雨花园的大门,走进园子里去。园长 19 日又去太平洋彼岸给她闺女帮忙带一阵子小孩去了。呵,一转眼,此时已是 11 月下旬,时间过得可真快,快得简直让人招架不住哦! 有时候看新闻,比如前些天在北京召开的 APEC(亚洲太平洋经济合作组织)会议,一晃眼之间,这个组织已经成立 25 年了,但想想我们印象中的这个组织曾经的情况,还历历在目呢。和永恒的时间相比,个人的历程实在是不值一提的! 我漫步在园子里,尽量让自己沉淀下来。城市清晨的空气并不算太好,太阳正在从东边升起,不过我已经许久没有见过霞光万丈的盛景了。可这没有关系,因为世界万物,分久必合,合久必分,优则易劣,劣而思变,我们只需守持耐心,就会迎来曙光。我告诉自己,一定要把节奏留给自己,把烦乱丢给俗人。老子提倡的"守静",就是这个道理,静与不静、真静与假静、大静与小静、天性的静与做作的静,在明眼人的眼里,都是能一眼看得出来的,都是作不得假的。静与不静、真静与假静、大静与小静、也和事务的多少、活动的有无没有根本的因果关系。有许多人很忙,但他们永远沉静,忙而不乱,忙而不躁,忙而不烦,忙而不怒,忙而不失控,忙而不崩溃;有些人想做出安静的样子,但他们的躁乱显而易见。

清晨,我到三园里转一转,本来就是想转一转的,可到了园子里,先给太阳能热水器放水,再这看看,那看看,手不由得就痒起来,拿起水舀子给果树浇点儿水,拾掇拾掇枯枝败叶,数一数正在变得黄澄澄的柚子,总共13个(不是11个),个个膨胀喜人;枇杷还有凝白色的花在开,今年新栽的无花果结了三个果实,只是还没成熟,青青的。我想起前段时间到明光和泗县"下基层"的事情。我们在明光市自来桥镇附近的地里挖红芋,虽然只是作秀,但我多少也能找到近40年前在农村插队的感觉。那时候吃红芋面、红芋馍,离了红芋不能活,红芋含糖高,天天吃,顿顿吃,吃得胃酸,见到红芋就反应,那时候可把红芋吃够了,几乎把这辈子的红芋都吃完了。现在红芋是很好的东西,据说还是世界十大最佳蔬菜之首呢,偶尔吃一吃,十分可口。自来桥镇大约在一个小盆地里,四面多丘陵,中间有河流经过,土壤适合种植红芋。由于当地红芋种植面积大,红芋的产量又高,因此当地企业家在镇北的低山山坡上用半开挖的方式,建了一些"山芋城堡"。这些山芋城堡,由于是在山坡上开挖建成的,温度、水分、其他的理化指标,都适合红芋的储藏,看上去很有创意。在泗县大庄镇佃庄村的晚餐令人难忘,那是在当地农家,桌上摆着煎饼和切成段的大葱,还有辣酱豆子,这是淮北的特色食品,吃过了,就忘不掉!

上午去大姐家,和文成哥聊了一些工作和生活上的事情,中午回来睡了一觉,一觉睡醒,精力充沛,所有过往的事情都沉淀下去了,沉淀成历史和养分了。我躺在床上把一位朋友的电影剧本读完,边看边写出发言提纲,下周一可是要开这个电影文学剧本的研讨会哦。正想着怎样订明年的晨晚报,外面就有人晃楼梯口的门,原来是送晚报的小伙子主动上门来提供订报啦,真是困了就有人递枕头。诸事办完,上楼到听雨花园去,给果树和干了的蔬菜浇浇水。哦,哦,有原则就不会忙乱,有底线就知道如何动作,现在,我可以坦然并且井然有序地在花园里浇一浇水,走一走路,欣赏欣赏果蔬了。花园里现在长得最出色的是蒜苗、莴笋和乌菜了。莴笋最高，又青葱，十分吸引人的眼睛；蒜苗略矮一些，颜色也淡一些，很朴实；地里的乌菜有黄心乌和黑心乌，黄心乌心子是黄的，黑心乌心子是黑的，它们成片成片地匍匐在沃土上，叶片与叶片之间既挤得紧紧的，又都努力要挤开周围的邻居似的，因此一片一片的乌菜厚实而又紧凑，乌黑黄亮，挤挤挨挨的，十分喜人，它们是冬天菜地里的"建群植物"，是背景和底色，也是亮点！

早晨一起来，我第一件要做的事就是去园子里转一转，听听植物在这个几十平方米的地方生活的声音；看看鸟从花园外低空飞过的影像；闻一闻城市早晨那种混合味的空气，然后找来工具，把一个空花盆里的土挖松，种上已经萌芽、正渴望与土壤和水分亲密接触的大蒜。种好了蒜，也浇过了水，我满足地看着胸有成竹、沉稳不语的土壤。是的，土壤绝对是胸有成竹的，虽然它可能并不肥沃，但没有疑问，进入它怀抱的种子，如果种子自身不出问题，它一定会用它所有的肥力，去供给种子的萌芽、生根、长叶的。哦，今天早晨真有收获！我已经有许多年不曾在早晨就有这种收获和感觉了。这还不是跟遵道、守静、居下、合一的原则相互因果吗？这大概就是人们常说的"接地气"吧！这是真的接上了"地"气，还有许多不直接接"地"的接地气，也是很好的。我一定要时时想着接地气这件事。这是一件大好、极好的事情！

下午天愈加阴得厉害，也许夜里会下雨呢。我在电脑上整理下周要去大学讲演的讲稿和PPT，工作了许久，我离开电脑，到花园里，休息休息。我给蔬菜上上肥，给果树浇点水，收拾整理枯叶零乱的地方。一边做着杂事，一边我脑子里却想着讲演内容。这次的讲演，主题是长篇小说里的地域文化。用西方人类学术语来讲,地域文化是一个地方性知识系统。地域文化是一个相对的概念,徽州文化圈是江南地区的一种地域文化,江南的文化在中国这个大的文化共同体中是一种地域文化,而中国这个大的文化共同体在世界的范围里也只是一种地域文化,甚至只是东方文化的一部分。呵呵,这倒是符合老子的"道"理呢:人法地,地法天,天法道,道法自然,你中有我,我中有你,万事万物,都只是相对的,同时也是变化的,是以他者为参照而存在的。

初冬的雨从前天夜里开始下,一直下到今天早上还没有停。如果天气较冷了,雨一直下一直下,会让人觉得寒意入心,但今年到现在为止,天还不太冷,所以我对这场雨的看法,总体而言,是正面的,觉得它为我带来了安静的心绪,带来了平和的心态。早晨起来开门看花园,发现花园里的植物正在发生变化,也可能是深刻变化的开端。夜来香的叶子已经变黄了,有些已经飘落;秋天放在室外照秋阳的一盆长势茂盛的君子兰,这场雨后就该搬进屋里来了,它们在室外照晒了秋阳,又接受了许多肥水,能量积蓄得很好,因此一整个冬天它们都能身强体壮,到春天就会开出又大又艳的花来。枇杷树依然开花不已,雨水把深绿色的树叶淋洗得愈加鲜亮、厚实,对世界上所有与人相关的植物而言,人类的爱心有多深,植物的生长就会有多好。自然,以上这些所见、所思、所想,都与平和的心态有关,在一个相对而言的边界内,没有平和的心态,就不可能有如此这般的所见、所思、所想。平和的心态真的这么重要?是的,哪怕在激烈的足球场上,平和的心态与躁乱的心情也必然会影响事件发展的结果。平和的心态会带来冷静的对待,冷静的对待会发现转瞬即逝的机会,失去了机会当然就可能失去舞台和成功。不过,地球上的万事万物都是相对的和有边界的,不同的视角即会带来完全和彻底的改变。

早上雨停住了,天略有点放亮,这是很好的。对生物性质的人来说,天气是人体舒适与否的重要因素,阴久思晴,晴久盼雨,这种循环永无止境。我走进园子里看花、看菜、看果树。园子里一片翠绿,花草和蔬菜的叶子上湿漉漉的,真清新!园长去她闺女之前,还留下一株白茄子和一盆辣椒。茄子还在结,大约还有5个果实,但不知道随着气温的逐渐降低,这些果实还能不能长得更大些;辣椒除了数十个果实外,还打了许多花苞。不管怎么说,它们都是够敬业的,它们的生存能力也值得我们思考、效法和学习。我突然发现雨后的蒜地里长出了一些细芽,凑近了仔细一看,呵,原来是园长许久前撒在地里的芫荽(香菜)。芫荽出芽很慢,有时候出了芽也会由于种种原因而枯萎,现在在初冬的雨后,它们借助自然界的雨情,自然而然地长出来了,根据我的经验,这样长出的芫荽,会长得很好,长势也会很强。附近一个盆里的荠菜也长大了,园长在家的时候,它们还只是野草一样的小苗苗,现在它们长得很挤、很密,呵呵,我倒是希望它们能真像野草那样,趴在地上,颜色老灰,那才是我们都看重的野荠菜啊!

这个初冬的早晨,天空中突然传来几番雷声,接着就下起了小到中雨。哦哦,冬天打雷总体而言是不多见的。园长仍然不在家,当我把冰箱里的饺子和馒头吃完的时候,园长就该回来啦。我撑了一把旧雨伞到园子里去。雨点打在听雨花园的菜叶上、树叶上、雨篷上。我站在植物中间,听到雨声不断,正如英国作家伍尔芙说的,所有的思绪都一拥而上,占据了我的整个脑海。我撑的不是戴望舒雨巷式的油纸伞,而是一把现代稍不时尚的折叠布雨伞,丁香一样的姑娘早就飘忽不见了,空遗下一些惆怅、一些迷惘、一些困倦。高铁闪电般通过,惊动了一片、又一片、再一片软卧在土壤上、草丛里或河渠旁的黄叶。就像一片树林一样,这片树林会有一个中心,或若干个中心,其余的都是副中心、中间地带或边缘地带。但中心、副中心、中间地带和边缘地带的概念只是一个视角的结论,即在某种视角中,比如在一个外来的植物学视角中,这是中心,那是副中心,那是中间地带,那是边缘地带。但在另一个外来的社会学视角中,原来的中心可能只是一个次中心,原来的边缘地带反而可能成为中心。而对生长于这一片地域中的植物或动物来说,中心往往就是它们自己,其他的分类都是外来的、人为的……

多天的冬雨后,太阳终于出来了,不过早晨的气温也有了大幅的下降,降到了零度以下。下雨的那几天,我一直都在外面跑,连轴儿转,前天到淮河以北了,夜里9点多才到家,昨天一大早爬起来,又跑去了大别山区。现在太阳出来了,我这个上午也可以选择待在家里了,虽然中午还要外出应宴,但能够舒缓一下,心里觉得轻松了许多。清晨开门去听雨花园一游,哦,寒风阵阵,大部分植物都有些瑟瑟的寒意呢,城市的面貌也变得紧缩和简单,但黄心乌、黑心乌和莴笋却是例外。莴笋依然长得清凌凌的,连莴笋叶片上的蚜虫也不怕冷,一片一片黑压压地繁殖,我用手去碾灭它们,这是对付蔬菜"害虫"的最环保的办法,虽然有点儿费事,可一点儿都不会产生食品污染。乌菜也仍然饱满、多汁、丰厚,我喜爱地看着它们,想着能不能铲下几株,回屋里烧菜。这想法源于昨天晚上的一个速递。一位远在黑龙江的朋友给我速递了一盒红肠,看上去真是诱人。她短信说:(速递)好快啊!这两天冷藏就可以,吃时也不用蒸,馒头、稀饭、红肠和小咸菜是早餐的最佳搭配,两天后吃不完就冷冻吧,吃的时候蒸一下;两种颜色是两种工艺的,红色的是大众口味,深色的是秋林里道斯,炭熏的。呵呵,什么叫"秋林里道斯"? 哈尔滨人肯定都懂,黑龙江人肯定也都明白。我回她道:说得我们都流口水呢,一定要按照你的指点,原汁原味地大吃一餐哦!哈,这正是我一大清早就来觊觎乌菜的动因。当然,乌菜并非馒头、稀饭、红肠和小咸菜中的一种,但都是食品,我都喜欢得不得了!

早晨又到花园去,哦,外面结冰了。果树的盆土都冻得有点硬了,莴笋的嫩叶儿冻得瑟瑟的,大蒜的细叶弯曲着,黄澄澄的大柚子挂在树枝上,大概是连枝剪下来的时候了,黄心乌和黑心乌不受天气的影响,依然如故,山楂的叶子几乎就要落完了,它的树枝看上去都还肥腴,说不定明年会有较好的收成。四季总是和人生有许多相似,四季轮替,雨雪更迭,人生也多多少少会时秋时夏、冬去春来。遵道,大约就是要遵循自然的和社会的规律。不过,自然的和社会的规律到底是怎么样的?怎样才是自然的和社会的规律?这需要实践和理解。

这几天我天天早上都可以到园子里去看一眼。年末岁尾,天气转变,这本书的读写也到了末尾了。下午到花园里去给蔬菜和果树浇水,因为天气较冷,蔬菜们尚不需要太多的水,但枇杷、含笑等果木却仍在开花或生长,需要较多的水分和营养。多年种植植物,我常常在花园里感慨:有些植物,种植或移栽后很快就死亡了,但有些植物,哪怕你把它抛弃了,它也能在一个偏僻的角落,默默地但显然是快乐地成长起来。当你突然看到它正在茁壮生长时,不由得你不感慨,不由得你不感叹,不由得你不钦佩,不由得你不思考。我们做人、做事也要这样,再严酷的环境,也能顽强地存活,甚至活得更出彩,活得更丰富,活得更有味,活得更有哲理。因为我们的存活,是为我们自己,但又不仅仅是为我们自己,我们同时也为人类积累了优良的品格和坚韧的精神。我们将为此而自豪。

天气大好,晴,也不怎么冷,但过几天可能又会降温。我几乎每天早上都开门看看花园,而第一眼看到的都是柚子树上挂着的黄澄澄的大小柚子。于是每次我都会想,都12月初啦,该把柚子们采收下来啦,虽然园长不在家,没法及时请示她,但我也应该自觉负起责任来呀。于是昨天晚上睡觉前暗自决定,明天起来,第一件事就是摘柚子。所以今天早上一起来,我就开了园子的门,提着园长常用的很有生活气息的柳条篮,到园子里采收。柚子树紧挨着园子围墙,我小心翼翼地把园长为托住沉甸甸的大柚子而拴得很牢的尼龙网眼袋解开,然后再把柚子一个一个地剪下来,放进篮子里。柚子是种在一个较大的花盆里的,我一边采收,一边感慨,就是这一盆土,因为较重,从来没换过,尽管如此,柚子树每年都会为我们贡献10多个大小不一、让人欢喜的果实,这说明植物的潜能是巨大的,也说明柚子树内心的强大。也正由于如此,我们才应该更好地呵护它、保护它、维护它,多给它浇一些带肥的水。经过二十多分钟的努力,14个黄澄澄喜人的柚子都采收进园长的柳条篮里去啦。我又趁势把已经有点衰退的辣椒秆拔掉,把上面的辣椒收下来,把盆里的土翻一翻,抓紧种上大蒜。呵呵,我退后几步,看着收获和整理过的三园。园子需要精心维护和打理,所有的物件、事情包括心田也都一样,你不关心它,它就荒了。

哈,额的保护神要回来啦,她不在家,我这里的事就一团糟地都来啦,虽然一如既往都能有条不紊地一一做定,但总搅得我多消耗一些宝贵的营养和细胞,我夜里要去机场接她哦。现在,我刚刚把一桶带有紫红芋皮的洗菜水提到花园来,给继续开花的枇杷、剪去了果实的柚子树、正在积蓄能量准备早春开花的金银花和叶子基本落尽的山楂树、花椒树、无花果树浇一浇水。又把西阳台的西南角收拾好,腾出地方,把几盆种满了乌菜、蒜苗和莴笋的盆子搬到西阳台去,西阳台夜晚比较暖和,上午也有阳光,下午的阳光就更充足了,蔬菜几天之间就能很好地长起来,这样我们就能每天吃上新鲜的蔬菜了。但蔬菜在那里也有个不足,就是在西阳台时间稍长些,蔬菜的叶片都长得较单薄,不厚实,蔬菜味淡,这是阳光不充足的原因,而一直在园子里的蔬菜,虽然叶片厚、菜味足,但因冬天气温低,因此长势慢、个头小。以前冬天时,我们都是把许多盆蔬菜搬到西阳台,一下子吃不完,菜又长得快,就显得不好吃了,今年我想到这个办法,就是每次只搬两三盆到西阳台去,待蔬菜从无保护的环境里突然到了暖和的阳台里,会在一两天的缓苗后,发力猛长,这样我们就可以每天饱餐了。这几盆快吃完时,我们再不断地陆续补充一盆、两盆。如此一来,青菜既不会长瘦、长薄,又能在阳台的暖和环境里长开、长大,哈哈,园长回来一定会批准我的这一妙招!

我待在花园里。我穿着园长走时为我准备好的手缝棉裤,这样在书房里久坐时就不会觉得冷了。花园里的果树、蔬菜和其他植物都很安静,静静地享受着阳光的暖意。天气十分晴朗,虽然温度不高,但如果风不大,而又待在阳光下,人的感觉会超好,人会有一种幸福感,有一种心定感。这是一个消化营养,积蓄能量的季节。昨天,也就是2014年12月16日,我去走读淮河下游的支流白塔河,我起得很早,凌晨不到3点就出发了。省道在低山区转来转去,当我来到来安县李官墩村时,天还未亮,我困了,因此把车停在路边村庄人家的门口,呼呼地睡了一小觉。当我醒来时,我的精神十分清爽,天也亮了,是一个很晴朗的天气,看得清天地间的所有事物了。气温在零度上下,车外清冷,但车里很暖和,这使我有一种享受生活的强烈感觉。我不急不忙地记笔记,看地图,想事儿,心态极其放松,从身到心。当时已经快到 7 点了,但我停车地方的这些人家,没有一家起来的,没有一家开门出去做事的。我很有感慨。我要向这些村民学习,只要有机会,就要无条件地享受这种慢生活！好啦,时候不早了,我要去机场接园长去啦。

2014 年于合肥淮北佬斋

2015 年

敞 开 心 扉

像以前一样,2014年我的读书一直没有停止。读书就要敞开心扉！但有时囿于各种各样的情况和条件:经济情况啦,身体情况啦,精神状况啦,家庭条件啦,社会环境啦,时代氛围啦,可能没有办法敞开来去读,敞开来去想,敞开来去写。这并不奇怪,任何人,任何体制,任何时代,都有种种不利于读书的情况。只要我们心里有读书的念头,又能抓紧时间多读几本书,就是好的。以下是我2014年读的书和2015年打算要读的书。

2014年已读的部分图书。

《老子注译与评介》(陈鼓应著)。因为这几年在写一本这方面的书,所以一直在集中阅读关于《老子》的专著,思考关于《老子》的思想。《老子》又称《道德经》,是全球翻译成母语以外文字第二多的著作。《老子》博大精深,哲学意义无与伦比,但我也把它看作文学书。这是我们先秦哲学、思想经典的特征,与我们的价值观和思维方式有关。陈著的特点是扎实。

《老子新译》(任继愈著)。我读的是该书1985年繁体版的旧著,我的许多老藏书之一,很有意思,除了读内容外,还有怀旧感。任著的特点是简洁、高效,比如他做了"重要名词索引"和"内容分类索引",这既是一种研究方法,也大大方便了读者对《老子》的阅读。

《儒学·书院·社会》(肖永明著)。这本书比较全面地研究并介绍了中国传统的书院,是这种儒家文化创造、积累、传播的中心及人才培养基地。近十几年来,书院这种教学、研究的机构,在中国大地上,如雨后春笋般新生,这对所有深具文化感的人都会产生巨大的吸引力。当然,此时的书院,已经不是彼时的书院。我也曾做过许多前期规划,打算发起成立这么一个文化类书院,但民政部门的领导告诉我,只要名"书院",都是民非,要有实体、教学、师生。这就不是我要做的事了。

《海权论》(马汉著)。以前读过两遍,现在是重读。这本书不仅影响我们重视海洋,更能帮助我们理解当下的国际关系、强权政治和地缘战略。如果结合麦金德的陆权著作及毛泽东的三个世界思想,我们就明白为什么中国现在要大力倡导和推行陆上丝绸之路和海上丝绸之路建设。有需求,才有发现和发明。创立一个有理想、有需求的体制,这才是大手笔啊!

《植物地理学》(马丹炜主编)。这是一本高校教材。读了这一类的书,你的眼光会有所不同。比如你写文学作品时,总是写看见一片湿地、一片池塘、芦苇在秋风中摇晃、荷花在开放、水草在水面下浮动,就会显得单调、乏味。但是如果你突然写出"浮水植物荷花在慢慢开放,挺水植物芦苇在湿地里随风摇晃"这样的句子,就会给人耳目一新之感,也会让别人觉得你有些知识。

《历史流域学论纲》(王尚义 张慧芝著)。2013年我在合肥工业大学出版社出版了散文集《和自己的淮河单独在一起》,这是写河、写水、写流域的。但由于当时时间紧,想写的东西大概只写出了不到一半,以后还会继续写,所以要努力做好前期准备工作。人类与流域关系非同一般。为什么我们听说探索火星了,大家伸头张脑的首先会好奇火星上有没有水和河流?这种关系你懂的。

2015年拟读的书。

《政治秩序的起源》(福山著)。这本书多年前就买下了,还几次拿到书桌上或沙发附近,但都没能静心读下去。作者的西方视角使他有可能有意无意地慢待东方特别是中国的历史实践。西方的政治秩序是当下的强势文化,但西方模式无法解释当今中国经济飞速发展、人民生活水平大幅提高、脱贫人口创奇迹的现实,所以看起来并不存在一种社会管理模式天下通吃的情况。

《西方帝国简史》(派格登著)。西方"帝国"的历史,当然包括了西方文化的几大特征。

《英雄祖先与兄弟民族》(王明珂著)。在互联网、手机、博客和微信发明之前,我们的祖先是什么祖先？我们的历史是谁的历史？你可能不会相信,那时候,我们的祖先都是"英雄"祖先,如果我们的祖先并非"英雄",我们也要尽可能找一个,或塑造一个,或非要找出一些他的"英雄"事迹来不可。我们的历史则是父亲认定的历史(每天在饭桌上讲的老记忆),如果父亲不能认定了,我们的历史就大致上固定下来了,并经常由母亲复述着。这都是人类的"本能",那时候谁都不能例外。

《稻作与史前文化演变》(吕烈丹著)。谈到美食,我们都会咽口水,或垂涎三尺。其实农耕文化的基本内容主要就是水稻和小麦。吃什么不仅仅决定你的长相、脾气、性格和体力,还决定你的想法、做法及是非观念。

2015 年 1 月 2 日于合肥五闲阁

草 毯 山

油菜花已经零星开放,窗外的乡村泅出了淡淡嫩黄的时候,我再一次去往草毯山。

草毯山位居巢湖北岸,在环巢湖旅游大道的东侧。草毯山是我对那一座低山及与其相连的数个更低的山的个人命名。因为那几座海拔不会超过150米的低山,和缓漫漶,几乎整个表面都被厚毯一样密实、紧凑的绒草覆盖着,人走在上面,就像踩在地毯上一样,敦厚、踏实:脚既不会踏空,也不会滑溜;人既不会自恋,也不会虚幻;心既不会空荡,也不会张扬。只是一种实实在在而已。

冬天也有和暖的日子。那时去草毯山,中午的时光,一步一步地走高(其实只是一种缓然而上的高罢了),东顾西盼(其实也仅是一种缓然而动的顾盼),不过百步以后,也就到草毯山半腰一个开阔的山台上了。

虽然还没到草毯山的最高点,但这里已经是一个可以俯瞰江淮的高点了。正所谓山不在高,心高则高;情不在深,心在则深;志不在大,心大则大;意不在坚,自在则坚;事毋需做,无为既成。

可以在厚毯一般的枯草地上坐下来,我说的还是冬天和暖向阳的日子。隆冬的正午,草毯山早已不见人踪,除了山坡上厚厚的枯草、山洼间一片深绿的山松、厚草间偶现峥嵘的山石外,只有时远时近的几只起起落落、花白相间的喜鹊和不远处几墩无嗅无味已经干硬的牛粪陪伴着我。

山风都几乎不现,此刻只听得见自己的心跳、脉动和缓慢流淌的思绪。心也是静下来了,其实早已静下来了。心境会自己去寻找相匹配的环境。喧杂自有喧杂的营养,而此刻的我,却习惯了与草毯山的融合。我能听见草毯山一起一伏的呼吸与我的呼吸同步,我能看见山川大地的脉动与我的脉动合拍,我能触摸到我无踪的思绪:它无象无形、无色无味、无质感无边界,却又包容了一切。

花白相间的喜鹊们既不远我,也不近我。它们欢欢喜喜地歌唱,在厚绒的枯草上、在偶露的山石上、在暖意流动的低空中、在我的四周时起时落。它们完全不会打扰到人,不会打扰到我。我可以视它们为环境的背景,但又能看见它们的存在。它们既为我带来自然界的善意,又与我保持着完美的心性的空间。

我支起双臂,模仿喜鹊拍打着结实、有力的大翅膀起飞、降落的姿态,我果然是能够"起飞"的。我从我落座的枯草上,缓慢地离开草地,感觉有一汪敦厚的气垫在下面托住我,使我缓慢又缓慢地往上抬升、抬升、抬升……这时候看山河更看得清楚,看地面更看得广远,看地理更看得宏阔,看景观更看得浓缩,看人心更看得明了,看远方更看得深透。这时我想:只要有强烈的愿意,我们人人都是可以"起飞"的。我们的身体和能力,存在于我们的心中,我们的心性和天运,掌握在我们的手里。

我无声无息地又落座于枯白厚实的绒草毯上,就像我始终未曾上升、始终未曾降落、始终未曾离开、始终未曾远行一样。但我已经了然心路的走向,已经了然心路的转折,已经了然心路的窄宽,已经了然我智慧的边界。从此,我将知道我是谁、在哪里、做什么、哪里去、会如何。我或将自化。

有许多条路都可以上草毯山。

譬如此刻,我前往草毯山。我总是从巢湖岸边一个泊满了渔船的小码头出发。北行,又北行,约3公里,就可到草毯山的山脚下。

草毯山的西麓较为陡峭:山下是环巢湖观光大道,山坡上又都是矮松,松树下还多山石,上山的小毛路,只是极少数人踩出来的依稀便道。从这里往上爬,要时时低头弓腰,才能穿过那些挡道的松枝,还要经常以手撑地,或四肢并用,才能从山石和松枝共同的阻挡之中穿越。

松树的阻挡绵延八九十米,感觉上却比几百米还多。此时身已酸乏,人已倦怠,心已冷淡。趣既无趣,味亦无味,眼界又十分逼仄,不知前方如何,闷得人口舌起泡,烦乱丛生。退,退,还是退吧!退的念头已在脑海里翻腾无数次,脚却忍不住又向前迈进一步,还得再走几步看看……还得再走几步看看……还是再走几步看看吧……

突然面前豁然开朗,原来已经走出了矮松林布成的密阵。此时草坡若绒,铺展在脚下,只需轻轻地抬起腿来,很小很小的一步,就走了上去,就享受了温软的草的按摩,手也是香的。原来一路把握松枝,留下了松香。

北坡则多茅草、荆棘。远远地看北坡,是一片广大的紫黄色的枯草,漫山遍坡,煞是和软。还以为那是草毯一样的草坡呢,待走上去,才知道茅草深硬,比人还高。茅草间有当地村民走出来的便道,只是便道若有若无,鲜见人行。一头扎进茅草坡,就像进入了茫茫荒原,只能望见在较高的上方不远也不近的草毯山顶,其他的什么都看不见。

草叶削人,草尖戳人,草籽落入鞋里,也让人无法行走。带刺的蔓条子横在地上,或挡在半空,既扎人,又拉人,还扯衣服,更让人寸步难行。四周都是高过人的茅草,心里间或涌上一丝害怕的念头。那种退返的感觉又来了,又来了……只是脚不会、也不愿后退。用手掌拨开干黄挺硬的草秆,用手指捏去扎人戳人的刺条,要细心看清脚下复杂的路,须左顾右盼周围未知的环境。

果然,十几步以后,高高的茅草断然绝迹,圆缓的草坡再一次展现眼前。

南坡多山石阵。从山下较远处往草毯山进发,翻过一座排列着整齐墓碑的小小山,穿过一片稻田地,走过一片大水面,侧过挂满红灯笼的渔家乐,再穿过一大片枯稻田,石头就多起来了。一坡、一地,满眼都是石头。有青的,有灰的,有黑的,有赭的,有灰底白纹的,有杂色的,有高的,有低的,有一整块的,有零散的,有圆鼓鼓的,有带角的,有完好如初的,有风化坍塌的。野草、小灌木和刺条子从石头缝里长出来,但都没长过石头,没盖过石头,一般都长得比石头低。石头阵高高矮矮,尖利圆滑,错落不定。矮的地方要小心下脚,以免崴了;高的地方要用手攀爬,全身运动。突然听见噗噜一声,吃了一惊,原来是一只灰色野兔,受到打扰,从石头缝里蹿出去,转眼就消失在远处一堆大青石后面。

翻过一道石头阵,山坡草毯已经看得见了,但还得走过一片石海洼地才能到达,这似乎是容易的。眼盯着脚下的石头,或跳跃,或跨步,或碎步,往前走就是了。渐渐走得累了、热了,看准两块相邻的石头,脚在上面踩稳,停下休息,四方环顾、欣赏。这时不会想得太多。能记得住的感觉,就是享受当下,就是享受当下的感觉、体验和感受。攀登能够励志,坎坷益于修身,享受也可以养性呢。

终于走尽石头阵,草毯坡已经近在咫尺,跨过最后一道石坎就踏上厚厚的枯草地了。心中一阵轻松,脚下却是一绊,踉跄几步,扑倒在草地上。紧张、尴尬了一秒钟,转瞬间脸上却笑开了花,心花怒放了。虽然知道慎终如始、始终如一的道理,但这不正是难得的体验吗?

东侧的道路最好上山。坡度既缓,山下又有一条便道,人能步行上山,车也能直开上山坡,开到宽阔、略有起伏的草毯的最中间。

从东坡上山,先要在山外 300 米处,经过一个村子,这就是草毯村。草毯村的边缘,有几户人家,平常都极其安静。偶尔,其实只有一次,远远地听见有热烈的鞭炮声、看见有烟雾升起,知道一定是有什么活动了。慢慢往前靠去,路边停放的车越来越多,车上都扎着红花,有的扎在后视镜上;有的扎在车前盖上,有的贴着大红的双喜,有的商务车的后门上,贴着红喜联。这是娶妻,或嫁女了呢。喜庆啊。虽然与我不相干,但在内心也深深地、诚挚地祝福着他们!

慢慢到了人最多的那个地方,路东的那户人家。人们都聚集在这家的门里和门外。说着,笑着,等着,帮忙的,看热闹的,都是亲朋邻里。

是那个女孩子吗?我努力地回忆着。我记得在我的记忆里,我从这里经过,有两次看到过这家院子里,有一个年轻的女孩子,进,或者出。女孩子没有惊人的美丽,却年轻、鲜活、丰实,这总是招人眼的。一次是进:她从院外后面的邻家往自家院里走,手里拿着一个竹制的风筝,喜气洋洋的,快步往家里走,看见我的车了,她看了看,就走进本来就敞开两扇大门的院子里去了。一次是出:我经过时,她正好从敞开的院门里出来,手里提个菜篮子,可能是去院侧的菜地里挖菜去,她看见我的车溜过,看了看我,就右转,走进菜园里去了。

现在,门口满地红,都是放过炮之后留下的炮皮。20 多分钟后,人群开始扰动起来。一些穿着时尚的年轻女孩和一些穿着整齐的年轻男人,前后簇拥着穿西服的新郎出来了。新郎抱着新娘,新娘穿着婚纱,年轻的女孩子们前前后后地把拖在地上的婚纱抱起来。

新娘、新郎、车队、人群,慢慢启程前行,逐渐消失在丘陵田畴之间。刚才这里的热闹,很快也就消散了。在我眼前,或者头脑里,这时的天、地、人、万物,都浑然一体,不分为你,不分为他,不分为彼此。天,也是地;地,也是天;人,就是万物;万物,也是天地;天地,即是新娘;新娘,即是万物循环往复,无休无止。

常态中的草毯村,都十分清静、清闲、清爽。总有一头或两头牛被拴在路边、屋侧的空地上,或稻田附近,吃草、休息、反刍。它们身边或路旁的牛粪,我都会注意到,也会多看上几眼。牛粪是很好的农家肥,如果能把干牛粪带回城市的空间菜园里做蔬菜和果树的底肥,那是很好的选择。

从草毯村的边缘右转,经过数百米的山石红土路,就到了草毯山的山脚。要么把车停在路边,人走上去,要么把车开上山去,停在山上平坦的草地上。

人走上去,就像是傍晚的散步。山坡上铺满了厚而短密的野草。当然,在冬天,草坡的颜色,一直都是枯黄的。草坡轻慢,缓缓而上。四野顾盼,很快也就走到开阔的山台上了。

车开上去更是快捷。到了宽展开阔的山台上,停下车,拉开车门,会有一股枯草的气息扑进鼻里。草毯是那么细密、柔软,双脚踏到枯草上,甚至不忍心把全身重量都压在草的身上。但还是轻了又轻,踩着织成一体的枯草,往草坡的中心方向走。

远远地离车走开去吧,远远地离车走开去吧……径直走向更高一些的山坡上。从这里看西坡,那里山势陡直,山松阵阵;从这里看北坡,茅草深灰,随风波动;从这里看南坡,看得最远:石头阵、水稻田、中池塘、矮山丘。而不管往哪里看,都仿佛不分彼此:既居高临下,又身在其中;既隔山隔水,又呼吸相通。

其实,四面八方上山的路,来途不同,终点和目标却是一致的。从山的哪一侧上来,都无关紧要。就像人生,路途不同,风景各异。若有其优,必现其劣;如有其利,亦显其弊。

人生不外乎"来"和"去"。从哪里"来",都可能有风险,有勾连,有犹疑,有牵扯;也都可能有遗香,有平坦,有惊喜,有豁然开朗,有重见天日的高潮和快乐。只要能够到达草毯山如绒厚阔处,即算人生的大成功、大收获,都可一览天地、含括万物,适会于山水、相融于江湖。既然如此,也自然就能够淡然而"去"了。

有一些时候,是不方便上草毯山的。但真去了,即有另类的收益。

下雨的时候,不方便上草毯山。

冬雨寒冷,虽然雨不大,但气温低,雨湿滑,人落魄。到了草毯山山脚下,冬日的细雨却下得密了。下了车,冒雨走过一段泥石混杂的便道,一步一滑、小心谨慎地往山上走。雨水和草屑很快就溅湿和弄脏了鞋袜、裤腿。冬雨里的寒风也吹得紧,细绸的雨线扫在身上、脸上。草毯山空无一人、阒无一鸟。心定了,并不感觉外界的不利因素,例如冷风、冬雨、低温、湿滑等对自己有多少影响。闭目凝神,凝聚自我,然后,再不慌不慢地走下草毯山。

下雪的时候,也不方便上草毯山。

雪覆盖了湖泊、田地、山丘、村庄、稻草垛、紫红颜色的城市绿道以及草毯山。但傍晚时分,我还是想要去草毯山走一走,去草毯山看一看。雪纷纷扬扬地下着,一路上见不到一个人、一辆车。天地沉静,万物和寂。自然与人,都隐藏在自己早已预制好的保护层里。因此天地万物,没有一丝一毫躁动,全是有序、充实、饱满、自足和沉静的。

车停在山脚下。雪中的草毯山,透过密若飞絮的雪片,只见得雪,不见得草。熄了火,就待在尚余温暖的车里,躺倒在靠椅上,盖上随车带来的羽绒小棉袄,闭上眼,只用耳朵去听天地里细微的声音。草毯山上曾经熟悉的一切,虽然现在眼睛看不见,但眼皮的屏幕上,都会一一放映出来。枯白细密的冬草,青黑颜色的山石,喜鹊落过的棘枝,沿山而上的车声,一位脸色灰黑穿过山坡的朴素山农,这些地球上曾经和我们同在的事物,无论大小、高矮、胖瘦、远近、黑白,都让我们动心,都让我们留恋。

除了阳光普照、和风若无的日子,冬天还是低温的时候多一些。那时,可以躲进面阳背风的小山洼里,在枯草地上,铺一件既长且软的羽绒服,和自己心依的女人,双双跪在上面,像原生态时期的我们一样,做一次绵长的爱。

做时,依然看得见草茸茸的山坡;依然看得见山坡以下的风景;依然看得见水面、小树林、稻田、渔家乐;依然看得见巢湖、环巢湖光观大道;依然看得见天、看得见地、看得见万物、看得见一切。而天地万物一切的一切也都看得见我们,看得见我们率真的行为,看得见我们的和谐、友爱、适道、日常、肉感、呻吟、激情、快乐、痴疯、趋静,一切都十分自在、平常、无他。

再一次,在面阳背风的小山洼里,在枯草地上,铺一件既长且软的羽绒服,和自己心依的女人,双双跪在上面,像原生态时期的我们一样,做一次爱。

那时,依然看得见草茸茸的山坡,依然看得见山坡以下的风景,依然看得见水面、小树林、稻田、渔家乐;依然看得见巢湖、环巢湖光观大道;依然看得见天、看得见地、看得见天地万物、看得见一切。而天地万物一切的一切也都看得见我们,看得见我们率然的行为,看得见我们的和谐、友爱、自然、适道、寻常、肉感、呻吟、激情、快乐、痴疯、趋静,一切都十分自在、平常、无他。

又一次,在面阳背风的小山洼里,在枯草地上,铺一件既长又软的羽绒服,和自己心依的女人,双双跪在上面,像原生态时期的我们一样,做一次爱。

那时,依然看得见草茸茸的山坡,依然看得见山坡以下的风景,依然看得见水面、小树林、稻田、渔家乐,依然看得见巢湖、环巢湖光观大道,依然看得见天、看得见地、看得见天地万物、看得见一切。而天地万物一切的一切也都看得见我们,看得见我们自然、率性的行为,看得见我们的和谐、友爱、自然、适道、寻常、肉感、呻吟、激情、快乐、发疯、趋静,一切都十分自在、平常、无他。

春天悄然走来。节气上的春天早已来到,但感受上的春天,春意常不明显,而且时常反复、拖宕、延迟,让人的无限期待无法着落。

春天也多是从东路上草毯山,还是先经过山脚下的小山村。草毯村一如既往地安详,又看见一头或两头牛,站在稻场边吃草,或卧在草地上反刍。一位瘦高个、戴灰白棉帽、50岁左右的农民,在稻场上翻晒牛粪,他这是为春天的耕种在做准备吧。一位青年妇女抱着一个小女孩,从村路上走过去。日子过得真快,路边和房门口红色的炮皮还没被风雨侵蚀干净,那位手里拿着一个竹制的风筝,喜气洋洋的女孩,已经做了母亲了。此刻,她怀里的小女孩拿着一个手动电锯,不知道为什么小女孩玩这个玩具。不过,这背后一定是有一个合理的原因的。

慢慢地、一步一步地走上草毯山,一步一步地走上厚草茸茸的山间平台。惊蛰都已经过去了,乡村野外常见的那种极其细小的小蠓虫开始出现,它们总是在人的脸面前,上下飞舞,团团飞舞。有时候,这个团团飞舞的团子,越飞越大,大到遮蔽了视线;有时候,这个团团飞舞的团子,越飞越小,小到只有寥寥无几的参与者;有时候,这个团团飞舞的团子,时大时小,时小时大,时近于无,又时近于有。

在厚绒一般的草毯上坐下,就闻到一股越来越清鲜的草地气息。这里那里,枯草底下,绿意仿佛越来越显了,虽然还看不见明确的东西:草芽,或花苞。山南似有鹅声传来,山东似有妇女说话声传来,山西似有车辆驶过声传来,山北似有自然界的背景声传来。周边多有喜鹊声,和附近还有五六种鸟声传来。只看得见近处草地上蹦蹦跳跳的喜鹊,却看不见天空和附近他处的那五六种鸟儿。

在厚绒草毯上坐下去,闻到一股越来越清鲜的草气。野花已经开了,鲜黄的、嫩紫的。野花朵朵开,惊蛰春又开。周边除了喜鹊喳喳的叫声,还有天空和附近五六种鸟声,还有山下、左近的鞭炮声、花开声、背景声、鹅鹅声、鸭鸭声、车辆声、妇女声、细风声……

就一直在厚草坡上坐着、望着、听着、想着、问着。坐而静身,修思沉虑;望而骋目,怡容养目;听而凝神,净心理意;想而无思,思而无想;问心无问,问心有心。坐而无望,望而无听,听而无想,想而无问,问而无虑,虑而无思,思而无骋,骋而无怠,怠而无沉,沉而无凝,凝而无问,问而无所思思,思而无所望望,望而无所听听,听而无所静静,静而无所养养,养而无所问问,问而无所骋骋,骋而无所虑虑,虑而无所偏执、无所修修、无所凝凝、无所怠怠、无所怡怡、无所想想、无所思思、无所不包、无所不在、无所往往、无所在意、无所听听、无在无不在、都在都不在、都在都又在、又在又不在。

或对山水歌咏,或面万物吟诵,或立而抒怀,或坐而自赏,或跃而叙意,或卧而喃喃。面南而咏,面北而诵,面西而吟,面东而颂;仰天而歌,俯首而啸,尘埃蝇屑,可奈我何!不为人,不为物,不为天,不为地,不为山同,不为水,不为他,不为己,不为前,不为后,不为来,不为往。只为心意的率性、自在、欣然、慰然。我自得、自存、自适、自善、自化、自实、自在、自赏、自砺、自行、自进、自好、自明、自惜、自利、自歌、自哭、自褒、自愿……我自得,我自然,我逍遥,我快活,我清静,我充实,我自信。又为人,又为物,又为他,又为天,又为地,又为山,又为水,又为他,又为己。己为山,己为水,己为天,己为地,己为万物,己为宇宙,己为已知,己为未知,己为锋利,己为愚钝,己为淡然,己为慨然,己为已然,己为未然,己为全部,己为局部,己为宏大,己为细微,己为所有,己为全无,己所欲,己不欲,己为象,己为形,己为他,己为己……

2015 年 3 月 14 至 3 月 29 日于巢湖中庙善水轩

花　香　浴

G206 就在胜利小镇镇外,它从北偏东方向来,往南偏西方向去。其实,它的走向,和长江的流向,基本上是一致的。长江到江西九江以后,算为下游,就开始往东北方向流了,到了安徽,东北的流向更为明显。胜利小镇距江西省界不远,长江和国道,都是东北至西南向的。

胜利小镇位于沿江平原的江南地带。站在靠近国道北侧小镇楼房的房顶上往南看,国道的南侧,是一望无际的油菜花海,花海的南部,有一些村庄,村庄的南部,又是油菜花海,起起伏伏,一直绵延至升金湖畔。

离开小镇,穿过车流不断、繁忙的国道,来到国道南侧,国道边有一个候车亭。候车亭上有透明的棚顶,可以遮风挡雨,下有不锈钢长条座椅,方便候车的旅人歇脚。清晨,斑鸠咕咕叫的时候,候车亭外已经有人站着,候早班的车,去往东西南北了。

在候车亭的长条座椅上坐下,背后就是无际无涯的油菜花海。但清晨的天气还有些凉,人们身上还穿着羽绒服,或小棉袄,人们的情绪还有些保守。随着太阳越升越高,逐渐热力四溢,候车和旅程上的人的精神不由得都越来越振奋了。

就长时间地,背倚着黄澄澄的油菜花海,在候车亭里坐着,仿佛在候一班东来西往的客车。附近有蛙鸣声,不时传来,这一定是无际的油菜花海中,一些断断续续从水体里刚出眠的青蛙在召唤异性。国道上车来车去,匆匆忙忙。候车的人,陆陆续续,来了几个,车到了,走了几个,又来了几个,又走了几个,循环往复,若无止境。手机里还有对面房里的网络信号呢。时不时看一眼手机,感受到千里、万里之外的世界、国际、人际和生死。

歇息是为了明天的行走,行走是为了更好地歇息。

太阳渐渐升高,暖意更浓。候车亭后面油菜花的香气也更加浓郁,候车亭仿佛愈加陷入油菜花海的深处去了,就像候车亭整个都被一人多高、黄灿无边的油菜花海包围,仅留出面前的一条国道通往各方。时间还早,阳光明媚,就这样,被阳光、暖意、花海、花香、车流、旅人、信号和蛙鸣包围;就这样,在整个世界有些浓腻、但我十分喜欢的黄澄澄的油菜花海和油菜花香的围裹里,我深浸其中浸润其中……

哦哦,这就是此刻我周围的世界、微观的世界,或仅为我感知中的世界。就在此时此刻,有无数有感知的人,有无数个微观世界,有无数个中观世界,有无数个宏观世界,有无数个生命的世界,都同时存在着、运转着,我仅为其中之一。这就是我们的世界？这正是我们的世界？这就是生命的世界？这正是生命的世界？这就是我们的感知？这正是我们的感知？这就是我们的存在？这正是我们的存在？

道路,是人工的坦途;花海,是自然的彩绘。道路,是人类的思路;花海,是自然的情绪。

下午或傍晚时分的候车亭,人会越来越少。面前国道上的车,也在逐渐减少,阳光的热力也慢慢弱化了。背后油菜花海的浓香还在:花海的面积太大了,就像浩然无边的真正的大海,大量的热量才够它吸收,当它吐出热量的时候,也需要很长很长的时间。坐在已经不那么喧嚣、嘈杂的候车亭下,心也像尘埃落定那样,缓缓地收敛了、清静了。也还会有一两个人匆匆地从镇里,或连接村庄的小道上走来,他们急着回家,或去赶事,心情急躁地看着国道上来车的方向。终于,客车风驰电掣般来了,远远地就开始刹车、靠边。他们高高地扬扬手,车还没停稳,他们就上了车。客车鸣笛,提醒没上车的人,售票员也站在车门口吆喝一声。客车立刻轰着大油门开走了。尘埃正在落定的感觉,重新笼罩了江南的沿江平原。

天即将黑去时,国道上显得干净而清爽。不时也会有车辆经过,但完全没有繁忙、拥挤和赶路的感觉了。油菜花海的轮廓,渐渐模糊不清。不过,被降温稀释了的花香,还明显嗅得到。旷野既可见又难见,既明确又暧昧,既广远又亲近,既存在又不在,既突出又铺展,既真实又虚幻。气温逐渐下降了,不远处的路灯突然绽放开来,给冷落的小镇及镇外的国道添加了人气。

斜对面平坦的广场上,不知何时来了三四位中青年妇女,她们放起了流行歌、排成排、跳起了广场舞。国道上更加冷落了,通向花海里的村庄小路,还偶尔有晚归的男人,骑着摩托车加速前进。跳广场舞的妇女不觉间增加到了30多人,排满了广场,很有气势了,但她们跳舞的时间并不长。她们收场以后,小镇、镇外的国道、长江的沿江平原、油菜花的海洋,很快地冷落下来。气温加速下降,但裹着羽绒小袄,坐在候车亭的不锈钢长椅上,被背后仍然无际的油菜花香袭拥着,更有一种沉静感。

一直在候车亭坐着,坐而无思、坐而无念、坐而无虑、坐而清冽、坐而憨实、坐而厚道。只是极偶尔的,这样想:我只不过是世界上的一名更夫呢。念头一闪而过,极偶尔的,才会这样想。油菜花香被夜色稀释得清淡飘逸,但仍不绝如缕。有时候,面前的国道上,半个小时都没有一辆车驶过。因为,夜渐渐深了,多数路灯都灭了,只有国道通往村庄小路那个三岔路口的灯还亮着,成为夜的眼睛。

清晨再次降临,国道和小路口那最后一盏路灯悄然熄灭。太阳东升,人、胜利小镇、国道、动物和植物,都重新活跃起来。国道上车来车往,愈来愈热闹,候车亭里、候车亭外,候车的人聚了又走,走了又聚。人们大声说着话,打着招呼,互相问候。更多的人手里拿着纸做的假花,假花鲜艳,以红、黄居多。清明快要到了,清明拜祭亲人的人越来越多。国道上总有摩托车来往驰过:男人骑车,女人在后面抱着大抱鲜艳的假花。

暖热的阳光再次使油菜花海的状态接近顶峰。花香喷射,浓郁腻人,花海的颜色也鲜黄正色。一辆小面包停在候车亭侧面,车上三角铁焊成的广告牌上写着:专修楼房漏水;车门和后窗上贴着"补漏"字样。一个晒得黑黑的男人,把驾驶坐的座椅放倒后,躺在上面沉沉大睡,他太疲倦了。车上下来一位30多岁的女子,看起来也是结实能干的,她从车上搬下来一个很大的方形塑料水桶、一个液化气罐、一包菜薹和蒜苗、一块小菜板、一把菜刀、一小包大米、一两个小锅、几个装酱油醋的塑料瓶,开始切菜、做饭。饭在锅里煮着时,她就坐在敞开的车门里,看着车来车去的国道、上车下车的旅人,休息。

没有候车的驿站,我们终将累死;没有芬芳的花海,我们一定荒芜;没有沉稳的心态,道路将变成绞索;没有宽广的视域,道路只通往猪窝。

更暖热的阳光和空气,使油菜花海的状态达到顶峰。离开国道边的候车亭,向南进入油菜花海,太阳几乎升到了正顶。站在大地上一个较高的高点,俯瞰天地间的鲜黄。油菜花以海洋般的开放,收获了无法计数的喝彩和鼓掌。花海中一棵嫩绿如云的柳树,向周围和天空要求新春的芬芳。飞鸟取走一片油菜花瓣,就衔去鲜春的快讯一片。村庄炊烟袅起,那已经十分罕见。乡道上骑摩托车的路人,则时起时伏、时隐时现。

经过一些村庄后,人愈显稀少,花海却愈显起伏、广大、无际。村庄里有盛开一片白的李子花。桃花粉红,紫玉兰深紫,白玉兰洁白,白菜花鲜黄,大葱花打苞,荠菜花碎白,茶花浓艳、深红。村外嫩黄无边的油菜花拥挤在路边,但一片嫩黄里却有十几棵亮白色的花。我站在路边等待,一直等到一位骑摩托车的中年男人经过,招手请他停下来,向他请教。他告诉我,那是去年地里没有收净的萝卜,现在开出了白色的花。萝卜的叶形、枝形、花形、高矮,都和油菜长相相同。

从大些的村路转向小些的田路,再转向更小的毛路。我要向哪里去?我是在等谁?我是不是要保守我心中的秘密?要不要永远向着那个方向?要不要永远向那里走?太阳在侧上方照晒着,蛙鸣声时断时续,但一直不曾停止。较远的地方有两位中年男人在闲地里打除草剂,看样子那些地块要种玉米或山芋了。

小路转弯处有两座水泥坟墓、两块青石墓碑。一块墓碑上写着"兄 ◇华杰 墓",立碑的是他的弟弟和妹妹;一个男人和一个女人在墓碑前烧过纸后,叹口气,骑上摩托车开走了。另一块墓碑上写着"兄◇毛海 嫂◇银莲 合墓",立碑的是他们的弟弟。都是弟和妹为兄建坟树碑。这到底是怎样的一种深情呢?

卖大麻花的机动三轮车,从背后的小路上驶过,小喇叭有规律地吆喝着。毛路扭转,花海迭现。放蜜蜂的一家人,把帐篷安排在村路附近的空草地上,蜜蜂飞舞,花香深远。路边有一位中年妇女,把一块只有一张床大小的油菜地里的油菜拔干净,把地翻了一遍,她这是准备在这里育菜秧吗?近午的油菜地里偶尔能听得到狗叫声,蛙声过数分钟也总会响起。较远处的花海深处,一块已平整好的秧田里,四五位妇女挽起裤腿,站在秧田里撒稻种。

杨树挣扎向晴空,斑鸠笨拙赴枝丫。女人是男人的存在,男人是女人的血脉。一湖碧水半滩花,三朵春云两片榁。

湖边的阶地上,油菜花梯次呈现,一直延伸到湖滩上。仿佛阗无一人,湖、天、花、香,是此刻的主角。在油菜花盛开时期,花色会一直洇染到湖滩,花香会一直扩散到水面。由油菜花盛开的阶地上,梯次下到弧形湖滩细实的茸草上,这时才能看得清细实的茸草的真面貌。那是大片大片细如尖针、柔若丝线的野草,它们密密实实,纠结不解,脚踩在上面,绵软无比。草面上开满同样细小稠密的花朵,粉红的、亮蓝的、鲜紫的。一开就是一片,一开又是一片,片片相连,相连成片。

在阶地高处油菜花围裹的油菜地里坐下,歇息、静心、骋想。在这里,站起来能够看见蓝色弯曲的湖面、起伏向下的油菜花地、一头散走的小水牛、二十只吃草的小白羊、湖滩上密密麻麻的半蓝半粉的小野花、远处村庄的屋顶,还能看见养蜂人家帐篷的蓝色篷顶;不是由于距离较近,两处相距也就大约300米,而是由于油菜长得太高,而帐篷相对较矮。坐下来,则将融入花海、消失殆尽、无影无迹、天人一体。

阳光暖亮,花香浓热。花瓣洒落一地,就在花瓣落地最厚软的油菜花下,或卧、或侧、或仰、或坐、或眠去。周边,总有蛙鸣断续响起;总有斑鸠的咕咕叫声;总有一只中等大小的鸟,努力地衔一根长长的草枝飞过,去垒它的窝;总有四五种不同的鸟鸣此起彼伏;总有一只早醒的白蝴蝶,轻盈地飞去又飞来。

暖热的阳光,透过顶端黄亮亮的十字四瓣花,不规则地、斑斑点点地,照晒我的身体。我除去通体的衣物,仰卧在厚而软的花床上,做我的花香浴。阳光几乎直射在油菜花海的侧上方了,热力四放。我要不要告诉他人我的秘密?我要不要告诉他人我的身体?我要不要告诉他人我的境界?我要不要告诉他人我的姿态?我要不要告诉他人我的花香浴?我谁都不要告诉,除了天、地、花海、飞鸟、蛙鸣、柳芽、桃花、李花、万物、世界、宇宙,还有她、他和它。

>看得见的花海,充满了激动人心的风景;看不见的青草,也不失去它们存在的理由。花朵不可能数得清,思想不可能说得明。鸟飞在天空中,胸怀更加宽广;树扎于土地上,根基越加牢实。

我每天都要进行的熏蒸花香浴啊。花瓣铺满我的身下,落满我的身上。站起来,我依然能够看见每天都看得见的那些、每天都听得见的那些、每天都闻得到的那些:蓝色的湖面、细针一样的滩草、小小朵亮蓝色或鲜黄色野花、养蜂人的帐篷、漫天遍野鲜黄色的油菜花、远处乡道上驰过的摩托车、湖对岸淡淡的山廓、不远处村庄的屋顶、嗡嗡飞动的蜜蜂、一两只白色的蝴蝶、五六种不同的鸟鸣、风动时油菜花瓣落地的声音、时断时续但永不停止的蛙鸣。我非常喜欢油菜花浓腻的香气……我卧下来,风摇而下的花瓣雨会很快落满我的额头、脸颊、胸脯、肚腹、私处、大小腿、脚掌,会很快覆盖我全身。

阳光暖热,再暖热,更暖热。花香喷射、芬芳、热溢、扩散。风起时,推送来远处的热力和花香;见停时,就真切地感觉到阳光的热情、生命的本真。所有的外套都抛除了,所有的束缚都摒弃了,所有的非我都剔除了,所有的浮尘都掸尽了。看看这个赤裸的我、本真的我、天地的我。我要保守我的秘密,不告诉任何人。

我的身体、我的毛发、我的四肢、我的感觉、我的体验、我的私欲、我的思想、我的灵魂、我的她他它。隐秘处的毛发,在喷热的阳光照晒下,像盛春此刻的植物一样,都慢慢从软缩状态,伸张开来,伸开、张开、伸张开、舒张开、铺展开;变粗,变壮,变粗壮,壮粗,越发自我、自然、自得、自由、自在、自信、自化、自壮、自由生长、自然扩展、自在变化。真好!有一种切实有效的生命感。但我不告诉任何人。

飞鸟经常从花海上空飞过,轰六K也不断声音很大地从花海上空掠过。但我不告诉任何人相关的细节,我要保护我的隐私,我要保守我的秘密。我不告诉任何人我的体温,不告诉任何人我毛发的颜色和数量,不告诉任何人我的体感和体验,谁都不告诉,除了天、地、花海、飞鸟、蛙鸣、柳芽、桃花、李花、世界、宇宙,还有她、他和它。我或在等待、或不等待、或在静候、或不静候、或者有我、或者无我、或有所思、或无所思、或者坚挺、或不坚挺、或闻天地、或听内心、或卧而忘、或坐而思、或喃喃自语、或心向往之……

阳光明媚,花香四溢。

花香浴,香花浴,浴花香,花心浴,心花浴,心香浴,浴心香。真好!

语言总是有限的,但花海的姿势永远不同。

心思总是宁静的,但心海的广远永无止境。

锋利的思路消散于嘈杂与喧嚣,清澈的底线混乱于邪念与欲望。

　　神秘的前方是更多的神秘,花海的尽头是更大的花海。

　　灵魂在灵巧时变得浅俗,生命在生动时失却深刻。

　　花香在洗浴时浸入内心,思想在宁静时嵌入灵魂。

　　　　2015年3月30日至4月1日于巢湖中庙善水轩

给未成年人戒毒所某某某学员的一封信

某某某小朋友:

你好!

今年1月份,我应省未成年人戒毒所邀请,到省"未戒所"与各位学员交流,分享我生活、读书的体会,也是给各位学员鼓劲、加油。

我和大家交流的主题是:生活必将更美好。我在交流中说,在我们的一生中,我们不可以忘记四件事,就是四个词,这就是亲情、坚持、淡然、找乐。

亲情是人生最大和最永久的动力,我们永远在亲人的心中,亲人也永远在我们的心中,亲情是我们最要重视的事情,对亲情,我们永远不要有丝毫的轻视!

每个人背后都有酸甜苦辣,都很难,不像表面看上去那么光鲜,坚持既是人生最重要的品质,也是社会对我们的起码要求,人的成功就是努力和坚持的结晶,没有人能随随便便成功!

除了坚持,我们还要有生活的艺术,我们要像水那样生活,要适度、淡然,要尊重他人、尊重社会的规则。

坚持、淡然、适度既是人最重要的品质,也是社会对我们的起码要求。但总是坚持,总是淡然,总是适度,感觉也有点苦,有点无趣,所以人生的艺术,还要知道找乐,找到人生的乐趣。生活的乐趣无处不在,要善于找乐,生活更要丰富多彩、昂扬向上、阳光明媚!

亲情是空气,没有空气,我们很难活下去。

坚持是主食,没有主食,我们坚持不了多久。

淡然是清水,没有清水我们可以喝一些污水,但生活将越来越糟糕。

快乐是大餐,我们要尽情享受属于自己的人生,享受快乐,享受生命。

在交流的过程中,我看到大家精神饱满、情绪高涨,觉得十分欣慰、感动、快乐!在交流后的一对一交流中,我大致了解了你的家庭、生活、爱好和理想,看到你青春的笑容,听到你自信的话语,感觉到你的聪明,同样觉得十分宽慰、舒心、快乐!

因为,你们不仅是父母的孩子、亲人的牵挂,你们也是我们所有人的牵挂!在我们这个有着几千年灿烂文明的群体中,只有共同进步、相携成长才是正能量!我们没有任何理由放弃每一位兄弟姐妹!当你们遇到暂时困难时,我们每一个人都是你们的亲人!

相信你们!期待你们!祝福你们!

2015 年 4 月 10 日

淘 书 记 忆

2015年4月,合肥的媒体人,在朋友圈发布了当地增知旧书店老板朱传国坚守旧书市场十几年,被查出罹患癌症打算关闭旧书店的消息,引来各方爱心支援,许多人前往淘书以示支持,还有志愿者在该书店门口设摊售书,为朱传国先生分担人生的压力。众人拾柴火焰高,据说8天的营业额即达到12万元,缓解了朱先生治疗的经济负担,更坚定了朱先生把合肥这家最早的旧书店之一开下去的决心。

看到朋友圈的消息后,我和家人当时就想前往增知书店,一则是淘书的愿望,二则是心情的促使,但因为诸事安排,又多在外地,一直未能成行。4月13日,在《安徽商报》张扬主任的推动下,终于了却了这桩心愿。去时带了一套《彩色的田野》,赠送给老板家人;又带了一本《许辉研究》,并且反复推敲,写了一些话在扉页上,表达我的心意:

　　增知书店坚守文化　　老板患病引发爱心

　　增知书店,不仅增加我们的知识,更增加我们的信仰和信心。

　　通过这个爱心事件,我们看到一个城市深厚的内涵,我们看到人性在闪光。

　　朱传国先生对文化事业的坚守,令所有的人感动!我们所有人的爱心,又为他撑起一片遮风挡雨的晴空!

　　传国先生,加油!

由于当天下午要赶往广电大楼参加直播,匆匆忙忙淘了四本书,《当代西方著名哲学家评传》《比较政治制度》《蒂博一家》《金元词通论》,内心也是十分欢喜的。

由此倒是勾起了我淘旧书的一些记忆。20世纪90年代,那时刚有电脑和网络,阅读还是纸质书占压倒优势,买书和淘书是那个时代读书人的最常态。当时合肥的包河公园、花冲公园,周日常有旧货市场,周日无事时,我们就带着孩子到公园去,既是淘书,也是游玩,一些传统文化的书籍,就是从那些地方淘来的。20世纪80年代,受当时全民经商潮流的影响,我们还曾全家出动,到包河公园摆摊售卖过期杂志,不过成绩不好,又没有耐心,兴致过去后,就把所有旧杂志兑给旧书商人,全家下饭馆去了。

大东门外的小花园附近,傍晚也常有小贩骑着三轮车或推着板车贩卖旧书,三轮车和板车上的书以文艺、时尚、课本、传统名著为主,散步的人都会围到跟前,翻翻看看,有合适的就买两本。但贩主也是收到什么就卖什么,收的时候按斤称,卖的时候论本卖,也有较好的经济收益。其中有一些小贩,还时常到我家收购书刊,因为那时候我在杂志社工作,各地赠送的书刊很多,家里地方小,放不下,只好定期处理。现在想想,也是亏大了,世间最金贵的,都比不上时间了,有钱买不来时间,而这些书刊,在爱书人的眼里,都是时间的化身,是时间的化石,卖一本少一本,到最后怕连怀旧的引子都没有了。

那时候新华书店也常有旧书打折处理活动,对我来说,就是节日。新华书店打折处理的旧书都不旧,所谓的旧书,只不过是过期卖不动而已。四牌楼新华书店处理旧书常在二楼,有时候也在后面院子里,在那里甚至能淘到很好的中国古代诗词、戏曲等方面的工具书,厚厚一大本,价钱便宜得让人不敢相信,抱一大捧书,交银子走人,也真是醉了。初期的安徽图书城也做过很大规模的打折促销活动,记得看到消息后去看一看,第一眼就看见了邹逸麟先生大开本的《黄淮海平原历史地理》,如获至宝,立刻把它"据为己有"。其实这样的学术专著,没有几个人跟我抢的,但那也是缘分,后来转遍整个书场,就没见到第二本特别中意的书。这本书就此成为我常读常新的宠书,邹先生的专著,我后来也是见一本买一本,真是很有意思。

旧书市场有着很重要的拾遗补缺的功能,对于书籍综合效益的最大化,起着不可替代的作用。而且做旧书的人,许多都有专爱,甚至有专修,很有意思,很值得思考。我想可能是因为专门做旧书的人,长年浸淫于书刊中,耳濡目染,一方面是职业需要,另一方面,起初之所以选择这一行,多有近书情结在其中。

十年前,一位朋友告诉我网上有一段文字,是一位叫"枕砚庵主"的网友评大陆作家作品的,其中提到我的作品,文字功夫十分了得,对大陆文学界的情况也十分熟悉,值得一看。我上网一搜,搜到了,在一个叫"梅馨书舍"的网页下,梅馨书舍在香港,网页的主人自然也在香港,他的文字如下:

> 这个题目说大不大,记得小学三年级时就写过作文《我最尊敬的一个作家》,我当时就写毛主席,老师狠狠地夸了我一顿——真聪明啊,其他同学做梦都想不到伟大领袖还是个伟大作家呢!此文惜已不存,不然可证明我自小就是溜须拍马的高手。

> 这个题目说小也不小,因干系很大——一写出来,你有多少斤两就被人掂出来了。本来想端起来充一下,又想,自己道行太浅,一撅尾巴,人家就看出来了,充个什么劲?算了!就按成长的顺序数一下吧。

第一个应是高尔基。小时候(五岁到十岁)以看小人书(连环画)为主,《童年》《在人间》和《我的大学》三部曲爱不释手,不知重看了多少遍,上中学后才有机会见到这套小说,主人公一个人在社会上半工半读的形象一直在脑海,至今不忘。这是我接触的第一种有人性的东西。

第二个是施耐庵。那时候我父亲见我整天在看小人书,觉得没出息,跟我说你别看了,那些算什么,我要找一套给你看,包你觉都不用睡了。我三年级(八岁)时,他不知从哪里弄了一套《水浒传》来给我(我疑心他是从工厂的图书馆偷的,那时,《水浒传》是禁书,不让借也没处买的),从此,花和尚的禅杖就跟着我了。四大名著,《西游记》语言不够亲切,情节类同者太多。《三国演义》的语言太过古雅,人物上下场过频,小孩子眼花缭乱,很难入其佳境。《红楼梦》虽好,但少年不解男女风情、人世辛酸,看不出好来,反觉黛玉这妞很烦。少年人最窝心的,永远是景阳岗前的那三碗酒。只是这酒后劲太大——我年已不惑,犹冲动莽撞,看到不顺眼的人就想把他做成包子馅。这都是此书之江湖流毒深入骨髓之故。古人云:少不看《水浒传》,老不看《三国演义》。我父亲没记住这古训,累我终生啊。

第三个是鲁迅。他的书我小时候看得很少,但初中时课文里有好几篇,印象最深的反不是政论,是《从百草园到三味书屋》《一件小事》和《社戏》这些浅易的作品。一开始也不觉怎么样,被老师强迫背熟了,就喜欢了。之后整个中学时代的作文都在模仿他,因常拿高分,就越加喜欢了。《狂人日记》《药》小时不喜欢,觉得阴森恐怖,血腥扑面,现在也还是不喜欢。中学课文中至今难忘的还有诸葛亮的《出师表》,深敬其人其文。日前有才子拿他开刀,我忍不住就破口大骂了。

第四个是高阳。中国的长篇小说我以为只有金庸和高阳写得好,其他人都嫌拖沓,难以卒读。二者若作比较,十五年前我爱金庸七分,爱高阳三分,如今是爱高阳八分,爱金庸二分。高阳精研历史,对古代社会的社会风俗了如指掌,小说可当风俗史来看。虽也有人常指出他的一些历史错误,但多属于学术性很强的,于小说一道未免过苛,比起金庸在小说里乱扔银锭要好很多了。他的特长是描摹世情人性,入木三分,尤其是写女性,千姿百态,活色生香。锦心绣口,既干练又风骚,令人魂销魄夺。老实说,古今小说中最让我心动的女人都出自高阳的笔下。最出色的有胡雪岩的姨太太们、"红楼梦"系列里的太太和丫头们、徐老虎身旁的白寡妇、李娃等等,常让我夜里长吁短叹。我的至爱是《李娃》和《印心石》,每看必泪下如雨。高阳的书常犯劈竹之病,支线太多太长,如清宫系列,插曲尾大不掉,情节主线模糊,影响人的阅读兴趣。但小长篇《李娃》结构完整、主线清晰,是很紧凑的一个小长篇。

所谓"世事洞明皆学问,人情练达即文章",年纪大了,就觉得高阳的书其实不用太理会情节,只感受那里面的氛围就好了。你随便抽一段闻闻,都有黄花梨的味道。

第五个是阿城。这是我的偶像。郑板桥有一章刻有"青藤门下走狗",我恨不得也刻一个"阿城门下走狗"盖在藏书上,就怕人家笑我不配。

十五年前,因为爱看小说,大陆中青年作家的小说我无不搜来研读一番,其中又以"文革"后的第一代为重点。也有很出色的,像刘索拉的《你别无选择》、刘震云的《一地鸡毛》、贾平凹的《太白》等等,但《棋王》一出,谁与争锋?其他作家不是说不好,但总常有两个毛病:一、不够创新;二、说的不是中国话。文学史上,唐诗宋词元曲明剧清小品文(或明清的小品文),各领风骚。阿城的语言就是白话的小品文。

一说偶像,难免感情泛滥,所以我就不说他的作品了,以免大家骂我主观。反正他的作品也不多,大家都知道。想提一下他那一流派的其他人。沈从文不用说了,前辈还有汪曾祺,大名鼎鼎,天下无人不识。后辈里我觉得起码有一个许辉,知道他的人就不多了。安徽人,我只看过他的《幸福的王仁》和《夏天的公事》两个中篇,惊艳!通篇行云流水,波澜不兴,不动声色,隽永至极。

十年前见识了许辉,之后一直打听留意,他隐山藏水,默默不闻。以为曲高和寡,必是要被埋没了。月前从网上得知《夏天的公事》被北大中文系选为教材了,才松了一口气。

不能说阿城之外无文章,但有也不多了。阿城似乎倦于写作,我天天都努力寻找新偶像,但看多了,就越发了解这有多难。虽说江山代有人才出,但天才毕竟不像韭菜,割完了隔天还能长一茬。

大概没人会提曹雪芹,就像没人会说耶和华是我最尊敬的神。

枕砚庵主的文字我引得太长了,有盗取稿费的嫌疑,另也未经文字主人授权,香港法律细严,有触犯律条的危险,但我敬惜他功底深厚的文字,又不知从何删起,还不如保持原貌,全文转录,也算是对文字主人的一份尊重。

那一次见识了枕砚庵主,对他的文字、文风、格调、品位印象十分深刻,之后却无缘得闻,虽然多次从香港转机,但未有机会离开机场。以为只是人生中转瞬即逝的美好记忆和风景了,却未曾想近冬有机会前往香港,心里念念不忘,就在一个自由活动的时间,专程前往旺角闹市区拜访。开始去得早了,梅馨书舍尚未开门,就去香港大学转一转，午后再往，终于见到了枕砚庵主郑先生。

原来郑先生开着一家旧书店，店内有四五十个米，里面摆满了文史、书画等旧书刊。郑先生是福建人，性格沉稳、言行厚道，猜测他是20世纪60年代末出生的人，他却生相年轻，看上去有点像70后。两人相见甚欢，情投意合，短短的几十分钟，倒是聊了不少。郑先生在香港闹市区开这家旧书店，已有十多年时间，这里原有多家类似书店，不过常开常闭，说明此行的不易。依我想象，旺角房租肯定不薄，又有水电费用，还要赚钱家用，郑先生能够坚持下来，自然有他的智慧在里面，我们说话的时间，就有十多位读者进门看书、选书，人气那可是相当地旺呢。

2015年4月18日于合肥五闲阁

人类命定是亲水生物,我们都是世界上的一滴水

我们今天下午交流的题目是"读书·文化·文学"。这个题目十分宽泛,我们要落实在一个比较具体的内容上,那就是河流与文化,或河流与文学,或河流与读书。当然,这三者也是相互牵连的,没有读书,我们就没法知道关于河流、关于文化、关于文学的丰富的科学和文化内容;没有文化,我们就没法为文学提供一个人类学的范畴;没有文学,语言和文化失去了最重要的载体,人类的历史将支离破碎。

我对水、对河流情有独钟,小时候就是在水里长大的,从春末开始,几乎每天都泡在河里,河流及其附属边缘地带给我带来了无与伦比的美好记忆。河里可以游泳、嬉戏,可以钓鱼捉虾,河岸可以偷桃摸杏,可以偷瓜摸枣,真是其乐无穷。

小时候只知道玩,长大了才知道学。

按照流域学观点,河流一般分为源头、上游、中游、下游,源头和上游一般在山区,中游和下游一般在丘陵平原。由于人类亲水特性,所以人类的聚居,一般都与水保持着适当的近距离。但是我们要知道,最适合人类居住的平原,都是河流长期做搬运工的结果,所以说,世界上本没有平原,河流冲积多了,也便成了平原。当然,少数侵蚀平原是例外。

人类在河流两边大大小小的平原上定居下来,人类的文化和文明也就产生了。

文化是生活,文明是结果。

孔孟在泗水边成长,老子在涡河边长大。《道德经》也可以理

解为一种水哲学。所谓无为,既可以理解为不作为,也可以理解为弱作为,还可以理解为不乱为、不妄为,都与天地、水性相通。水的包容、水的低调、水的广远、水的善利万物,都是东方人群的道德和伦理指南。

由于河流的廊道特性,河流凝聚了人类文明,河流也会阻隔人类文明。河流及其沿岸地区,由于交流充分,容易形成独特的文化系统,这就是文化走廊。但由于山岭的阻隔,走廊以外的地区,无法与文化走廊的发展同步。由于交通不便,文明更难以上山。按照法国历史学家布罗代尔的意思,文明可以在水平线上扩张,却没办法垂直扩张,哪怕两三百米都不行。东方的发展也遵循这个规律,儒家思想和道家思想都在平原上萌生、发展、成熟。

不过对文学家来说,社会的文明或不文明、经济的发达或欠发达、时尚的潮流或非潮流,都不会对文学的内容和价值产生影响,产生影响的一定是作家本身的文学观念和创作能力。相对于语言、人物、故事、意境这些文学因素来说,主题和思想是派生物。

由于水对人类生活无所不在的重要影响,河流和水从形式到内蕴都极大地影响着文学作品。人类命定是亲水的,我们都是世界上的一滴水。

2015年4月28日于合肥五闲阁

盛夏读书觅清凉

盛夏读书的记忆,在我是十分丰富的。上中学时,盛夏到郊区的小河边大声背诵自己喜爱的文章;下乡插队时,盛夏的中午搬一架凉床在树荫下读几段《通讯员手册》,不一会就呼呼睡去了;大学放暑假回家,车后座上夹几本外国现代派作品选,骑自行车到十几里地以外乡村的河堤上,坐在干燥的乡路上,大声地读、默默地看,读到激动时就来回地走、高声地叫,有时还会注意地看地上的黑蚂蚁搬运昆虫的小尸体。后来有几年我搞专业创作,时间自己安排,于是盛夏读书的效率大大提高:早晨醒来不起床先读书,读到几点是几点;中午午睡在空调房间里,醒了就看书,一直看到要去花园里浇花浇菜时为止。那些年也写了许多读书笔记,真有收获。

不管读什么书,如果是你喜欢的,读进去了,你就会觉得清凉无比,身外无物;读不进去,给你1万元奖励,也还是心浮气乱、躁动不安。反过来也一样,读书能使人清凉、使人安详、使人宁静。

以下是我今年盛夏打算阅读(或重读)的图书。

《中国历史农业地理》(韩茂莉著,北京大学出版社)。中国是传统的农业社会,读了这套一百多万字的专著,对中国历史文化的条件和基础就会有一个清晰的认识。

《道德经》(老子著)。《道德经》不仅仅是哲学著作,更是文学著作,读起来不难,理解起来却有无穷的空间,因而魅力无穷。

《历史的终结与最后之人》(美国福山著,广西师范大学出版社)。此书面世已经20多年,表面上的结论已经在全球政治实践的参照中出现过量的多义性，但最重要的思考是，福山研究和结论的自信是从哪里来的？我们该怎么做？

《文明的冲突与秩序的重建》（美国享廷顿著，新华出版社）。文明之间有无冲突？这似乎没有疑义。但文明的冲突到底会在多大程度上影响人类进程，就众说纷纭了。

《单行道》（德国本雅明著，北京联合出版公司）。不管你喜欢不喜欢，读了《单行道》，你就知道什么是农业文明，什么是城市文明了。

《洛丽塔》（美国纳博科夫著，漓江出版社）。《洛丽塔》的与众不同是全方位的。从题材开始，纳博科夫就在制造一种世界上没有的东西。它的语言讥诮。对纳博科夫这样逐渐成熟，也可以说大器晚成的作家来说，他的文学准备——不管他愿意不愿意——是非常充分的，特别是语言上、思想上和心理上的准备。《洛丽塔》只是纳博科夫绚烂成熟的语言和思索的一种载体；当然，他对这种载体的选择令人赞叹。

《城市文化读本》（汪民安等主编，北京大学出版社）。既是工具书，也是论文集。中国的城市观和西方的城市观完全不同，而当代城市的价值观基本是西方主导的，这一方面是因为西方城市更"发达"；另一方面，也是由于西方关于城市的研究更发达。

2015 年 6 月

友谊、仇恨与包容

——读美国小说《查无此人》

发表与出版

1938年9月,美国女作家凯瑟琳·克莱斯曼·泰勒在美国发表了小说《查无此人》小说发表后引起强烈的社会反响,出版社紧跟着出版了单行本,也获得了惊人的销售成绩。

这是一本什么小说?

这是一本政治小说,或者叫社会小说,一本现实主义的社会小说。

体量与内容

从中译本的篇幅看,《查无此人》只是一个中篇小说的体量。小说采用了曾经流行一时的书信体:通信从马丁全家返回德国后开始,马丁与麦克斯曾一同在美国做生意,结下了深厚的友谊,马丁甚至还曾经同麦克斯的妹妹有过一段刻骨铭心的婚外情。在"和平"年代里,他们通信的内容不外乎生意、友谊、情感、乡间的大房子、生意场上的反思等"小世界"。但是很快,由于社会政治思潮的巨大影响,生活在德国的马丁与生活在美国身为犹太人的麦克斯之间发生了裂隙,进而导致麦克斯的妹妹被马丁拒之门外,被害致死,麦克斯开始报复马丁,终致马丁"查无此人",人间消失。

时代背景

20世纪30年代,大西洋两岸的德国和美国因不同的地缘社会历史背景而走上了不同的政治道路。美国由于独特的移民历史、地理和国家环境而崇尚自由、融合,德国则因为一战失败后糟糕的经济、历史的包袱、屈辱的国际环境而不堪重负。

国际关系

美国记者兼历史学家威廉·夏伊勒的巨著《第三帝国的兴亡》,对二战前后欧美的政治社会环境作过细致、到位、史诗般的描述。当时的德国需要"救世主",当时的美国则不想为他人闲操心;当时的德国需要民族主义来凝聚人心,当时的美国则更想过好自己一亩三分地的小日子。这就是当时美国与德国间的"国际关系"。由于这种"国际关系"是真正能够对话层级的"国际关系",因此这样的"国际关系"更可能决定世界的未来。

民族主义

一战后的德国需要民族主义来凝聚人心、摆脱耻辱、强化国力,这正好为敏感的希特勒所利用,发展为极端的民族主义和种族主义。当时的美国则在国际责任和孤立主义、个人自由之间摇摆不定。这其实都是某种形式的民族主义,即民族利益至上的观念。因此,民族主义既能团结大众,也能走向孤立;既能抵抗外敌,也能种族排外;既能伤害他人,也能伤害自己——一柄真正的双刃剑。

从宏观角度看

从宏观角度看,小说中的马丁和麦克斯都不过是受各自价值观影响的社会生物符号。马丁在危机中不接受麦克斯妹妹的行为可以理解,因为不如此,他及他的家人命不可保。麦克斯此后的报复行为也可以理解,因为朋友在生死存亡的紧急关头的背叛不可饶恕。这正是文化与人性的复杂。

人性与价值观

人性与价值观有时候重合,有时候冲突。当战争中一名战士将要战败时,基本的人性要求就是求生。在有的文化中,会有投降保全的理念,但在有的文化中,则会自觉献身、追求信仰。在无背景前提下一般而言,这并无是非曲直之分。投降保全符合最基本的人性,而为理想献身则成为文化中的英雄。

个人在社会政治思潮中的处境

但在有前提的情境中,情况会大大不同。小说中马丁和麦克斯都因此处于人性与道德冲突的尴尬境地。西方文化强调理性、探索、正义与进取。麦克斯的行为是非理性的、不智的,但可以理解为正义和进取;马丁的行为是理性的,却是非正义、不道德的。

为什么要包容

在无背景前提下一般而言,我们要强调包容。因为我们可以看到,对"错误"的行为进行报复,必然会招致怨恨和反报复,对反报复进行的反报复,会引来升级版的进一步怨恨和报复,以至于无穷。另外,报复文化不会带来终极的快感,最终会带来厌恶感和对人类自身的怀疑。这都不利于人类和谐社会的建设。

包容的脆弱性和难以操作性

通过阅读《查无此人》,我们知道包容有多么脆弱,有多大的难以操作性。包容总是有条件的,不可能是无条件、无原则的。如果包容是无条件和无原则的,就往往会变成纵容,会变成消极,会使环境变得更坏、更恶。但有条件和有原则,又容易导致区别对待和双重标准。这里有许多难点。

现实意义

二战早已过去,二战也早有"定评",但《查无此人》引申的话题,则依然有强烈的现实意义:当下的世界仍不太平,利益共同体之间的价值观甚至会呈现巨大的差异。所有的"定评"都是动态的,主流价值取向也需要有强大的实力支撑,我们是否更需要理性的包容而不是无原则的纵容?这些都值得发展中、崛起中的中国思考。

2015 年 6 月 16 日于巢湖中庙善水轩

关于读书(访谈)

记者：首先祝贺您荣获合肥市首届十佳藏书家庭奖牌，我们就此话题展开。据最新统计，我国国民人均阅读图书为4.35本，而日本是40本、韩国是11本、法国是20本、以色列是60本。这些数据表明，我国的国民阅读量跟发达国家相比，还有很大的差距。请问许辉老师如何看待这一问题？

许辉：在读书方面，我们还要继续加强。

阅读纸质书是一种传统的阅读体验，也能形成一种很好的深阅读习惯。书籍里积淀了迄今为止人类最重要的实践成果和思想成果。现在还没有其他方式能够完全取代纸质书阅读，所以我们的读书活动仍要加强。

记者：您的博客中有一个小故事——2012年夏天，您去北戴河疗养，第四天，您将带去的书看完了，一定要回合肥，结果十天的疗养第五天就返程。我想，如果您当时拿了一本电子书，那肯定不会发生这种事情。那您又是如何看待现代的高科技产物电子书的？您会尝试着去看电子书吗？

许辉：我现在还是习惯于读纸质的书籍和刊物，报纸信息则逐渐习惯了纸质的和电子的。

我想这可能就是个习惯问题。电子阅读是大的趋势。如果对纸质媒介的获取越来越不方便的话，人们自然会增加电子书的阅读量。我想我在这方面没有障碍。

记者:说完阅读,我们再来聊聊写作。很多人说沈从文是个天才,而沈从文却说,我不是天才,我只是耐烦。可见,写作是个枯燥而又充满孤独感的过程。您在写作中能够感受到快乐吗?如果能的话,能不能跟我们分享一下,如何才能找寻到写作中的快乐?

许辉:写作肯定有快乐,不然所有的作家都坚持不了多久。

这种快乐贯穿始终:写作前我们有期待,因为世界上本来不存在的东西就要被我们创造出来了;写作中我们有未知,因为我们不能完全预料故事、人物、情绪将怎样发展,另外作品正一步一步接近完成,欣喜的感觉越来越强烈;写作后作品将发表,我们兴奋而又忐忑不安地等待着读者的反应,等待社会的反响,也等待着"名利双收",成为一个受社会尊重、能够影响他人、有能力服务社会的人,这怎么会没有快乐呢?

当然,写作的过程中会有烦恼,也要耐住性子。任何工作都要有付出。

记者:您大学读的是中文系,工作后又一直从事编辑等与文学相关的工作,现在又是安徽省作协主席。可以说,您一生都与文学结缘。那能不能简单地谈一谈,文学给您带来了哪些人生感悟或者说是人生财富呢?

许辉:其实我大学毕业后是分配到政府办公室工作的,还给现在的一位中央领导当过秘书。到文艺部门工作,是我主动要求的。做任何事情都是一样的,没有好坏之分。

一个人一生中也主要只能做好一类事,正所谓为一件事来,为一件事去。重要的是要选好自己最愿意做的事,然后尽力去把这件事情做到最好就可以了。

记者: 很多人都认为,文学现在是一个低谷。但铁凝却说:"也许文学现在才是在它应该在的位置上,它与其他行业应该是平等的。"您是如何看待这一问题的?同时您觉得文学在现代社会应该起到一个什么样的作用,而作家又应该有怎样的责任和担当呢?

许辉: 铁凝的话有道理。不要特别夸大文学的价值,也不应刻意贬低文学的功能,更不要仅仅把文学当作工具。当下的文学到底在一个什么位置上,这需要时间的鉴定。但不管怎么说,我们现在知道,文学必须运行在文学的轨道上,才能成就文学。如果文学无法运行在文学的轨道上,文学将很难不出现实际上的低谷。

记者: 您是茅盾文学奖的评委,那您能不能简单地说一说,什么样的作品才可能会获得茅盾文学奖呢?

许辉: 我觉得从第八届开始,真正有实力的作家才能获得茅盾文学奖。当然,一些有实力的作品没有获奖,但获奖的绝大多数都是有实力的。

记者: 您觉得我们80后、90后对文学的传承做得到位吗?我们还应该再在哪一方面做得更好一些呢?

许辉: 因为没有参照系,所以没法进行相关比较。但我相信80后和90后应该能做得更好。因为文艺是"衣食足"以后才需要、才产生的东西,宏观地看,衣食不足的社会,不可能出现整体的文学、文艺繁荣。具体到个人,我觉得文学的视野更开阔些,对创作应该有好处。

记者: 明年高校将增"国学"本科专业,同时各级干部今年将轮训国内首套"领导干部国学教材"。可见,现在国家非常重视国学,非常重视传统文化。您觉得这些举措的意义在哪里呢?

许辉: 这可能是要弥补这方面的一些缺失吧。

所谓"国学",一般会重点理解为儒家学说,毕竟儒家学说两千年来为中国社会提供了社会和道德支撑,也是中华民族为人类贡献的灿烂的思想财富。但中国传统文化不只有儒家学说,还有道家学说,还有日常生活的价值系统,它们也都是灿烂的、辉煌的。

记者: 您的女儿许尔茜现在在哈佛当讲师,您一定以她为荣。您能不能分享一下,您是如何跟您女儿相处的?您是刻意对她进行培养了呢,还是更多地顺其自然?

许辉: 我为女儿的努力点赞,也以她为骄傲。当然这不是因为她的努力有了一点小小的回报,而是由于我看到了她在正常地生活、进取和工作,没有偏废。

我和女儿是朋友,我们经常交流对一些事物的看法。如果我的观点、观念都是过时的、迂腐的、短视的,她自然不会再和我交流,所以我尽量不使自己的观念陈旧、过时。当然,我之所以尽量与时俱进,也不仅仅是为了和女儿的交流。这是我的生活方式。

2015年6月21日晚8时

乡村的集市

灵璧各地我大都比较熟,特别是灵璧南部,因为30多年前我在灵璧县向阳公社大西生产队插队,灵南的向阳、官庄、黄湾、韦集,都跑过,都住过。那时候,向阳就是一条街,一个十字路口。午收过后我跟队里马车到向阳粮站交公粮,扛了一上午粮包,中午吃自带的干粮玉米饼,又干又硬,没菜吃,就把辣椒酱抹在玉米饼上,饿极了,狼吞虎咽,一下子把胃吃疼了,疼得受不了,但稍缓一点,还得咬牙接着干,队里就来这么几个人,后面的队还等着呢。大汗淋漓地干到傍晚,活干完了,胃也好了。其实那是不"科学"的,因为据说很容易引起胃穿孔,要是现在,讲究保健养生,不可能出现那种情况。可见时代在进步,人生更舒适。

官庄那时只是个大队,也就是个村庄,但小麦长得好,我作为公社的通讯员,曾到那里采访小麦的生产情况,大队的干部们陪着我在麦田里转悠。傍晚的时候,田野广袤,微风和吹,心旷神怡;晚上则住在旷野中一排孤零零的队屋里,四野无人,多少有点害怕。韦集30多年前也只有一条小街道,一排房子沿水而建,逢集时都是卖粮食土产的,大娘大嫂们卖鸡蛋都用一个小篮子,里面盛着不多的二三十个鸡蛋,显得很金贵,还有的妇女用手帕包着家里仅有的几个鸡蛋在街上卖,卖完后就上供销社商场里逛去了。我在黄湾写过知青材料,住在黄湾供销社的旅社里,吃饭在公社食堂吃,人生中第一次吃马肉,就是在黄湾公社的食堂里,马肉较粗,但也很好吃。黄湾周围是县林场,有大片树木和荒地,非常有荒原感,我没事就在周围的"荒原"里走路,大声朗诵,大声唱歌,难以忘怀。

  今年因为要写一本书,春夏时节我又到灵璧南部走了几天,住了两个晚上。向阳乡已经很繁荣了,街道也变成好几条了。官庄可能做过乡政府所在地,但现在大约仍只是个行政村,街道倒是建起来了,各种商店也都较齐全。黄湾不用说,变得较大,以前的荒原感完全不见了,镇外全是麦田,街道和公路都修得很好,晚上在几个十字街口,热闹的所在,卤菜食品车、烧饼炉等等,一个接一个,不愁吃不撑。韦集也变得很大了,十字街口也有好几个。那一日春暖花开,我到韦集的时候,韦集正在逢会,人山人海,卖烧饼的,卖油条的,卖西瓜的,卖糖糕的,卖甘蔗的,卖油饼的,卖面包的,卖糕点果子的,卖甜稀饭的,卖馄饨的,卖卤菜的,卖草莓的,卖红芋的,卖洋葱的,卖苹果的,卖香蕉的,卖西瓜的,卖菜秧的,卖菜种的,卖花木的,卖衣服的,卖布料的,卖玩具的,卖百货的,卖鞋袜的,卖铁器的,卖小农机的,卖 CD 的,卖老鼠药的,卖旧书的,卖摩托车的;看泗州戏的(街边卖影碟的小电视),看坠子戏的,看淮北梆子戏的,看大鼓书的,看淮海戏的,看柳琴戏的;男的,女的,老的,少的,怀孕的,闲逛的;坐电动三轮车来的,骑摩托车来的,赶毛驴车来的,骑自行车来的,开拖拉机来的,步行来的。四面八方,应有尽有,那种乡村的气息,真是浓得化不开呢!

    2015 年 7 月 2 日于巢湖中庙善水轩

村庄的精英

村头的石桥栏杆边有一帮人,全是年轻的男人,有的站着,有的坐着,有的蹲着,他们一边说话,一边盯住了过路的人看。村庄就在他们背后。

我想,他们就是这个村庄的精英,这是没有疑问的。每个村庄都有它的精英,但是他们从未像今天这样集中过。他们聚集在一起,就显出了一个村庄的骨子。

这是我40年前,即1985年写的一组关于小麦的短散文中的一篇,题目就叫《村庄的精英》。在那个时代,思想解放的程度还不够深入,男女平等的内容还不够丰富,村庄里出头露面的大多是男人,所以能够聚在村头的人都只能是男人。

5年以后即1990年以后,聚集在村头的男人越来越少。农村分化得太厉害了,年轻人要么进城打工,要么留在了城市,留在乡村的中年人越来越少、越来越老。村庄里的妇女们多一些,但她们更喜欢聚集在自己的家门口拉呱,这样可以在说话的同时照看孩子、择菜、摘花生、晒小麦、切红芋、做饭、打扫屋里屋外。

村庄的男人们闲来无事,聚集在村头的画面定格为历史的影像,一去不复返了。现在看来,如果不从社会学视角着眼,那种画面更符合老子《道德经》的文化氛围,更接近天地万物,更接近自然而然的状态,更心静若水、村静若水,更与天空、土地、老树掩映的流水、从一片野草丛中突然起飞的笨鸟相契合。

《道德经》的一个中心思想就是提醒人类注意：不要把自己看得那么伟大、了不起，不要总是一门心思、扬扬得意地强调人类中心主义；人既然仅为天地万物的一部分，就不可能把天地万物变为仅属于自己的一部分。

这并不是说人类不要进取，不要探索，但要注意和思考一种平衡发展。这并不是说人类不要发明，不要创造，但也永远不要忘记人类在广宇中的身份和位置，不要忘乎所以。

村头聚集的男人和村庄里的女人不仅是人类生物体的一部分，也是文化基因的传承者、携带者。他们生活在淮河流域，生活在中华大地，就不但会携带忠诚、信义、勤奋、孝敬、仁爱等生活标尺，还会携带大智若愚、大巧若拙、目接万里、水阔包容的天设气质。

2015年8月17日星期一晨于巢湖中庙善水轩

《道德经》里的桃花源

桃花源的概念是陶渊明提供的,意思是人类的理想社会。在那个社会里,环境优美,村容整洁,物质丰裕,社会公平,人人心境平和,修养到位,怡然自得。

老子在《道德经》里提出的许多概念,初看是与我们现行的价值观背道而驰的,但其实也是桃花源概念,是人类精神和修养的桃花源概念,是人类精神的终极家园概念,令人向往。

例如老子赞颂水的品格,认为水总是默默居于洼地,既不声张,也不高调,有那么一点逆来顺受的意思。从表面上看,这不符合我们提倡的进取、昂扬、向上、拼搏的价值观。但细想起来,进取、昂扬、向上和拼搏的观念,是一些状态的某个方面,而不是全部的方面。如果没有水那样巨大的包容心,没有水那样迂回而进的耐心和韧劲,没有水那样浩瀚坦荡的胸怀,没有水那样自低而起的姿态,没有水那样满盈始溢的品质,一个人、一个群体、一个社会再努力、再拼搏、再进取,也走不了多远。

例如老子认可"不敢为天下先",这被许多人理解为不要出头、不要争先、要低调、要保全自己。不敢为天下先固然有不要出头、不要争先、要低调、要保全自己的意思,但更有不争利、不争功、不抢势、不躁进的提倡。遇事要沉着冷静、方案要考虑周全、做事要稳扎稳打、处事要戒骄戒躁、人生要丰厚滋养,这才是"不敢为天下先"的真谛。

例如老子强调无为,逐渐被后人解释为不作为、无所作为、不努力、消极懈怠。但无为更应该理解为不乱为、不妄为、弱作为、不越界、不胡作非为。这与当前我们提倡的去行政化等理念不谋而合。减少人为的干涉，尊重市场的选择，弱化政府的干预，政府管大事、谋大政、掌宏观，若果如此，政府轻松、人民自化、社会进步、皆大欢喜。

例如老子重视天人一体、天人合一，这并非号召我们弃俗遁世、消散山林、与人无争、与世无涉、与他人无干，而是强调一种和谐共生的理念。天、地、人，即万物，都是平等一体的，没有天地，哪来的人生？没有万物，人也不能单独存在。如果一味强调人类中心，就必然要小瞧和矮化天地万物，最终很可能招致天地万物的反弹式报复。在和谐共生的观念指导下，人类再去探索天地、发明创造，才更有可能圆满成功。

老子的上述思想，在两千多年来的现实生活中都不可能被完整地理解，也不可能成为人人遵循的准则，更不可能成为人类即将实现的桃花源。但像桃花源一样，老子的这些提倡，是人类生活的理想标准，是人类终极的精神支撑。

2015年8月18日星期二下午于巢湖中庙善水轩

水 的 状 况

山林里的环境是最宜人的。所以古今中外,人们都喜欢在山林里休闲、休息、怀旧和抚平伤口。

山林里的好,最好就好在有水。水滋润万物,清洌的水珠从岩石缝中渗出来,滴落到耐阴植物的枝叶上,再滑落至翠绿的苔藓面,然后叮叮咚咚汇聚成溪,一路出山,奔向平原,奔向大河,奔向大湖,奔向大海。

我们大多注意的是河流上述的本然状态。老子则是中国最早系统地注意水及河流哲学和道德状态的人。水由高处流往低处:水在高处零散而在低处聚集,水在高处清纯而在低处复杂,水在汇聚的过程中为万千生命所利用,水在汇聚的过程中因遇而行、因形而形,这些状况都是水及河流的天然状态、天设规则。

但老子发现水的这些本该如此的天然状态具有生命智慧和人性光辉。

水在汇聚的过程中为万千生命所利用,因而它善利万物而默然不争;水总是由高处流往低处,因而它永远是低姿态的、低身段的,这最合乎人类永远无法穷尽宇宙知识,因而人类必须永远探索又永远谦逊的道理;水在高处零散而在低处聚集,因而团结就是力量,汇聚才是正道;水在汇聚过程中因遇而行、因形而形,因而视野决定成败、智慧引领正途。如此这般,了解和理解了水的微妙和深妙,才知道个人渺小、天地宽大的精要。

水在高处清纯而在低处复杂,则拎出一个两难论题:水在高处虽清洌却零散,虽清甘却微小,虽清妙却不足道,虽清纯却由于万物规律而不得不顺势而下、顺流而下；水在低处虽宽阔、奔腾、丰富、广远，却也可能变得混沌不已，甚至污浊不堪。

　　水因此而正如人生与社会：清纯容易，而浊后清纯难；清冽容易，而包容万物难；清冽容易，而杂乱后清冽难；清甘容易，而居下后清甘难。上山避世易而下山静心难，山林随性易而闹市养心难，居高发号易而居低守持难，本来如此易而回归本来难。

　　这也正是老子的高超，《道德经》的高妙。

2015年8月21日星期五下午于巢湖中庙善水轩

小　麦

　　淮河流域大部分是淮河及其支流冲积而成的平原,小部分是丘陵或山地。这一区域即北纬 35°左右,是冬小麦生长的适宜纬度。在这一地区,随处可见冬小麦的生长。农业专家们现在大致认同冬小麦是数千年前从地中海沿岸引进的。冬小麦进入中国的路线可能有两条,一条从中亚经西域到陕西、宁夏,另一条从南亚经云南—贵州进入中国腹地。

　　在当代中国的所谓"谷物"系列里,冬小麦单产量位居稻米、玉米之后。论产量,它比不上上述两种作物,更比不上红芋、土豆等作物;论生长周期,它从仲秋一直生长到初夏或仲夏。当然,它的口感、饱腹感,无法替代。所谓口感,就是入口的感觉,人们不但要吃,还要享受饮食的过程,吃到嘴里,觉得好吃、香、甜,就是一种快乐和享受,人们得到感官上和心理上的满足,生命也因此而充满希望和价值。所谓"饱腹感",就是能够吃饱。我们经常有这样的感受和体会,吃一种不对口味的食品,哪怕吃得再多,吃到实在不想吃了,也觉得没有吃饱,觉得吃得不过瘾,如果这时补充一点对口味的,立刻就满足了,就觉得吃饱了。

　　但口感和饱腹感主要属于文化范畴,并非觉得好吃的东西才有营养,觉得吃饱了才是真的吃饱,口感和饱腹感都是长期适应和训练出来的。我个人认为,冬小麦对中国东部平原最大的意义首先不是作为粮食作物供人们食用,而是作为冬季地表的覆盖物以防水土流失。中国中东部黄淮以北的平原地区冬季比较寒冷,北风呼啸,如果耕地裸露,地表土会随风而去,大量流失,这是农耕地区不能忍受的情况。冬小麦则能够在漫长的冬季一直保护着珍贵的耕地不受侵害,中国古代的主要粮食作物,如水稻、谷子、大豆等等,都无法承担如此重要的使命。当然,作物的驯化远不是我简述得这么简单。驯化是天作之合的结果,任何驯化的结果都是天地、人类、植物、气候等各种因素最大化博弈的结果,而且永无止境。

大　豆

　　大豆在淮北地区又称黄豆。一般6月上旬小麦收割以后,就开始种黄豆了。种黄豆也像种小麦一样,是用耩子种的,这样黄豆出苗时,成行成垄,便于收割。

　　平原上季节的变化现在很大程度上是以大面积农作物(庄稼)的替换为标识的。整个春天都是宿麦即冬小麦的天下,从4月份开始,小麦逐渐从青绿、深绿演变为老绿、浅黄、嫩黄、金黄和苍黄,这段时间持续较长,因此在人们的印记中,田野总是一片黄的。麦收过后,平原有一段斑驳期,既有树叶的深绿,也有春玉米的鲜绿,又有水稻的明绿,亦有野草的杂绿,还有少量小块油菜花的残黄。

　　黄豆出苗后,整个大平原就成了一片嫩绿的海洋,因为黄豆的种植面积大,每一块地的面积也很大,所以看上去,黄豆地的嫩绿就成了盛夏平原上压倒性的颜色了。暮夏初秋,黄豆已经长有半腿高了,黄豆地里的蝈蝈也长大了。蝈蝈总是叫着,它们喜欢高温和太阳,太阳越晒得冒油,它们过得越舒坦,叫得越响亮。正午时从渺无一人的田野走过,听到蝈蝈相互攀比着叫成一片。听到人的脚步声,它们戛然而止,停止了歌唱。可是它们又耐不住寂寞,脚步一停下来,它们又无比欢畅地唱上了。淮北当地叫蝈蝈为油子,它们都有一个大肚子,肚子里都是子,也就是卵。有时小孩或年轻人馋了,就上黄豆地里逮几只油子,在荒草沟里扯几把荒草,点火把油子烤熟,你争我抢地把烤得焦黄的香喷喷的油子分了吃掉,十分享受!

一到傍晚，乡村的空气立刻就清爽了几分。骑自行车在大块大块黄豆地中的干土路上穿行时，清凉的风吹在身上，因为没有较高的庄稼的遮掩，远处的村庄都一目了然，十分爽目、爽心！在那种情境里，在土地上生活着的人，能明确地感觉到生命的存在、万物的存在、天地的存在和自己的存在。不言而喻，人是生活在天地万物之中的，是天地万物的一个组成部分。人要从内心感激的是天地万物，是承载养活自己的土地，是周边的栽培作物，是人类的农作智慧，是周围平衡而和谐的所有事物。栽培作物并没有断崖式地改变事物的内在规则，而只是和风细雨地顺应了事物发展的一个可能的方向，因此这种"改变"是能够为天地万物所接受、能够为人类的社会伦理所容纳的改变。

玉　米

　　玉米和土豆、红芋一样,都是明清时期先后引进的粮食作物,这些栽培作物的原产地也都是南美洲。玉米、土豆和红芋等高产作物引进的最大意义,我想应该是为中国大量的山角、河坡、隙地等难以利用的小块边缘性土地找到了最佳搭配。这些作物好种好养,产量高,营养多样,对中国人口的支撑意义重大。

　　当然除了小块边角地以外,玉米、土豆和红芋更可以大面积种植。由于产量高,玉米在淮河流域的种植早已普及。玉米也分春玉米和麦茬玉米两种。麦茬玉米是收了麦接着麦茬种的玉米,春玉米就是春天小麦还在返青拔节时播种的玉米。淮北地区,一般在杏花成型的时节播种。1976年我在淮北省灵璧县大西生产队插队时,写过几首种玉米的诗,其中一首叫《种玉米》。

　　　　种玉米
　　春雨停下,
　　一树白杏花。
　　清晨队长一声喊:
　　"今天种玉米啦。"

　　霎时间,从村西口,
　　拥出人、车、牛、马;
　　就像新媳妇刚进村,
　　一阵笑语,一阵喧哗。

姑娘们拦住老奶奶：
"咦,您来干啥?"
"干啥? 农业要大上,
就兴你们把汗洒?……"

妈妈哄着娃娃：
"听话! 俺? 在家。
秋后给你个棒子,
大得就像菜瓜。"

牛儿马儿撒开跑,
犁手"叭"地炸开了个鞭花：
"急啥? 急啥?
活有你干的哪!"

队长走在最前面,
兴奋地打开话匣：
"抢耕、抢种,
让'四人帮'喝西北风去吧!"

春雨停下,
一树白杏花,
春三月,
种玉米啦……

从这首诗里,我们知道,淮北地区春玉米种植的时间,大致在春天的三月,当然这里所说的"三月",不是农历即阴历的三月,而是公历即阳历的三月。这个时间,还是比较早的。往南过了淮河,玉米的种植逐渐大幅减少,但淮南及江南的山区常见。往北到黄河流域,玉米和淮北一样多。

春玉米种得早,等小麦成熟收割时,春玉米已经长有小半米高了,嫩青嫩青的,和渐黄的小麦形成鲜明的对比。冬小麦收完后,有一段时间田野里由春玉米扮演主要角色,能打眼一望就进入视野的庄稼,也就是玉米了。几场汛雨过后,玉米们快速地拔节生长,雨后站在青葱的玉米地头,侧耳聆听,能清楚地听到玉米咔咔啦啦拔节生长的声音。它们的个头蹿得快极了,两天不见,就长得比一个人高了。

盛夏时节生产队里最恼人的农活就是打玉米叶了。玉米越长越高,越长越壮,也越长越密,如果不及时把下部的玉米老叶打掉,玉米地里通风不好,蚜虫大量繁殖,就会影响玉米开花、结果。但打玉米叶不是壮劳力干的活,壮劳力不屑于干这样不需要太多"力气"的活,于是这些都派给妇女和半劳力干。

天气酷热,妇女和半劳力肩着畚箕来到玉米地头,一人分两趟,噼里啪啦地打起来,人很快都看不见了,站在地头,只能听见隐隐约约打老玉米叶的咔吧声,怎么看都看不见人。畚箕都撂在地头,畚箕里搁着苘绳,以备捆扎打下来的玉米叶用。

打玉米叶虽然不是重活,但特别让人不堪。玉米长得密,盛夏酷暑,钻在密不透风的玉米地里,人汗如雨下,玉米叶又划人皮肤,一趟干下来,胳膊上、脸上、脖子上,都是红红的血印,再给盐汗一渍,又疼又痒。偏偏玉米地里的蚜虫特别多,弄得人一身麻酥酥的,衣服也早已碱花层层,汗透斑驳了。

天快黑时,人们渐次走出玉米地,把堆成小山一样的老玉米叶拼死劲杀成尽可能小的捆,然后撅腚弓腰,背着比人大出好几倍的捆子,一步一步地艰难地回到村里的牛屋前。当天的工分是以打下了多少玉米叶来计算的。称过重量以后,玉米叶就被倒在牛屋门前越来越大的一堆叶子上,它们是牛们的青饲料。

此后,妇女们赶紧回家烧火和面做饭去。半大的男孩子们就到村庄旁边的小河或池塘里洗澡。拿全工分的壮年男人也陆续来到小河或池塘边。他们脱光衣服,赤身裸体,在水里打几个扑通,然后站在浅水里,讲一些荤话,把身上的泥都搓下来。天完全黑了以后,小河或池塘里洗澡的人,慢慢就没有了。最后一个都没有了。小河和池塘边就彻底安静下来了。这个世界就完全留给田野里的植物和动物、昆虫了。

苘 与 红 麻

红麻在淮河流域流行,是20世纪80年代早中期的事情。在此之前,相近的经济纤维作物我们更熟悉的是苘。苘在淮河地区农村统治的时间更长,以前农村冬天穿的毛窝子就是用苘绳和芦花共同编织而成的。那时候棉花不够用,冬天天气也比现在冷,农村又鲜有硬化路面,时常泥泞得不得了,人们冬天为了御寒、走路,就发明了这种当地叫毛窝子的鞋。苘绳很软,也很结实,人们就将苘绳与芦苇顶端的芦花编在一起,编成毛窝子。毛窝子的鞋底是用木头做的,有相当的高度,走起来呱啦呱啦的,当然重量也不轻。最寒冷的冬天,室外雨啊雪的,人们除了睡觉,猫在家里没事。醒了睡,睡了醒,实在无聊,男人们找点事做,就是在锅屋里或堂屋里搓苘绳。再憋得受不了了,就在毛窝子里放上滑溜溜的芦花,穿上暖和得不得了的毛窝子,外出走一走。因为毛窝子有很高的木头鞋底,因此踏泥踏水,都不在话下。

苘可以搓成绳,苘绳在农村有着十分广泛的用途,马车牛车上,农具上,盖屋挖河,都用得着。因此当时的生产队,或个人,都会在一些不太起眼、不太肥沃的地块,或河坡堤角、田头屋拐种一些苘,以备使用。苘是一种细长的植物,高度和大蜀黍差不多,绿茸茸的圆叶。秋深初冬时节,苘都长成了,就用镰刀一根根割下来,然后用其中的几根细苘拧作绳,把几十根苘扎起来,扎成一捆,就近拖到田地旁边的小河里,把苘捆沉入水里,让水淹没苘捆。又怕苘捆腐烂以后浮上来,还要再就近挖些土块压在苘捆上。也有人把割下来的苘运回村里,在村里村外的池塘里沤制。大河或流水较急的河流里不行,因为那里的水太清,苘捆也容易顺水而去。

天气慢慢转冷,苘捆在小河小沟或池塘里,被水沤得发黑,但还不可以,还要继续沤制,但这时的苘捆,靠近水底的那部分沤得更黑、更好,贴近水面的那部分沤得不黑、不好,甚至还有些发青,这时就要给苘捆翻身,让苘捆翻一个身后继续在水里沤制。干这种活的大都是男人。北风呼啸,甚至还有冰雪,男人们在这样的天气里也没有农活要干,于是就一个人穿着棉袄、棉裤、棉鞋,走到村外的小河、小沟边,脱了鞋和袜子,把裤腿、袖子卷起来,赤脚下到近岸的泥水里,用尽力气把沉在水里的苘捆翻个遍,再用锹就近挖几块整土,压在苘捆上,让它们继续沤去。

天更冷的时候,苘已经在小河、小沟或池塘里沤好了,于是男人身后跟着妇女,又来到河边,男人负责把苘捆拉上岸,女人则坐在河边,把已经沤制好的苘皮从一个个苘秆上剥下来,男人干完河里的活,也会坐下一起把沤熟的苘皮剥下来。沤制得很好的苘散发着一股臭味,做过这项工作的妇女手上好几天都存着这种味道,但农村各种味道比较多,这种味道也就不那么突出了,反而几天闻不到农村那种特有的味道,人心里就不踏实了。剥下来的苘皮扎成一把,妇女把它们拿到水里去漂洗,洗到最后会洗得很白,然后在院里拴一根苘绳,把一把一把的苘皮放在太阳下晒,晒干后再用手搓一搓,苘皮就会变得十分柔软。

隆冬腊月,男人们闲来无事,就坐在牛屋里,或自家的锅屋里、堂屋里,搓苘绳。苘绳根据今后的用途,搓成粗的或细的、长的或短的,这不是一日工夫,可能一整个无事的冬天,无事时都会做这件事情,有了这件事情做,光阴也就不会虚度了。苘绳在男人们粗糙的手掌里,变得越来越长,搓好的苘绳就盘在男人的身旁或身后,还有一些苘绳挂在墙上,或堆放在家中黑暗的仓房的拐角里。开春以后,这些苘绳可以自用,也可以卖给生产队,或供销社,换得一些油盐钱、孩子喜爱的铅笔书包钱、正在长大成人的小闺女的的确凉衣料钱、午收时的麦秸草帽钱,或者老母亲棺材钱的一部分。

后来,突然不知道啥时候,大约就从20世纪80年代初起,淮河流域到处都种起了红麻。红麻可能又叫黄麻,但当地人都叫它红麻。可能因为有较高的经济效益,红麻成片成片地种,路边的大田里,沟上坡下,打眼都看得到红麻的身影。红麻的身姿有些精干,长得也较高些,颜色略略泛红,仅凭观感,觉得它与苘没有太大的不同。红麻生长的季节,大约也在夏季、秋季。秋深时收割,收割后的红麻"如苘炮制",也是扎成捆,就近沉入小河、小沟,或池塘里沤制,待沤熟后,捞上来,剥皮,洗净,就可以出售或候用了。

假设如此这般,红麻也不会给我留下很深的印象。红麻在中国的问题,是深秋和冬天在河沟池塘里沤制时造成的污染。那些年我常在深秋,或者冬季,一个人背着个小包,穿上球鞋,在淮河流域的大地上,或沿着一些古老的河流,例如濉河、沱河、浍河步行。因为高秆的庄稼都收去了,所以广阔的黄淮大平原坦坦荡荡、一望无际。当然有时候也因为天气转冷,朔风渐起,平原上显得有些苍凉、萧瑟、肃穆。但平原上总是很激动人心的,到底是什么使人心激动,我却一直说不清楚、弄不明白。

可是一接近村庄,或者一到村庄附近,一种沤制红麻特有的臭味就出来了,村庄附近的小河里、小沟里、池塘里,所有看得见的地表水都是黑的、臭的。深秋和冬季正是淮河流域的枯水期,小河、小沟和池塘里的水都比较少,河滩暴露在朔风之下,河滩上的泥都是黑的,看上去十分不自然。一路走,一路对这样的情况感到忧心。在村庄后面遇见正在小河里给麻捆翻身的农民,我就会站在小河的对岸和他们说话,问这问那的,最后把话题引到红麻沤制的污染上来。但毫无疑问,经济的驱动力是巨大的,也无可指责。那段时间受视觉和心理上忧患的影响,还专门以红麻为背景,写了一个短篇小说,题目就叫《红麻》。后来一直对红麻的事情很上心,去北京时还专门到国家图书馆查过关于红麻情况的资料,因为资料现在找不到,所以资料上关于红麻的具体情况都记不得了。

来得快,去得也快,可能也就数年时间,红麻就从淮河流域的大地上消退了,逐渐,就很难再看见它们的身影了,大平原上的秋冬又成了玉米、大豆、山芋等粮食作物的天下了。当时听说这种情况的出现,是因为东南亚红麻的种植面积和产量都超过了中国,中国红麻失去了价格优势,再加上1985年以后,中国经济建设的重点渐次由农村转移去了城市,农村的青壮年农民被时代大潮推往城市打工,因此,红麻在淮河流域的存在,就越来越可以忽略不计了。

2015年10月于巢湖中庙善水轩

山头与黑塔

安徽泗县北部的几个乡镇,在"文革"时都改过名,当然都是要往革命、红色、正统、先进的方向改的。比如潼河北岸的山头镇,那是我母亲的老家,"文革"中改为赤山。"赤"就是红的意思,山头就变成了红山。山头指的是镇后西北部有一座低矮的小山头,与山头镇的相对海拔估计不超过60米,但在平原地区,山岭稀罕,遂成为当地最显著的一个地标。不过山上的土倒真是有些发红,叫它赤山,也算有来头。不过因为是一个政治地名,所以这个"赤"字,就不是表示颜色的词,而是一个观念词了。

山头南有一个镇叫黑塔。黑塔地名的来历,根据汉语地名学规律,这个专有名词透露出来的历史文化信息,一般应该与当地曾经有塔这种特色建筑相关。但当地的传说却显示"黑"塔有可能是一个人名。相传明朝末年,天下大乱,山东有一个武艺高强的大汉由于生活所迫,做小生意途经黑塔。在小客店住下后,当晚遭遇一伙强盗抢劫村庄,大汉豪侠仗义,抡起扁担赶走了强盗,保护了村民的人身财产。从此以后,大汉就在当地生活至终,村民为了纪念大汉,就把村庄称为"刘黑塔"。随着时间的推移,人们在日常生活中省去了"刘"字,直呼为"黑塔",久而久之,固定下来,延续至今。

小梁乡与枯河头

黑塔镇正南8公里有个小梁乡,30年前我哥哥许幼璋在小梁乡粮站工作,我曾在乡政府招待所住过一段日子,写了一些散文和短篇小说。那时小梁乡政府所在地的规模很小,几分钟就能走出去,走到田野里。田野里是大片大片的辣椒园,又正是秋天辣椒成熟的季节,整个平原都红彤彤的,声势甚是浩大,望去激动人心!当然,小梁乡这个地名,是个最常见的姓氏地名,"小梁"是专名,"乡"是通名。

许多地名都与历史事件或历史人物的传说有关。黑塔镇南偏西10公里有一个枯河集,枯河集又叫枯河头、哭活头、哭孩头。这既是一个文化历史地名(哭活头、哭孩头),又是一个地物地名(枯河)。"枯河""哭活头""哭孩头"是专名,"集"是通名。

相传秦朝末年刘邦项羽争霸,刘邦在现安徽灵璧、固镇、泗县、五河交界那一带大败项羽,项羽的爱人虞姬为了不给项羽增添麻烦,自刎而亡。悲痛欲绝的项羽命将士掩埋了虞姬,用战旗裹住虞姬的头,跳上战马,带领残存的将士杀出重围,来到枯河集附近,暂时摆脱了追兵。项羽打开包裹虞姬的战旗来看,不由得痛哭失声。可这时奇迹出现了,只见虞姬睁开了双眼,还像平常那样,眨了几下。这就是"枯活头"的传说和这一地名的来历。

后来到了隋朝,传说隋炀帝想到扬州看琼花,就命人挖一条通往扬州的运河。挖到枯河集附近,深挖了三丈,河道里还不见水,这里就被称为"枯河头"了。运河挖好后,隋炀帝乘坐龙舟,带领万艘豪华楼船,一路浩浩荡荡,游向扬州。到了枯河头,河床里无水,隋炀帝就命人在河床里铺满小米,倒足香油,由成千上万的人在岸上把龙舟和楼船拉过去。

隋炀帝好吃熊掌,他一路游玩,并派一个满脸胡子叫麻叔谋的大将沿途捉熊砍掌蒸给他吃。到了枯河头,这里地平林稀,捉不到熊,麻叔谋想了个歪主意,派人把沿途农家的小孩强行抢来,杀死后砍下小孩的手掌蒸给隋炀帝吃。三来五去的,当地人家只要听见麻叔谋这几个字,就吓得或关门闭户,或远逃他乡。当地天天有人抱着小孩的头哭,地名渐渐就叫成"哭孩头"了。小孩子要是不听话,大人只要说"麻胡子来了",或"麻虎子来了",或"麻猴子来了",或"猫猴子来了",小孩就吓得不敢说话了,直往大人怀里拱。当地的人们对麻叔谋又怕又恨,就用面筋、鸡蛋花、青菜、胡椒等做成一种"麻胡汤"或"麻糊汤"喝下去,既是小吃美食,又解了对麻叔谋的恨气。

枯河头的"头",有节点、到头、河流不一般的地方、陆路与水路交集处等意思,比如合肥市长丰县有三十头、四十头、五十头等地名,"三十"表示离一个生活中心点即合肥三十华里,"头"表示从合肥而来三十里到头了、结束了,这是一个聚居点,因此一般又是一个交通节点。四十头、五十头都是这般意思。枯河头大概也有这样的意思。

枯河集在现今的新滩河桥的桥北,20 世纪 80 年代中期我徒步走滩河的时候,曾经在枯河集附近村庄外的麦秸垛里睡过一夜。后来我住在小梁乡写散文小说,经常骑自行车到新滩河桥这里转悠,或从桥上经过。那时候感觉桥所在的位置很高,桥头常有一个修车补胎的中年农民,桥很宽阔,桥头两边长满了大树。那时候人少车少,因此那里有一种浓烈的荒僻感,似乎能催生人的野性,也就是生命的活力。在桥头附近支上自行车,走一走、坐一坐、待一待,心里立刻就灌满了旷和野的因子,人的感觉就完全不一样了!人自然而然就要去奔走、去奋斗、去闯荡了,挡都挡不住!

项羽与虞姬

话说项羽掩埋虞姬的地方,现在就叫虞姬墓,虞姬墓所在的那个村庄,现在叫虞姬。虞姬村是个典型的人物地名,现属灵璧县,在灵璧县和泗县的交界处,距灵璧县城约8公里。虞姬墓现已扩展为虞姬文化园,一到春夏,虞姬墓上上下下,开满了红艳的虞美人花,传说是虞姬的鲜血滴到土里长出来的花。虞美人又叫满园春、仙女蒿、虞美人草,开花特别鲜艳。2015年初夏,我在濉溪境内的浍河流域采风,只见路边的沟坡上虞美人沿路盛开,鲜红无比,震撼人心!

过虞姬村东行进入泗县县境,10多公里后有一个村庄,叫上马铺,这就是传说中项羽上马的地方。项羽带着虞姬的头,哭哭啼啼走了一二十里,后面汉军追上来了,他才被迫上马,向枯河头方向奔去。这"上马铺"就是个历史传说地名,"上马"是专名,"铺"是通名。

鄢 家 岗

地名最重要的作用就是定位功能,它使得人类生存的空间变得清晰易辨。在这样的前提下,才有地名的历史、文化、地理、语言等自然和人文特征。

河南商城县灌河流域有个鄢岗镇,当地人称作鄢家岗。2001年前后,我游逛到那里,灵感一闪,后来就写了个中篇小说叫《鄢家岗的阚娟》发表在《上海文学》杂志上。鄢家岗是丘陵岗地,地面有起伏,但起伏并不太大。鄢是姓氏,岗指出了当地地形地貌的特征,这个姓氏地名的意思就是"鄢这个姓氏生活的岗地"。

通名与专名

地名是地理和历史的"化石",大约可以划分为自然地理地名和社会历史地名两大部分。一个地名一般包括两个部分,一部分是通名,一部分是专名。例如山东泗河岸边的泗水县,"县"是通名,"泗水"是专名;安徽沱河岸边的埇桥区,"区"是通名,"埇桥"是专名;河南颍河流域的登封市,"登封"是通名,"市"是专名,登封也是中国少数几个现存以皇帝年号命名的市县名称;江苏淮河岸边的淮阴市,"市"是通名,"淮阴"是专名。这就好像一个人的姓名,姓表示家族,名代表个人。县、区和市代表你分在哪一类里,泗水、埇桥、登封和淮阴是专属于你的称呼,别人不能享用。

淮阴和淮安现在可以视为同一座城市,但这是两个不同时期的地名。淮阴在前,秦始置淮阴县,说明那时候淮河下游干流即由淮阴境穿过。淮安在后,公元 5 世纪南北朝时期始设淮安县。淮阴是文化地名,淮安是政治意愿地名。淮指的是淮河,阴是说城市最早筑于淮河南岸,"水北为阳,山南为阳",所以称淮阴,淮阴这个地名因此有中国传统文化的内涵。南北朝时期社会动乱,灾害频繁,人民生活动荡不安,所以命名淮安。因此淮安这个地名是一个政治意愿地名。

泗　　洪

　　洪泽湖西北岸的泗洪县建县时间不长,1947年及1949年曾两次设县。1955年又由原安徽省宿县地区划归江苏省淮阴地区管辖。泗洪县府驻青阳镇,"青阳"一般最容易认为是个复合地名,就是"青山之阳""青田之阳"或"青水之阳"一类的地名。其实"青阳"最早是个姓氏,复姓,青阳氏。现在这个姓氏就算不是无法见到,也至少很难见到了。

　　泗洪是沿淮水乡,除淮河水道放大而成的洪泽湖及大片洼地外,另有濉河、潼河、利民河等多条自然、人工河流流过。1985年冬,我从安徽宿县灰古镇沿濉河步行到洪泽湖临淮镇,出泗洪县城青阳镇后,感觉上,地势就逐渐地往下坡去了,愈走愈低。原野很有荒凉感,村庄鲜见。土壤似乎是那种淤白土,可能是因为这里越来越接近湖床的缘故。

　　泗洪是典型的北地鱼米之乡,此地盛产大米、烧酒、鱼鲜,特别是螃蟹。大米由于生长期较长,因而口感浓厚、滋味悠长。螃蟹由于生长的地理位置偏北、偏凉,因此个头较小,肉瘦膏稠,别具风味。泗洪的浇酒主要出产于县南洪泽湖畔的双沟地区,双沟附近下草湾考古曾发现1000多万年前醉猿化石,说明1000多万年前当地应有自然发酵的果酒出现,把误食或有意食用的古猿醉倒在地。烧酒又称白酒,烧指的是这种酒要经过蒸馏才能制成,白指的是这种酒基本无色。烧酒制作工艺进入中国腹地,有说唐朝后期的,有说元朝的,各种说法不一。因此双沟的白酒烧制,可能不会早于唐朝后期。

梅花与重岗

梅花镇位于青阳镇北约15公里处。梅花的地名,据说是由于古代此地有九座盛产梅花的梅花山而得名,因而这是一个物产地名,比一般的姓氏地名或方位地名有更多的诗情画意和人文内涵。但梅花山现在哪里,我并不知晓。我们去梅花采风时,梅花镇的赵毅书记带我们去看梅花中学。梅花中学院墙里多植梅花,院墙外多绘梅花,满眼都是梅花。

泗洪地区东、南、北部多为洼地平原,西部与安徽泗县交界处有浅山微丘。重岗山就是苏皖之间小范围的浅山区。"重岗"是专名,"山"是通名,指出重岗这个地方是山区。我小时候从宿县城里到梅花公社万泉大队朱集生产队老家过暑假,曾有一两次跟着幼璋哥和幼忠哥步行到重岗中学上学,在学校里待上一天时间。重岗地区就是泗洪县的浅山区,只是不知是不是古代九座梅花山的所在地。

重岗的意思应该是"一重又一重山岗"。好,真好!这是一个环境地名,也可以归为地物地名一类,很有诗意,意境也高远。有一年我在泗县小梁乡政府招待所写稿子,和幼璋哥各骑一辆自行车从小梁乡自西向东穿过皖苏省界去朱集村,那是我第一次穿越重岗山。虽然这里的丘陵颇低矮,但只要一进入这一地区,脚下就变成山石红土了,与附近平原面貌完全不同。山路在红土和石块间蜿蜒,虽然坡不高不陡,但自行车也不容易骑上去,有时候要下车推着走,到了坡的高处,看得清四面八方厚实的平原和朴实的村庄,这给我留下了极其深刻的印象。幼芝是我二叔(当地叫二爷)

家的第五个女儿,她那时嫁到重岗山下的一个村庄里,我和幼璋哥就骑着自行车到她家去看她、喝红糖茶、和她说话。那个村庄的外围有一些细竹,按照100年前地学家的研究,淮河以北一般就没有自然生长的竹子了。重岗山地区在淮河以北,距淮河主干三四十公里路程,当然"规律"也许不是那么死板,但也有可能20世纪80年代气候就变化得和80多年前有所不同了。

归　　仁

梅花镇北约5公里是归仁镇,相传孔子周游列国到这里,留下了"克己复礼,天下归仁焉"的名句,归仁因此而得其名。这是个含义深厚的地名,是一个意愿地名,也可以说是一个政治性的或道德规范性质的意愿地名。围绕"仁"这一儒家核心价值观,当地现在还有(或新命名)克复街、克复桥、归仁堤等地名。

归仁这一带都在泗州戏源产地范围内,归仁、梅花都是著名的泗州戏之乡。几年前我们到归仁采风,我的宗亲、归仁镇张敏(许东)书记特意安排在镇政府大院里,由当地业余艺人演出一批泗州戏选段。在淮北的土地上,在平原的气氛里,在当地的方言中,在附近农作物的围裹下,听泗州戏这样的地方戏,才能真正找到文艺的感觉,才能真正感受到文艺的源头,才能真正有接地气的通畅感。

郗　　叔

在中国的地名中,姓氏地名占了绝对多数,淮河流域也不例外。20世纪60年代末,我还在上小学时碰到"文化大革命",于是就跟着父母去固镇县浍河流域的新马桥104干校(原新马桥农场),父母和干部们劳动改造,冬天种小麦,夏天种西瓜,我跟着,在那里到处玩。

那时候汽车少见,干校的运输都靠三匹马和一辆马车。赶马车的"把式"(那时候看小说,知道把式的书面语叫"驭手")是干校的职工,姓郗,叫郗朝阳,也就30岁左右,我和他的关系就像兄弟,但是称呼他"郗叔"。我天天待在马屋里,白天跟着马车下地,或上新马桥澥河码头拉货,或去蚌埠,晚上就和郗叔一个被窝通腿。年轻人血性旺,晚上在被窝里郗叔的那玩意经常竖起来,我就和他比大小,自然比不过他,比着比着就睡着了。

郗叔已经结过婚,他的对象在灵璧县新汴河附近的老家,她每年夏天都到干校来,过一个夏天。她来了,我就得回干部们的大通铺睡了。她年轻能干,每天天刚亮就背着草箕下地割草了,吃早饭前她就会撅着腚,背着几乎和她人一样高的草捆回到马屋,早饭后再背着草箕出门,一个人在荒坡、浅沟、地头,几乎不抬头,一干就是半天。马屋里需要干草、鲜草,她割的草都能挣到钱。

后来有一天,我跟着马车在干校里干活,马车停在一排宿舍前面,郗叔他们去办事了,我一个人留在车上,这时一个右派抱着一床花被过来,叫我把马车往前赶一赶,他要在路上晒被子。我是小孩子又不懂事,就像平常一样,松了车闸,吆喝一声,让马往前面走一走。没想到几匹马见到花被受到惊吓，向前狂奔，我根本控制不住。最后马车被马屋门前的干草垛挡住，两匹梢马让开了，驾辕的马让不开，被挤在干草垛里挤死了。那一次可把我哭的！郗叔和另一位张叔叔当然少不了要做检讨、被批评。后来，我就跟着大人们回城了。郗叔后来到宿县来过我们家几次，父亲也帮他办了几件事，再后来，干校撤销，听说他又回农场一队了，全家都到一队去了。20世纪80年代，我带女儿下乡，在新马桥镇上住了一晚，当天下午我们到农场去转转，转到一队，向住在那里的人打听郗叔情况，那些人告诉我们，说郗叔还住在这里，但这阵子回老家了。

郗叔的这个"郗"姓很少见，当代多居住在山东等地。郗叔的老家在灵璧县新汴河北，村名大概叫"小郗家"。后来巧的是，我高中毕业后到农村插队，就是灵璧县。但我插队的地方是灵璧县向阳公社大西大队大西生产队，与大概叫小郗家的那个村隔着一个人工河——新汴河，又分别是两个公社的范围，我打听过一次，没有打听到头绪。

大西生产队的社员绝大多数都姓"西"，这又是个鲜见的姓氏。西姓在广东、辽宁有较多分布，安徽的灵璧、宿县也算西姓的分布地之一。大西村、小郗村，都是姓氏地名，村名的背后，一定有丰富的政治、历史、血缘等信息。

2015年9月于合肥淮北佬斋

官　　话

20世纪70年代,盛夏时节,在潍河、沱河流域的村庄入口处的小石桥附近,常有一些村里的男人聚焦在此处的大柳树下,吸着旱烟,歇晌熬夏,七扯八论。这时一位头顶白毛巾、臂挎一个杞柳编的篮子的少妇,从村里走出来,经过小石桥,向村外走去。蹲或坐在小石桥附近的男人中,就会有人开口问:"小转子娘,上哪去?"小转子娘就会回答:"俺上骑路马家去。"说完,就红着脸,低着头,浑身不自在地匆匆走去。

不一会,又有一位晒得乌黑的中年男人,扛着一个显得很沉的笆斗,从村外的机房走来。人群中必定又有人问:"你弄啥来?"男人就回答:"俺机面来。""机啥面来?""机好面来。"

整个淮河流域都是传统的所谓"官话区"(先秦时期可能叫"雅言",清朝叫"官话",民国叫"国语",中华人民共和国叫"普通话"),也就是使用民族共同语的地区,虽然流域内有各种各样的方言和口音,但都与普通话大同小异,这一流域的人说话,大致上全球使用汉语的人群都听得懂。

上　哪　去

"上哪去"的上,就是到或去的意思,上哪里去,就是到哪里去,去哪里。我在一篇文章里曾揣摩《清明上河图》里"上"的意思,认为《清明上河图》里的上,一个意思可能专指到京城汴河边参加一个只有清明时节才举办的庙会一类的大规模民间聚会;另一个意思可能专指去首都,就像我们现在说北上、南下,北上就是往首都的方向,南下就是离开京城,但东北和内蒙古人怎样说到北京去,我还一直没有机会向当地人请教;再一个意思可能就是"到"或"到……去"的意思,清明上河,就是清明时节到河那里去。

"小转子娘,上哪去?""俺上骑路马家去。"就是俺到骑路马家这个村俺娘家去。这样简单的话语里,其实暗含着丰富的语言、文化信息。

我

"我"是普通话或清朝以来所谓"官话""国语"的自称语,"俺"则是北方方言用词。过了淮河,到淮河以南,生活中人们就基本不使用"俺"来自称了。因为是官话用语,所以"我"有着明显的"显威望",即公开的自信和威望,有"身份"的人都会自觉使用,以便与权力、威望、自信、利益接轨。城市是权力和利益的所在地,所以城里人都会以"我"为自称,我代表党委、政府……我们要以经济为中心……没有人会说"俺代表外交部……",或"俺们要为繁荣全省经济……"。

我20世纪八九十年代写小说,注意到这种现象,于是就在小说里有意为之。小说中的城里人说话,用"我"自称;乡下人说话,用"俺"自称,如此这般,不费吹灰之力,就既隐喻了人物身份,也透露了等级文化的信息,不过很少有人能读出我这番用心来。

俺

"俺"是北方方言用词,这句话过于笼统。这里的"北方",大概主要指的是淮河流域及其以北部分地区,即皖北、苏北、河南、山东、河北地区。内蒙古是民族语言区域,东北大部是所谓历史上"新"纳并地区,用不用"俺"这个人称代词,和移民情况有关。请教了山西的亲戚和学问家,回答如下:"太原话讲我是说'e,三声',但是如讲我家、我们,就是'俺(an)家,俺们'。"这说明山西人是使用"俺"来自称的。陕西人和山西人一样,自称"e",就这个音而言,一般就会理解为"我"音,大概不会用"俺"来进行"e"音的书面标识。不过语言的情况十分复杂,不进行大量的实地调查,很容易以偏概全,出现错误。历史上,先秦时期人人自称"朕",也就是我的意思,秦灭六国后,朕才为皇帝专用自称。

隐 威 望

网络无边界，网络上的人都喜欢使用"俺"来自称，这大概是一种为"隐威望"所吸引的现象。所谓隐威望，就是底层和草根阶层的大众语言方式所树立起来的一套拿不上台面的威望，比如粗话、骂人的话等等。"他输得屌蛋精光"，这是对赌徒的描述，很发泄，很过瘾，很否定，甚至咬牙切齿。如果用正人君子惯常用语或外交辞令来说，"他全部输光了""对个人事务我不予置评，请向当事人核实"，就显得不那么痛快了。

追求隐威望，就是要摆脱上层的繁文缛节和精神束缚，追求一种不受控制、为所欲为的语言快感，从而达到痛快淋漓、宣泄情绪的快乐境地。"俺"似乎是一种非官方的底层身份，是一种北方的憨大傻。网络上使用这一自称，既带来一种自嘲的况味，又是一种放低姿态的心境，还是一种向网络他人妥协以求对话的意愿，使陌生人之间能够更快、更好地建立起交流关系。

好面与孬面

"你弄啥来？""俺机面来。""机啥面来？""机好面来。"弄啥就是干啥，就是干什么、做什么。机面的"机"，原意应该是"机器"一词的缩略形式，在民众使用中逐渐简化及转化成动词，即磨面的"磨"的意思。"好面"就是麦面。有好面就有孬面，在粮食紧缺的时代，好面就是小麦面，除了逢年过节，平时很难吃到；孬面是指除好面外的玉米面、红芋面、高粱面、豆子面等杂面，它们是困难时期的主粮，但实在比"好面"难吃多了。"来"是语助词，本身并无实际词意，但有语气和方言意义。不同的用词、不同的语音、不同的语法结构，组成了一种语言中的某种方言。

语言的社会性

语言是社会性的吗？看起来应该是。语言的功能不是别的，就是交流，既然要交流就得有对象，有对象就不是一个人，至少是两个人，两个人就可以认为构成了社会。当然一个人的独白也常常存在，不过语言是学习而来的，从出生开始一直是一个人，是没有办法学会语言的，因此个人的独白也需得在学习语言以后才能发生。两个以上的人构成社会，社会就会把它的地理和社会特征带进语言之中。语言发生的早期情况可能还无法肯定和确定，但语言出现后与社会之间的双向影响会为我们的直觉所接受。但也有语言学者认为语言和社会之间没有关系，是相互独立的，这种纯粹的学术成果只有在弱行政化的环境里才有心悟得。

社会文化信息

村口小石桥附近的对话包含有丰富的社会文化信息。淮河流域村庄外小石桥附近坐着的大多是汉族人,但也可能有回族人,可能有汉族与犹太人的混血后代,还可能有汉族和越南妇女的混血后代。

我小时候生活在沱河南岸的一个城市里,盛夏酷暑,经常到一条小街卖水站旁边的象棋摊看人下象棋,在地上一坐就是半天或几个小时。看棋、下棋的人中常有一个三十多岁的男人,他皮肤有些白,鼻子有点勾,和当地人长得不太一样,下棋的大人都说他是犹太人,如果属实,那他的祖辈可能是二战时来到中国并定居在中国的。

越南妇女频频出现在汉语里,大约是20世纪80年代中后期的事情,因为中国的改革开放见到成效,吸引越南妇女来到中国内地,嫁给中国农民,不过更多的是被人贩子胁迫而来,她们中有些人找到了适合自己的生活,有些却酿成了悲剧。那时候我从固镇县浍河畔的村庄走过时,村民们都会告诉我哪家娶了越南老婆。

人携带语言

  犹太人和越南人有可能把他们携带的语言因素传递给周边的人和下一代。当然个别的人不足以影响当地语言,但众多的移民以及权力、经济能力、社会地位和知识能力,则会给当地语言带来持续影响或重大改变。长江以南地区方言的形成大多与此有关。

大 众 语 言

大众语言是语言发展的主要动力。大众语言相对粗、俗、荤,因直接从生活中得来,或得到生活的启示,所以很有生命的活力。20世纪70年代后期,我在新汴河南岸插队,那时候文化生活贫乏,生产队干活歇歇子的时候,经常男女打闹,一群女人给一个男人"看瓜",就是把男人脑袋塞进他自己的裤裆里去,看着自己的家伙:"瓜"。疯过了,队长一声吆喝,大家再继续干活。干活的时候就不能嘻嘻哈哈的了,干活不认真,干部可是要批评的!如果是"地富反坏右",那还可能招致批斗呢!

语言发生、发展和消亡的规律也和其他社会事物的规律一样,先从鲜活的生活中来,再由规范进入显威望系统,之后不断精致化直至消亡。

固 定 词 组

七上八下、横七竖八、乱七八糟、七荤八素、杂七杂八、七碟子八大碗、七大姑八大姨、七长八短、七屁八磨,这些固定词组想必最初都是从俗众中来的,但不知为什么"七"和"八"这样的数词搭配到一起,一般就表示了中间的或负面的意义。像社员干活间歇"看瓜"的"娱乐",就是七荤八素的事。

语 言 环 境

　　社会语言学要研究说话的和听话的人,以及言语交流时的环境。"你弄啥来?""俺机面来。""机啥面来?""机好面来。"通过濉河、沱河流域村头小石桥边的对话的田野考察,还能对比出各地方言在词语选择或语法规则运用上的不同。如果用北京话照念"你弄啥来? 俺机面来,机啥面来? 机好面来"。这样的对话,那不用说就念成了沱河北京话。北京话在词语选择、语音、结构等方面,都与濉河、沱河地区有所不同。"请问阜成门咋走?"这是淮北话。"请问阜成门怎么走?"这是北京话。如果你用北京话语音说"咋走",那就不是北京话了。同样,如果你用淮北话语音说"怎么走",那就会被当地人讥为"洼腔",都不相搭。当然,通过多年大规模人员流动,人们对此已经见多不怪了。

词　　汇

　　我在淮北和江淮之间生活的时间比较长,多年前到北京住过一段时间,一听见别人说话,就立刻会拿这两地的言语习惯去做比较,发现有许多的同,也有许多的不同。同,说明相距一千多公里的两地方言的同源性;不同,说明两地地理和社会环境的差异性。比如上面提到的问路,"请问阜成门怎么走?""你'履'着二环走准到。""履着",就是顺着、沿着的意思,黄淮地区生活的人,大约都听得懂。约朋友到新家打牌,朋友因迷路而迟到,"那你'赖'谁?路线图都发你手机上了。","赖"是"怪"的意思,淮北人和北京人都明白。牌局结束,"你'头'里走,我这还没收拾完哪","头里走",就是你在前头走,但这里主要还是你"先走"的意思。淮北人和北京人也都懂。以下就不同了,"成,那我就先走了","成",这是北京人表示肯定的用词。淮北人表达这个肯定的意思,是说"管",普通话说"行"或"好",合肥地区说"照"。

　　北京的6、7、8月为"雨季",雨季空气湿度大,如果不下雨,高温高湿,北京人就夸张地称其为"桑拿天","桑拿天——明起京城开蒸",报纸上会用这样的大标题。但如果下起了暴雨,北京许多地方的排水系统又不堪重负,淹车堵路,汪洋一片。在这种情况下,记者就要去采访在暴雨中疏浚的工人或路上的行人,问上一些"为什么";"雨太大了,淌不'迭'",工人如是回答。这里的"不迭"是"不及"的意思,淮北人也这么说。淮北人有时候还说"淌不彻",也是"来不及淌走"的意思。"×立交桥,去年淹了,今年又淹,有关部门也该'长长记性'了","长记性",就是总结经验、不忘过去的意思。在淮河两岸的口语里,也都是这么用的。

秋天的北京,雨疏天朗,瓜果飘香,风沙不起,是一年里最舒适的季节。偶尔走进宫门口东岔或南营房的菜市,小贩就会向你推销她摊位上的产品。"自来熟的葡萄,甜着哪!"这不是人工催熟的,是"自来熟"的。"真甜,不过我不'爱'吃。"顾客不说她不"喜欢"吃,而是说不"爱"吃。"嗨,赔啦,真赔啦,这两天赔得我肝儿颤"。她这么一说,你还真不忍心不买上三两斤帮帮她。

语　　音

不同的读音或声调,是方言之所以成为方言的一个重要的因素。例如北京有名的老商业区大栅栏,你不能读如大栅栏(音乍兰),只能读作大栅栏(音市赖),读成大栅栏(音乍兰),别人就很难听得懂。淮北颖河边的阜阳,照字典上的解释,阜具两意,一意为土山,河南为阴,山南为阳,那就是说,阜阳这个地方在土山的南部,为倚山面阳之势,自然是非常好的;另一意为多和盛,物阜民丰,从字面上理解,是吉祥如意的意思。那么阜的读意呢? 在普通话里"阜"是个单音字,念阜(音富),但当地人都把这个字念如阜(音府),阜阳。听安徽电视台新闻播音员说,为阜阳的"阜"的读法,阜阳人还专门向电视台提出过"抗议"。出于家乡感情(或者也是在某种惯例的允许范围之内),安徽电视台新闻播音员读到阜阳时,也会按照阜阳当地人的声调来读。

阜阳人的方言待遇在央视显然未获通过,央视播音员在播报有关阜阳的新闻时,都是遵照阜的普通话声调宣读的。淮北的另一个城市宿州,即原宿县,我的老家,也碰到过这个问题。宿也是多音字,一音为宿(音肃),一音为宿(音朽),第三音为宿(音秀)。但宿州当地人不这么念,当地人念宿县、宿州为宿(音许)县、宿(音许)州。宿是一个古国名,在古代,那还是一个国家呢,也是不得了的事情。

因为这样的原因,有时到了一个地方,不敢开口说话。比如有一次临时去河南郸(音丹)城,因为事先没做任何准备,见到了当地人,不敢说城市的名字。按照汉语造字规律,郸城的"郸"字可能读单（音丹）音，也可能读单（音善），还可能读单（音婵，单于，古代人名）。另外，如果按照汉语造字的一般规律，把郸城的郸读单（音丹），那么山东的县单（音善）县，该怎么读？山东郓（音运）城的郓又该怎么读？缅甸掸（音善）族掸邦的掸，又该怎样念？真难，又不能随身带着《词源学》。

类似的问题经常能碰到。比如古代的专有名词吐蕃（音播），如果不怎么学西域（西南）史，又没去西部旅游过，一般人很难把这个音读准。还有那些前辈翻译家，不知出于什么我们现在不太了解的原因，经常用汉语的多音字去音译或意译外国的人名、地名，以此考验当代人的智慧。例如南美国家秘鲁，是念秘密的秘（音蜜）呢，还是念秘鲁的秘（音毕）？茜茜公主的茜，是念茜草的茜（音欠）呢，还是念茜茜公主的茜（音西）呢？第三帝国的希特勒，是念希特勒的勒（音乐）呢，还是念勒紧的勒？

最让人挠头的还有像安徽省舒城县西衖乡这样的地名。西衖的"衖"本来就是个冷僻字，除安徽省舒城县和六安市人民以外，全世界讲汉语的人恐怕都没有读到这个字的机会。西衖在大别山东北缘，低山地区，景色素雅。"衖"是什么意思呢？原来衖就是"巷"，或是"弄"的异体字，"弄"是什么意思呢？是胡同和小巷的意思。西是方位词，西衖，大约就是西边的小巷，但衖的读音较复杂。在《现代汉语词典》里，衖念"巷"音；在《辞海》里，衖念 long（音龙，第四声）音，就是上海人说"里弄"的"弄"音，但在当地人的嘴里，衖却念为"内讧"的"讧"音。

一 方 之 言

所谓方言,就是一方之言,和地理、位置、水土有密切关系。方言是语言的变体,和语言本身在语音、词汇、语法等方面大致相同,只是不合"标准",略有"变化"而已。方言基本指的是口头语言。书面的方言,微不足道,因为如果方言已经形成一个书面语系统了,那就成为另一种语言了,就像你很难想象汉语会有另一个书面语系统,那既无必要,浪费资源,也不可能。

语言是抽象的,而方言是具体的,是我们每天都在使用的,这包括带口音的普通话,所谓乡音难改,指的就是方言。相对于雅言而言,方言就是土语,也就是我们常说的"方言土语"。所以方言与官话、民族共同语、通语或雅言最大的不同还是语音。方言有地域方言、社会方言和个人方言之分。地域方言就是一个或大或小(但不会太大或过小)的地域内人们使用的口头语言,社会方言是一个社会圈子使用的有特点的口头语言,个人方言则是个人使用的有特点的语言。现在我们经常调侃那种带口音的普通话,带口音的普通话可能是一种地域方言,更可能是一种个人方言吧。

称　　谓

"小转子娘,上哪去?"小转子是人名,是小转子娘的儿子的小名,娘是一种称谓,与儿子、女儿相互关联。涡河流域的亳州地区称儿子为"少爷"。"恁(你的意思,第三声)有几个孩子?""俺有俩孩子。""俩啥孩子?""一个闺女,一个少爷。"濉河下游的江苏省泗洪县,称呼父亲为"嗲地","俺嗲地",即"我爸爸",有点像早先港台片里女儿对父亲洋里洋气的称呼。相邻的安徽省泗县,却称父亲为"爷"。泗县称山芋为"白芋",邻近的灵璧县和泗洪县却称山芋为"红芋"。

饮 食 方 言

  饮食方面也有一些方言。比如吃早饭，"恁（第三声）可吃来？""俺吃过了。""吃的啥？""吃的喝饼子稀饭。""就的啥菜？""就的辣萝卜干子。"翻译过来就是，"你吃早饭了吗？""俺吃过啦。""吃的什么早饭？""吃的是喝饼子和粥。""佐餐的是啥菜？""佐餐的是腌的萝卜干。"喝饼子是一种死面贴饼，一定是死面的，不能是发面的，发面的就不叫喝饼子了，更不能叫死面喝饼子了。以前家庭人口多，烧柴火灶，灶上是一口大铁锅，早餐为了省时间和燃料，在大铁锅里做点面汤，或放几粒米烧点米粥，米粥上面贴一圈死面饼（不是发的面），死面饼的食材，有好面的，有红芋面的，有玉米面的，还有其他杂粮面的。"就"是佐餐的意思，就是吃或喝酒的时候吃什么菜。"就的啥菜？""就的辣萝卜干子。"吃面饼和喝稀饭的时候，用腌的萝卜干来佐餐。辣萝卜，皖苏的淮北地区一般指红萝卜，因为红颜色的萝卜比青萝卜辣一些，不太适合生吃，大多都会切成长条，制作成咸萝卜干，适合生吃的是青颜色的萝卜。

2015年8月于巢湖中庙善水轩

河流与平原

老子出生成长于淮河流域的涡河地区。我可以想象老子回忆起他的幼年和少年(老子生下来就白胡子、白眉毛了,如果他像我们一样有幼年和少年的话)站在涡河岸的旷野上,举目四望,激动不已、振臂高呼时的情景。

那时,2000多年前,淮涡平原已冲积而成,河流深切,蜿蜒曲折,土层深厚,肥田沃野,树影幢幢,鱼翔兽走。

附近河流众多,芡水、濉水、浍水、泉水、北淝水、西淝水、颍水、汝水、包水、潼水,纷流入淮。

老子神圣,也许不吃不喝,但他一定会在原野上漫步。

平原宏阔,旱田里种有小米,水田里种有水稻。这种耐旱的小米在生长季只要有一场透雨就能结果成熟,这种低产的水稻也是村邻二愣子刚选驯而成的。

汛期水至,老子于暴雨过后的清爽时刻,走出盛长着李子树的小院,走到涡河高岸上看原野、望天下。只见水流四野,漫溻遍地。水并不挑拣,完全是如水随形的,哪里低洼,它就流去哪里,直到填满为止。那里的地形是方的,水就是方的;那里的地形是圆的,水就是圆的;那里的地形是不规则的,水就是不规则的。水聚集在低洼处,现在叫作行蓄洪区,它聚集在那里,就不仅要接纳流来的甘泉、飘至的鲜花,也要接纳枯枝败叶、小动物的尸体和动物粪便。

这正是江海的包容性,也是老子道论哲学的不确定性及水性。

大水漫溢横流,它从不挑挑拣拣,只要有机会,有可能,它就如水随形,顺势而为,随遇而安,适应所有的环境,利用一切的机会,甚至用一万年切山开石。水的理论全无定法,万物的形状,就是它的形状;世界的法则,就是它的法则;自然的状态,就是它的状态;天地的变化,就是它的变化;人的意志,就是它的意志。它是天,是地,是人,是道,是自然而然,是万物,是时间,是空间,是有形,是无形,是昨天,是当下,是未来,是永恒,是部分,是全部,是细节,是一切。

老子的思想源于他身边自然万物的长期浸染。

老子的宏阔源于淮涡平原的无涯无垠。

老子的哲学源于随机应变、把握所有机会和可能的水态。

文明不上山？

除一两处可能与山有关外，《老子》五千言中无一处谈山。这是为什么？

难道真是文明不上山的缘故？

文明总是集中在比较开阔的河流冲积平原上发展，总是在水路码头最方便的地方率先成熟，总是在人们交流更容易、交换更频繁、来往更密切的地方酝酿。有了河流，就有了人流；有了人流，就有了物流；有了物流，就有了意识思想流；有了意识思想流，就有了交流；有了交流，就有了文明流。深山老林是文明难以到达的地方，是支撑不了大量人口的地方，是落难避世、修身养性的地方。或者这是老子忽略山野的缘故？

老子出生成长于楚地的涡河流域，那里平原开阔，水网密布、湖沼星罗。老子的思想中，既有鲜亮的淮北平原文化特色，又有外来的长江楚文化色彩，既北风凛冽，又饭稻羹鱼。当地物质生活或许不是很发达，又远离政治中心及礼法制度中心，人们思想宽松、个性鲜明，崇尚天地万物、生灵远方。老子正是继承了母地这种深幽灵动、汪洋浩瀚的气质，再加上对中原洛阳黄淮厚风的体察，创造出独具一格的思想精华。

或正是曲高和寡，因此惹得老子落落不欢？

道啊，你到底是个什么东西？看又看不见，摸又摸不到，听也没声音，一拳打出去却像打到了空气中。面对这样一个若有若无、似有又无、像有却无的东西，弃又弃不得，得又得不到，说又说不清，拿又拿不起，放更放不下，难怪老子无精打采，无所归依，不清不楚,混浊懵懂呢。

道不是我们经历中的事物,不是我们经历过的事物,更不是我们可能会经历的事物。

道既是世界万物的根本和内源,又是世界万物的总体和外观;道是看不见的一切,也是看得见的一切。道不是一个神灵,道是一个生灵。道不是神灵的发明,道是一个生灵的创造。道不是神灵的点化,道是自然而然的结晶。道不是刻意安排的结果,道是自由生长的组合。

道是内心,道又是外在;道是细胞,道又是整体;道是五色,道又无色无味;道是反,道又是正;道如雷声轰鸣,道又润物无声;道心忧天下,道又无亲无疏;道远在天边,道又近于眼前;道让人喜,道又惹人怨;道带来幸福无边,道又带来起伏颠簸;道常无趣,道又魅力无尽;道力大无穷,道又涓涓细流;道内敛,道又外向;道无所不在,道又无处可觅;道混浊,道又清澈;道感性,道又理智;道寡言少语,道又滔滔不绝;道很强,道又示弱;道超越时间,道进入原始空间;道是四季,道又是每年每月每日每时每分每秒;道起于阴阳,更可能先于阴阳。譬如说,很久很久以前,那时候万物皆无,但有道,有道就有了阴阳,有阴阳就都和谐了吗?和谐了就产生风雨,有风雨即萌发生命,有生命才知"道论",知"道"然后才知阴阳,知阴阳后知风雨,知风雨才见生命……

如此循环往复,却不知道的尽头在哪里。

道啊,沉静无际,好像大海;自由奔放哦,好像疾风吹无止境。可是,大家都有作为,却唯独我愚拙鄙陋,为啥单单我和别人不一样,偏要重视从哪门子"道"里汲取营养?道啊,你在哪里?道啊,你在何方?道啊,你啥模样?道啊,你是俺的亲娘。道啊,我要向你倾诉衷肠!道啊,你显现一下模样吧!

道是一种缄默知识

"道可道,非常道",两千多年来给学者和读者带来诸多烦恼,但"道可道,非常道",难道不就是英国物理学家波兰尼所说的"缄默知识"吗?缄默就是不开口说话。缄默知识正是一种不可言说、说不出来、说不清楚、只可意会无法言传、无法量化、不可交流、无法讨论、不能分享的知识。如果把老子这句话放入缄默知识的范畴内,的确是再完美不过了。这或许正是老子和《道德经》的又一过人之处。道和文学创作,都是难以言说的缄默知识。

2015年9月15日星期二下午于巢湖中庙善水轩

经历和体验

不可言说的内容、规律、范围、状态、边界等等，都是缄默知识的领地。一切说不清楚的东西都是人类需要学习、探索、澄清、了解、解决、摸底、拿下、搞清的知识，都是缄默知识。在缄默知识这里，所有规律、道理、章程、条理、规范、程序、有序、上路子、靠谱，统统都用不上，统统都不包稳，统统都不保险，统统都不一定；统统都只是可能，统统都可能不可能，统统都拿不准，统统都只是试验、试探或测试。因为缄默知识认的是感受和体验，不是规律、规则和章程。这不是说缄默知识没有规律、规则和标准，而是说人类还没能认识到这些知识的规律、规则和机制。

人类对缄默知识的认识现在靠的是经历和体验。比如我们说这个人文学感觉好，那是说这个人掌握文学创作相关缄默知识的能力强。这些知识不是你背会了多少条创作原理，而是你掌控了多少与文学创作相关的缄默知识。我们说一个人的车感好，那也不是说那个人对开车程序和条文有多熟悉，而是说那个人对开车的缄默知识掌握得比别人好。但什么是文学感觉，什么是车感，却没有人能说得清道得明，因为如果能说清道明的话，那种知识就不是缄默知识了，就是外显知识了，就可以用教科书教授了，就可以分享了，就可以直接传承了。

"道可道，非常道"这句话，就不需要用几千年的时间讨论、争论却一直下不了结论了。

老子擅长运用缄默知识

老子显然擅长对缄默知识的感受、把握、表述和体会。当他谈论说不清道不明的道时,他是那么兴奋,甚至亢奋;他是那么神采飞扬、无法无天、云来雾去、自信满满。反正这是一种缄默知识,完全是个人化的独门绝技,是独特情境中的产物,是高智商加高情商的产物,是不可言说的,是经历、经验、感受和感觉,谁都唬不透、道不明,所以可以放开来聊,放开来侃。但当老子谈论军事、政府、社会等过于现实的话题时,老子就显得很直白,不留空间,就事论事,缺乏文采。老子擅长的大概还是对缄默知识的把握。

水 与 荷 花

水是有历史的,河流、湖泊、山泉都有历史。

譬如,老子生活时经常走来走去的涡水,已经发生了不少变化,这些变化即为这条河的历史的内涵。

水的历史也是人类与水互动的历史,是人类观察水、体验水、感悟水、认识水、利用水、管理水、防范水、治理水的历史。

不过这又回到了"人类中心主义"的话题。

"文革"时期,我们在学校搞大批判、大辩论;"文革"后期,我们到农村搞农业学大寨宣讲、搞大批判;再后来到农村插队,那时谁也不会对唯物主义特别是辩证唯物主义提出疑问,唯物主义是唯一正确的哲学思想。

物质,比如石头,一定是客观存在的,不会因为人的认识、承认与否而转移。你承认它,它存在;你不承认它,它比你祖宗的历史还长;你承认不承认,无伤大雅,并不影响它的存在。

但现在说到水的文化、水的历史,认为它的历史是因为与人有互动、有了人的观照才开始的,这还不是明显的唯心主义?

可这也不能说没有道理。

历史和文化,都因为人的存在而存在。没有人类的眼光,那所有的事物对人类而言都不存在。

如果它竟然还存在,那肯定就不叫历史和文化了,可能会称作 &、≠、≈、θ、&、¥、↓、§、√、※……

所以万事万物极其复杂,如果没有多种解读工具、思维机制、方式方法,那是没法搞定的。

当然,就是有了多种解读工具、思维机制、方式方法,也肯定无法完全和最终搞定。因为老子已经明确指出,能说明白的道理,就不是真正恒久的道理。

但有了总比没有强,多了总比少了强。

一个最典型的例子是象征人类学关于乳房的看法:

在婴儿的眼里,那是食品;在商人眼里,那是商品;在男人眼里,那是性品;在政治家的眼里,那是可以利用的机会;在医生眼里,那可能是病灶;在顽固派的眼里,那是万恶之源;在艺术家的眼里,那是美。

乳房还是那个乳房,但在不同的视角里,它大多都不是乳房。

乳房并没有改变,改变的是人的眼光。

水的情况也是如此。

我们看到的水和别人看到的水不一样,我们在 A 时间和 B 时间看到的水也不一样。

长江北岸望江县有个武昌湖,湖水来自大别山区,湖面很大,水质很好。

我们乘快艇下湖看荷、采莲、亲近夏水、聆听鸟啼。

又返回岸上,喝茶聊天。

渔业公司老总的一段话让我印象深刻。

我说,江淮地区的荷花一般都是六七月份开放,现在来确实有点晚了,所以看到的荷花很少,也有残败之感,想看荷花盛开,大概得明年了。

这是我的经验表述,因为我时常在野外走动,对荷花开放的大致时间,还是有个一般的概念的。

老总说,你说的是塘养的情况,塘养的荷开得又大又鲜,开得也早。如果是湖里野生或半野生的荷,一般都开得晚一些,花也开得小一些,像我们这里的荷,今年才刚开第一次。

为什么野生、半野生的湖荷会开得小些？难道荷花还会分几次开？

老总说，塘里的水位是固定的，营养是充足的，所以花开得大，开得艳些；湖里的水位不固定，比如今年上游来水早，而荷花一定要在水面上才能开放，水上来了，荷花就要先把茎长出水面，再开花，它的营养都消耗在茎秆上了，花自然开得小些。

哦，原来如此！

荷花能获得的资源总是有限的，用在茎秆上多些，用在花上就会少些。

所以，我们看到的湖面，和老总看到的湖面，并非同一个湖面；我们看到的荷叶，和老总看到的荷叶，也非相同的荷叶；我们看到的荷花，和老总看到的荷花，根本不是同一种事物。

我们看到的无非是荷花，而老总看到的荷花，不仅仅是荷花，还有水面下的茎秆、上游的来水、半个月或一个月后荷花的再次开放。

哦，"道"无穷无尽，水的"道"也无穷无尽。

超级的理性

《老子》第五章说,"天地不仁,以万物为刍狗"。读到这一章时,我大惊失色,脸色苍白,心跳得捂都捂不住。

《老子》许多章节中的感性、文学性、模糊性、不确定性,全面盖住了这一章的理性色彩。这也是人们总认为中国人重感性不重理性、没有理性传统的错误看法的一个根源。

什么是理性?理性就是看待或对待事物时采用判断、推理、规则、冷静和逻辑的方式,是逻辑推理的能力。

什么是感性?感性则是看待或对待事物时采用感觉、感情、印象、情绪的方式,是感受事物的能力。

理性的结果可以成为后事的参照,因为那是有规律、可量化、可分析的;而感性的结果无法成为后事的参照,因为那是无规律、无法量化、无法分析的,独一无二。

在我们的一般印象或一般感性里,理性更多是西方文化的优良品质,感性则更多是东方和中华文化的特性。

从某种意义上看,也的确如此。

西方由商贸经济培育出法制和理性文化,不讲究规则,不冷静妥协,不讲究理智对待,商贸的体制就无法维持下去。

而中国灿烂成熟的农耕靠天吃饭,古代的中国人已经在某种程度上了解了"天",甚至在某种程度上"战胜"了"天",例如我们兴修水利,疏导江河,养活了超级多的人口。

但是更多的还不是成就,更多的还是我们遭受"天"的戏弄、惩罚甚至毁伤。所以"天"对中国人来说,神秘莫测,不可解释,具有压倒性的优势,人是难以找到"天"的规律的,虽然"天"一定会有自己的规律。

老子论"道",总是说道不可言说、道好像有形象又好像没有形象、道好像有大小又好像没有大小、道好像有深浅又好像没有深浅,都是凭借感觉和感悟。

甚至孔子都说"逝者如斯夫,不舍昼夜",倾向于情绪和审美。

虽然理性能否最终压倒感性还不可臆测,但至少在我们这个时代,理性似乎是更需要占有的品质。规则、条理、冷静,常常是一个人最优良的修养,也是社会协作最不可或缺的要素。

好在,老子不仅有超级的感性,还有超级的理性。这使我兴奋万分,钦佩万分!

天地不仁,以万物为刍狗。天地不讲什么私情偏爱,它对待所有的事物都一视同仁。

岂止是简单的理性,这种理性已经成为工具那样清醒和冷静的理性了。

如果我们摒弃西方所谓工具理性概念的种种历史和附着,那么我们可以说,数十年前的中国,我们所需要的,正是这种最大化地关注结果,无奈和适当牺牲部分价值观以及道德精神的工具理性;从另一个意义上说,这也就是有价值的价值理性。

这是一个动态、不息的过程。

老子的言说,为我们弥补了一个重大的民族品质缺失。

我最喜爱这一章的"理性"!反复多次地诵读也诵读不够,翻来覆去地品味真是一种莫大的享受!真是直抒胸臆,畅快万端!

该怎么做就怎么做,不讲私情,不恋俗情,不溺感情,这正是传说中的理性呢!

这样是一定能做成大事的!

《老子》有理性、有感性,体现了《老子》对现实和思想复杂性的深度把握。

事物的多面性

所有的事物都是多义和多面的,而不仅仅只有一面,或者两面。

曾经在一份心灵鸡汤类的小杂志上看到一则小故事:从前,有一个女人丢失了一只猫,她就大呼小叫地去神父那里,说:"这难道不是我有生之年遇到的最大不幸吗?"神父回答说:"也许是,也许不是。"女人很悲催,心想,这样的回答有意思吗?算是跟你白说了。于是女人开始了寻猫之旅,在寻猫的过程中,她遇到了她的梦中情人,并把他带回了家。她高兴极了,又跑去见神父,对神父说:"你很有远见哎,丢猫真不一定是坏事,我在寻猫的过程中遇见了我的梦中情人,这难道不是我人生中最快乐的事情吗?"神父说:"也许是,也许不是。"女人嘀咕着走了,心里想,你这算什么回答,跟你算是白说了。

过了不久,女人的情人和女人最亲密的闺密出轨了,女人大呼小叫地跑去找神父,对神父说:"真没想到,他们竟能干出这样的事,这难道不是我人生中最大的不幸吗?"神父说:"也许是,也许不是。"女人悲伤地离开了,边走边想,这是什么回答,跟没说一样,算了算了,跟你说了也是白说。女人回到家,打算挖个洞,把闺密留下的东西全部埋下去,反正今后要跟她绝交了。挖着挖着,女人从地底下挖出了大量的黄金,在此之前,她一直过着不饥不饱的生活,她激动得哭了起来,心想,这是我今生今世遇到的最大的幸运了,可是慢着,也许是,也许不是……

《老子》常以水为范,描述水的多面性:水不仅是居下的、包容一切的,水也不仅是善利万物的、不争不逾的。但水也有坚强的一面,能够以柔胜刚、以弱胜强、以低凌高,并以不变而应万变、以万变而应不变。

天地有天地的原则,社会有社会的规律,人心也有人心的明暗。站在天地的角度看事物看到的只是天地、站在社会的角度看事物看到的只是社会、站在人心的角度看问题看到的只是人心,都不是万物的全部。

社会有善,社会有恶,社会还有更多的平。每天都看到善,人会变得轻浅;每天都看到恶,人会陷于沮丧;每天都看到平,才更可能持久。

感性使人丰满,理性使人精健,平性使人沉稳。

昨天看起来严重无比的事情,今天再看可能无关轻重,明天再看也许只是一种记忆。

在不同的时间点看事物会得出不同的结论,在不同的地点看事物会留下不同的印象,在不同的角度看事物会采取不同的行动。

所以,所有的事情都有两面性,甚至多面性,都有两种视角,甚至多种视角。不要一下子把话说白,也可以直奔主题;不要拐得太陡,也可以端出内心;不要信心满满,也不必妄自菲薄。

一面是正面,另一面是背面,第三面是侧面;正面洒满阳光,背面可能布满愁云,而侧面则可能多云转阴或转晴。

一种视角是外部的,看它好像有所缺失、略显笨拙;另一种视角是内部的,看它就沮丧,听它就怨恨;而第三种视角来自精神、来自理性,知道阴云过去天会晴,风雨过后现彩虹。

2015年10月18日于合肥五闲阁

读书这件事(访谈)

记者：您在安大上学期间，就开始写作，您觉得是写作让你爱上阅读，还是阅读让你爱上写作？

许辉：其实我爱上文学创作是上中学那会儿。那还是"文化大革命"时期，学校也不怎么上课学知识、学文化，天天搞课外活动，农业学、大寨工业学、大庆等活动不断。由于要搞宣传演讲，我喜欢文学，这方面的承担就多，鼓动性的油印小报都是我主编、组稿、刻蜡纸、油印出来。后来到农村插队，在防震庵里读书写诗、在田间地头写诗，一直没断过。

写作与读书的先后，我觉得还是喜爱阅读，才有对写作的喜爱。因为受到书本上文学作品的影响，就想尝试着自己写一写。

记者：一直以来，你都热衷参与全民阅读，您对读书的理解是什么？或者说，您觉得做这件事情的意义何在？

许辉：参加读书活动，特别是全民阅读类的活动，我都十分热心，这一类活动大多是公益性质的，十分有正能量，十分有意义，如果与其他活动冲突，我也会尽量调整，争取多参加读书活动。书本是人类智慧的结晶，几千年来成为社会进步和个人修为的主要传承方式。当然现在的阅读形式多样了，但阅读在任何时候都非常重要。我们必须汲取他人的思想成果，必须站在前人已经筑成的高台上，才能事半功倍，才能少走弯路，才能为人类做出更大贡献。

记者：现在很多人抱怨没有时间读书，您读书的时间从哪里来？

许辉：能否阅读，取决于愿不愿意阅读。如果愿意阅读，就总会有时间。没有时间阅读，是因为愿意把时间用在吃饭上、看电视上、休闲上、喝茶上、掼蛋上、旅游上等等。当然，这些都是生活中不可缺少的内容，人们在日常工作和生活中都有很大的压力，人们需要丰富和多样化的生活，读书也并不是生活的全部。但在这很多选项中，我们可能不缺少其他选项，唯独缺少读书的选项，这是不应该的。因为长期不读书，人不但身体会老化，思想也会老化，精神更会老化，成为社会的负资产。

阅读的秘诀是必须随时带着书或报，你可以没时间读，但你必须带，这样渐渐就能在略有闲暇时很快进入慢心态之中，享受阅读的快乐和收获的满足。在很多年中，我出差一定会把积累多天要看的书报带上，候机时、在机上、饭前饭后、在宾馆卫生间、返回时就把积累的读物读了个遍。

记者：行万里路，读万卷书。从您连续出版的"单独"系列中，不难发现，您的生活轨迹"行走、写作、阅读"，这三点一直伴随您。您是如何做到将三者有机结合的？

许辉：我把行走、写作、阅读看成一个整体。行走和阅读可以为写作积累题材和素材，写作能够再现行走，也能够梳理阅读的内容。人永远都在"行走"，身体的成长、思想的成熟、经验的越来越丰富。写作可以把我们外在历程和心路历程记录下来，呈现给他人以供欣赏、参照和学习。阅读则是我们行走和写作的催化剂、深化剂。

记者：我们都知道您有记读书笔记的习惯，《和自己的夜晚在一起》收集了您自1996年—2011年的读书笔记，阅读涉及文学、历史、地理、军事等各个层面。作为作家，您对读本的选择，或者说，您的阅读是选择感兴趣的，还是选择需要……

许辉:我们要读的和别人要我们读的,这两个方面都有吧。首先是我们自己要读的,因为这些书是我们最感兴趣的,所以阅读的效果也最好。另一部分是别人要我们读的,比如考试、测验、工作等等方面不得不读的书,这些书也不会白读,虽然不是自愿,但毕竟在外力作用下进行了阅读。对别人要我们读的书,我们必须做好转化利用的工作,这样才能较大化地利用已有的资源。南美有一位小说家,就曾经把军队里的枯燥文件大量用在小说创作中,也取得了很好的效果。因此可以说,没有无用的阅读,只有没用好的资源。

记者:第9届茅盾文学奖出来了,五位作家当选,他们的作品您怎么看?可以和我们分享一下您的阅读心得吗?您觉得这次的获奖作品是"实至名归"吗?

许辉:由于文学作品的优劣标准不可量化,因而文学评奖就总会引起争论,这些争论其实还是文学标准(包括融入作品的内容和观念)的争论。茅盾文学奖是当下中国内地最有影响的长篇小说奖,获第9届茅盾文学奖的作家也都是中国内地有影响力的作家。他们的获奖,是这4年里中国文学创作的新收获,也应该代表了此届茅盾文学奖所认可的最高水平。只有理想化的文学,没有理想化的文学奖。尽管有不同的争论,但获得茅盾文学奖仍然是符合"茅奖"申报规定的作家的用心选择,这也是时代的选择。

记者:据小道消息,您9月初会有新书出版,能给我们透露一下吗?

许辉:是的,是一本叫《涡河边的老子》的思想随笔及感悟性的书,内容主要是对古代思想家、哲学家老子《道德经》的阅读感悟。这本书不是对《道德经》的文本研究,而是对《道德经》思想的个人化、随笔化的鉴赏。这本书的特色大概有三个,第一个是我会用几十年广泛阅读的积累来观照这本经典,会有一些个人独有的视角和展现;第二个是文学随笔的写法,比较轻松、开阔、如水随形、色彩斑斓;第三个最重要,《涡河边的老子》是我要写的一个系列中的一部,这个系列地理上规范在淮河流域之内,这个流域的思想产出改变了中国、影响了世界。老子、庄子、孔子、孟子、管子、墨子、《淮南子》都在这个地理范围之内,十分了得。

记者:如果让您给普通读者推荐10本一生必读书目,您觉得哪些书是最值得读,或者说可以影响到一个人的?

许辉:每个人的兴趣、爱好不同,所以喜欢的图书也就不同。我把我这6年来比较喜欢的6种书目留在这里吧。老子《道德经》(哲学),《论语》(思想),英国哈·麦金德《历史的地理枢纽》(地理)、美国威廉·夏伊勒《第三帝国的兴亡》(历史),美国纳博科夫《洛丽塔》(小说),《庄子》(哲学)。

记者:过去人们说书香门第,您认为家长读书对孩子有影响吗?您的孩子怎么看待您读书?她喜欢读书吗?

许辉:父母读书对孩子有直接的影响,这是最好的言传身教。家庭里的读书习惯会变成一种生活方式,既然已经成为一种生活方式了,那么孩子要想彻底抛弃这种生活方式,就不太可能了。再说,既然是一种生活方式,那么孩子只有在这种生活方式里才可能有安全感和满足感。我女儿也喜欢读书,我们俩倒都有一个共同点,就是不死读书,而是既把读书当成一种快乐,也让读书不断推动我们各自理想的实现。

2015年8月24日下午于合肥五闲阁

许村:山环水绕的徽州古村落

引言

许村是皖南的一个古村落。20世纪80年代,我参加一个全国诗人采风团,第一次到徽州,第一次到歙县,第一次到黄山,第一次到许村。印象中,当时的江南秀丽无比,山峦起伏,水清山绿;当时的歙县朴素无华,人们都在清凌流水的江边大石上洗衣服;当时的许村相当古朴、厚实、深邃,走在许村老街上,时光流得很慢,人们生活安详。

30年后再一次来许村,老街的古朴、深邃和厚实还在,只是我年齿增长,看许村的眼光,也与30年前有所不同。那时候我眼里的许村,是当时现实里的许村;现在我眼里的许村,更多的却是历史里的许村。想想这些变化,真是有趣。

氤氲

这次来许村,已是傍晚,安顿妥当,想跟着到老街里转一转。傍晚时分,老街蜿蜒,村人或起炊做饭,或端一碗白米饭,饭上搛些红菜椒、白豆腐、绿豆角,坐在自家门槛上吃,边吃边与对面门槛上的邻居闲语。几个人次第走在渐趋寂然的老街上,颇能感受些许村的古意和悠远。

走在大郡伯第门楼前的广场上,天已经有点暗淡了,举目四顾,只见许村四面的山峦,黛影幢幢,轮廓显然。村中溪水哗哗,村居周边的田畴里,一片片洁白的贡菊花开得正盛,最后几位迟归的菊农正把采摘下来的菊花装进竹篓里,然后离开菊田。田原里、山林里和溪流上,逐渐氤氲四起。江南的夜,降临了。

江南

许村在哪里?许村在安徽歙县。歙县在哪里?歙县是古徽州一府六县中的一县,也是古徽州的州府所在地。徽州又在哪里?徽州在江南,是中国历史上的一个行政区,12世纪时宋徽宗将歙州改为徽州,共辖歙县、休宁、婺源、祁门、黟县、绩溪六县。

古徽州是江南的一部分。那么江南又在哪里呢?关于江南的位置,历史上有许多说法和定义,范围也各有不同。有人说梅雨覆盖的地区都是江南,有人说长江以南的方言区都是江南,有人说是苏杭地区,有人说扬州以南也都是江南,有人说长江以南的楚地都是江南,有人说洞庭湖以东的江南都是江南。现在的江南一般指长江中下游的长江以南地区。歙县和许村就在这个范围里。

山水

许村位于歙县北部约20公里处的群山之中,北有箬岭,高峻;东有文山,绵延;西有武山,威武;南有一系列低山矮丘,清浅。又有溪水长年不断地流经许村:西溪又名昉溪,自西流至村北,然后缘村西转南流;东溪又名升溪,与西溪在高阳廊桥桥南汇合,出村后转西流去,初入富资河,继入新安江。

因此许村外有四山怀抱,内有两溪环流,因而冬暖夏凉,负阴抱阳,土地肥沃,景色上佳。据说唐朝诗人李白泛舟至此,曾吟出

"千里沙滩水中流,东西石壁秀而幽"的佳句。许村才女许琦曾引清代许村诗人作品《许村十二景》,以歌许村山水,诗曰:"武岳独崔嵬,长歌四望开。俯窥云月上,侧傍涧流回。"此诗咏武山。又曰:"山势南来远,奇峰迥不群。岚光时隐现,物色自成文。"此诗咏文山。再曰:"树爱苍崖立,遥遥人踪稀。浮云飞不去,野鸟自知归。"此诗咏箬岭。又曰:"尽日溪光静,微风动远波。渔人时复入,白鸟数径过。"此诗咏西溪即昉溪。再曰:"春来农务急,侵晓出长坡。白水涵村远,黄鹂啭树多。"此诗咏许村田畴。

历史

许村缘溪而建,呈南北长、东西窄的格局。古许村的水口,应该是西溪上高阳廊桥进入村庄的地方。高阳廊桥的所在,应该就是古代许村的水口。所谓水口,就是有水流过的村落的进出口,这是徽州地区特有的风水文化概念。水口是徽州一个村庄最重要的地方,一般包括河溪、桥梁、道路、亭廊、树林等建筑或自然单元。

许村源于东汉,古名富资里,又名昉源、任公村,距今已有1800多年的历史。南朝梁时,新安太守任昉来此巡游,看中此地山水,遂辞官归隐于此,每日游山赏水、吟诗作文、植蔬渔钓,后人为了纪念他,就将村名改为任公村,把西溪改为昉源。

唐朝末年,当地许氏先人由北方中原迁来此地,繁衍生息,执官行商,逐渐成为歙北名门望族,居地即更名为许村,延续至今,已40余代。

箬岭

许村明清时期地处徽安官道上,交通优势明显。南宋以后,徽商崛起,特别是明清时期,连接池州府、安庆府和徽州府的徽安官道,既是人员物资进出的交通大动脉,又是当地学子进京赶考的必走之路。依托这条官道,许村迅速繁荣起来。许村也从这条官道上走出大批高官巨贾,这些高官巨贾,又支撑起许村曾经的财富、尊严、威望和辉煌,也引导、塑造着许村的规矩、习俗和道德标准。

出许村镇沿村村通水泥路北行,过箬岭村大桥头组(自然村)、五昌庙组、大西坑组,约8公里半,即到许村镇茅舍村。沿途山岭重重,林木蓊郁,山脚下时现零星小块田地,农作物中水稻少有,山芋、玉米常见。贡菊是许村附近最多的经济作物,这里一块,那里一片,绿的叶,白的花,随地势层层盛开,让人内心惊喜而又爽静。山民们背着半人高的竹篓在花丛中采摘贡菊,没有听见他们说话,却像在山风林动的背景中听见了他们的方言;没有听见他们开口,却仿佛听见了他们地方戏的曲调。坞愈行愈深,山愈爬愈高,岭愈走愈厚。山溪潺潺,芭茅阵阵,鸟鸣幽幽。

茅舍村是许村镇现存的箬岭古官道(徽安古道一段)的起点,箬岭则因多箬竹而名。转过湍急溪流上的溪桥,就开始沿青条石路蜿蜒上山了。茅舍村是个很小的村庄,不过十余户人家,由于山涧相逼,村舍都只能沿古官道两边,侧身而建。村里人很少,又多是中年人或老年人,与山下的繁荣形成鲜明的对比,让人顿然感觉一种心静和心慢:原来所有的当然都不一定是当然,所有的永远都不一定是永远,所有的人生都可以有所不同,所有的溪水都有其深幽的源头。

在箬岭古道的高处俯瞰远方的许村,虽然看不见实体的许村,但这时候才能体会和感受到立体的许村,体会和感受到许村的悠远。

建筑

依托箬岭官道和持续不断的教育,许村历史上名人辈出,涌现了大批高官巨贾,他们既为许村带来了丰富的物质财富、古街老宅、牌坊祠堂,也为许村带来了声誉和名望。

进入许村,沿古街北行或南行,即可尽情欣赏元明清以来的错落于街道两侧的百余座高墙大院、牌坊祠堂等古建筑,体验徽州文化的深厚和精致,感受中华文化的凝重。

2006 年,许村有 15 处古建筑群被国务院公布为国家重点文物保护单位。在这些古建筑中,高阳廊桥建于元代,结构精致,浑然厚重;大观亭建于明代,砖木结构,八角楼阁,苍然经典;五马坊建于明代,凛然肃正,立于天地;双寿承恩坊建于明代,双寿人文,承恩天地,是全国唯一一座百岁老夫妻寿坊;大郡伯第门楼建于明代,豪放而细腻,以砖雕名世;三朝典翰坊建于明代,花岗岩石料构筑,苍劲古厚;薇省坊建于明朝,花岗立柱,雕刻精美;双节孝坊建于清代,这是全国最小的牌坊,为表彰继妻、小妾贞节而立……

读书

初秋的傍晚,徜徉在许村的老街上,和古屋前的老人闲话,向任公钓台旁歇脚的村人问询,看古巷两边陡立的灰墙,听高亭上风吹过的声响,为时光如梭而不禁感慨万端。

这些建筑代表着许村历史的文化、财富和传统,这些牌坊表彰的是许村历史上的高官和厚士。高阳廊桥寓阳光高照、普惠天下之意;大观亭既是当时文人雅集之所,也可供人们登高望远、大观天地;双寿承恩坊彰扬乐善好施的高寿老人许世积夫妇;五马坊为明代福建汀州抗倭知府许伯升而立……而这些宗贤的出现,与当地许氏家族重视教育、读书立志的传统有着直接的因果关系。

许村村北有一片整洁的建筑,这就是有名的许村仪耘小学校。20世纪20年代,许家泽在许村创办了这所"洋学堂",这也是安徽省第一座现代新式学校。从这所学校里,曾走出中国科学院院士等一大批优秀人才。学校的创办人许家泽曾担任过两淮盐运史,他思想开明、看重教育,又有资脉。在他的影响和督促下,他有5个儿子被送往国外深造,其中4人获得博士学位、1人获得硕士学位。"一门四博士",成为当地家喻户晓的美谈。

整个徽州、整个歙县,即使是十户之村,亦不废诵读!当地顺口溜说得好,"养儿不读书,不如养头猪","三代不读书,如养一窝猪",话虽有点糙,但道理说得明白。自元代起,许村先后建有4座藏书楼,设有5处私塾,教育培养出大批人才。历朝历代,一个不大的许村,共涌现出状元1名、进士27名,以及无数举人。许村进士名天下,许村不愧为徽州第一进士村!

徽商

徽州是徽商的发祥地,明清时期徽商与晋商称雄中国商界300多年,有"无徽不成镇""徽商遍天下"之说。徽州山多地少,许村依托箬岭官道的交通优势,大量族人外出经商谋生。当地民谣说,"前世不修,生在徽州,十三四岁,往外一丢"。他们大多从学徒做起,历尽千辛万苦,依靠他们的勤奋和智慧,不少人终有所成,衣锦还乡。他们造屋置业,办学修路,为家人,也为家乡,尽自己的一份心意。

据许村才女许琦女士介绍,许村最早见于记载的富商是大宅门先祖许克复。北宋末年金人南下时,许克复捐资助饷,以抗侵犯,受到朝廷肯定,御赐"大宅世家",给予表彰。明清许村徽商进入鼎盛时期,当地许氏族谱对当时的许村有如下描述:"城北四十里,平畴沃壤不啻数千亩,四山环合如城,宅第栉比鳞次,皆右族许氏之居焉。"

在不同的时期,许村商人经营的商品有所不同。早期有百货杂品、茶叶木材、山货地产、田产布绸、酿造米粮,后逐渐扩大为盐业典当、钱庄造纸等等。民国初年,许村许氏在扬州的永隆盐号拥有盐船70多艘,业务可达武汉、长沙、芜湖、宣城等地,每年发船运输时,船队绵延数里,十分壮观。由于船运繁忙,船工甚至在船顶置土种菜,解决基本生活问题。

守节

许村的商人常年在外打拼,留下老弱妇幼守家持业。在许村游览,最令人唏嘘的,是墙里门、双节孝坊背后的苦涩与酸楚。

墙里门的故事说的是,明朝福建汀州知府许伯升的六弟娶了貌美的胡氏后,就外出做生意去了,没想到不久暴病而逝。消息传至,年方二十的胡氏哭得死去活来,好在她因有孕在身,没做出寻死觅活的事情。许家族人与胡氏好言相商,是去是留,全凭她愿。胡氏因循传统,活是许家人,死是许家鬼,决定留在许家,生下许氏骨肉并抚养成人。主意已定,许家按照约定,在院里挖了一口水井,名福泉井,又围绕屋舍团团砌成一圈高墙,把胡氏和一两位老妇围在高墙里,形成墙里有门、门在墙里的奇观,过些日子由族人吊些蔬菜粮食进去,以供生活之用。十月怀胎,一朝分娩,胡氏生下一个男孩,取名天相。孩子的到来,给胡氏增加了无尽的快乐。天相长大后在外做了官,每每要拆去围墙,或为胡氏竖立牌坊,都被胡氏阻止。胡氏在高墙内生活了52年离世,内心的酸涩,只有她自己才体会得到。

双节孝坊建于清朝后期,表彰的是许俊业继妻金氏和妾贺氏"守贞持节"的品德。清朝后期社会动荡,许俊业在外经商,不幸去世,留给金氏、贺氏一个并不富裕的家境。两人相互扶持,靠编草鞋、纳鞋底、做女红维持生计,最后均从一而终,守持了贞洁。族人清理两人遗物时,意外发现一包散银,竟是她们守节持家、一针一线攒下的。此事层层上报朝廷,经批准同意为金氏、贺氏建立牌坊。族人变卖许俊业旧屋,又东拼西凑,最后建起了这座中国最小的贞节牌坊。

离开

短短两日,转瞬即逝。我们收拾零散,准备离开许村。

从我们所居宾馆的楼顶四方俯瞰,只见村中人家门前的平地上晒着黄灿灿的玉米,村间隙地里长着葱绿的菜蔬,村庄北面的箬岭山影幢幢,村庄的西面流过潺潺的溪水。

许村是一部浓缩的中国古近代历史,许村是一部凝固的岁月影像。通过许村遗存丰富的古建筑,我们看得到历史,看得到民风,看得到文化,看得到人生,看得到我们过去的面貌。

法国历史学家布罗代尔曾经肯定地说,文明可以在地平线上扩张,但不可以垂直扩张,几百米也不行,他的话某种意义上是对的。许村幽居江南深山,属于不可以垂直扩张的范围,但正因为徽州人、许村人"十三四岁,往外一丢",他们依靠自己的勤劳、努力、智慧,从地平线上带回了文明、财富和名誉。但也因为属于不可以垂直扩张的范围,许村等地较少受到兵燹人祸的侵扰,古建筑、古牌坊才能够较好地保存下来,民风和规约也因此而凝滞少变,易偏一端。

这都是许村的财富呢。

车轮沿县道南行。上坡,下坡,攀岗,临谷。

山冲里,水稻一片鲜青,芋头一片腊绿;山坡上,贡菊一片洁白,山芋一片厚绿。江南的秋,浓得似酒。

2015年9月2日至2015年9月6日于合肥五闲阁

淮河流域的羊肉汤

整个淮河流域的羊肉汤都非常好吃。但是过了淮河,到江淮之间,愈往南,羊肉就愈有膻味了,这大概是羊肉本身的问题。30年前,我们全家从淮北宿州迁居合肥,兴致勃勃上街买羊肉。那时合肥的羊肉是不剔骨的,和淮北的剔骨羊肉也不同,开始还很不习惯呢。羊肉买回家,满心期待地炖上一大锅,可到吃的时候却很失望,因为膻味去不掉,多放佐料也不行。几次试过,只好作罢,以后羊肉瘾上来了,就请亲戚从淮北往合肥带。

淮北的羊肉我们吃惯了,有些记忆忘不掉。有一年我们回宿州过春节,我下乡游逛,偶尔发现路边有个宰羊点,就站在旁边看。只见几位宰羊的师傅轮流作业,有宰杀的,有取皮的,有分解的,动作麻利得不得了,来买羊的人也陆续不断。看得兴起,我也想买一些,师傅却告诉我不零卖。于是我拣小的,索性买了一整只,又多买了几只羊肚,乘车回家,为春节团聚的家庭大餐桌,增添了不少话题和气氛。

淮河、涡河之交的怀远县,汽车站对面那家羊肉汤馆,味道也很不错。他家做的是羊肉白汤,羊肉切得薄薄的,在滚开的羊肉白汤里一涮,羊肉就熟了。盛满白汤,端给客人,葱花、香菜、辣油,客人根据口味,自取自加。他家门外有位女士做烧饼,是他家羊肉汤的最佳搭档。客人来喝羊肉汤,就少不了要吃烧饼;来吃烧饼,也少不了要喝碗羊肉汤。她的烧饼也是又薄又长,非常好吃,看上去面积也不小,但分量偏少,一顿要吃三五个才过瘾。清闲时她和卖羊肉汤的老板,几人还会搭班子打打麻将,食客来了就去烤烧饼,其他三人不急不躁地等她,显现一种大众版的寻常日子,滋味悠长。

羊肉汤瘾上来了,挡都挡不住。有一年我和董静由泗洪去宿州,说着说着,就说到了羊肉汤,不由得食瘾大发,决定就近找一家乡村羊肉汤馆,一饱口福。找来找去,都不愿意卖给我们,因为他们卖羊肉汤,只卖整盆的,不卖半盆的。当时就想,咦,这家乡人怎么就这么一根筋,不会做生意呢?找到泗县东郊一个村子,终于找到一家乡村酒店,勉强愿意卖半盆给我们,心想这是卖方市场,由他宰吧。可是想不到半盆羊肉汤热气腾腾地端上来,几乎就是一盆了,淮北人就是实在啊!里面除了大块羊肉外,还有大片生姜、大段大葱,什么都是大的,分量足,气势大。倒上香醋,浇上辣油,就着白面馒头,那一顿吃得,浑身冒汗,淋漓尽兴。

山东滕州的羊肉汤也好吃。秋天我们住在滕州,到木石镇化石沟看墨子祠(玄帝庙),到官桥镇看毛遂墓和孟尝君文化园,在滕州城内看墨子纪念馆,晚上问宾馆服务员,哪里有羊肉汤馆,然后就按服务员的指点找了去。那是一个全羊馆,不大的一个门店,进去后,就见一个50岁上下的食客,面前摆了一瓶小酒、一小盆凉拌羊肉、一小碟凉拌羊杂花生米,"咪"着小酒享受呢,馋死人了。原来这里的羊肉既可以凉拌,也可以喝汤。于是我们赶紧要了两碗羊肉汤、一盘子凉拌羊肝花生米、若干山东煎饼,在羊肉汤里浇上辣油,掺入白醋,大吃大喝起来。不多时,又来了男男女女大人小孩一家四口,看他们不仅要了羊肉汤、凉拌菜,还要了一盆羊杂汤。看人家吃得香,我抵挡不住诱惑,又要了一碗羊杂汤。半小时后,吃饱喝足,满意地逛逛街,走回宾馆休息。

2015年10月7日星期三晨于巢湖中庙善水轩

专访作家许辉:"桃花源"式的心境

采访主持人:马文秀(回族,青海民和人,新生代90后诗人,中国访谈网记者,青海省作家协会会员)。

专访嘉宾简介:安徽省作家协会主席、茅盾文学奖评委,人称"江淮大地的心灵歌者"。他的文字,像他的人一样,清雅、温和,仿佛濉河水一般,洗去人世间的浮躁。

主持人马文秀:您好!非常感谢您能抽出时间参加这次专访。
许辉:谢谢您!

主持人马文秀:读到您《〈道德经〉里的桃花源》时,感到一种"静",您是怎样在这快节奏的生活中做到这一点的?
许辉:《道德经》就是教人安静的,要像水那样,沉稳、包容、心胸宽广、不争一时一地、不争一得一利。如此这般,才能成就安详、自在、静怡的心境,才能过好我们的人生。

主持人马文秀:是什么原因开始让您走上这条文学之路的?
许辉:首先是喜爱和兴趣。上中学时我就非常喜爱文学,喜爱文学创作。那个时代不提倡学习,不提倡探索和文学的创造,只提倡文学的革命和革命的文学。但是,对文学的热爱是发自内心的,是无法用外力控制的。对文学的热爱和向往,是年轻人热血的冲动。也就是在那个时期,我初步进入了文学的领地,开始写出一些带有浓厚生活气息的诗歌,在文学的领地里越走越深、越走越远。

主持人马文秀：在您诸多作品中，您印象最深的是哪一篇？

许辉：自己的作品自己都很熟悉、喜爱。在短篇小说里，我写的第一篇小说《库库诺尔》和后来写的《碑》，印象都比较深。《库库诺尔》是我大学期间一个人自费前往大西北甘肃、青海、新疆、宁夏等地采风的结果之一，那时候也就二十多岁。写好两三个月后就发表在《人民文学》上，这给了我很大的鼓舞。《碑》是一个长篇小说的开头部分，发表后得了一些文学奖，还被翻译成外文，收入许多种文学选集之中，成为高校研究生入学考试的50分试题，也是高考的一个大试题。我现在是安徽大学的兼职教授，每年都带研究生，今年的研究生，都是5年前考过那道题的高考生，时间过得真快。

主持人马文秀：您还能想起创作《碑》这篇作品时您的状况吗？

许辉：短篇小说《碑》原来是我一个长篇小说的开头，开头写好后，整个长篇并没有延续下去，就放在那里了。这时《芒种》的主编常柏祥先生来约稿，我找出这个长篇开头，发现修改之后可以成为一个完整的短篇，于是就修改之后寄过去了。《碑》很快就在《芒种》头条发表出来，很快又被《小说月报》转载。小说的内容是我在淮河两岸各地生活、感受和见闻的提炼、归纳、发酵。

主持人马文秀：读了您的新书《涡河边的老子》很暖心，请问您是什么时候开始研究《老子》的？

许辉：阅读《老子》是很早的时候了。我母亲出生在淮北泗县山头镇王沟村一个还算富裕的地主家庭，对传统文化的学习自然是那个时代的传统。我父亲出生在淮北泗洪县梅花镇朱集村一个

411

私塾先生家,虽然家境不甚富裕,但文化学习的条件还是有一些的。因此,中国古代的这些典籍,我小时候多多少少都能接触到一点。

我曾试着在不同的时间、不同的地点读《老子》,体会是否有不同的感觉。20世纪60年代在家里读《老子》,没留下任何感受的记忆;20世纪70年代后期在大学校园读《老子》,只觉得深奥;20世纪90年代初在合肥五闲阁读《老子》,最关注知识问题;2011年在北京铁道大厦开会读《老子》,内心浮躁;2012年10月国庆假期在巢湖中庙善水轩读《老子》,做笔记,似乎已有自解;2013年初春在东淝河附近炎刘镇宾馆读《老子》,已觉流畅;2013年11月在印尼雅加达、泗水读《道德经》,并无异样;2014年在台湾台北、日月潭读《老子》,浮想连连;2015年洗浴后睡觉前在香港宾馆房间读《老子》,不觉间已做了近千字笔记。

每个人都有自己心中的《老子》。《涡河边的老子》不是考据一类的书,而是贴合当下、贴合大学生、贴合现代观念的感悟书,既很好读,也有许多生活和人生的启发。

主持人马文秀:您是怎样看待民间的一些90后作家联谊的?

许辉:这是很需要的呀!作家需要进行思想的交流、感觉的碰撞,才能激发灵感,达成创作的见识,创造新的文学世纪。民间的文学活动有其不可替代的优势,因为那些文学活动最少束缚,最能放飞思绪,最能海阔天空,因而也最适合年轻作家的发展。我参加过许多90后青年作家的活动,觉得他们是非常努力,非常进取,非常有热情和才华的。90后作家一定能创造属于他们的文学世纪!

主持人马文秀:在您的创作中,哪些因素对您影响比较大?

许辉:两个大的因素吧,一个是生活,一个是读书。生活给文学提供了第一手鲜活的人物、背景、场景、细节、思想、思路。读书则为我们提供了视野、形式、知识、智慧和深度。

主持人马文秀:很高兴您能在百忙之中抽出时间参加这次采访,我们也期待看到您的更多优秀作品。

许辉:谢谢您的采访!

2015 年 10 月 8 日

我家乡的美食

今年女儿从美国回来,我们早就规划好,要带她去淮河以北的宿州、怀远、灵璧、泗县、泗洪等地走一走,看一看,一方面是感受家乡,唤醒她以前生活的记忆;另一方面也可以品尝她曾经熟悉的家乡的美味小吃。

宿州的埇桥区位处淮北平原,属于中国传统的北方范围。这里的早点、面食、牛羊肉都品种丰富,十分好吃。宿州老城以前最热闹的地方是大隅口和小隅口,虽然这是两个地方,但其实相距不过200米。我小的时候,最喜欢到大隅口和小隅口喝撒汤。撒汤里有鸡丝、麦仁等物,看上去不过就是简单的汤,但闻起来香气扑鼻,喝起来热肠暖胃,理气顺意,情绪和心境刹那间都被它抚平了,极易上瘾。

撒汤熬好后,是盛在一个陡直的不锈钢或木制的圆桶里的,盛在其他材质的容器里,或其他形状的容器里,就不是那种约定俗成的符号了,就不像撒汤了。吃早点的顾客来了,可以在撒汤里加一个或两个鸡蛋,也可以不加鸡蛋。师傅把鸡蛋现打在碗里,用筷子哗哗搅开,把舀子伸进桶里,搅一搅——因为鸡丝等实在的东西都沉在桶底——舀半舀子撒汤,扬起来对着碗里一冲,鸡蛋霎时就熟了,和撒汤融合在一起,再撒上一小撮芫荽(香菜),更加香气扑鼻。顾客端到桌上,根据自己的口味,适量加入胡椒粉和醋。主食则是焦黄、喷香的油酥烧饼,趁热饕餮,那真是日常人生的一种至境。

撒汤主要流行于南徐州(宿州)、北徐州(江苏徐州)及其周边一带。现在的宿州城区,有一些有名气的撒汤老店,老宿城一中旁边的昭德轩算一个,店名由书法名家孔雪飞题写。去年我到宿州二中和宿州学院讲课,早点就是同子宜学兄一起在昭德轩喝的撒汤。另有一家是汇源国际大酒店,那家酒店的早点里必有撒汤。每次回宿州,别的地方很少去住,一定要住汇源国际大酒店,最主要的原因,就是早上可以尽情地喝撒汤!其实撒汤在宿州埇桥区到处都喝得到,连南关电厂旁边的早点小铺里,早上都有卖。

宿州还有一种早点叫油茶。油茶是一种很浓的汤,用花生米、海带丝、千张丝等做成,香喷喷、浓厚厚的,十分好喝。油茶做好后,盛在一种茶壶状的容器里,不过与普通的茶壶相比,这个容器要大上十倍、二十倍。容器的外面,用棉布包得严严实实,这样可以保暖,特别是冬天,几个小时过去,里面的油茶还是滚烫的。顾客来了,师傅一手端碗,放在茶壶嘴下,一手握茶壶把,往上一抬,一碗油茶就盛满了。

此次我们带女儿回家乡,早点没在城里吃,而是早晨开车出城,沿晨雾缭绕的新汴河北堤东行,过梅庵子,再沿清凌凌的引河河堤北行,至马梨园,过濉河,一路饱览淮北大平原正因为在成熟的小麦而丰满臃肿的乡村风光,到符离集镇外路口一家干净的早点店,喝撒汤,吃油酥烧饼。乡镇上的撒汤更有"原始"风味,可能是地理位置使它与时俱进的节奏要慢半拍吧。

淮北地区的羊肉汤、牛肉汤和羊杂汤也都美味无比。20世纪80年代,有一年我和我妻子董静骑自行车到大店镇去办事,返回的路上,饥渴难耐。正饿得头昏眼花时,眼见得路边现出一家牛肉汤馆,慌忙下车进去,要了两大碗牛肉汤,撒上胡椒面,浇上老陈醋,又要了一盘白面大馒头,每个桌上都有生大蒜,饱餐了一顿。那个爽劲,令人终生难忘!

淮河与涡河之交的怀远县,汽车站对面那家羊肉汤馆,味道也很不错。他家做的是羊肉白汤，羊肉切得薄薄的，在滚开的羊肉白汤里一涮，羊肉就熟了。盛满白汤，端给客人，葱花、香菜、辣油，客人根据口味，自取自加。他家门外有位女士做的烧饼，是他家羊肉汤的最佳搭档。客人来喝羊肉汤，就少不了要吃烧饼；来吃烧饼，也少不了要喝碗羊肉汤。她的烧饼又薄又长，非常好吃，看上去面积也不小，但分量偏少，一顿要吃三五个才过瘾。下午清闲时她和卖羊肉汤的老板，几个人经常搭班子打麻将。食客来了就去烤烧饼，食客不来她就打麻将，其他三人则不急不躁地等她，显现一种大众版的寻常日子，滋味悠长。

饮食文化，首先是美味和享受，然后才是文化。羊肉汤瘾上来了，挡都挡不住。前年我和妻子董静由泗洪去宿州，在车里说着话，说到了羊肉汤，不由得食瘾大发，决定就近找一家乡村羊肉汤馆，一饱口福。找来找去，羊肉汤馆都不愿意卖给我们，因为当地卖羊肉汤，只卖整盆的，不卖半盆的。但一整盆羊肉汤我们俩一顿哪能吃得掉！当时就想，唉，这家乡人怎么就这么一根筋，不会做生意呢？

一路找下去，找到泗县县城东郊的一个村外，终于找到一家乡村酒店，勉强同意卖半盆给我们。我们坐下来，心想这是卖方市场，大概在分量上要克扣我们了。可是想不到，所谓半盆羊肉汤热气腾腾地端上来，也几乎就是满满一盆了。里面除了大块羊肉外，还有大片生姜、大段大葱，什么都是大的，分量足，气势大。淮北人就是实在啊！倒上香醋、浇上辣油，就着白面馒头，那一顿吃，浑身冒汗，淋漓尽致！

我的家乡与中国古代哲学家老子的家乡很近，受《道德经》思想的浸润很深。当地人朴质温厚、崇尚天地、尊崇万物。家乡的美食既来源于土地和周边，也来自千百年来人们的发现、组合与体验。那里是平原地区，当地的农业开发得早，使得在那里生活的人们对土地充满了感情。吃到了家乡的美食,就感觉到一种回家的安详、从容和淡定。家乡的生活仿佛就这么简单,又仿佛充满了说不完的内容和意蕴。我爱我家乡的美食!

(2015年11月中国作家协会代表团访问日本,成员为李一鸣、李锦琦、徐忠志、廖润柏[鬼子]、李浩、许辉,团长为许辉。本文原为交流会主旨发言准备,后另改成茶文化内容。)

2015年10月12日于合肥五闲阁

我的淮河文化写作
——在散文随笔的范畴内

各位女士、各位先生、各位朋友：

大家好！

我出生、成长并曾经工作在淮河流域，对皖北、苏北、鲁南、豫东地区的地理和文化比较熟悉，也一直关注着淮河流域的历史、文化和文学。我的小说和散文大都以这一地区为地理和文化背景，我的中短篇小说《碑》《焚烧的春天》《幸福的王仁》《夏天的公事》、长篇小说《王》《那时候》、散文集《和地球上的小麦单独在一起》《和自己的淮河单独在一起》等，都与淮河流域的民族记忆、地域文化紧密联系在一起。在经过多年准备后，我正在创作一套以散文随笔为主要文体的"淮河读本"，努力写出我个人心目中淮河地区的民族记忆、个人记忆和历史文化。这套书的第一本《涡河边的老子》已经由江苏人民出版社于今年9月出版。

地理上的淮河流域包括现今河南省、湖北省、安徽省、江苏省、山东省的各一部分，历史上这一区域大致上也是政治经济文化较早发达的地区。例如道家思想的创立者老子和庄子，是淮河支流涡河流域人；儒家思想的创立者孔子和孟子，是淮河支流泗河流域人；管仲是淮河支流颍河流域人；墨子是淮河支流泗河流域人或淮河支流沙河流域人。以上这些思想家的思想既源于淮河流域，也在此后的两千多年持续影响着当地人的生活和观念。

虽然儒家思想和道家思想的影响力已经不仅仅局限在淮河流域，但由于儒家思想和道家思想源于这一地区，这一地区会最早也最强烈地形成共同认知,这种有特色的文化记忆会显得更突出。以下是上述思想及思想生成的相关环境、条件和特色。

地理。淮河流域绝大部分以纯平原和少量微丘低山地貌为主,而且河流密布,湖泊成群。这样的地理环境,最适合人群的沟通和交流,最适合物资的运输,最适合农耕文明的萌生,最适合农业经济的发展,也最容易达成价值的共识。

农耕。由于此地大多为纯平原区,因此农业生产起步早,农业文明发展快。这一地区粮食作物相同,主要粮食作物在明清以前以小麦、大豆为主,明清以后增加了玉米、土豆、山芋等品种。小麦最适宜的生长区域为北纬35°度附近,黄淮地区正是中国内地地区小麦的主产区。

饮食。在地理、气候、农耕特征相同的情况下,饮食结构和方式也大致相同。比如吃的都是面食,都做成馒头,都有做成类似煎饼的面食;都喜食牛羊肉,牛羊肉的做法基本相同;都喜食生蒜、大葱、青萝卜和红萝卜;都喜食加入面制品、动物汤汁、花生、盐等食物和作料的汤类。而历史上上述这些饮食过了淮河以南,就很快都消失了。

语言。这一地区整体上一直是北方方言区,也是接近传统官话区、国语区和普通话的区域之一。当然,在这一范围内,各地有各地的口音,也有自己的方言特征,但在语音、词汇、语法等方面,基本一致,不仅相互听得懂,语言习惯也十分接近。

历史。这一地区自秦朝以来基本上长期处于同一个政治共同体之中,北方少数民族建立的政权也常常与南方政权"隔淮而踞",使淮南的江淮之间成为两个政权间的"边荒地带",因此并未对淮河流域的文化整体性产生不可逆转的割裂。

价值判断体系。由于生产方式和生活方式相同,因而在此基础上提炼出来的思想价值、观念,例如儒家的社会管理规范和道家的道德修为规范,成为这一地区人们价值判断的普遍认同、普遍标准,成为这一地区的"普世标准"或"普世价值"。

当然,随着时代的发展,全球交流的频繁和密切,这一地区的传统思想,也需要其他类型的思想文化资源、跨学科思想资源、外来思想资源的激活。例如青藏地区游牧文化对我们文学写作的丰富,人类学对我们文学写作的影响,西方现代主义对我们文学写作的介入,等等。我的淮河文化系列散文随笔写作,就是在上述想法的引导之下,努力进行的。虽然我知道这对我来说是力所不逮的,但我想开了个头就总是好的。期待各位朋友多多给我指教。谢谢大家!

(在中国作协和文化部联合举办的文学对话会议上的发言,会议主题为"文学写作与民族记忆"。)

2015年10月21日星期三下午于巢湖中庙善水轩

过一种有目标的生活
——为《咱家三口的三种生活》作

妻子掌握心理学,生活中对我多以鼓励为主,比如现在她就常鼓励我,说我做事还算有决心、有毅力。她这么说,一方面是鼓励我做事要继续有决心、有毅力;另一方面是要我做给孩子看,在家里树立一个好榜样。于是回想起来,可不是嘛,以前的生活还是蛮有意思的。

10多年以前,我特别喜欢打麻将,和朋友在一起,常常打得昏天黑地,几天几夜不回家。那时候和家里人多天不照面是常有的事:我上午回来了,她们上学、上班了;她们晚上放学、下班回来,下午我又已经被朋友邀走了。为这事,没少挨妻女数落。后来,打算集中精力读书写作,决定不打麻将了,做出这个决定以后,还就真的再没去打过。10多年过去了,不是坚持不去打,是自然而然想不到再去打,一直到现在。自己那时常想,可能这一辈子该打的麻将都在那些年里打完了,不然怎么会一点念想都没有了呢?

我吸烟的历史也算"悠久"。20世纪60年代末时我才上小学,那时候冬天雪下得很大,我们这些孩子在大院里堆雪人,把雪人的肚子掏空,我们就从家里偷大人的香烟,躲在雪人肚子里吸,那大概就是我的吸烟史的开端。高中毕业后到农村插队,算是走上社会独立了,就向贫下中农学习,在田间地头用旧报纸卷旱烟吸,知青们在一起也互相散烟吸。大学毕业工作后,虽然断断续续的,但也没停过吸烟。再后来到了1999年,我父亲生病,在医院里住了半个多月。在医院看护父亲时医院不准吸烟,父亲走了以后,我想烟就不用吸了,算是用这种方式,表达对父亲的一种纪念吧。从那以后,就再没有吸过烟。但和打麻将一样,别人打麻将,我仍觉得有趣,可以站在旁边看一会,自己从来没想过参与其中;别人吸烟,我也不反感,吸一些二手烟也完全可以接受,但自己不会去吸。

有些嗜好戒断了,有些嗜好持续下来了,想想真不错。比如下农村或在大地上行走这件事。听母亲说,我小时候身体不太好,那时候病歪歪的,整天生病。我自己也都记得一些,上小学和初中时,印象里好像经常打摆子(疟疾),一打摆子就发高烧,一会热一会冷的,浑身无力,就请假不能上学了,发烧烧的,白开水一喝就喝一暖瓶。吃药吃多了,胃也吃得不好了,经常胃疼,于是母亲就鼓励我多到室外活动,还给我买了许多体育运动方面的书。在母亲的持续鼓励下,我变成了一个"野孩子":每天早起出门跑步;冬天凌晨两三点钟就约上同学,到操场打篮球,打篮球的习惯一直持续到上大学,在学校里经常正午大太阳的暴晒着一个人在操场上练篮球;暑假中每天顶着烈日、冒着酷暑,一个人穿着裤头背心,沿通向城外的公路走到一个乡镇去,并没有什么具体的事情要做,就是喜欢在太阳暴晒下行走;放学了回家摸上鱼竿就跑到河边钓鱼,一直到天黑透了才回家吃饭;夏天天天和同学、朋友泡在河里,有时候在河边一待就是一天;学会钓泥鳅、钓黄鳝以后,就更野了,经常早饭后就出发,步行 10 多公里到农村钓黄鳝,天大黑了拎着一袋黄鳝回到家,有时还钓条水蛇回来,一天步行三四十里路是很正常的事情。步行、下乡这些事都持续了下来,还有所扩大。上大学时利用了所有的寒假和暑假,走了苏北农村、巢湖的银屏山区、大别山区、甘肃、青海、宁夏、内蒙古,后来还徒步走了淮河的好几条支流,濉河、沱河、浍河。人也变得能吃苦了,经常在陌生的村庄干部家、农民家或乡镇吃饭、过夜,有一次还半夜睡过村外的麦秸垛上。

这不仅培养了我对大地的热爱,也使我对淮河流域的天地、人文有了广泛的了解。

　　还有读书,还有认真、勤奋、努力,都是我能够一直钟情或坚持的。好的要能坚持下去,不好的要有意志戒除。过一种有目标的生活,这样才有动力;同样,经营一个有目标的家庭,这样才能持久。当然,这个所谓"目标",并非要成多大的业、挣多少金银财宝、攀上多高的位置、成为多大的人物,而是过一种健康向上的生活,塑一个开心自信的家庭,这才是人生的目标,才是家庭的目标。做到了这两点,我们或许才可以走进社会能担当,回归家庭享天伦。

2015年10月21日至2015年10月22日于巢湖中庙善水轩

我的两位上海老师

有两位上海人(或一直在上海工作、生活),我一直自认他们是我的老师。一位是华东师大的钱谷融先生。我与钱先生初识于20世纪90年代初,那一次是《上海文学》在浙江颁奖,我又是第二次获《上海文学》奖,钱先生一见我,就拉着我的手,和我谈他对我的中篇小说《夏天的公事》的看法。钱先生和蔼宽厚,手也和暖温厚,给我长兄或长辈一样的感觉。他冬日戴一顶绒线帽,平静安详,面色红润,整个人都显得暖融融的。此后有好多年,我们都会在年终互致问候,并祝来岁。大概是1994年,我拿到贺卡后,提起笔来,第一张就邮给了他。不出三五日,钱先生的贺卡回来了:

许辉兄:
  你的贺卡使我特别感动,因为它带来了你真诚的情意。这一年里我是好的,只是忙些。真希望有机会能在我家里接待你。有便来沪,务请过我处一叙。献上我的祝福!
谷融 12.18

后来,钱先生有一组信札要在《上海文学》发表,他还特意来函,征求我的意见,令我感动。钱先生虽淡然,却不自寂,是一位真正有人格魅力的前辈。

另一位是《上海文学》主编周介人先生。周先生身体较瘦弱,但他选择文学作品的眼光极其独到,对文学刊物的编辑也有深邃的理解,并常有引领时代文学潮流的理论提倡。在那些年里,他主编的《上海文学》成为中国文坛最有影响力的月刊之一,那时候的作家,眼光也都要盯着《上海文学》的。周介人先生对我厚爱有加,我的几部主要的中篇都是在《上海文学》发表的。周先生拟的《上海文学》卷前语,也常推荐我的作品,我甚至有过一年多次去上海领奖或参加笔会的殊荣。周先生及《上海文学》编辑来安徽参加笔会或采风活动时,即便主办方没有邀请,他也会单独通知我前往参加。

周介人先生的敬业精神、文学眼光、经营能力、一丝不苟,都使我敬重不已,并引以为榜样。后来有几年,我主持一家文学刊物。有一天正在办公室看稿,突然有朋友打电话来告诉我,说周介人先生生病住院了。我立刻打电话到上海的医院,向他问候。周先生平常说话就较细弱,病中说话更细软无力,但精神似乎还是好的。可是没过多长时间,就传来他病逝的消息。赶紧又给《上海文学》张重光先生打电话,请他代我主持的杂志社和我个人,送两只花圈,以表悼念。花圈的悼念是外在的,对周介人先生的尊重,是一直在我的心底的。

2015年12月9日于合肥五闲阁

文学创作 31 问
——淮河流域的行走与书写

各位安徽财经大学的同学,老师们,大家上午好。我也是蚌埠人,我是在蚌埠出生的。当然那是,20 世纪 50 年代,我出生在蚌埠市的淮委医院,也就是淮河水利委员会医院。我对淮委医院印象很深,当然我出生的时候并不知道我在哪里出生,后来才知道我是在蚌埠市的淮委医院出生的。那个时候,蚌埠市应该是安徽省一个最重要的城市。合肥当然是省会,但是在当代史上,蚌埠一直是中国的一个交通重镇。呃,它有铁路,这个是最早的,交通要冲。从出生那个时候呢,我就从蚌埠,应该说从蚌埠出发,走遍了整个淮河流域。从蚌埠出发,走向淮北、走向江淮、走向四面八方、走向我的命途。淮河流域呢,是我这一生走得最多的地方。淮河流域,它的风土、它的人情、它的语言,还有它的饮食、它的文化,以及它的方方面面,都是我最熟悉的,也是最钟情的。后来我上中学,上大学,工作以后,也是一直在淮河流域这个地方行走的、生活的。我经常会在春天,或者夏天,或者秋天,也可能是在冬天,来一场说走就走的旅行。我太太呢,如果是冬天的话,会为我准备一个很小的小包,然后也会为我缝一件很温暖的紧身棉袄。我就穿上这样的棉袄,背上这样的小包,然后在淮河流域行走。我记得很清楚,在咱们蚌埠市啊,在这个浍河流域,那个地方,现在应该叫香涧湖,那实际上是浍河的一个大的水结。所谓水结,就是河流它在平稳运行的时候,突然出现了一连串的水洼地,呃,这个水面呢,也扩张开了,这样的地方就叫水结。浍河的水结旁边,有一个小镇叫园宅集,或叫园子集,现在可能被简化为园集了。我记得那个时候,我沿着浍河,从园子集步行往下游走,走着走着,春天里下起了很急的大雨,雨下得非常大,我赶紧跑到河边的一个村庄里,在村头的一户人家避雨。雨一直在下,晚上呢,我就只好留在这户人家吃了晚饭。那晚饭也非常简单,我跟他们也是素不相识。那对夫妻带一个一两岁的小孩,很年轻的一对农民。然后晚上呢,他家也没有那么多的地方住,他就让我睡他家最好的床,我当然不能喧宾夺主,我坚持要在他家的锅屋住,咱们淮北这边叫锅屋。锅屋里面支了一张凉床,然后铺上被褥,盖上被子可以睡一夜。

想想那个时候的生活,真的是充满了情趣。我还记得有一次在泗县,当时也是步行,到了一个叫枯河头的地方,走到那个地方的时候,天已经很晚了。枯河集或者叫枯河头,虽然也称为一个小集子,但实际上就是一个较大的村庄。它早晨会有露水集,但露水集散了之后,就什么集市都没有了。所谓的露水集,就是在露水消散之前形成的一个临时的集市,呃,所以这叫露水集。因为到得比较晚,村里也不可能有宾馆招待所去住,晚上只好睡在村子外头的麦秸垛里。那个时候,乡村有很多麦秸垛,就是用麦秸堆成的垛子,年龄稍大点的朋友可能都知道、都见过,但由于现在农村的燃料问题已经解决了,麦秸留下来就没有什么用处了,所以现在我们到农村去,我们到黄淮农村去,麦秸垛基本上看不见了。现在这样的事物,这样能引起我们记忆情感的事物就逐渐消失了,或是变化了,变化成了其他的形式、其他的形态。然后我就在麦秸垛底下用手扯麦秸,扯出一个小窝,然后就蜷在里面,当然麦秸垛里面也是非常温暖。20世纪70年代的后半期,我曾在农村插队过将近3年的时间,所以对麦秸垛有很多的体会。如果冬天,像农村养的狗啊,或者家里面养的这些畜禽,没地方睡觉,觉得很冷的话,它们就会跑到麦场旁边麦秸垛那个地方,挖一个小窝,会在那里睡一晚上,睡在那里也是很温暖的,所以我这也算是一种仿生吧。我那天晚上,也是在枯河集外面的麦秸垛里面睡了一晚上。

第二天早晨,天很早的时候,枯河集的这个露水集就开始出现了,有卖油条的,有卖稀饭的,以及买菜的、卖菜的,附近的农民到这个地方呢,做一些简单的交易和交换。我也就起床了——算是起床吧,拍拍身上的麦秸,到露水集上买点油条,买点稀饭,吃下去,然后又迎着东方渐渐升起的太阳向着洪泽湖那个方向走去。当时是想沿着濉河流域,一直走到洪泽湖的。可能有很多年轻的朋友对咱们这个地方,对淮北或淮河流域的地理还不是很了解,那么实际上我刚才说的浍河,还有濉河,这些都是淮河的支流,都是淮河流域的一个部分。后来我就骑自行车,走过淮河流域的一些地方。再往后,当我学会开车的时候呢,我的脚就变得更长了,我的视野也就变得更加开阔了,这个时候我就通过另外的形式,比如开车的形式,在更大的范围内把整个淮河流域都跑了一遍。

淮河流域,我为什么要说淮河流域呢?一个方面是我出生在蚌埠,蚌埠市是淮河干流上最大的城市。那您可能会说了,蚌埠市难道不是淮河流域最大的城市吗?那还不是,因为淮河流域,它的面积还是比较大的,当然是在黄河、长江、秦岭和黄海之间,它的西北处也包括郑州,郑州应该是淮河流域最大的城市,而蚌埠呢,是淮河干流上最大的城市。

按照我的感悟啊,淮河是一条人文之河;黄河呢,是一条政权之河,因为中国历史上,很多重要的政权都是在黄河流域建立起来的;那长江呢,长江是一条经济之河,在它的流域内,它的经济,总体来说,唐宋开发长江以后,应该是非常强大的,长江流域也是著名的稻作区,而淮河流域和黄河流域是旱粮生产区或麦作区,小麦的亩产量比稻米的亩产量要高得多,生长周期也短得多。那淮河流域,我个人认为,它是地球上少有的、非常著名的人文之河!在这个流域内,都有些什么显著的大的人物、大的标志呢？我们知道中国为人类做出的思想、文化、伦理、道德上的贡献,其中两个最重要的贡献,都在淮河流域发生、成长、成熟,并且从淮河流域走向全国、走向世界。第一个是老庄的道家思想,还有一个,是孔孟的儒家思想。老庄,当然我们都知道,他们曾经在淮河流域的涡河这个地方出生、成长,虽然具体的地点可能无法讲得很清楚。孔孟出生成长在淮河下游最大的支流泗水流域,并且在那个地方形成了中国的儒家思想,儒家思想指导、规范了我们中华民族社会生活两千多年,它是对社会的一种道德的指导和行为的规范,我们的日常生活都是依据儒家思想来进行的。当然道家思想对我们的作用也非常大,他们的思想对我们的人生、对我们的修养、对我们的世界观做出了很多重要影响,也对我们的世界观做出了很多的规范。所以我想说淮河流域是这两大思想的出生地、发生地,所以我们能生活在这样一个地方,我们心里面应该是倍感自豪的。当然在座的很多同学可能不一定是淮河流域的人,也可能在其他地方出生,在其他地方长大,但是当你今天到了安徽财经大学学习,那你喝的也是淮河水,你呼吸的也是淮河流域的空气,你学习时也是淮河流域的这样一种气氛,在您的一生中这些可能都是不可磨灭的,所以我们也应该说在这个地方生活、学习,这也是我们的机缘,也是我们的一份荣幸。以上算是我的一个开场白吧。

按照胡向玲老师的要求,我今天跟大家交流和分享的题目应该是"文学创作31问"。胡向玲老师也向我做了很多的介绍,说咱们学校文学社文学创作的传统由来已久,也应该有二三十年的时间了,这中间也有很多的成果。所以呢,也要求我跟大家就文学的话题做些交流、做些分享、做些沟通,所以我就想,以我在淮河流域生活的这样一个平台、这样一些经历为基础,大概按照时间的顺序,并且以问答的形式,来跟大家做一个交流。我的问答总共是

31个问,刚才咱们学院的胡书记也说了,在我31问讲完之后,或者说和大家分享之后,如果各位同学还有什么想跟我交流的,或者想提问的,也请大家踊跃向我提出问题,前面说三位提问的同学呢,我带了三本我的小书,我赠送给大家。那么下面我就按照我31个问题来跟大家做一个分享或交流。

第一个问题:为什么今天的话题是31问,而不是32问,或28问?我的回答是,因为今年我的女儿是31岁,所以我就想到了这个数字,就把今天的话题定为31问,而不是32问,也不是28问了。这是一种感情的因素,我想你们的父母对你们的感情都是一样的,所以我也想借助这样一种形式来表达我对我女儿的这样一份爱。这是第一个问题,其实也没有什么别的深意。

第二个问题:小说都有些什么特点呢?我的回答就是,小说最大的特点就是虚构。据说在拉丁文中,所谓虚构,"小说"大致就是虚构的意思。当然我们国家小说的概念跟西方小说的概念不完全一样,中国早期的小说,起源于宋元时期的话本。所谓话本,就是宋元时期说书盛行,说书的艺人需要一个文本来学习说书,这样的文本叫话本,这就是中国早期的小说。但是这样一个概念实际上也指明了这种文体的特点。那您可能会说,那小说还有其他的要素吗?比如说故事、情节、人物、节奏,当然也还有语音及其他方面等等。但是我们说,小说最重要的特征就是虚构。如果没有虚构的话,它就不能称为小说,它可能是其他的文体,我们后面还要讲到。但是现在小说的这样一种特征受到挑战,这种挑战主要体现在西方文学史上。在西方的文学史中,我们可以看到,比如20世纪西方的现代派文学作品,比如意识流和新小说派的一些小说,你从表面上似乎看不出它的虚构性。当然对于虚构,我们也需要有一些明确的界定,有了这样的界定,或者有了这样的标准之后,我们才能更准确地说什么叫作虚构。这是第二个问题。

第三个问题:散文有什么特点？我的回答是,传统的。中国传统的散文,它最大的特点就是非虚构,当然这是跟小说对比而言的,小说是什么样子的,散文就不能是什么样子的,实际上起到和小说对举的作用。它的最大特征就是非虚构,当然您可能会说非虚构的就一定是散文吗？那肯定不能这么说。今年获得诺贝尔文学奖的白俄罗斯作家维特拉娜·阿列克谢耶维奇,她的作品就是非虚构作品,但那是纪实的,并不是当代汉语语境中的散文文体。但是不管怎么说散文的最大特点还是非虚构。不过如今散文最大的这样一个特征,就是非虚构的特征,也受到了很大的挑战。前两年中国有一位作家写了一本散文集,他就说,我的这个散文集是虚构的,但我这就是一本散文集。这样也就引起了很多的争论,当然各种文体的形态都还是动态的,都还是在演化和进化的过程中。那么我们现在一般的理解,或者能最大地概括散文的文体特征的,那还是非虚构。所以我们现在就说散文它的最大的特征就是非虚构,因为用其他的特征来概括这样一种文体的话,还没有比这有更大的概括力。所以我想说,散文最大的特点就是非虚构。

第四个问题:诗歌和散文诗有什么样的特点呢？我的回答就是,传统诗最大的特点就是押韵,现代诗最大的特点就是分行。我们能把握住这样一些特点之后,我们大概就能区分出各种不同的文体了。那散文诗最大的特点是什么呢？大家知道,我们国家出现散文诗这么一个文体概念,时间并不长,也就不到一百年的时间,还是从欧洲引进的一个文学品种,它是界乎诗歌和散文之间的这么一种文体。如果说它是诗歌的话,它是不分行的;但如果说它是散文,它又具有诗歌的所有特征。除了形式的,也就是分行的特征之外,它具有诗歌的一切特征。所以我们说散文诗的最大的特点就是不分行但又有诗的一切内蕴,这就是散文诗的特征。这是我们平常最容易碰见的四种文学文体:小说、散文、诗歌,还有散文诗。

第五个问题：咱们开始进行文学创作，需不需要先读很多文学作品？我的回答是，不需要。因为很多作家都是没有高学历的，没读过很多书的。当然，对此我们也要进行辩证的分析。一般来说，文学创作更是一种体验性的活动，就像我们开车。当我们开车的里程达到十万公里、二十万公里之后，总体来说，我们的开车技能就会比较高了。所以文学创作我想也是这样，一般来说，文学创作不需要太多的文学准备。因为它是一种实践性很强的活动，当我们粗通文字之后，我们就可以进行文学创作了。现代网络实践证明了这种观点的某种正确性。当然，我们这里指的是一种广泛意义上的文学创作，但同时也说明亲近文学的门槛很低。如果需要攀登文学创作的高峰，那就需要更多的相应条件了。

第六个问题：要熟知写作的规则之后才能进行文学创作吗？我的回答也是，不需要。因为是先有创作，才有规则的。文学创作的规则，是对文学创作实践的一种总结，没有创作，就没有写作的规则。这个问题和上一个问题有点殊途同归的意思。我们每一个人，每一个大学生，不管你是学文的还是学理的，学写作的还是学经济的，在开始文学创作时，都不需要具备很多关于写作的知识和创作的规则，依心而为而已。

第七个问题：文学创作能不能模仿呢？这是一个备受争议的问题。对于许多刚开始接触写作的人来说，能不能模仿，模仿后算不算抄袭？这是一个很让人操心的问题。我的回答是，必须模仿。作家是无法天生的。这个"天生"并不是说你的文学创作的天资是优还是劣，是好还是坏，而是说一个人如果从来没有受到过已有文学的启发，他有再好的文学天资也无法被激活。我想表明的是，我们进行文学创作时，必须进行一定程度的模仿。所有作家都会进行模仿，这并不稀奇。并不仅仅是初学写作的人才会进行模仿。

当然,我所说的模仿可能更多地含有启迪、启发的意思。我们都知道南美作家马尔克斯,他的长篇小说《百年孤独》获得了诺贝尔文学奖,在全球的影响也很大。他的作品获奖之后就有一些研究者指出他的《百年孤独》就是受到了苏联的一位作家布尔加乔夫的《大师与玛格丽特》的影响。从某种意义上来说,这也是一种模仿,内涵或形式的模仿,但是绝不是照搬、照抄。他是受到了布尔加乔夫作品的影响和启示,具体受到了什么样的影响,是形式上的还是内容上的,需要具体分析。但绝不会有人说马尔克斯的《百年孤独》是一种抄袭。所有作家都会受到其他作家的影响,影响他的不一定是很有名的作家,也有可能只是一篇小文章。所有的作家都有模仿的阶段,都会受到其他作家的启示,这是一种很正常的现象。当然,模仿和抄袭完全不是同一个概念。

第八个问题:小说有创作的模式吗?就是我们写小说看起来五花八门,各种各样,历史上无数的小说有无数的形式。所以,这个问题对我们来说也很有意义,因为我们一直都想要知道,小说创作有没有什么特征,有没有什么规律。如果有的话,我们的创作才有捷径可走;如果没有的话,我们就会面对一个五彩缤纷、眼花缭乱的小说创作世界,我们可能无所适从。所以呢,小说的创作模式,也是有的。我举一个西方的文学理论家总结的模式。当然,它是以西方的文学作品作为蓝本来进行总结的。他说从古到今的小说,只有七种模式。当然,我刚才说了,它是以西方文学创作为平台进行总结的———一种是喜剧类。就是小说创作,有一种类型,就是喜剧类,不管里面发生了什么事情,它都以喜剧为最重要的文学元素,这就是喜剧类作品。第二类,就是悲剧类的就是一本小说,它不管有怎样的发展、怎样的故事、怎样的人物,到最后都是以悲剧结束的,这也是对读者非常有吸引力的文学类型,因为悲剧使我们从悲痛中产生一种无可抗拒的力量,使我们产生一种更大的期望。第三类就是重生类的。不管是情绪还是人生，到了最谷底的时候，就可能像股市一样，反弹了，可能峰回路转，浴火重生，这会给我们提供一种大起大落的审美，提供一种非常好的曲折的经验，使我们悲从中来、喜从中来。第四类是探险类。这类模式在西方国家更受青睐，因为西方有所谓的地理大发现，使西方尝到了巨大的甜头，西方的文化，就是一种停不下来的文化，所以他要不断地去探索，去探险。但探索和探险也是全人类的一个本能，人类的本能就是要一直不停地问，我们从哪里来？要到哪里去？我们将会过什么样的生活？我们会不会、人类会不会灭亡？人类还是会走向更远的星际？等等等等。第五类就是奇遇类的。奇遇类对我们来说也是非常有阅读可能性的一个类型，当我们在日常的真实的社会人生中得不到很多东西的时候，我们可能就幻想着奇遇，如果我们特别想得到我们最钟情的另一半，但在当时社会生活中碰到一些障碍，使我们得不到，或暂时得不到的时候，我们可能会通过文学阅读来实现我们的这个梦想。作家的创作，实际上也是在某种意义上，要体现他个人的一种追求、一种理想，或者一种奇遇，这都是非常吸引我们的。第六类是从赤贫到富有类。贫穷的人，或者相对不太富有的人而言，应该说是我们人类社会的大多数，都饱含着这样一种愿望、这样一种理想、这样一种追求。就是从不太富裕到比较富裕，从没有钱到有钱，因为人人都要有追求，都有权利享受生活，都需要能从物质的不自由到相对自由，这也是人类进步的一大动力。第七类就是打败怪物类。打败怪物类在西方文学中有大量的表现，比如美国的大片，不管是真正的怪物，还是宇宙中其他非人类的生物，还是来自其他星球的一些破坏者等等，都可以归为怪物类。人类要战胜它，要打败它，现在也成了美国大片一个不能戒掉的主题。

　　第九个问题：短篇小说一定要有曲折的故事吗？我的回答是，

完全可以没有。当然,曲折的故事、典型的人物、典型的起承转合,似乎是"正常"的短篇小说,正常的就构不成问题了。法国新小说派的很多作品,都是散文化的小说,比如有个小说叫《海滩》,它写的就是海滩上的一些景色,还有一些人物,但是这些人物既不典型,也不特别,甚至就是符号化的。我们看起来,可以说它就是一篇散文,但是这个你又不能肯定它是散文,如果我们有一定阅读经验的话,你就会感觉到,它不是那种散文的节奏,不是那种散文的心理状态。当然你可能会说了,那什么叫散文的节奏,什么叫小说的节奏,什么叫散文或者小说的心理状态呢?这个我也说不清,但是我想后面,我在后面有一个问题,大概能跟这个回答联系上。所以作者自己说这是小说,作者是法国新小说派的,而不是新散文派的,所以他这一类作品,都是小说。当你改变了头脑中这样一种小说的成规之后,你也就能体会到,这确实是小说,或它至少不是散文。所以呢,散文化的小说已经大量地存在了,这给我们的创作提供了一种很好的选择、一种新的参照系。

我的第十个问题:就是散文有创作模式吗? 刚刚也说了,小说有创作模式,散文有创作模式吗? 有,我的回答就是,散文也有创作模式。当然我并不是说,请大家一定要按这些模式来写,不是这个意思,而是给大家一个参照,使大家知道,世界上还有这样的创作模式,这样的东西。我们可以这样做,我们也可以创新,我们可以独创,我们可以按照自己的想法来写,我们可以模仿。这一切都不是禁忌,对我们的文学创作来说都不是禁忌。我们的思想、我们的事业,要最大化地开放。所以散文也是可以有创作模式的。比如说,20世纪80年代、90年代就有人总结出了一个散文创作的通行的模式,这个模式是什么呢? 当然这指的是传统的散文创作,如果我要写一篇散文的话,我就先写一段景,再写一个人,到最后,再说一段情,这是三段论,这个就可以变成一个很典型的、很标准的散文。当然,散文是各种各样的,但你如果按照这个模式去靠的话,有许多散文基本上就是这样一种模式,虽然它可能会变换一下它的形式。

第十一个问题:生活的内容都是作品的素材吗? 所有生活的内容都可以是作品的素材,但必须得到作品的许可,如果没有得到作品的许可的话,那么这种生活只能是生活,只能是生活的内容。就是说,生活的内容,经我们大脑的发酵、提炼之后,才能成为我们作品的一部分,才能成为作品的素材。实际上,也就是得到我们要写的那个作品的允许,它才是这个作品的素材,这中间是要有一道工序的。这句话的另一层意思就是,理论上来说,生活作为文学素材是没有禁忌的,是没有边界的,所有的生活都可以成为作品的素材,但是,一定要有相应的消化和选择,这样才可以。

第十二个问题是:作品都是修改出来的吗? 我的回答是,那看你怎么修改了。有的人是创作中修改,有的人是写完之后才修改,但也有些作家不怎么修改,这实际上就牵扯到我们的创作实践。以前都是手写的文稿,从手稿中,都可以看出他或她的创作的痕迹,或者修改的痕迹,有些作家的手稿干干净净,有些作家的手稿面目全非。这只是个人的习惯,没有什么禁忌。

第十三个问题:一定要想清楚情节、人物、开头、结尾才能开始创作吗? 有很多的朋友可能会提出这样的问题,就是当要写一篇作品的时候,特别是小说,那一定要事先想清楚即将要写的情节,还有人物,还有开头,或者结尾,才能进行创作吗? 我的回答是,不一定,无可无不可。我以前写一个中篇小说,叫《焚烧的春天》,在写之前,我头脑中只有一些断断续续的画面,既没有人物,也没有故事;既没有开头,也没有结尾,只有一些非常诗意的片片断断的这样一些画面,然后我就开始写,写了之后,人物也出来了,故事也出来了,后来结尾,到快写完的时候,结尾才出来。这也都是可以的。我写的另一部中篇小说,叫《幸福的王仁》,这个中篇小说在写之前,什么都没有,就只有一个题目,我当时就觉得,哎哟,"幸福的王仁",真是一个非常好的题目,我就一定要写这样一个人物,这样一个小说,为什么"幸福的王仁"这个题目就让我觉得很有感觉呢?因为"幸福的王仁",我可能要写一个打引号的"幸福"。王仁为什么叫王仁呢?我就是要选一个中国人中最普通的名字来写这样一个小说,它暗含的意思是,中国人的生活就是这样的,我们的幸福观,我们的价值观,就是这样的,我们就是生活在日常的生活中。西方人总是说中国人没有宗教信仰,因为中国人绝大部分都是无神论者,我们就是在这样一种日常生活中、在这样一种世俗化的生活中生活的,我们几千年来就是这样生活的。当然我不是说这样生活是好还是不好,是是还是非,小说没有这样一个价值评判的义务,它反映的就是一种生活的常态。当然,想仔细了再写也会写得很好,有一些作家,特别是写长篇小说的时候,他就列出人物表还有顺序表,第一章哪几个人物出来,第二章哪几个人物出来,谁在前面出来,谁在后面出来,他叫什么名字,然后在什么地方由喜转悲了,在什么地方发生了事故,发生了重大的变化等等,写得非常详细。贴在书桌前面的墙上,还画上图表,然后就按照这个来写,也是很好的。怎么合适就怎么写,用马克思的老师教导马克思的话来说,就是你怎么想就怎么说,怎么说就怎么写,这样就非常简单了。

第十四个问题:一篇作品写了一半写不下去了怎么办?比如说我们前面说过的故事没想好,然后就开始写了,写的时候还比较顺手,但写到一半写不下去了。我的回答是,坚持写完,一定要坚持写完!坚持写完之后我们不仅有了一部完整的作品,最重要的是,我们养成了一种创作的方式,一种创作的习惯。这实际上也是一种生活方式,我们养成了这样一种非常好的生活方式,不仅仅写作之中我们要遵循这样一种方式,我们在生活中也要遵循这样一种生活方式,我们要有始有终,就是善终如始,用《道德经》上的话来讲就是慎终如始,对待结束和对待开始是一样的慎重。写长篇小说是这样,写中短篇小说是这样,写散文也是这样,甚至写诗歌都是这样,你写诗歌哪怕是二十句的诗或是十句的诗甚至五句的诗,你有可能写到两三句的时候写不下去了,当然不是说你就是把它凑出来,不是这个意思,你找不到那种感觉,找不到感觉这个时候怎么办?我的经验或者我的想法就是,一定要坚持写完,哪怕我今天写不下去了,我出去转一圈,出去跑一下,我到龙子湖旁边走一走,去看看初冬的落叶,然后第二天我看能不能写出来,但一定要在一个相对的时间范围内写完,这样就像你要盖一座大楼。当你盖到第五层时,这栋大楼一共有十层,当你盖到第八层时发生了资金链断裂的问题或者其他什么问题。如果你坚持把它做完之后,大楼就会永远伫立在那里,至少有七十年可以伫立在中国的大地上。当你没有盖完的时候,这个楼永远是个烂尾楼,它再也盖不成了或者基本上是盖不成了。当你坚持把你写不下去的作品写下去之后,你再过若干的时间回头来看的话,你可能会发现这个作品并不是你想象中那么差,它可能还有很好的甚至有一些你意料不到的东西,甚至会被这个转载那个转载,或者被别人引用,都有这样的可能。

第十五个问题:大的题材一定能比小的题材写得好吗?这个不用我回答,所有的人都知道,那可不一定,或者说那肯定不是!题材本身没有什么大小,但我们的写作有高下。大的题材你可能写得非常厚重高大,小的题材你也可能真的写得很小,写得很微不足道。但是反过来说也是一样,大的题材可能被写得愚钝不堪,小的题材你也可能写得激动人心,可以写成世界名著。

第十六个问题:纸本书一定比网络书好吗?现在有很多这方

面的争论,就是说现在网络上垃圾太多了,文学垃圾也多。那纸本书一定比网络书好吗?我的回答是,总体而言,现在的纸本书好,以后的网络书好。因为以后的评价标准改变了。我们现在的评价标准,是以纸本书为蓝本定义的,而以后的评价标准,是以网络文本为标准定义的。当然了,这可能不是一天两天、一年两年、十年五年、就可以改变的,但它肯定是在逐渐改变的过程中,因为网络对我们生活的影响、对我们阅读的影响、对我们写作的影响,这个过程是不可逆转的。

第十七个问题:一段时间,没有创作的冲动,那该怎么办呢?我的回答就是,去玩吧。就像我刚才说的,到龙子湖旁边去转一转吧,或者去读书,或者来一次说走就走的旅行,这可能对我们的创作很有好处。香港影星周润发,有一次,记者就问到他,说现在很多年轻的演员啊,他们的生活也太不严肃了,太不认真、太不努力了,他们经常就是到处玩啊,到处跑啊,到处喝酒啊,到处怎么怎么样,然后周润发就很平淡地说,让他们去玩吧,当他们玩到一定程度的时候,他们还会回到演艺场,还会回到这个地方来的。喔,他的状态真是很开放的哟。所以我觉得作家也是一样的,就是当我们的创作碰到瓶颈期,或者没有灵感、没有感觉的时候,我们去玩吧。我们去打个球,散散步,喝喝茶,会会朋友,做一些旅行,或者去读书,到了一定程度的时候,属于你的灵感又会回到你的身边。

第十八个问题:读书对文学创作有用吗?读书对文学创作的作用是毫无疑问的,这谁都知道。我的回答是,不仅仅是毫无疑问的,它还对文学创作有着决定性的影响。那你可能会说,那你这个问题不是跟您前面说的矛盾吗?您前面不是说,我们不需要有什么高深的文学的准备,我们就可以进行文学创作吗?当然,少读书不会影响我们进入文学的大门,但少读书会影响我们在这条路上走多远。读书不仅仅为我们提供范例,还为我们提供思路、思想、眼界、方法和评价标准。

第十九个问题:只有经典才能影响我们的创作吗？我的回答是,每个人都有自己心中的经典。每一类人都有每一类人心中的经典。这里面是两个意思,一种是大家公认的经典,因为是大家公认的,所以就被更多的人所认同了;还有一种经典是你心目中的经典,是你个人崇拜中独有的经典,哪怕这个作品只是一个最普通的作者写的一篇散文,但是它是我心目中的经典,这也可以成为我的一个非常好的文学参照,我就可以参照它,我就会时时受到它的启发,用文学圈的话来说呢,这是作家的作家,是作品的作品。就是说有一些作家,他是其他作家要参照的作家,他的作品是其他作家要参照的作品。像美国的作家纳博科夫,他写了很多作品,当然他是学院派作家,但是,他成为很多作家,很多知名作家心目中的经典作家,他能在很大程度上影响其他作家。

第二十个问题:就是我们明白了以上文学路数以后,再多读多写,就一定能成为大作家吗？我的回答是,不一定。多读多写是成为大作家的部分前提条件,但是多读多写不能保证你成为大作家,成为大作家还需要明白更多的道理。

第二十一个问题:那么还需要明白哪些道理呢？在这里我们把前面说的和后面将要说的做一个区分,按照前面说的,我们就可以很好地进行文学创作了,但是要想走得更远,成为那种被大家认可的作家,可能还需要明白更多的道理。还需要明白哪些道理呢？还需要明白地理与文学创作的这样一种关系。我们进行文学创作,为什么还要明白地理与文学创作的关系呢？因为地理是人类文化的底色,更是我们作品的底色。我们每一个,我们每一个作家都会不自觉地受到地理环境的影响。比如说欧洲的希腊人,他们生活在半岛上,生活在海边。有一次,他们到内陆去打仗,打仗结束后,返回自己的家园。当他们看到大海的时候,每个士兵都情不自禁地高呼起来,看到大海,看到大海了!这是一种无意识的地理表现。对作家而言,就是要有意识地强化这种影响。

第二十二个问题:就是除了地理之外,我们还要明白语言对文学创作的重要性。文学是语言的艺术,《道德经》和《论语》都可以看作短小的文学作品,《道德经》语言华丽,《论语》语言朴质,但都蕴含丰厚,耐得住咀嚼。英国作家哈代写了许多有影响的长篇小说,经过张谷若的汉译,感觉他的语言艺术达到了出神入化的地步,读过哈代的作品后,你一定会对天长叹,感慨人间还有如此绚丽、如此丰富、如此美妙的文学语言。

第二十三个问题:除了地理和语言之外,还需要明白哪些道理,才能使我们在文学的道路上走得更远呢?我的回答是,还要明白意境对文学创作的重要性。意境主要指的是抒情作品中呈现出的一种意蕴和境界的系统。中国文学的文化特征主要有三个方面,一个是诗意,一个就是意境,还有一个是哲理。意境的概念,是汉民族特有的审美总结,在其他文化中可能不会这么明确。

第二十四个问题:除了地理、语言、意境外,还需要明白哪些道理,我们的作品才能走得更远、走得更好呢?我的回答就是,气质。许多优秀作家的作品,读起来就觉得他们的作品有一种慨然的气质流荡在言语之中,你就觉得他(她)的作品是能拿得住你的,是能够让你心悦诚服的,是能够让你拜倒在他们的脚下的,他(她)的作品有底线、有智慧,这样的作品才应该是人类文学作品的精华,你才会有这样一种感觉 而不是他的作品会让你憋闷、心烦、气郁。

第二十五个问题:除了地理、语言、意境和气质之外,我们还需要明白哪些道理呢?我的回答是,还需要认识到格局对文学作品的重要性。格局就是架势,格局决定了作品的深度和广度。比如刘震云的长篇小说《一句顶一万句》。他把日常生活,也是一种底层的生活放到了民族迁徙和交融的大背景中来写,来表现,你就能感觉到他这个作品的格局和气质,是非常非常大的。它也不是一种很重大的题材,但也不是一种很轻小的题材。他就是把他所体验到,或在他的头脑中发酵出来的,这样一种日常的、中国北方农村小地方的这种生活,放到民族迁徙和交融这样的背景之下来写作,你就觉得他的格局很大。前几年有一位作家,写了一本散文集,他想出一本散文集,这个作品主要写他家乡的泊湖,他在那个地方生活、长大,小时候的生活,有什么样的渔船,有什么样的芦苇,有什么样的鱼虾,有什么样的春夏秋,有什么样的人物,有什么样的渔民,等等。他请我来帮他写个序,我看了之后给他提了两点建议,第一点建议是作品重新排列,合并同类项;第二点呢,如果这个集子叫"泊湖读本"之类的话,主旨似乎更鲜明一些。为什么呢?因为你就是以你的泊湖为你的纲,渔网上的纲,然后你把这个纲提起来之后,读者就看得出来,你的整个作品都是跟泊湖有关的,但这个泊湖不仅是地理意义上的那个泊湖。地理上的泊湖不是你的,是你家乡人的,是所有人的,但你作品中的泊湖是你独有的,你这个泊湖不是其他任何人的,这个泊湖是文化泊湖,是文学泊湖,是人类历史上从来没有的。所以只有这样的心胸,这样的格局,这样的气势之后,你的作品才能非同一般。当然我并不是说这个泊湖就一定能流传于世,传至后代,但是对于你这个具体的作家来说,这个泊湖是你向人类做出的独有的、特别的一种文化贡献。所以我们每一位作家,在这方面,如果有意识的话,你就可以把你的作品,写得更加激动人心。

第二十六个问题:就是除了地理、语言、意境、格局和气质之外,还需要明白哪些道理呢?我的回答就是,还需要认识到学识对文学创作的影响。学识,我们知道就是我们的学养和知识。当代人的信息量都是很大的,要想让读者认可并且信服的话,有两条路可走,第一条是在信息的数量上超过读者,就是你提供给读者的信息量要超过读者,要超过他人的知识范围,这样他会佩服你;第二条路呢,就是要有独到性的优势。例如我们读法国作家凡尔纳的很多作品,比如说《神秘岛》,读了之后,你就会觉得,哎呀,他是了不起的。为什么呢?因为他所呈现出来的知识,你是达不到的,你是没有这样的知识的。另外,他的新奇的想法、新奇的构思是你所想不到的。你很难想到我用这样一种结构,这样一种开头、结尾来写这样一部小说,所以他的知识,以及建立在知识基础之上的思考、眼界和智慧,使他有了独一无二的见识。

第二十七个问题:就是除了语言、地理、意境、气质、格局还有学识之外,我们还需要明白哪些道理才能走得更远呢?我的回答是,还要注意体会创作的感觉。

第二十八个问题:这种感觉很神秘吗?我的回答是,不神秘。这只是一种缄默知识。缄默,就是不开口说话,就是不说话的知识。说不清道不明、无法量化的文学创作,只是一种缄默知识。我们的知识大概可以分成两类,一类是显性知识,就是我们在安徽财经大学学习,怎样做会计,怎样做贸易,怎样进行金融的运转,等等,那是需要大量显性知识的。我们怎么计算,这个公式是不可以改变的,它一定要具体,也一定要量化,它一就是一,二就是二。但还有一类知识,叫隐性知识,隐性知识是客观存在的,但我们就是说它不清,道它不明,也看不见,也摸不着,这就是一种缄默知识,这是英国的一位物理化学家波兰尼总结出来的。正是缄默知识的概念,为我们提供了更多的未知空间和认知空间。正是在缄默知识的引导之下,我们只凭一点感觉、一个标题就可以进行文学创作,我们不知道我们明天的故事会有一个什么样的发展,这使我们充满了好奇和冲动。比如我今天要写一篇短篇小说,但我不知道这篇小说写出来是一个什么样的,跟我想象中是不是一样,我是不知道的,我写出来之后,它能发表还是不能发表的也是不知道的,能因为这个小说获奖成名,还是不能获奖成名,都不知道。正因为这些大量的未知空间的存在,才会激励我们去创作、去创新、去努力、去创造!

第二十九个问题是:您刚刚说的这些意境啊、格局啊、气质啊、语言啊、地理啊,还有学识啊、感觉啊,从哪里能得到呢? 难道只能等待缄默知识的到来,"凭空"产生吗? 我的回答是,又转了一个圈回来了。这些东西:意境、格局、气质、语言、地理、学识还有感觉,当然不是凭空产生的,缄默知识强调的就是实践性,这些东西还是从创作的实践、读书的实践、生活的实践中积累而来的。我们用几十年的时间去读书,去创作,去读社会,去读心灵,我们才不会感觉我们创作的源泉即将枯竭,我们的创作才能一步一步走得更好,也才能走得更远。有了这些实践和积累,意境、格局、气质、语言、地理、学识,还有感觉,才有可能自然而然地来到我们身边。

第三十个问题:能不能梳理一下今天的问题呢? 这也是我现在想和大家共同做的一件事。今天我们关于文学创作的交流,可以分为两个层面,第一个层面是,我们在什么样的个人条件下,都可以进行文学创作,只要你有文学创作的意愿,文学创作的门槛低到只要你仅仅粗识文字就可以了;第二个层面,如果我们想成为文学大家,除了能够更好地掌握文学创作的缄默知识外,还需要不断地学习、不断地写作、不断地努力、不断地进化。

第三十一个问题,也是最后一个问题:如果一辈子读书,一辈子读生活,一辈子读心灵,并且不断地进行写作,但还是获不了奖,写不出名,那又怎么办呢? 这也是我的最后一个问题。我的回答是,文学不是生活的唯一,但文学可能是我们人生幸福的一个家园、一个源泉。我们体验了,我们就享受了,我们就幸福了。每个人都有完全独特和绝对唯一的人生体验,这是我们幸福和自信的最根本的源头,也是我们珍惜人生的最根本的理由。我们为什么生活？我们为我们人生的过程而生活。我们为谁生活？我们为我们自己的人生而生活。我们为我们的一生有亲人、有亲情,有友人、有友情,有创造、有成熟,有文学、有感动而自豪、而骄傲。成不成名并不重要,重要的是有我们独属自己的文学,有独属自己的体验,有独属自己的夜晚,有独属自己的感动,有独属自己的哭泣和独属自己的澎湃的激情！这就是我今天上午与大家的分享和交流,占用了大家的时间,谢谢！

（在安徽财经大学的演讲）

2015 年 11 月 21 日

读了两本好书

2015年读了许多书,也有非常好的读书的感受。对我来说,今年最好的读书场所,是在巢湖边的一些草坡小山上。那些地方,坡缓丘润,草厚绒绵,天圆地方。坐,或卧在草坡上,春天,或者秋天,市声消失,风声悄然,心声可闻。在这些地方读书,会涌现出许多许多想法、许多许多感悟、许多许多情绪。这些大概都是所谓的灵感。我的很多计划,都是在这样的感受、心态和环境中得来的,真是快乐!

2015年读过又感觉好的书不少。当然首先是老子的《道德经》,这不是第一次读,但每次读都有新收获、新体会!这一年因为要出版《涡河边的老子》,所以对《道德经》就读得更细一些。《道德经》为我们展现了一个永远活态的天空,每一人读都能读出不同,每一时读都能读出不同,是真正丰富多义的!

《论语》是又一个境界,如果说《道德经》是天人之间的境界的话,那么《论语》就是你我之间的境界。《论语》与你我之间是零距离的,是融为一体的,是我们的日常生活、是我们的言谈举止、是我们的行为规范、是我们每一个人每天都要坐卧栖息的家园和港湾。我又故技重施,去日本访问时带了一本《论语》在那种环境里体会读感:可以说在儒家准则方面,没有什么水土不服。日本东京的后乐公园园名,就是由北宋范仲淹名句"先天下之忧而忧,后天下之乐而乐"而来的。这使我认识到:世界文化,也是分久必合,合久必分的。分,是为了多样和丰富;合,是为了强化与提高。所有的事物,都是动态、无终的。

     2015 年 12 月 13 日于合肥五闲阁

作为护花使者的莎士比亚

2016年是英国戏剧家、诗人莎士比亚逝世400年纪念年,敏感的中国媒体和出版人都早早行动起来,要纪念这位了不起的文学家。这不仅仅是要纪念这位著名诗人、戏剧家兼同性恋者的作品,还因为莎士比亚等多位著名文学家4月23日的出生日,同时也是联合国教科文组织确定的世界读书日,这的确很有些纪念的价值在里面。

将文学家而不是哲学家、科学家、工程学家、农业家、政治家、经济学家、股票专家、军事家、建筑学家、医学家的生日或忌日确定为读书日,彰显了文学的普世意义。这并不是说哲学家、科学家、工程学家、经济学家、股票专家、政治家、军事家、农业家、建筑学家或医学家不重要。他们所从事的事业可有可无,这大概只是表明,文学家正因为所从事的是一种吃饱了饭、住暖了房、穿上了衣、挣到了钱之后才有闲进行的活动是一种顶层活动,因此也才突显了生存需求满足以后的智慧倍加器的重要性。另外,文学也是无处不在的,文学既在文学作品中,又在哲学中、在工程中、在经济中、在军事中、在恋爱中、在建筑中、在医学中、在股票中、在农耕中、在两性中、在园艺中、在政治中、在美食中、在健身中、在谈判中,在一切中。我这么说,其实也显出了我的狭隘和偏爱,不必当真。

日益进步和愈来愈有影响的"合肥姐妹"这一文学创作群体,早早动议2016年出一本以纪念莎士比亚为主要内容的文学纸质书,要求每一位群员都写一篇读莎士比亚的相关文章。我妻子赶紧恶补《哈姆莱特》,并且回忆起我和她恋爱时的莎士比亚"桥梁":

20世纪80年代初,我和先生刚认识的时候,他向我推荐的第一本书就是这本《莎士比亚全集》。那个年代借书或送书给对方看,是年轻人谈恋爱的前奏,双方通过这一来二去的接触,创造机会和心仪的人儿见面,再以这本书的内容为话题彼此交流读后感,从而达到相互了解的目的。真正的心思不在读书上,大家都懂的,彼此心知肚明,这本书一直放在我的写字台上。有一次,一位男同学到我家,据说是顺便路过的(一段时间,他总是路过我家,我明白他的心思,正好借此机会善意提醒一下),他随手翻开这本书,我说,非常好看的一本书,男朋友推荐的。只见男同学的表情瞬间凝固了,很尴尬地笑了笑,说了句,祝你幸福!

敢情莎士比亚还扮演了我与妻子之间护恋使者的角色!这使我想起阅读莎士比亚的一些事。1978年我入大学中文系读书,那时候每天早晨及晚自习后都会在校园里背书或大声朗诵名著,从金斯堡的《嚎叫》到惠特曼的《草叶集》,从老子的《道德经》到荀子的《劝学》,从海涅的《新诗集》到普希金的《高加索俘虏》。莎士比亚的著作当然也在朗诵范围内,因为莎士比亚的剧作是全诗化的,抑扬顿挫,特别适合于朗诵。

《哈姆莱特》中的名句"生存还是毁灭",这是个问题,也是我们同学晚饭后在校园内外散步时常常争论的话题。这一名句的中文翻译各有不同,在我存有的《莎士比亚全集(九)》这本书里,这一段的翻译是这样的:

> 生存还是毁灭,这是一个值得考虑的问题;默默忍受命运的暴虐的毒箭,或是挺身反抗人世的无涯的苦难,通过斗争把

它们扫清,这两种行为,哪一种更高贵?死了;睡着了;什么都完了;要是在这一种睡眠之中,我们心头的创痛,以及其他无数血肉之躯所不能避免的打击,都可以从此消失,那正是我们求之不得的结局。死了;睡着了;睡着了也许还会做梦。嗯,阻碍就在这儿:因为当我们摆脱了这一具朽腐的皮囊以后,在那死的睡眠里,究竟将要做些什么梦,那不能不使我们踌躇顾虑。

"生存还是毁灭",这是个问题,是一个极其多义的话题。从哲学角度看,这说的是人生选择和人生意义;从社会学角度看,这牵涉到社会伦理;从政治角度看,这会减少投票率;从人文地理角度看,这是海洋文明与农耕文明的差异;从宗教角度看,这是信仰选择;从文学角度看,这是悲剧伏笔;从生产力角度看,这可能造成生产力的递减。

儒家文明难以产生莎士比亚和《哈姆莱特》,我们的传统文化昂扬向上、规范人生、享受现实,要求各位"学而时习之",迎接远方的朋友,并且孝敬父母、尊重兄长、关爱幼小,不要求我们置疑生命、拷问灵魂。不过好在意大利传教士利玛窦以来中国愈来愈成为全球化水平最高的国家之一,这个趋势不要逆转!全球各种文明都有自己的拿手好戏,我们每一个人作为世界的看客,还是希望舞台上的花样愈益多样、层出不穷才好啊!这倒不枉了这一趟行程!

2015 年 12 月 24 日上午于合肥淮北佬斋